MEMORY HOUSE
记忆坊文化

这世界全部的漂亮

默默安然 ·著·

WHAT
MAKES YOU
Beautiful

江苏凤凰文艺出版社
JIANGSU PHOENIX LITERATURE AND
ART PUBLISHING, LTD

contents
目录

WHAT MAKES YOU BEAUTIFUL

Chapter1

风和日丽

在巴黎待了三天，几乎去了所有知名建筑"打卡"之后，钟闻一行人准备起程去南法，第一站是尼斯。因为对路况估计不准，到达巴黎奥利机场时距离登机时间就剩半个多小时了，包括钟闻在内的几个男生只想找地方瘫一瘫，女生却争分夺秒地要进免税店。

"喂！你们差不多就行了啊！免税店哪里都有，你们不能走一路买一路啊！"钟闻双手揣着兜，无所事事地看着机场的涂鸦壁画，儿童画一样略带扭曲的笔触画出了机场的分布与动态，不远处的化妆品店里，纪小雨拿篮子买东西，他忍不住提醒，"再说了，要买也回程再买，背着多重啊！"

"你别废话了，快过来帮我排队！"

对购物上头的女生实在听不进去劝，纪小雨拼命朝钟闻招手，他翻了个白眼，还是拖着懒散的步子走了过去，剩下的男生发出鄙视的嗤笑。

这次来法国旅行的是一群人，浩浩荡荡的，大多是大学同学，只是不见得同专业同级，其中像钟闻一样已经毕业的占大多数，也不知是谁组的局。反正钟闻是被纪小雨忽悠来的，认识的人中不乏认为他和纪小雨是一对的，他也懒得解释什么。只要他和纪小雨心里清楚他们只是"兄弟"就成，平日里就是互相嫌弃，说话没好气。不过该帮的忙钟闻还是会帮的，谦让女生，助人为乐嘛，这是他的美好品德。

"别买了！你的信用卡还分着期呢！"从纪小雨手里接过篮子，钟闻也不清楚这堆东西价值几何，但想来总不会很便宜。

"你怎么比我妈还啰唆……知道啦，知道啦，你先去排队，我去找瓶香水就过去。"

"你在这儿买什么香水啊！我们之后不是要去格拉斯和普罗旺斯吗，那边有的是香水，还便宜！"

纪小雨用嘴撕着指甲上的毛刺，嘟囔着："是啊……"

"小雨，小雨……"

有女生在后面的货架旁边召唤她，她忙不迭地跑过去，对钟闻摆手，说："快去吧，我们马上来！"

钟闻无奈，只得提着篮子去排队，结账的队伍也不算太长，但速度有点慢，他向来讨厌等待，不停按亮手机屏幕看时间。好不容易等到纪小雨和其他女生回来，钟闻对纪小雨使了个眼色，径直绕到了第一顺位的面前。那是个白人女士，四十多岁，钟闻用蹩脚的英文手舞足蹈地说："这位美丽的女士，我和朋友快要误机了，能不能让我们先结一下？我知道这样不对，但拜托了。"

他长着一双puppy eyes（小狗眼睛），平时就水汪汪的，装起可怜来更是不得了，加上他那对哪怕不笑稍稍绷劲就会显出来的酒窝，让他一直都是"长辈杀手"。果不其然，对方非常友善地让出了位置，钟闻甜甜地说："谢谢姐姐。"

纪小雨努力控制着自己翻白眼的冲动，心说：姐姐？明明比你妈妈小不了几岁吧！

但多亏了钟闻的"美男计"，他成功卡到了最前面。正在结账的是一个亚洲美女，头发是现在已经很少见的"黑长直"，中分，秀发垂在两侧，又因为低着头，脸被挡了个七七八八，不过钟闻还是对她挺翘的鼻子记忆深刻。等待期间，钟闻将篮子放在柜台边缘借力，手机也随手倒扣在了柜台上，女生结完账之后往旁边挪了挪，给他空出了位置，他就把篮子蹭到了中间，下意识地把手机放在了自己的右手边，这是习惯。

等他们结完账，其他旅客都已经登机了，他们一路小跑着上了飞机，落座后就差不多该关舱门了。钟闻这才算松了口气，想给纪小雨发条信息，警告她以后如果再这样，就干脆让她自己改签下一班，结果手机提示他指纹识别不正确。

钟闻愣了愣，并没有急着试，因为他已经发现手机桌面是一张非常古典的插花图，显然不是他的手机。但跟他的手机型号、颜色是一样的，也都没套保护壳，不过仔细看，这个比他那个用得精心，他记忆里的几处划痕和磕瘪都没有了。

他仔细回想了可能和别人拿错手机的场合，就只有刚刚在免税店里，虽然他当时没有注意那个女生有没有把手机放在柜台上，但思来想去，最大的可能就是当时两个手机离得近，女生顺手拿了他的。

这可怎么办啊……飞机开始滑行，肯定是回不去了，再说人海茫茫，他到底要去哪儿找那个女生？钟闻又试了两次密码，当然是没成功，最后无奈地关了机，把手机扔回了口袋。

他的手机里倒是没有什么重要的东西，也用了一年多，大不了换一个。但不知道这个女生的手机里有没有要紧的东西，要是能换回来就好了。钟闻下意识抬手蹭了蹭鼻子，突然闻到一丝轻微得如同幻觉的味道。

他仔细闻了闻自己的手指，确实有一种香味在，具体是什么味道说不上来，但应该是植物的味道，发甜的花香里混着草木的清新。虽然他能闻出来，但其实这味道对其他人来说根本就淡得不存在。钟闻又掏出手机，凑近闻了闻，味道果然来源于手机。

应该没人会往手机上喷香水，再说这味道也过于清幽了，想来是日常沾染到的气息。钟闻又想起那个女生闪闪发光的黑发，以及一身浅色的套装，香味在他大脑的嗅觉中枢里飘来荡去，竟然令他觉得愉悦，丢失手机的丧气也顿时烟消云散了。

然而同样在飞机上的陈觅双可没有钟闻那么心大，自从发现拿错了手机，她就陷进了无尽的焦虑中。她的时间很紧，回到尼斯就要和一家酒店的宴会负责人见面，谈宴会花艺设计的合同，而且对方不是总有时间，不然她也不会前一天还在巴黎做婚礼现场，后一天就飞回来。这种时候丢手机简直不能再糟了，万一对方打她的电话打不通，很可能就去找别人了。

合同成不成不要紧，但陈觅双不想因为这点事影响自己的信誉。更重要的是，她讨厌不确定因素，讨厌事情脱离掌控。

这个手机的桌面是一件球衣，陈觅双对此一窍不通，只能猜测是个男生的。她隐约记得当时在免税店，旁边有个年轻的亚洲男孩，但她没有特别留意。手机的语言系统是中文，印证了她的猜测，可她反而更担忧了，万一对方是要回国，怕是联系不上了。

陈觅双并不知道，此刻她的手机就在她身后十步以内。她和钟闻在同一架飞往尼斯的飞机上，他们之间的距离仅仅是商务舱和经济舱之间的距离。可惜的是，无论是下飞机还是拿行李，他们都没有看到对方。

下了飞机，钟闻一行人打车去酒店，一辆车坐不开，就连拦了两辆，七手八脚地把行李往后备厢里塞。他们中大多数人出国经历有限，又基本不会法语，初到人生地不熟的地方，举手投足都带着莫名的紧张急切，生怕自己动作慢了招人烦。然而就在钟闻已经坐进出租车后座，马上就要关门时，他口袋里下飞机后重新开机的手机响了。

他惊了一下，马上反应过来，打着稍等的手势，站到了车外。

飞机停稳后，钟闻就打开了手机，怕机主联系，只是他没想到会这么快。他接起电话，一时组织不好语言，连用什么语种都茫然，最后只好傻乎乎地说了声："Hello（你好）？"

"你好，我是你手里手机的主人。如果我没猜错的话，你的手机也在我这里。"陈觅双下飞机后找工作人员借了电话，打给自己的手机。接起来之后对方的发音让她一听就知道自己找对人了，干脆直接讲了中文。

"噢噢噢！"也不知是因为找到了自己的手机，还是因为听到对方说中文，反正钟闻突然就激动起来，"你在哪里呀？"

"我现在在尼斯的蔚蓝海岸机场。"

"哎？真的假的啊？"

陈觅双心说这人说话语气词怎么这么多，我骗你这个有什么意义："真的，你在哪儿？"

"我也在这个机场啊，我在T2出口的出租车点，你来找我吧。"

这对陈觅双来说倒是意外之喜，她赶紧就往出口跑。钟闻对催个不停的纪小雨摆手说："这样，你们先走，我一会儿过去找你们。"

纪小雨有点不放心："要不我留下陪你吧？"

"不用，不用！快走吧！"他甩上车门，弯腰对司机说，"抱歉，出发吧。"

出租车刚刚开走，钟闻就看见眼熟的"黑长直"朝自己走来。那女生实在太显眼，明明是最简单的打扮，却能在机场外形形色色的人中脱颖而出，让人一眼就注意到。她就好像是五彩斑斓的世界里一抹纯净的白，反而瞩目，如果非要用一个词来形容，虽然矫情一些，但钟闻还是想到了——气质卓然。

"这里！"钟闻抬起手臂摆了摆，露出了标志性的灿烂笑容。

陈觅双估摸不出他的年纪，总之肯定比自己小就是了，看着像是国产青春片里白净清瘦的男主角。对于比自己小的人，陈觅双一向都是当孩子看待，态度更加温和，却也更加敷衍。她按亮手机屏幕给钟闻看："是你的吧？"

"是我的。"钟闻也和她一样按亮了屏幕。

"抱歉，应该是我拿错了。"

"没关系，'机缘巧合'的'缘'是缘分的意思啊。"钟闻作势要把手机还回去，却又猛地抽回了手，"对了，你叫什么？万一我还错了人，也得留个底啊。"

"我叫陈觅双。"陈觅双勉强笑笑，她知道男孩在要滑头，却也没有当回事，只是急着交换了手机。风从他俩中间穿过，钟闻再度闻到了那股香味，这次更加清晰。他这才确定这味道来自陈觅双身上，应该不是香水，而是原始的花香，只是他对植物没有研究。从陈觅双身上发散出来的香味，比手机上沾染的更明显，也更甜一点，不过其他人应该还是很难注意到。

"我还有事，先走了，谢谢。"

拿到自己的手机后，陈觅双立刻打算转身离开。电光石火间，钟闻做了一个决定，他唐突地按住了陈觅双的行李箱："等一下！"

陈觅双转回头，有些意外地扬了扬眉，但表情仍旧很冷。

"我好像有一张便笺黏在你手机上了，给我看一眼。"

这是个蹩脚的谎言，但一时间钟闻只能想到这种，陈觅双举起手机，来回翻看："没有啊……"

就在这时，钟闻一把将手机从她手里夺下，顺带揪住了她的手指，另一只手顺势掏出了刚刚在口袋里偷偷摘下笔帽的中性笔，直接就在陈觅双的手心上写起了字。

陈觅双被吓了一跳，条件反射般地抽手，掌心立刻被画上了很长一道黑色印记。但钟闻没放开，仍然继续写，她顷刻间也冷静了下来，因为她看出了那是串电话号码。

钟闻在陈觅双的掌心写下了自己的手机号和名字，才心满意足地将笔帽扣出清脆的"啪"的一声，狡黠地笑着说："我叫钟闻。我要在南法待好几天，有空打给我。"

精力旺盛的年轻人啊……陈觅双在心里叹了口气，什么都没说，转身大步流星地离开了。

钟闻一直望着她的背影消失，才打车去和伙伴们会合。

他何尝不知陈觅双联络他的概率几乎为零，可是他很希望能再见到她，为了这点希望，他总得做点什么。他一向是这种性格，想到就去做，就算注定失败也要争取一下，反正又不要钱。

就算要钱，钟闻也舍得为了一个冲动千金散尽，他就是这样的人，他喜欢这样的自己。

但走远了的陈觅双只是着急忙慌地从背包里翻出湿巾，把手仔细擦了一遍，又去使劲蹭中性笔的印记，硬是擦得不太能看出来才踏实。

相比巴黎的喧嚣灿烂，处处宏大雄伟，随便说出一个建筑都举世瞩目，尼斯就显得低调很多，村庄与城市没有明确的分界线，生活节奏很慢，处处透着和煦宁静的氛围，法式风情却更加浓郁。在巴黎总是马不停蹄地赶时间，而在这里，却可以悠闲地走一走，在蔚蓝海岸上瘫着。

钟闻到了旅馆和大家会合后，已经是下午了，他们在旅馆吃了点路上买的面包，有男生跟钟闻打趣："怎样，是美女不？"

钟闻撕着咬不动的面包，点了点头。

"真的假的啊，早知道我们也留下看看了！"

"听他胡扯，是个女的他都叫美女。"纪小雨不以为意地说。

"谁说的！我就没叫过你！"

纪小雨气得上前踹他，钟闻灵活地跳起来躲开，眉飞色舞地说："这次是真的，气质美女。"

"说气质就是脸长得不好看呗……"纪小雨小声嘟囔。

"你一个跟气质完全不搭边的人就别掺和了。"

钟闻毫不客气地怼她，继续和男生们描述陈觅双，几个人兴高采烈，谁都没注意到纪小雨的脸耷拉老长，始终噘着嘴。她当然知道钟闻就是嘴欠，也不是真心的，这几年他们都是这种互损模式。但最近她好像愈加小心眼起来，听钟闻猛夸别的女人，却独独挖苦她，她心里就是不爽。

吃过东西，一群人出去游荡，有人不想走远，就想在他们住的老城区逛逛，有人却想去看看城堡山，干脆就分成了两拨。纪小雨是很想去看城堡山的，但最后还是留下来跟钟闻一起闲逛。好在老城区的景色也很别致，房屋错落有致，外墙颜色大多数是暖暖的姜黄色，但深浅不一。房子很高，巷子却很窄，走在其中只能看见一扇扇推开的窄窗，有的刷着绿漆，有的刷着黑漆，都已经斑驳褪色了，弥漫着古朴的情调。一转弯，视野陡然开阔了，许许多多瓜果摊子摆在一起，非常热闹。他们买了几串葡萄，直接吃起来。

空气里始终弥漫着花香，老城区花草很多，周边花店也很多，加之外国人的香水用得浓，那些香味混在一起，对钟闻来说过于冲了。他不由得又想起陈觅双身上的香味，那种香味对他来说正好，能让他感受到香味的美好，而不是第一时间被熏得头晕。

"喂，想什么呢？"纪小雨发觉钟闻在走神，用手肘碰了他一下。

钟闻摇了摇头，没说话。

"你这次回去，家里得疯吧？"

"那又如何，反正都已经成定局了。"

"那你以后打算干什么？"

"不知道。"钟闻走路时把胳膊甩得很高，"走一步看一步呗。"

"要不你考研吧，至少能大大方方地再混两年。"纪小雨眨了眨眼。

结果钟闻把头摇得跟拨浪鼓似的："我才不要！你以为我多爱读书啊！"

纪小雨偷偷撇了撇嘴，无法再说下去。她也不爱读书，但假如钟闻愿意，她就有勇气考研。因为她知道两个人步入社会后身边总会出现更多的人，稍不留神就会渐行渐远，只有回到学校，才能顺理成章地天天在一起。

可惜她永远搞不清楚钟闻在想什么，想要什么，她改变不了钟闻的任何决定。想到这里，纪小雨出声地叹了口气。

但钟闻并没有留意到，他在想自己的事。大话谁都会说，实际上他也为自己的未来发愁。他毕业于知名大学的化工系，按理说文凭也够硬，只是当初选择这个专业并非出于自己的喜欢，他对将来要做什么工作全然没有考虑。毕业后也是听家里安排，直接进了一家上市的食品企业做食品质检，专业算对口，工资也不低。

然而被安排好了的顺风顺水的生活过了半年，钟闻就受不了了。一是工厂里的气味、机器的气味、食物各个阶段的气味、塑料纸浆包装的气味，都让他感到煎熬；二是生活沉闷无聊，工厂里的日子就像生产线的履带，行走的进程永远不会有变化，终点就在一眼看得到的地方。他才二十三岁，不想过一眼望到头的人生。

在长辈眼里，这就是任性、天真、不踏实，钟闻也不想辩驳，但他还是瞒着家里辞了职。之后纪小雨他们嚷嚷着法国行，他就拿着那半年的工资跟着一起来了，也是因为暂时不想听父母唠叨。但钟闻知道，父母终究拗不过他，他也算是被溺爱着长大的。

可是他不想啃老，主要是自己没有经济来源，就会受制于人，他是个喜欢自由的人，并不想一直待在父母的保护伞下。他暗暗决定，回国之后就得努力找份工作了。

虽然毕业已经快一年了，但钟闻是拿这趟旅行当成自己的毕业旅行的，回去之后就要尽可能做个像样的大人了。

尽可能，等于不知道能不能做到。

晚一些时候，去城堡山的人回来了，宝石一样璀璨的夕阳也渐渐被夜色吞没。他们出去觅食，法餐又贵又不合胃口，规矩又多，主要是他们中没一个会法语，英语口语能力也有限，进正式的餐厅总有些发怵，所以更偏向于小店。

灯火亮起后的尼斯老城区，所有的喧嚣都被包裹在温暖与静谧里，就像被包裹在水晶球里的一簇花火。路上遇到一家酒吧，吸引了包括钟闻在内的几个男生的注意，酒吧内部装潢非常雅致，看起来不是那种特别混乱的地方，关键是有天台，上面似乎有很多人在开派对。

征求了女生的意见，大家觉得来都来了，不进去喝一杯岂不是遗憾，于是就一起推开了酒吧的门。他们一群亚洲游客很是显眼，一进去就引得众人纷纷侧目，他们有点不自在，拼命往角落溜。好在酒吧里人来人往，很快人们的注意力就不在他们身上了。他们点了几杯度数低的酒饮料，好奇地打量着酒吧里的人和装饰。

有点唱机，可以花钱点歌，舞台上有个小乐队，不过没看到表演的人。常有穿着奇装异服、戴着面具的人从楼上下来，钟闻忍不住找酒保打听，问可不可以上天台。酒保说可以，但天台上在开化装舞会，最好还是打扮好再上去。

他们自然是来不及变装，也觉得自己融入不进去，但那些人真的很热闹，有扮猫女的、扮魅影的、扮吸血鬼的，甚至还有扮某种物件的……以前这种事只能从电视里看到，他们都特别想表现得淡定，但眼睛里闪烁的好奇的光，还是显得他们像刘姥姥进大观园似的。

"走走走……"纪小雨实在耐不住，拽着钟闻往楼梯去，走到一半，仰头看着天台，上面有很多白色的沙发、长长的桌子，点着蜡烛，栏杆上系着气球，气氛十分浪漫。纪小雨面露羡慕，不停给钟闻飞眼神："我们上去看看，就一下，也不会有人赶我们的。"

确实没人在意他们，上下楼的人从他们身旁经过，只要他们不挡路，就不会刻意看他们，只是钟闻确实没什么兴致。就在这时，楼下响起了乐队演奏的声音，他趁机说："我去看看。"挣脱开纪小雨，转身跑下了楼。

楼下舞台上几个乐手就位了，鼓手、贝斯、键盘，很齐备。钟闻在离舞台近的地方随便找了把椅子坐下，一个女生突然从舞台侧面跳上了台。那是个打扮极夸张的女孩，一头粉红色的头发，一面短到脸颊，一面长过肩，应该是假发，嘴唇画得发紫,脸上戴着遮眼睛的面具,但从空洞能看出她带闪光的大烟熏眼妆。衣服是朋克风的,黑色印花的吊带衫加上黑皮裙,脖子上、手上都戴着黑色皮饰。乍一看是个亚洲人,但因为有面具,钟闻也不太能确定。

女孩熟练地掌控了麦架,前奏响起,是皇后乐队的*Killer Queen*(《杀手女王》)。这是钟闻很熟的歌,他很快跟着摇摆起来。女孩的声音清淡慵懒,唱得说不上完美,但台风很自然,看得出来她自己很享受。

> ......
>
> Caviar and cigarettes(鱼子酱和香烟)
>
> Well versed in etiquette(诗意的礼节)
>
> Extraordinarily nice(格外迷人)
>
> She's a killer queen(她是个杀手女王)
>
> Gunpowder, gelatine(火力强劲)
>
> Dynamite with a laser beam(像带激光束的弹药)
>
> Guaranteed to blow your mind(保证让你意乱情迷)
>
> ......

从某种意义上来说,这女孩真称得上"杀手",拥有狙击人心的能力。间奏时有人热情地喊她的名字,钟闻听着好像是"Amber",看来还是个熟脸。

虽然有那么几个瞬间,钟闻觉得女孩的眼神扫向他,但他都当作幻觉。他对于这种类型的女孩,只敢敬而远之。还想着能再听一首,谁知*Blackout*(《熄灯》)的旋律刚起,女孩像是突然看到了什么,有些匆忙地跳下了台。她刻意迂回到了一侧,企图将身影隐藏在交错的人影里,快步朝酒吧门口走去。

只有在经过钟闻的桌前时,因为空间狭促,和对面一个人交错不开,女孩被迫停了停。只有一两秒,空调口的风吹下来,让钟闻忽然闻见了跟陈觅双身上一样的香味。他噌地一下站起来,女孩却只留了背影给他。

钟闻其实有点恍惚,与其说是相信自己的鼻子,不如说是受内心驱使,他什么都没来得及想,就已经晃晃悠悠追了上去。

所幸女孩没走成,虽然躲了半天,还是在门口被不想见的人拦住。一个人高马大的欧洲男人拉住她的胳膊,还摘下了她脸上的面具。钟闻赶上前,终于看清了女孩的脸,眼影化得很重,眼尾一道蓝色长长地荡开,像孔雀一样。

虽然听不懂他们在说什么,但钟闻也不傻,见这架势也知道是男男女女那点事。讲真心话，出门在外不该多管闲事，可他没法置之不理，于是笨拙地卡在男女之间，一时情急竟说出了母语。

钟闻背对着Amber，所以没看到她眼睛里闪烁的诧异。

钟闻并不矮，也不算孱弱，但和面前这男人一比，还是瘦小一圈，任谁都觉得他会吃亏。男人也没把他当回事，伸手拨他的肩膀，还想去拽Amber。

本就是血气方刚的男孩，钟闻也不想在女孩面前丢了面子，他梗着脖子，再度挡在男人面前。男人喝了酒，再加上沟通不顺的烦躁，伸手揪起钟闻的脖领，薄薄的T恤皱成一团，气氛顿时剑拔弩张起来。钟闻的拳头已经攥了起来，做好了要大闹一场的准备。

然而就在这时，一旁一道黑影伴随着疾风呼啸而来，男人突然弯下腰去，爆出一声惨叫，里面夹杂着骂人的话，揪着钟闻的手也松开了。

"走啊，傻愣着干什么！"在酒吧还未散尽的惊叫声里，Amber牵起了钟闻的手，推开门跑到了街上。

到这时钟闻才看清，Amber的胳膊下夹着一块长板，刚刚她应该是拿长板抢了那个男人。想到这儿，钟闻有点想笑，但他的大部分注意力黏在两个人牵在一起的手上，更多的是一种极其新鲜的好奇感，他不自觉把眼睛瞪得大大的。

Amber把板子踩在脚下，对钟闻使了个眼神，急急道："快上来。"

钟闻完全不会玩滑板，以一种非常尿的姿势蹲在了上面，回头看时发现被打的男人已经捂着脸追了出来，后面好像还跟着其他人。隐约间，钟闻好似还看见了纪小雨。

他总算是想起了自己还有朋友在，但滑板已经向前移动了，Amber拖着他，起步有些艰难，他非常识时务地用手撑着地，帮了点忙。风在耳畔变得更疾更凉，滑板带着他们往更幽静的巷子深处而去。等到钟闻再回头时，身后并没有人，也不知是那些人根本没追他们，还是他们真的逃掉了。

可钟闻还是感觉他们在逃，逃离与其他人有关的世界，飞奔向一个独属于他们两个人的寂静的月亮。

"哟！"钟闻逐渐兴奋起来，就像滑板的主人是自己一样振臂高呼。

Amber在他前面翻了个白眼，心想这人是不是傻。

这一路根本算不得潇洒，反而很狼狈，地面坑洼不平，很多鹅卵石和碎石子混在里面，虽然阻碍不了长板滑行，但确实颠得很。她一个自认身量轻盈的操纵者尚且觉得勉强心累，天知道这一个大男人缩在板子上，任谁看了都会觉得好笑，他有什么可兴奋的。

"喂，你差不多了吧……"

Amber快要没力气了，放任板子的速度逐渐慢下来，忍不住出声催钟闻下来。钟闻这才反应过来，直愣愣地站了起来，他没想到滑板会晃得这么厉害，突然张牙舞爪掌握不了平衡。Amber下意识跳下板子，想像往常一样踩住，谁料前面突然出现了一个陡坡。

渐缓的坡度连接着蜿蜒的窄路，一直延伸到很远，直到被朝向混乱的几栋房子阻隔，略显昏暗的暖黄色的光打在房屋颜色各异的外墙上，照不穿夜色，却突显了错落。坡顶会是个拍照的好位置，能得到相对完美的构图，以及类似凡·高画作中的南法标志性的景致。可惜钟闻停不下来，滑板的前轮刚一陷落，本就位置靠前的他就因惯性被朝前丢了出去，他在路人和Amber的注视下非常滑稽地滚了下去。

虽然钟闻凭本能抱住了头，但还是磕得够呛，到了坡段一半左右的位置才停住。他坐在地上，还维持着双臂抱头的姿势，有些轻微耳鸣，半天缓不过神来。

"还好吗？"Amber先去追了板子，又折返回来看他，有点担心。

刚刚事发突然，她没踩住板子，再想拉钟闻也来不及了。虽然钟闻滚下去的样子过于好笑，但毕竟他会搅进来是因为她，该负的责任她还是得负。

钟闻缓缓放下手臂，抬头看着她，没听清楚她说什么，于是傻傻地"啊"了一声。

"先起来，动一动。"

Amber扯着他的袖子，钟闻就跟着站了起来，动动胳膊，动动腿，骨头没事，就是到处都破了皮。

他咧嘴笑了："看我，福大命大。"

"头晕不晕？"Amber心说，我看你就是心大。她伸出手指在他额角上碰了碰，钟闻立刻"哎哟"一声，自己抬手一摸，一个硬包。

"我成独角兽了？"钟闻反而来了精神，一双大眼睛在夜里闪闪发光。

Amber被他的脑回路惊呆了，终于没忍住，露出了一个略带嫌弃的笑容。

能博美人一笑，哪里还在乎这点疼，钟闻摇头晃脑起来，用吹牛似的语气说："这点小伤，没事！"

"既然没事，回去吧，拜拜。"

说罢，Amber就把长板丢在地上，一脚踩了上去，眼看着就要走。钟闻哪儿能让她就这么走了，情急之下去踩板尾，害得Amber一个踉跄，抓住翘起的长板的同时也后退撞到了他身上。

钟闻下意识搂住了她的腰，为了稳住彼此，他们离得前所未有地近，他又清晰地闻见了那股香味。

"你还要干什么？"Amber旋了个身，离他远点。

"不要那么冷漠嘛！我们一天遇见了三次，也是缘分啊！"

"谁跟你遇见三次。"Amber翻了个白眼，钟闻看见她的双眼皮贴，"我根本没见过你。"

她再度转身，钟闻却再度挡在她面前，歪头说："你就不要不承认了嘛，虽然你变装很厉害，可我已经认出你了，就没必要再装了嘛，陈觅双。"

此时的陈觅双一个头两个大，她是真没想到会再遇见钟闻，也没想到会被认出来。她在尼斯生活了快四年，从来没有人在这种状态下认出她是陈觅双。因为她平时的样子和现在就是两个极端，丹凤眼变双眼皮，用修容术改变了鼻子的形状，故意将口红涂得很艳。在夜里，她从来都只是Amber，一个爱唱歌、跳舞、和陌生人说话的疯丫头罢了。

久而久之，连陈觅双自己都当那是两个人，拥有两个人生，两个世界。她不想混淆，不想让自己失去一个避风港。

这个钟闻是不是她的克星啊……陈觅双刚刚在台上看见钟闻时就有不祥的预感，当时还劝自己说只是巧合。结果已经很久没出现的狗皮膏药居然又出现了，然后事情就变成了这个样子。

"我不是，你认错人了。"

陈觅双纵有一时的紧张，但更多的是觉得意外和麻烦，并不慌乱。钟闻一看就是个背包客，很快就会离开，随他怎么说，自己不搭理就完了。这样想着，陈觅双冷冷地别过脸，打定主意赶紧离开。

"啊，疼疼疼疼疼……"

谁料钟闻突然像树袋熊一样抱住了她的胳膊，比她高一头的个子，宁可屈着膝盖，也要把头靠在她肩膀上，夸张地叫着："头疼，头晕，你得对我负责啊。"

"你放开。"陈觅双拼命想把胳膊抽出来，奈何拗不过他的力气，"你多大的人了，怎么还要无赖？"

"你多大的人了，怎么还不承认自己是谁呢！"

陈觅双气结，钟闻却在她肩膀上蹭来蹭去，撩着眼皮瞅她："没话说了吧！"

"行，我负责。我送你去医院，治疗费我出，行了吧？"

"不用去医院，听说国外看病可贵呢，你给我上点药就行。"

"我上哪儿给你找药去？"

钟闻一脸无辜地嘬腮，露出两个很深的酒窝："不知道。反正你走到哪儿，我就跟到哪儿。"说完胳膊夹得更紧了。

这是哪儿来的熊孩子啊！最关键的是，真小孩至少好糊弄，这个二十岁左右的熊孩子实在是软硬不吃。无论她拿出什么态度，钟闻都顶着一张人畜无害的脸，死不松手。

陈觅双其实极其讨厌和人有非必要的肢体接触，尤其是异性，刚刚出酒吧时有这种接触是因为情况紧急，而且那时她是Amber。现在她变回了陈觅双，只觉得浑身别扭，但时间长了，她居然也渐渐习惯了。怎么说呢，钟闻和她遇见的其他男人给她的感觉不同，他的纠缠并没有给她明显的性别上的施压，仅仅是撒娇而已。

天知道她为什么要接受一个就见过三次面，其中一次还根本没看清长相的男人的撒娇，陈觅双在心里对自己狂翻白眼，可她就是神不知鬼不觉地习惯了。

维持着这种看起来亲亲热热，实则更像是"劫持"的姿势，两个人走了很远的路，最后绕到了一侧挨着马路的宽阔街区，停在了一栋外墙是橙红色的三层小楼的侧面。

"放手，我要拿钥匙。"陈觅双抖了抖已经快麻了的胳膊。

钟闻这才乖乖地松手站好，抬头左顾右盼："这是你家啊？"

陈觅双没说话，掏出钥匙打开了楼侧的小门，一条很窄的旋转楼梯直通三楼。因为格局问题，三楼的使用空间很小，看摆设是纯私人的空间，有单人床、沙发和小桌子。她朝钟闻抬了抬下巴，指向角落的小门："去冲一冲伤口。"

里面是个淋浴间，不过钟闻没脱衣服，只是用洗手池的水龙头冲了冲。他注意到淋浴间令人惊愕的洁净，而且没有任何香氛类的东西，也没有一丝异味，干净得如同新房子。

他对着镜子左右照自己的脸，心想幸亏没破相，不过是没摔那跤就好了。但他转念又觉得，要是没摔跤也没法来这儿，所以还是值得的。

陈觅双不知道他在里面琢磨什么，从床头小柜子里把药箱提出来，等到钟闻一出来，就直接丢给他："自己擦，擦完赶紧走。"

"别急嘛……"

钟闻翻着药箱，把里面的东西挨个拧开盖子看看，又拧回去，眼睛滴溜溜乱转："这么大的房子，你一个人住啊？楼下是干吗的？"

"你自己来的吗？没有朋友在等你吗？"

"哦，对，有……"钟闻这才想起看手机，果不其然，信息和电话都已经爆了，他随便挑了个人回了一条"没事，不用管我"，转头继续和陈觅双说话，"你就不好奇我怎么认出你的吗？"

陈觅双好奇，可不想问。

但即便如此，她也制止不了钟闻继续说下去："你带我下去看看，我就告诉你。"

我完全不想知道好不好！陈觅双扶了下额头，什么也没说出来，如果她现在还是Amber，就可以直接把钟闻赶出去。可她被认出是陈觅双，即便还戴着假发，心却被上了锁。

她从床边站起来走过去，弯腰从药箱里掏出纱布和消炎药水，故意往高处抛。但钟闻还是像猫一样抬手接住了，她叹了口气说："擦完我带你下去。"

钟闻闻言赶紧胡乱地给自己擦了点药，分分钟就合上了药箱，求讨奖励似的双手举给了陈觅双。陈觅双把药箱放回原处，忍不住问："你多大啊？"

"刚过完二十三岁生日。"

那就是比她小四岁。陈觅双暗暗回想四年前的自己，该不会在别人眼里也是这么幼稚吧？

从一旁的另一个木质楼梯下去，二楼是很敞亮的工作间，基本上能打通的区间都打通了，看起来一览无余。长长的桌案，上面摆着很多剪刀之类的工具，墙上有大块幕布，房间的主色调是白色，只有角落的一束束花点缀着。

各种式样的容器中插着各种式样的花，看起来都很精巧，对钟闻来说香气有些混杂，不过不难闻，青草味居多。一般家庭摆鲜花，顶多一两瓶，她这里太多了，看起来就不寻常了，可是钟闻一时想不起这应该叫什么，结巴着说："你是……你是……花，搞花的？"

陈觅双没忍住笑了一声："我是做花艺的。"

"噢，对对对……"钟闻猛点头，"那是做什么的？"

陈觅双白了他一眼。

又下了一层，这层分两个区域，靠里的地方像是会客室，摆着温馨的沙发和小桌子。用一块帘子隔着的面向马路那面的屋子里，摆满了花瓶和筒，还放着不少鲜花，气味非常浓郁，突然冲得钟闻有点头疼。

不过他算是搞清楚陈觅双是做什么的了，楼下是个对外的花店，楼上是花艺工作室，反正就是跟花花草草有关的。大概就是因为陈觅双经年侍弄种类繁杂的花草，又生活在这种环境里，香味才逐渐累积在她身上，已经成了她的一部分。

全天下独一无二的香味，钟闻希望只有自己能闻得到。

"好吧，我说话算话。因为你身上的香味，我才认出你的。"钟闻说。

陈觅双皱了皱眉，不确定他是不是胡说八道。因为她从不喷香水，她不想香水的味道掩盖花香，不然会影响她的感觉。

"我没乱说，你身上真的有一种香味，连手机上都有，我拿你手机时就闻到了。你自己可能闻不出来，别人应该也闻不到，这是我的特长，我鼻子好。"

"能有多好，乱说。"

"我说真的！"

换作往常，钟闻并不爱显摆自己的鼻子，有段时间他甚至因此而心烦。但在陈觅双面前，他却迫切地想要被相信、被夸奖，因为这是他拿得出手的东西，他必须得让陈觅双看到："这样，我证明给你看！"

他突然抓起陈觅双的手又往楼上跑，他只是太急，想到楼上有可以用的东西，不像楼下的花都是分门别类的。陈觅双被突如其来的牵手吓了一跳，下意识要甩开，钟闻这才意识到自己刚才做了什么，他低头看了看自己的手，突然有点空落落的。

回到二楼，钟闻把手盖在眼睛上，对陈觅双说："你随便拿一盆花过来，我不清楚花的名字，但我能闻出来有多少种。"

"你这样还是会偷看的。"事已至此，陈觅双也知道不配合他就糊弄不过去了，既然如此，就要严谨一点。

陈觅双找了张干净的方巾，折了两折系在了钟闻的眼睛上，钟闻感觉到她的指尖在自己的头发里摩擦，心上突然像有什么爬过一样，痒痒的。

五感相同，遮住眼睛，嗅觉反而更敏感。陈觅双举着一瓶插花到他面前，那些在普通人闻起来只是混作一团的轻微的气味，对钟闻来说却清晰到具象的程度，他好似能在黑暗中看到一缕缕不同颜色的烟雾。

"七……不对，八种……有一种塑料的味道，我不太确定是不是活的。"

钟闻回答完，半天都没听见动静，他伸手往前摸，差点打到陈觅双的鼻子。陈觅双向后躲闪，这才回过神来："好了，摘下来吧。"

讲真心话，陈觅双挺意外的，这小子看着那么不靠谱，谁知还真的天赋异禀。这瓶插花里一共有七种花材，还有一种是做过处理的干花，外层有包浆。可以说，钟闻完全答对了。

陈觅双忍不住闻了闻自己的手，不知是不是心理作用，似乎闻见了一点香味。

钟闻扯下眼睛上蒙的布，正好看到她的反应，立刻笑开了："这回你信我了吧！"

"信了，信了……有这个天赋就去想想自己能干什么，别浪费了。"

"能干什么呀，没用。"钟闻满不在乎，"连在厕所里和人打架都不占优势。"

陈觅双哭笑不得，这孩子的脑子是怎么长的？

"行了，快走吧，你朋友该等急了。"

钟闻也知道自己不能耗在这儿了，别人在等他是一回事，主要是再死皮赖脸下去，他怕陈觅双觉得他图谋不轨。他挠了挠后脑勺，撇着嘴说："好吧……"

于是他走到了一楼大门口面朝马路的那处，陈觅双从里面开了门放他出去，两只手拽着门框，一副赶客的架势。钟闻回身看着她，心不甘情不愿地说："那我走了……"

"快走。别和别人说今天的事，江湖不见。"

说完不等钟闻回应，陈觅双双手拍上了门，同时关掉了一楼的灯。钟闻脑门贴在玻璃上往里望，再也看不见陈觅双的身影。

他叹了口气转身离开，还是忍不住一步三回头，看到花店外面的法语招牌，他拿手机查了一下，意思是"美丽际遇"。

他和陈觅双的相识，对他而言倒真的可以称得上是美丽际遇。想到这儿，钟闻忍不住吹了声响亮的口哨，脚步也轻快起来。

陈觅双站在楼上的窗前，摘下头上粉色的假发，捋顺自己黑色的长发，目视着钟闻的背影消失，突然长出了一口气。对陈觅双而言，两个世界的隔板被打破，个人领地被强行入侵，她是止不住惊慌的。

好在并不讨厌，她意外地感受到自己内心深处的真实想法——并不讨厌。

只是，还是再也不见比较好吧。

Chapter2
无人区玫瑰

钟闻已经忘了是从几岁起发现自己的嗅觉异于常人的。

起初他只是觉得每天都能闻到各种味道，口头禅都快变成了"有什么味道"，但他父母大多数时间什么都闻不到，看他总耸鼻子，还以为是有什么毛病。

直到小学五年级的一天，大人们聚在一起打麻将，钟闻和亲戚家的孩子凑在一起胡闹。他闻到了一股难闻的煤烟味，担心是煤气泄漏，可小朋友们都说没有，大人们也仍旧热热闹闹的。他和外婆说了，外婆检查了煤气炉，什么事也没有。可钟闻一直闻得到，却没有人信他，直到两三个小时之后，包括他在内的小孩子陆陆续续开始头晕，大人们才开始相信，检查了一通，发现是外婆放在院子里的煤炉没有封死，因为风向的缘故，全都刮进了屋子里。

然而即便如此，也没人当回事，顶多就是意识到这孩子鼻子好用。但鼻子好用算不上什么技能，顶多算个优点，还是不太好展示的优点，所以很快就被忽视了。

但自那时起，钟闻知道了自己的嗅觉确实厉害，他能闻到别人闻不到的细微味道，也能在混杂的味道里闻出分别。这也给他带来了许多烦恼，比如去厕所、去动物园、去医院之类的地方时，比如即使冰箱里的食材封得再严，每次开冰箱他还是会闻到异味，更别提别人身上的味道了，所以他比大多数男生都更注意卫生。不过除此之外，他是个再普通不过的人，没什么拿得出手的特长，他也不觉得自己能拿嗅觉干什么大事。一开始他还愿意和人显摆一下，青春期之后反而别扭起来，不想拿这么无聊的"天赋"自夸，所以不被人发现就不会主动提及，以至于他周围很多朋友都不清楚这件事。

他在大学学的是化工，也是家人的意见和自己当时可考虑的选项两相叠加做的决定。真正学习之后，他发现自己的鼻子倒是能起点作用，很多大家说无味的东西，他仍然能够闻到轻微的味道；而本身有强烈味道的东西，他能靠嗅确认克数和容量，所以他做起实验来游刃有余。不仅如此，钟闻还能无意中闻出旁边的人哪里出了错，这让他对学习产生了一些兴趣，大学四年的成绩倒也算得上优异。

只是老师们都说他是孩子个性，不能踏实下心来，怕是不适合搞科研。他自己也知道这点，所以毕业后没动继续深造的心思，直接接受了家里的工作安排。还有一个原因是，虽然实验很有趣，但即使在配备专业通风系统的实验室里，他还是常常因为气味而感到脑袋发涨。

钟闻没想到自己会在千里之外的尼斯，主动向一个刚认识的人展露自己的这项特长，并且一点都不难为情。说到底，他能拿得出手、能让人印象深刻的，也只有这个了，他必须让陈觅双相信他、记住他。

他回想起自己没脸没皮的劲儿，简直就像公孔雀求偶时围着母孔雀开屏一样。想到"求偶"这个词时，钟闻心思动了动，忍不住咧嘴笑了。

"你笑个屁啊！"纪小雨被他突如其来的痴痴的笑弄得发毛，毫不手软地在他后背上拍了一把，"摔成这样还挺高兴？"

钟闻回到住处后先是被多方谴责，然后又被多方八卦，只有纪小雨是真在意他伤得要不要紧。结果钟闻一副吊儿郎当甚至意犹未尽的样子，更令纪小雨气不打一处来。

他们当时散落在酒吧各处，对事情全貌并不清楚，注意到的时候就看到他好像和人起了冲突，还没来得及上前，他就和一个姑娘跑了，留下他们面对那伙人的怒意。他们生怕引火烧身，只好也麻利地溜了。

一男一女消失了这么久，很难不令人浮想联翩。然而钟闻紧咬牙关，硬是不透露半句，反而更可气地说："你们猜。"

倒是让人觉得真发生了什么。

"那女的，头发粉的，那副打扮……怎么，你喜欢那个类型的啊？"纪小雨舔着后槽牙问。

"喜欢一个人，跟打扮没什么关系。"

纪小雨跳起来嚷嚷："还真喜欢啊！"

"好了好了，你快回去睡觉吧！我也要睡了！"钟闻把张牙舞爪还想说什么的纪小雨强撵出房间，才呈"大"字倒在床上，头上的伤口稍一颠簸就跳着疼，他倒抽了一口冷气，却又想起陈觅双的脸来。

两张截然不同的面容在眼前交替出现，又逐渐融到一起，十分有意思。钟闻翻了几个身，怎么也睡不着，旁边床的男生早已打起了鼾。

他还得见见陈觅双，还得见见。刚分开几个小时，钟闻就已经迫不及待了。

第二日一早，有人想去博物馆，就奔伊兹和摩纳哥了。钟闻自认历史不及格，也没什么艺术细胞，以有点累为借口，想多休息一下，不想跟大部队一起去。

"那我也留下陪你！"纪小雨才不会被他蒙骗，见他装模作样，就知道他在打鬼主意。

"陪个什么劲儿！我要睡觉！"

"怎么，你还要裸睡？"

钟闻难得被纪小雨噎得没话说，可见人只要能豁出去，还是能改变什么的。算了，陪就陪吧，反正纪小雨也管不了他。

等到大部队走了，刚才还躺在床上装死的钟闻立马就跳了起来，冲进洗手间里吹了个利落的发型，紧接着就要出门。纪小雨一声不吭地跟着他，非要看看他打什么鬼主意。

但纪小雨是个很好糊弄的人，出门之后钟闻一副闲逛的姿态，像平时一样扯些有的没的，还买了些水果留给大家路上吃，她很快就把乱七八糟的念头抛在了脑后，单纯地游玩了起来。

钟闻就这样神不知鬼不觉地带着她靠近了陈觅双的花店，白天看来，小楼的外观更古老破旧，却也更雅致。花店这侧的大门是开着的，门外摆着高矮和造型都不同的花架，放着装满鲜花的水桶和一些盆栽，比起其他花店，似乎绿叶更多，不会显得那么花哨。

他装作不在意地从花店大门前经过，没看见陈觅双，于是拐了个弯又回去，左看看右看看，举起手机拍拍天空，余光却只往一个方向瞄。

时间拖得久了，纪小雨也觉出不对劲来，用手肘碰碰他："干什么呢？走啊！"

"你不觉得这个角度拍起来特别好看吗？"钟闻煞有介事地举着手机忽悠。

纪小雨绕到他的角度仰头看，什么也看不出来。正在这时，钟闻看到陈觅双走出了店门，随后有六七个肤色各异的人也走了出来，一一和她告别。白日的陈觅双又变回了他俩初见时的样子，如果不是地点相同，钟闻都不会相信她和昨晚的Amber是一个人。此时的陈觅双娴静典雅，一头黑而直的长发静静地垂在背后，一字领的宽松上衣和棉麻质感的长裙全是浅色的，显得整个人干净得有些冷淡。对别人的热情告别，她也只是微笑颔首，连笑容都好像是标准化的。

等到目送所有人离开，陈觅双终于偏了偏头，并不逃避地朝在店门前徘徊的钟闻看了过去。她刚一出来就看见了，虽然难免心里咯噔一下，但她知道是祸躲不过。

钟闻一笑露出两个酒窝，大步流星地朝陈觅双走去。纪小雨不明就里，只好跟上。谁知不等钟闻开口，陈觅双就看着纪小雨问："给女朋友买花吗？"

她先用法语问的，看到钟闻和纪小雨茫然的样子才换成英文。钟闻知道她是故意的，她就是要装得像陌生人一样。

纪小雨听到"女朋友"吓得一激灵，下意识看钟闻的表情，同时就要摆手。谁知钟闻竟扬声道："对啊，送女朋友选什么花比较好，你给推荐一下。"

陈觅双面上毫无波动，倒是纪小雨由惊到喜，高兴得嘴都合不拢。

"那要看小姐喜欢什么花……"

不等陈觅双说完，纪小雨立刻说："我喜欢玫瑰！"

"等一下！不是……"钟闻的心思都在陈觅双身上，慢了半拍才意识到纪小雨误会了，伸手就要拦，没想到纪小雨兴奋过了头，根本充耳不闻，反倒挣脱开了他，急着要去挑自己的玫瑰。

法国盛产鲜花，法国人也爱花如命，玫瑰品种众多，花朵饱满硕大，颜色也鲜艳夺目。陈觅双尽职尽责地做着介绍，纪小雨挑花了眼，半天也无法抉择。钟闻在一旁"咝"了好几声，想吸引两个女人的注意，结果谁也不搭理他。

于是他就肆无忌惮地盯着陈觅双的侧脸瞧，想来陈觅双应该比他大几岁，但单从脸上丝毫看不出，和纪小雨站在一起，只显得她气质恬淡，极清淡的妆容衬得脸颊稚嫩。

"像香槟玫瑰、白玫瑰、紫玫瑰……都卖得很好。"

"那就要香槟的吧。"

纪小雨这头刚敲定品种，钟闻就接着拍了板："来九枝，长长久久。"

他说得太自然，纪小雨脸都红了，根本不敢回头看他，心说这人到底是怎么了，昨天还在怼她，今天怎么突然就开窍。她一边跟自己说光有九枝玫瑰可不能答应他，得让钟闻再多拿出点诚意，一边嘴角已经快要咧到耳朵根了。

陈觅双熟练地包好了花，加上一些细碎的干花和绿叶填充，外面的包花纸是素色的，衬得香槟色更加典雅。她随口说了价格，转身将花束递给纪小雨。

这是纪小雨人生中的第一束玫瑰，还是自己喜欢的男生送的，她实在是矜持不住了，笑眯眯伸手去抱，然而她的指尖刚碰到包花纸，背后的钟闻突然伸过手来抢下了花束。

"不是给你的。"他对纪小雨说。

"啊？那你是……"

香槟玫瑰是一种淡香玫瑰，没有普通红玫瑰味道重，嗅觉不敏感的人甚至闻不到，但钟闻闻起来还好。只是他觉得不对，这味道不适合陈觅双。不过即便如此，他还是将花束向前一递，举到了陈觅双面前，说："送你的。"

鲜花堆满的小小空间里，气氛突然凝重起来，像是有什么东西的浓度一下子蹿高，吞噬了氧气，或许是纪小雨的难堪与愤怒，也或许是陈觅双的不敢置信，所以她俩的脸色都很难看，只有钟闻不受影响，还朝陈觅双眨巴眼。

"钟闻，你就是个浑蛋！"

纪小雨用力在他肩膀上推了一把，转身就跑了出去，把门前垂着的铜铃铛撞得叮当作响。陈觅双微微抬起眼，丹凤眼的上眼线显得冷淡又犀利，她对钟闻说："那女孩说得对。"

在陈觅双眼里，钟闻就是个浑小子。

"我刚才努力在拦了，反正怎样都是伤感情。可我和她真的不是男女朋友，她心里清楚的。"

钟闻噘了噘嘴，倒有点委屈的模样，见陈觅双一直不收花，弯腰想把她的手抓起来。突如其来的碰触让陈觅双汗毛直竖，她下意识甩开，退后了一步。

没想到她的反应那么大，钟闻有点不爽，抬手蹭了蹭鼻子。看来白天的陈觅双比晚上戒心大很多，不过他们第一次见面时，他也已经抓过了。这样想着，他反而又上前了一步，再度抓起了陈觅双的手，强行把花束塞给了她。

陈觅双抓着自己包裹的包花纸，在意的还是手背上接触的余感。虽然近些年她已经在努力克服，在这个浪漫的国度想不与人有肢体接触也很难，但她还是很讨厌亲密。那种感觉怎么说呢，很像是牙酸，不明显，却又忽视不了，很令人倒胃口。

可她阻止不了钟闻，一次，两次，三次……天知道这个人为什么会缠着自己。陈觅双讨厌按部就班的生活被打扰，被入侵，她想让钟闻从自己的生活里消失。但她表面上仍然克制，只是淡淡地说："钱我不要了，快点去追你的朋友吧。"

"我要去周边玩几天，还会回来，我们一定还会见面的。"钟闻还是把钱拿了出来，放在了一旁的架子上，然后探身向前，凑到陈觅双耳边说，"别忘了，我有你的把柄。"

热气吹在陈觅双的耳郭上，那一处肉眼可见地变红，她听见了什么反倒变得不重要。

"我走了！"

闹了这么一场，钟闻心满意足，挥舞着手臂，潇洒地倒退着出门。结果被门槛绊了个结实，直接一个屁股蹲儿摔了出去，他都摔蒙了，茫然地瞪着一双圆眼睛。

路人毫不掩饰地笑了起来，陈觅双站在屋里，和他正对着，虽然看到他的后脚跟碰到门槛时忍不住叫了声"当心"，但看他坐在那里，也不禁勾起了嘴角。

她笑起来很像是白色的兰花在缓缓开放，钟闻坐在地上愣愣地看着她，感觉自己心里也有一朵花正在开放。只是那花的香气是炽烈的、无法阻挡的，他从未闻到过，也无从分辨。

初恋有味道吗？谁能告诉他？

钟闻傻乎乎地爬起来，一边拍打着裤子上的土，一边又挥了挥手，才走出花店的范围。

陈觅双苦笑着摇了摇头，低头看着自己手里的花束和架子上的钱，只觉得莫名其妙。她不明白钟闻这种小孩子的逻辑，虽然不想让平日接触的人见到自己做Amber的样子，但也不觉得这算什么把柄。再说钟闻在这里人生地不熟，他能告诉谁啊。

不过花是无辜的，陈觅双拿到楼上插了起来，顺手收拾起之前刚刚上完的那节插花课的工具和剩余材料。工作很快让她忘记了钟闻那档子事，毕竟后天还有一场不能出任何纰漏的婚礼布置。

但陈觅双并没有发觉，这一次她没有特意洗手，明明在楼下时还有这个冲动，却好像被钟闻那意外的摔倒冲散了。

回到住处，钟闻敲纪小雨的房门，里面有动静，但死活不开门。他把手里从别的花店买的九枝黄玫瑰放在地上，黄玫瑰可以送朋友，他想说的是友谊天长地久。

等到大家回来，他们就要出发了，纪小雨从房里拉着行李出来，仍旧不和钟闻说话。花已经被拿进了屋里，随手丢在桌上，看起来她并没有带走的意思。

无所谓，钟闻只想把自己的想法表达清楚。

任谁都能看出来他俩不对劲，平日纪小雨就爱围着钟闻叽叽喳喳，他俩的关系看起来是比其他人更亲近一些的，同学们都觉得他俩是在暧昧期，只差一层窗户纸的事。这倒是他们第一次闹别扭，独处半天究竟发生了什么令人浮想联翩，但谁都不敢问。

即使有人问，纪小雨也不会说的，这简直太丢人了。她把自己的心思毫无顾忌地表现了出来，结果呢，被钟闻迎头一盆冷水泼下来。

黄玫瑰是什么意思，她懂，但她现在不想接受。

她不想那么快接受。

两个人就这样冷战着走过了伊兹、摩纳哥……最后一站到了格拉斯。这些地方都是其他人定的，钟闻只是跟着跑而已。到了之后才知道格拉斯又名香水小镇，因着《香水》的小说和电影而闻名于世，但追溯它的香水制造历史，早在17世纪就开始了。如今的格拉斯仍然有很多香水博物馆和工厂，小摊上卖的也都是香水原料和没有名字的香水制品。

钟闻对香水毫无研究，他只跟风买过一瓶古龙水，却总是想不起来用。倒是大学时有一阵子系里的女生跟比拼似的都在用香水，有些香味他真的不敢恭维，闻上去就像是水果泡泡糖、少了点薄荷的花露水，或者是痱子粉。之前他在免税店里看到了数不清的香水，似乎所有国际大牌都做香水，那些试香卡或者蘸了香水的玻璃棒他根本懒得闻。奇怪的是，女生们买的时候居然也不闻，她们好像只是认定某个名字。

但在格拉斯，名字并不好用，这里的香水更原始，更突显本质。这里几乎供应了巴黎所有大牌香水的原料，许多举世闻名的香水诞生于此，虽然也有大品牌汇聚的商店，但并没有其他地方那种眼花缭乱的营销手段，一切以香味说话。

你喜欢什么香型？花调还是果调？你怎么形容自己？对自己有什么期望？在格拉斯，香水是浪漫且郑重的，每个人都会告诉你要选择适合自己的香水，这甚至比选择一件适合自己的衣服更重要。

只可惜不是每个人的鼻子都像钟闻这么灵，纵使知道前中后调是什么，大多数人最后区分起来也只是好闻和不好闻，喜欢和不喜欢。好在格拉斯的香水比其他地方便宜得多，女生们买起来就像不要钱似的。到了这里，纪小雨的心情终于变好了，从一家店里面出来，手里一定不是空的。

他们到格拉斯的时间很早，广场上还有用麻袋卖新鲜花瓣的当地人。他们要待到晚上才走，所以时间充裕，可以慢慢逛。对钟闻来说，这个小镇是好闻的，到处都是清新的花香和海洋气息，也没有汽车尾气的味道。格拉斯傍山而建，面朝大海，房子多为经典的塔式建筑，褐黄色居多，在阳光下显得很暖。道路是古老的石板路和碎石拼接而成，但因为依山，所以常有陡峭的台阶需要爬，坡道也很多，不经意走到高处往下望，一片郁郁葱葱，房子一簇一簇，并不紧密地散落其中。

虽然一路走来，南法建筑与布局有相近之处，但不知怎的，钟闻对格拉斯颇有好感。这份好感毫无缘由，就像喜欢一个人一样。

道路曲曲拐拐，加上时不时就钻进一家铺子，没多久大家就散了个七七八八。不过都有手机，也没必要非在一起行动。钟闻本来就对买东西没兴趣，彩色的瓶瓶罐罐和各种形状的精油肥皂都不怎么适合男生，他无目的地溜达着，突然看到一幢三层建筑，门口有不少人进进出出，他好奇地凑了过去。

楼顶简约的蓝色招牌上写着"Galimard"，钟闻不懂，用手机查了一下才知道是如今法国规模庞大的三家香精香料生产公司之一，也是历史最悠久的一家。横在门上面的遮挡平台上立着古铜色的实验工具模型，钟闻觉得应该是蒸馏提炼之类的工具。

这家香水工厂对外开放参观，机会难得，钟闻也跟着游客一起走了进去。一进门扑面而来的花香，让人觉得就像进了百花齐放的山谷一样，香味虽然混杂，但是没有人工的痕迹，钟闻只是冷不丁一个激灵，但闻起来并不难受。想来味觉稍钝的普通人，应该会觉得心旷神怡。

他一路听着关于香水发展和制作的讲解，参观了博物馆，第一次看见那些工具。从最初只能从天然植物、动物中提炼萃取，器具笨拙，产量低，到现在更多地依靠化合物，工作氛围更接近化学实验室，虽然方法变了，但创造香水这件事本身和几个世纪前并没有什么两样。本身学习化工，又进过工厂的钟闻，看这些仪器时有种亲切感，加之香水于他而言是完全陌生的东西，他的兴趣随着了解一点点增加了。

参观了解完博物馆，游客可以去香水工作室尝试自己制作香水。架子上摆满了大大小小装着精油的玻璃瓶，人们选择自己喜欢的味道，用滴管吸取按顺序滴进棕色的空瓶里混合。在场有工作人员提供帮助和指引，也有推荐配方可以参考。说到底只是个游戏，顶多是让大家留个纪念，但钟闻想起了陈觅双身上的味道，他突然想，他有没有可能用精油将那种味道混合出来。

这个想法一跳出来就再不可控制，钟闻甚至觉得冥冥之中就是这个原因将他引到了此处。他开始比其他人都积极地去试精油的味道，他确实对世间万物的味道并不熟悉，但对应着瓶子上的标签，他逐个闻过去，就在脑海里一一对上了号。

原来雪松是这种味道，鸢尾是这种味道，杜松子是这种味道……气味不像背书，闻过了，记住了，就不会忘，至少钟闻是这样的。只不过他从前总是刻意不去闻，更不会主动去分辨，如今他一次性接收这么多味道，似乎能感觉到自己的感官在一点点打开，他的嗅觉就像是雷达，变得越来越灵敏。

然后钟闻开始回忆陈觅双身上那股淡淡的香味，太淡了，又被那么多的味道遮盖，他只能闭眼去想陈觅双的脸，想她垂下的黑发、漂亮的锁骨……香味若隐若现，仿佛稍纵即逝，钟闻猛地睁开眼睛，抓起桌上现成的纸笔将自己觉得可能的味道记了下来。

如何能更接近人体散发出的自然清香？用木调打底，雪松、琥珀、纸莎草……加上玫瑰，再加上铃兰、柠檬……不知不觉混了很多种，在一起摇匀，钟闻用手朝鼻子扇了扇，有一点像，但还是不对。毕竟精油纯度高，他又不懂什么比例调配，闻起来怎么都过于浓烈。所幸还是好闻的，先是铃兰的清新，玫瑰的甜味只有一点，后面还透出一丝清凉。

"I like it（我喜欢它）！"钟闻全神贯注在面前小小的瓶子上，没注意到身后何时有人盯着他，突然出声吓了他一跳，他回过头看到一个穿着精致套装的白人女子，大概三十岁，正用手向自己的鼻子扇动，满脸惊喜地说，"It's……so beautiful（这是……如此美好）."

钟闻知道对方在夸他，只是有点茫然，所以不知道该回应什么。当对方问他用了哪些精油时，他一五一十地说了，对方又问他这样调制的初衷是什么，这说起来就太难了，钟闻犹豫了一下回答道："我只是想调出一个长期摆弄花草的女孩皮肤上自然沾染的香味，不会太夸张，需要亲近一点才能闻到。"

"Yay，I think your idea is full of originality……and love（我认为你的想法充满创意……和爱）."

虽然钟闻的英语成绩不算太差，但也只是大学六级的程度，词汇量非常有限，以至于别人说什么，他需要反复咀嚼才能明白。但有一些熟悉的词会先一步跳出来，比如"love（爱）"，他明知对方只是一种形容，却还是心惊肉跳。

Love在哪里？他会这么在意，是不是代表真的已经遇到了？

面前的女士仍在滔滔不绝，似乎真的对他的"作品"很欣赏，钟闻自己倒不怎么当回事。他不知道这位女士是做什么的，她的穿着似乎比其他引导人员好一些，不过肯定是工作人员，他就没有多问。正在这时，同学打来电话问他在哪儿，他就想借此脱身了。

他提出要走，对方没有拦他，只是将他瓶里的精油提取了两滴，并留下了他的姓名和电话。钟闻以为这是每个人都要走的程序，就配合了，反正只要让他将这瓶精油带走就好。

临走的时候，女士告诉他可以加入纯酒精静置四十八小时，再加水静置，一点点调节香味的浓度，那样就是真正的香水了。钟闻道谢后离开，他确实想那样做，但他并没有那个时间。他们晚上回尼斯，第二天中午直接从尼斯飞回国，所以他只能将这一小瓶原始的精油送给陈觅双，好歹也是他的心血。

出了香水工厂，钟闻心情大好，跑跑跳跳地去和朋友会合，手却在口袋里握紧那个小小的玻璃瓶。到了集合地，人都已经齐了，就差他一个，纪小雨手里提满了袋子，翻了个白眼说："又跑到哪儿去了，无组织无纪律。"

"哟。"钟闻夸张地叫唤，"你终于肯和我说话了？"

周围一阵哄笑，纪小雨没好气地斜眼瞥他："我才懒得和你一般见识。"

"是是是，您大人有大量！"

钟闻一向嘴甜，该顺坡下的时候一定麻利地滚，所以事情就这样翻篇了。一行人寻觅地方吃饭，纪小雨注意到他口袋里好像有什么，伸手就要掏。

"哎，别！"钟闻吓了一跳，生怕争抢中会摔了，扭身躲开，主动掏出来晃了晃，"刚才我自己配的香水。"

"你还有这个闲心呢？来，给我闻闻。"

纪小雨本没抱多大希望，可是当钟闻打开塞子，借着一阵吹向她的风，她闻到了和她买的这些香水截然不同的味道。她买的基本是那种甜甜腻腻的少女香，就算是主打成熟风的，她也闻不出太大差别。但钟闻手里的这个不一样，她无法具体说，可就是完全崭新的体验。

"送我吧。"纪小雨摊手。

"不给。"

钟闻拒绝得很麻利，飞速盖紧塞子，又放回了口袋里。纪小雨"啧"了一声："怎么这么小气！你又没花钱！"

"不是钱的事……"

"那这样，我拿一瓶真正的香水和你换！"

谁知钟闻还是摇头："不换。"

"你！"

纪小雨简直要被他气死，暴力地翻着自己手里的提袋，掏出一瓶男士香水，使劲拍在了他的胸口，转身大步流星地去追其他人了。钟闻拿着那盒香水，无可奈何地耸了耸肩膀，想着等下要去买点什么回礼。

可这个小样不能给，绝对不能。

回到尼斯已经很晚了，钟闻也有点累，犹豫了一下决定睡醒后再去找陈觅双。棕色的玻璃瓶被放在床头，虽然塞得很严密，根本漏不出来，但钟闻好似还是能隐隐约约闻见香味，这味道非常舒缓神经，以至于他这一觉睡得很沉很香。

第二天钟闻是被同屋男生收拾行李的声音吵醒的，一看手机上的时间吓了一跳。他一分钟都没有耽误，径直跳起来冲进卫生间收拾，之后抓起玻璃瓶，留下一句"我有点事出去一趟，退房前回来"就拍门而去。

然而当钟闻气喘吁吁地跑到陈觅双的花店时，却发现大门紧锁，门内有花架抵着。他又绕到那天晚上进的后门，也挂着锁，看来陈觅双是真的不在。

到了这会儿，钟闻才想起自己并没有陈觅双的电话，说到底他们仍然是陌生人，自己这一次次上赶着追，究竟是为了什么呢，只是因为觉得有趣吗？

他想不明白，也不愿意再想。也许陈觅双只是出去买点东西，很快就会回来，钟闻掐着时间，在门前徘徊。时间一分一秒地过去，却又像踩了风火轮，他们要从酒店到机场，要有充裕的办理值机并走到登机口的时间。他们对这里完全不熟悉，时间显得尤为重要，这些事情钟闻都明白，可他还在等。

他就要走了，不知何时才能再见，也许这一生都再也没有机会。只是临走前再见一面这样一个小小的心愿，难道也不能实现吗？钟闻不死心。

朋友一轮轮打电话来催，最后给他设了死线，在那之前必须出发。钟闻逐渐焦躁，在原地转了几圈，咬着嘴唇蹲了下去，无意识地用手机的一角敲着地砖。

作为一个坚定的无神论者，一个从小到大没有对什么东西有过于强烈的欲望，并且求而不得过的人，在这个陌生的法国东南部城市里，钟闻第一次向老天祈求，让他能再见陈觅双一面。

或许真有哪个说不出名字的神听到了他的心愿，就在钟闻又一次在走或不走间犹疑时，一辆车从马路对面掉头过来，停在了他的面前。后排车窗半开，钟闻一下就看见了陈觅双的脸，他欢天喜地地跳了起来。

只是钟闻刚上前一步，一个精英打扮的男人就从驾驶室下来了，绕到了陈觅双这边。虽然陈觅双已经自己开了门，并有一条腿落了地，但男人还是勤勤恳恳地帮忙扶着门，伸手挡在门框上缘，防止撞头。

"谢谢。"陈觅双走下车来，朝男人微笑点头。

"谢什么。"男人西装笔挺，从剪裁的服帖度就知道价格不菲，头发也是梳得一丝不乱，明明个子和钟闻差不多，却显得更高一些，可能是站姿的原因，"回去休息吧，事情交给我。"

说着，他抬起手在陈觅双的肩侧握了握，动作故意放得很慢，像是怕谁看不出他俩的亲密似的。

钟闻离他们只有三四步的距离，却感觉被隔离在他们的世界之外。他气得牙酸，一脸愤愤地紧盯陈觅双不放。

男人将车开走后，陈觅双才转过身来，只是低头在包里翻钥匙，没有一眼就看见钟闻。倒是钟闻上前一步，几乎撞到她的身上，她吓了一跳，退后一步才看清钟闻的脸。

她有些诧异，没想到钟闻真的会再回来。

"那人是谁？"钟闻气鼓鼓地问。

"这与你有什么关系啊……"陈觅双不想回答，绕开他去开门，钥匙还没插进锁眼里，就被钟闻扶着双肩强行板正了身子，钥匙也脱手落了地。

她微微挣扎了一下，挣不过钟闻的力气，有点生气地问："你到底想干什么啊？"

钟闻突然被问蒙了，眨巴着眼睛，茫然地想，是啊，自己究竟要干什么呢？他马上就要走了，能做什么呢？

"我……等了你好久。"他垂下了手，嘴角也往下撇，气恼没了，精气神也跟着没了，一张小脸恹恹的，"我马上就要回国了，现在就得走。"

陈觅看见了他脸色的变化，虽不太明白，但也看得出他情绪低落。她想着既然他都要走了，也没必要弄得太僵，于是还是深吸一口气，说："那，一路平安。"

这一句略带敷衍的祝福，就足够钟闻充上电了，他的眼睛一下就又亮了起来，这才想起自己真正的来意。他从口袋里掏出了那只小小的玻璃瓶，递过去："我有东西要送你。这是我在格拉斯香水工厂自己做的，还挺好闻的，有点像你身上的味道。你要是有空，兑点酒精和水，应该能用很久。"

"你的好意我心领了。"陈觅双没有伸手接，她不想平白无故收人礼物，而且确实也用不到，"我从来不用香水，你留着送给自己喜欢的女孩子吧。"

"我喜欢的女孩就是你啊！"

钟闻这句话脱口而出后，不仅陈觅双震惊了，连他自己都愣住了。

原来是这样吗？

可是他就要走了啊。

"我不管，你拿着！"

自己的心绪被搅乱了，再看陈觅双貌似不经意的样子，钟闻忽地觉出狼狈来，又想到刚刚送陈觅双回来的男人，被压下去的气恼烦闷又涌了上来。他强行把玻璃瓶往陈觅双手里塞，想掉头就走，结果他收手太快，陈觅双也没抓住，棕色的瓶子从手间滑落。

陈觅双下意识弯曲膝盖抓了一下，但没抓住，瓶子落地后底部碎裂，味道立刻在空气中散开。

先涌出的是清新的兰花调，在阳光的烘烤下又有一层令人愉悦的青草气，然后玫瑰的香味才一点点渗出来，不像是置身于玫瑰花圃，甚至不像是手捧一束玫瑰，而是被一个身上带着干燥玫瑰香气的爱人从背后拥抱着，混合了他皮肤上特有的味道，这种感觉或许可以被称为亲密感。

即便现在香水的本质已经被营销盖过，但仍然有人相信香水是有魔法的，能将人带入某种情境中，能让灵魂暂时休憩或逃离。在瓶子落地，香气四散的那一刻，陈觅双与钟闻也感觉到了某种魔力，香气在他们之间制造出了奇妙的氛围，模糊了时间、距离、声音等细节，有那么一瞬间，他们竟好似相对而立，无比亲近。

钟闻感觉到自己慌乱的心跳，仿佛真的有声音在耳边不断敲击，太频太密，反而漾出一片静谧。

直到他的余光扫到地上的玻璃瓶残骸，才突然被拉回现实。他最后看了陈觅双一眼，紧抿着嘴一句话都没说出来，转身飞快地跑走了。

"哎……"

陈觅双的指尖动了动，微微出声，但很快就收了回来。叫他做什么，他是要赶飞机的。

只是——陈觅双蹲下将还算完整的玻璃瓶残骸捏起来放在掌心里，不禁有一点出神——打碎了人家的心意，难免会有些过意不去。

掉在地上的钥匙串上似是溅上了几滴，味道闻起来很清晰，只是被金属的味道遮盖了些。陈觅双开门进屋，习惯性地拿水冲了冲，再闻起来还是有香味，也不知多久能消散。脚踏下垃圾桶踏板，掌心托着玻璃残骸在上方停了又停，她却没有更合适的主意，最后还是翻转手腕丢了进去。

有些东西本就留不住，像香味，像破损的东西，像既定的航班，像……少年人突如其来的好感。

就算起初会有一些伤怀，但终究会遗忘。这样想着，陈觅双心里好过了些。一直以来，她都尽可能不和人产生情感纠葛，只想生活简单些。因为仅仅是工作上的烦心事就数之不尽了，她是个太容易积攒压力的人，如果没有舒解压力的方法，估计早就爆炸了。

虽然时间尚早，陈觅双却没有开店，她只是例行给屋内的鲜花绿植做了些维护，就躺在床上强迫自己睡一下，毕竟这三天加起来她都没睡够八小时。

希望能一觉睡到暮色降临，然后打开衣柜左侧的小门，里面有和她日常风格截然不同的衣服——那是她的避风港。

原以为不会那么容易入睡，但她隐隐闻到一阵香味，从她的掌心传来，令她安心。这是她从小到大第一次身上带有香水味，没想到竟是因为钟闻。

虽然是无意识的，但在似睡非睡间，陈觅双还是想到了钟闻的脸。

"喂！当心！"

要不是纪小雨从背后猛地拉了他一把，钟闻险些就要和人家的行李手推车撞上，人家动都没动，他自己一头撞过去。

钟闻抬手蹭了蹭鼻子，嘟囔了一声"谢谢"，眼神却仍旧呆滞。

他们顺利到了机场，结果飞机晚点，好好一个下午就耗在了机场。好不容易确认了起飞时间，大家忙不迭要去值机，只有钟闻脚步拖沓，心不在焉。其实他自打回来就一直这样，整个下午都没怎么说话，平日神气活现的人，变得如同提线木偶，只是低着头跟着，有时候方向都不辨。

这肯定是有问题，可纪小雨不想问，糊弄自己不问就等于不存在。

"这里！快点！"走在前面的人转头叫他们，指了指值机柜台。

"好！"

纪小雨扬声答，一手揽着钟闻的胳膊。

一旦托运了行李，一切就都结束了。钟闻的脚后跟如同灌了铅，说什么也走不动了。他站在那里，感觉来来往往的陌生人和滚动着的航班信息都变成了模糊的光影，交织在一起，将他死死绑住。

他从牛仔裤后面的口袋里掏出护照，看到签证日期，减去来之前浪费的几天和这段旅程，还有半个多月。他突然尝试出声，只是声音含糊："我不走了。"

"什么？"其实纪小雨听见了，可她不敢相信。

"我说，你们先回去吧，我要再留几天。"

这一次，钟闻的语气肯定了起来，他下定了决心。

他不想人生留有遗憾，他讨厌这种牵肠挂肚的感觉，既然已经感受到了异样，就一定要搞清楚自己究竟是不是喜欢上了陈觅双。

只是在和其他人说完自己的决定后，大家一致认为他是疯了。且不说机票退不了多少钱，一个人留在这里又有什么好的？面对众人的游说，钟闻却显得出奇冷静："放心，我的钱还有一些，在签证到期前，我肯定回去。"

"那我也陪你留下，好有个照应。"纪小雨皱着一张脸，看起来像是快哭了。

"你不剩多少钱了吧？快回去吧，我的钱也不够两个人的。"

钟闻知道钱是纪小雨的死穴，本来这趟的花销就已经远远超出了之前纪小雨做的支出计划，她全靠信用卡撑着，是真的不能留了。果然，他这么一说，纪小雨张着嘴说不出话来。

"放心吧，我这么大的人了，在哪儿不能活啊。再说我爸妈要是问起来，还指着你帮我打掩护呢。"

"我怎么给你打掩护啊，你让我怎么说？"

"就说我流连美景，乐不思蜀呗。"

到了这会儿，任谁也知道钟闻是铁了心，纪小雨让其他人先办值机，把钟闻拉到一边，她有很多话想说，一再打腹稿，到了喉咙口却又说不出来，最后只问了一句："你是不是真的遇见了什么人？"

自从到了南法，钟闻就好像一直有桃花，先是和女人拿错了手机，后来又英雄救美，那天还莫名其妙给花店的老板娘送花。纪小雨有过怀疑，却不愿意往那儿想，因为太不现实了。只是旅行中遇到的人而已，怎么能比得过他俩的同窗情分？

所以纪小雨一个劲儿地安慰自己，钟闻只是不喜欢她罢了。但仅仅是不喜欢她，她还可以争取，如果他喜欢上别人了，那她就真的没有希望了。

可事已至此，她不能不问。

"是。"钟闻回答得很果断，甚至连善意的欺瞒都没有考虑过。

纪小雨闭起眼睛摇了摇头，苦笑出声。留不住，不是自己的，怎样都留不住。

"行吧，那你自己心里有点谱，别过了签证时间。"

最后纪小雨还是想给自己留点脸面，她将头转向落地窗外，假意沉吟了一会儿，终于将这口气缓缓放下了。她带上了不当回事的笑容，拍了拍钟闻的肩膀，便拉着自己的箱子朝值机柜台走去："我走啦！"

虽然纪小雨到登机的最后时分还幻想着钟闻会改变主意，但她其实清楚钟闻不会，他也确实没有。

终于只剩他一个人，钟闻却不觉得紧张，之前的混沌全部散去，他脚步轻快又坚定地朝陈觅双的住处奔去。

他只要想到陈觅双看见他再度出现时不敢置信的样子，就觉得愉快，如果这真的就是喜欢，那他欣然接受，并且不会轻易言败。

WHAT MAKES YOU BEAUTIFUL

Chapter3

华氏温度

从机场出来时天色已经渐渐昏沉，钟闻坐在计程车里，看着远方天空上一抹不愿退去的绯红晚霞，感觉它很符合自己现在的心情，轻盈、奇妙，像是包裹着无数又冷又热的火苗。

生活一向顺遂又无趣的他，从未有过如此跳跃的心理体验。

刺激又迷人。

他又回到陈觅双住处门口时天已经黑了，但法国人的夜晚来得晚，他们习惯八点以后才吃晚饭，街上甚至比白天还热闹。只是陈觅双的店又关门了，钟闻下车仰头看，所有窗子都黑着灯，身后的司机已经取出他的行李箱，马不停蹄地开走了。

又去哪里了呀——钟闻噘着嘴想，会不会又和白天那个男的一起出去了？他坐在自己的行李箱上望着街上来来往往的人，觉得自己就像个门神。他试着理智分析了一下，下午那会儿陈觅双刚和那个男的分开，如果晚上又约了见面，何苦要回来一趟。

钟闻想到了另外一种可能，准确地说，是另外一个人——Amber。

他决定去碰碰运气，主动出击总比被动等待来得高效，人家不都说越努力越幸运吗！

只是想去找人，拖着行李总归碍事，城区里面的路又不方便拖箱子，钟闻一时找不到寄存的地方，正发愁时，一抬头就看见不远处有一家租车公司。他二话不说跑过去，比比画画和人家说要租一辆最便宜的车。

接待的人满口答应，给了他一个很优惠的价格，只是钟闻见到车时有点傻眼，那是辆上市时间很长，外表破旧，内部空间十分狭小的小轿车，他怀疑整个租车公司仅此一辆。他把行李放进后备厢，坐在驾驶座上尝试发动，车子发出奇异的抖动，然后熄火了。钟闻一脸茫然地望向窗外租车公司的人，那人还特别幽默地给他加油。

钟闻暗暗想着自己是不是被坑了，好在第二下发动了。他开着这辆小破车，带着自己的全部家当，在尼斯这座不大的城市里寻找着陈觅双。他先去了老城区的酒吧，包括之前遇见Amber的那家，都没找到人。陈觅双是很好认的，但Amber戴什么样的假发，化什么样的妆，钟闻就不确定了，因此他只得看到一个亚洲女孩就仔细瞅，几次被误会成他要搭讪。

之后钟闻又去了海岸线上的酒吧一家家找，在一家爬满植物，犹如热带雨林的酒吧的天台上，他看到一个金发女郎趴在栏杆上，手里举着杯花花绿绿的饮品，望着远处优美的海岸线。从背影看，她一点都不像陈觅双，甚至都不像之前看到过的Amber。她穿着一件类似睡袍的暗紫色裙子，直坠脚踝，面料也是丝绸质感的，泛着奇诡的光，长长的金发披散在背上，像个大号芭比娃娃。有个高大的欧洲男人，以一种明显调情的姿态背靠着栏杆和她说话，似乎想用什么独到的见解引起她的注意，她却没什么反应，不知究竟有没有听进去。

从钟闻的角度根本看不到她的脸，他却一眼就确定她是陈觅双，心中发出好像微波炉完成工作时的"叮"的一声。他快步走过去，故意卡在那个欧洲男人和陈觅双之间，大声说："Sorry, I'm late（抱歉，我迟到了）."

欧洲男人见状立刻举手耸肩，转身离开了，而陈觅双转头看到他，一瞬间惊愕得无以复加，脱口而出："你怎么在这儿？"

这个时候钟闻不是应该在飞机上吗？陈觅双再度被拉回现实，却有种更深的恍惚感，她心想自己是不是喝醉了，魔怔了？

"我为什么不能在这儿！"钟闻笑嘻嘻地说，"你好啊，Amber，我们又见面了。"

转瞬间，陈觅双从钟闻的微表情里看懂了他想干什么，他想装作不知道她是陈觅双，装作他们只在几天前的夜晚见过面，将这场角色扮演进行到底。Amber突然将心中的不解与紧张全放下了，勾起了一抹懒洋洋的笑容，说："是啊，真巧，这就叫冤家路窄吧。"

"喂，你可别忘了，上次我可是帮你的！"

"那这次呢？"

"这次……"钟闻鼓了鼓腮，"我是看他说话那么无聊，你又不爱听，帮你解个围。"

"他在讲他工作上的事，还挺有意思的。"

其实Amber并没有仔细听，刚刚就是在望着成片的屋顶和夜色中的海岸线发呆，但她故意这样说。

钟闻立刻就气不过了，愤愤地说："我有一大堆有意思的事情可以说，你听我的！"

整个晚上，钟闻都在给Amber讲自己二十岁出头有限的人生里还能记得清楚的有趣的事，比如幼儿园的时候不午睡，跑去掏对床小朋友被子里的棉花；比如小学的时候被同桌的屁臭到举手报告老师；比如高中的时候跟好哥们儿因为各自喜欢的明星吵架，过不了多久两个明星传出绯闻，搞得他俩非常尴尬……他故意用一种单口相声的口吻来说这些无关紧要的小事，逗得Amber一直在笑。Amber今天化的妆比那天稍微淡一些，但亮晶晶的，好多闪粉，眼下还贴了亮片，口红改变了嘴型，笑起来显得张扬且无畏。

到底哪个才是真实的她呢？钟闻忍不住想。不过哪个她都很好看，有种让人移不开视线的魔力。此时此刻，钟闻唯一后悔的就是他租了车，不然他也能陪着Amber喝两杯，不像现在只能喝无酒精饮料，显得像个没进过酒吧的小孩子。

而Amber却没有注意他此刻喝的是什么，也不觉得他幼稚。如果放下过往的记忆，放下她的感官，仅作为Amber这样一个年轻、自在、出来找乐子的女孩来看，钟闻其实是个挺可爱的消遣对象。这就是她喜欢这样的环境的原因，夜晚，昏暗的室内，混乱吵闹的背景乐，再喝到微醺，就像进入了另一个和任何人都无关的世界，可以任由自己缓缓下沉。五感变钝之后，平常那些困扰的问题都不用去想了，放不下的也能放下了，能认识些与人生无关的人，转脸就能再不相认。

其实Amber在酒吧也不会做什么出格的事，大多只是喝个酒，唱个歌，跳跳舞，随便聊聊，陌生人说的话都不必记在心上。相对地，自己说的话别人也不会记得，这样最好。回到家里后借着酒劲睡个好觉，天亮时就当作大梦一场。

也正因如此，Amber尽可能不和别人保持长久的关系，一旦在某个地方有人缠住她，她就会走掉。她将自己活成了一场梦，一个碎片，一个秘密，是不存在的影子。

可是，钟闻却一而再再而三地出现在她面前，就算她是影子，他也会一次次踩中她。这让她没有安全感，却也带来难以置信的刺激。

"你这几天去海边了吗？"Amber懒洋洋地问。

"当然去了，尼斯的海岸那么漂亮，怎么可能不去。但是就看了看，没晒日光浴，我对美黑没有兴趣。"

"这里太闷了，我想去海边吹吹风。"

"行啊！"钟闻顿时来了精神，"我有车，想去哪儿都成！"

Amber没想到钟闻居然会有车，但她没问，任由他兴高采烈地带着她到了车旁边。坐进狭小又脏兮兮的副驾驶座，Amber的关注点却全在手忙脚乱发动车子的钟闻身上，轻笑一声问："有驾照吗？"

"当然！我刚成年就考了，一次过！"

话音未落，车又熄火了。钟闻糗得要命，赶紧解释："是车子太烂了！"

"明明是你把离合抬得太快。"

"才不是……"

这样说着，钟闻脚下却小心翼翼抬起来，车子立刻顺利发动了。他眼珠一转，默默鼓了鼓腮，Amber将脸转向窗外，嘴角却忍不住勾了起来。

车子以一种近乎缓慢的速度朝海岸线开去，夜晚的灯光大多是橙黄色的，并不十分刺眼，将这个白天里也喧嚣拥挤的度假胜地烘托得静而暖。一路看过去，不必认真分辨是哪里，就像在看昏黄的旧影片，整个身心都放松了下来。

尼斯的海常被人说是受老天眷顾的，海岸线广阔优美，同为地中海，这里却因为天空和日照的关系，比意大利、法国的许多沿海城市和岛屿的海都要蔚蓝。或许是冥冥之中自有代价，尼斯有美丽的海，却没有人们热爱的沙滩，这里的海滩全部是鹅卵石，坚硬、滚烫。但即便如此，这里的海滩仍是日复一日堆满了人，或是放一把沙滩椅，或是铺一张垫子，面朝大海，享受着阳光。远远望去，海滩上一排排的人跟晾晒的鱼没两样。如果想看最漂亮的法国姑娘，去尼斯海滩是最好的选择。

只是亚洲人不像欧美人那么热爱晒太阳，也不是很能欣赏小麦色，大多是拍拍照，踩踩水就走了。陈觅双在尼斯这些年也很少白天在海滩徘徊，所以她没让钟闻将车随意停在某处海滩的周围，即使是这个时间，海滩的鹅卵石上仍旧有人躺着，她想去更特别一点的地方。

就这样，Amber指引着钟闻一路开到了海角，到那里时已经很晚了，背后的城市关掉的灯更多了一些，山本身的存在感反而突显了出来。海角是以一块突出陆地直插入海的巨大山体命名的，它的角度是斜向上的，所以算是一处断崖，在崖边竖着一座白色的灯塔。

海角周围有商圈，而且这里是看日出、日落的绝佳地点，常有邮轮和有钱人的私人游艇停泊。但这个时间周遭已经没有人了，世界清静得好像只有他们两个，好像这里真的是天涯海角。

虽然有楼梯，但要爬上去还得翻越一些疙疙瘩瘩的礁石，Amber穿着高跟鞋，带着一点醉意，举步维艰，双手像企鹅一样张开。钟闻本来跟在她后面，却总觉得不够安全，而且她摇摇摆摆的样子好可爱。他在背后抬了好几次胳膊，终于借着Amber的一次歪斜，紧紧抓住了她的手。

虽然尼斯气候温暖，但盛夏已经过去，海风很凉爽，钟闻的手干燥而温暖，非但不会让人感到冒犯，反而会觉得很依赖。Amber丝毫没有挣脱的意图，两个人就这样牵手爬上了悬崖，一直走到灯塔下面。

站在灯塔下面，所见所感都是很奇妙的。夜晚的海恢复了它浩瀚汹涌、危险莫测的那一面，偶尔经过的船照不亮它，山上的房屋照不亮它，唯有星星能在它表面洒下一层细密的光。城市是暖色的，海是冷色的，而隔在他们之间的海岸线，无论是鹅卵石还是坚硬的礁石，都无法吸收折射任何光线，看上去像一条纯黑的履带。这还是钟闻第一次在这种时间、这种角度看尼斯的景色，可能是因为头顶灯塔的光，好似蒙上了一层天然的滤镜，看起来和之前截然不同了。

当然，也可能是因为身旁陪伴的人不同，她是特别的，所以和她一起看到的景色也是特别的。

"很漂亮吧。"Amber微微扬起脸，海风吹起她金色的长发。假发比较纤细轻薄，一缕缕黏在脸上，将她的脸衬得更小，加之亮闪闪的妆容，她失了烟火气，像是活了的芭比娃娃。

"是啊。"钟闻不会放过了解陈觅双的机会，见缝插针地提出问题，"你来这里多久了？"

"三年多了。我在巴黎念书，快毕业的时候思考之后要去哪里，最后选择了这里。"

钟闻暗暗琢磨着陈觅双的年纪，也就比他大三四岁吧，在他看来，这完全算不上年龄差。只是如今陈觅双有自己的居所、自己的事业，他却仍然在闲晃，对未来毫无打算。而在他这个年纪时，陈觅双已经决定了自己的将来，这让他多少有点惭愧形秽。

其实一直以来身边也不是没有厉害的人，他从来不羡慕、不对比，偏偏在陈觅双面前，他突然觉得有些伤自尊了。

"对了，你的滑板是跟谁学的啊？"

于是钟闻开始瞎打听，想从陈觅双感兴趣的东西里找到自己擅长的表现一下。

“偶然遇到的一个男孩，教了我一夜，我就学会了，板子也是他送的。”

钟闻噘了噘嘴：“那你们现在还有联系吗？”

“当然没有，我不习惯和别人保持长久的关系。他当时想留我的联络方式，我拒绝了，但他还是坚持把滑板送给我，说以后还会遇见。”Amber笑了笑，“我一直想着要是再遇到，就把板子还给他，所以偶尔会带着，但居然真的再没遇见过。”

“那代表你们没有缘分，也没有要见面的决心。”钟闻得意起来，“你看我，总能找到你。”

“你不会想要我夸你吧？”Amber斜了他一眼。

“也可以啊！”

钟闻笑得很讨打，深深的酒窝在夜里看起来像一个顿号：“那除了滑板，你还喜欢什么运动？游泳会吗？”

Amber摇了摇头。

“我水性可好了！”钟闻一下来了精神，背都挺直了，差点要跳起来叉腰了，“回头我教你游泳吧！”

“去海里游过吗？”Amber意有所指地问。

“呃……”钟闻沉吟了一下，这好像还真没有，不过反正都是游泳，海里也一样，他梗着脖子说，“游过啊！”

虽然钟闻平时说话也总是撒娇耍赖，让人搞不清楚他说的话是不是有夸张的成分，但此刻Amber很清楚他在吹牛，她毫不客气地冷笑了一声。

这激起了钟闻的好胜心，他站了起来，双手交握活动着关节，跃跃欲试地说：“这样，我现在下去游一圈，你就答应下次还和我约会！”

“好啊，不过……”Amber答应得很干脆，“要裸泳。”

钟闻满脸的不敢置信，却后知后觉地笑了起来。这才对嘛，陈觅双或许不会说这样的话，但Amber可是个不甘示弱的姑娘。

从悬崖的边缘朝下望去，底下有一圈月牙状的鹅卵石滩，从上面看来非常狭窄，而真的从高高低低的礁石上迂回下去，倒也足够宽敞。这是一块真正的无人海滩，背后就是高耸的山体，面前是翻涌的海浪，他们藏在黑暗里，头顶的灯塔反而成了掩护。钟闻觉得此时此刻任何人在任何角度都注意不到他们，他们变成了秘密。

可奇异的是，他觉得他们两个人凝成了无人角落里的一捧光，他的心里前所未有地明亮。

站在石滩上，钟闻麻利地脱掉了自己的帽衫，海风拍在皮肤上，他立刻起了一层鸡皮疙瘩。Amber饶有兴趣地看着他，他并不是个爱好健身的人，也没有八块腹肌，但胜在皮肤白皙紧实，透着青春的朝气。

"那个……"

如她所料，钟闻的手放在自己裤腰带上，还是犹豫了。他眼神闪烁，不住咬嘴唇，半天都没解开一颗扣子。她其实一直在等钟闻自己退缩，虽然在酒精的作用下，她的思维混沌，想事情都慢半拍，但她很清楚跳海游泳这种事是胡来，只是此时她乐得逗一逗钟闻，看他如何收场。没想到的是，钟闻为难的不是游泳，而是："裤子还是不脱了吧……"

Amber扬了扬眉毛，忍不住笑出了声，边笑边点头："行，你想脱我还不想看呢。"

听她答应了，钟闻兴冲冲地把身上的手机、钱包之类的东西都放在地上，脱了鞋，面对着漆黑的海水开始热身。

他应该会感到害怕，大海和家门口的小河当然不同，对他而言最直观的差别是气味。海水的气味既洁净又刺激，闻久了会有点发晕。可这气味正应和了钟闻此刻的冲动，反倒成了他一定要游的催化剂。

稍稍活动了一下，钟闻试探着朝海水里走去，没走两步就淹到了大腿，他上下摆动手臂，想做个漂亮的鱼跃姿势。谁知Amber从背后冲过来，一把抓住了他的胳膊，似乎是不想被海水的声音盖住，特地提高了音调："你疯了！真跳啊！"

"没事的……"

"回来！"

海水能没过钟闻的大腿，也就到了Amber的腰线位置，她刚才被吓着了，意识到钟闻是来真的，她不管不顾就扑了进来。现在往回走，才感觉到阻力和害怕，海水不断溅在她的脸上，脚下是什么根本看不到，这对不会游泳的人来说太崩溃了。

她的脸上保持着镇定，可浸在海水里抓着钟闻的那只手，却不自觉地在用力。

"喂！你干什么？"

下一秒，钟闻居然直接将她拦腰扛在了肩上，大步流星地朝岸边跑去。

Amber脑子里一片混沌，也说不好该不该让钟闻把她放下，只能发疯似的拍打他的背。

就差一步迈上石滩时，钟闻想要将Amber放下，结果因为一段时间头朝下，加上莫名的混乱，脚沾地的那刻，Amber没有站稳，眼瞅着要倒在地上，钟闻惊慌之中想要拉她，自己脚底却打了滑，反倒朝着Amber扑了上去。两个人就这样面对面，倒在了漆黑无人的石滩上。

事发突然，钟闻只来得及提防自己不要压疼Amber，所以尽可能地把手脚都叉开，等他回过神来，发现自己的双手撑在她的头两侧，膝盖也撑在她的身侧，姿势反而更加……糟糕。

然而在最初的瞬间，他们都没有在意这些细节，只是在极近的距离下凝视对方的眼睛。无论俯视，还是仰视，人的长相看起来都会不太一样，但思维停滞了，他们也看不出哪里不一样，只是眼睛都不眨地看着对方。

一秒仿佛有一个世纪那么长，整个海湾的星星似乎都映刻在对方的眼睛里。

最后还是Amber先反应过来，微微移开了视线，伸手在钟闻的肩上推了一把，想让语气凶一点，却因为心慌而变得绵软："还不起来？"

皮肤的触感让钟闻想起来自己还赤裸着上身，他连滚带爬地起身，抓起自己的帽衫套上，海风有多凉，他的脸就有多烫。

Amber坐起来，看了看自己手肘上被石头弄破皮的地方，又看了看湿答答裹在身上的衣服，心中满是不解。她鲜少如此狼狈，也不是拿狼狈当刺激的那种人，可她居然一点都不生气，还总是隐隐想笑。

"闹够了吧，我要回去了。"她起身朝海滩上走去。

"等我！我送你！"

钟闻手忙脚乱地把自己的东西塞回口袋，快步追上了Amber。但他的脑袋里还在回放刚刚的画面，居然不好意思再去牵Amber的手了，也难得地安静了下来。

车子缓缓往回开，路上Amber始终看着自己那侧的窗外，而钟闻一直偷偷瞄着她的侧脸。直到停在花店门前，钟闻才将打了一路的腹稿说出来："我能不能上去洗个澡，换个衣服啊？"

"洗澡不行。"Amber看着自己湿透的衣服，还是留了转圜的余地，"换个衣服赶紧走。"

"好嘞！"

Amber让他去二楼的客用卫生间换衣服，自己则到楼上把湿衣服脱下来，换上了舒适干燥的居家服，摘掉了假发。她想等钟闻走之后再洗澡，结果在楼上待了半天，也没听见楼下有什么动静，钟闻仿佛在浴室里蒸发了一样。她心里怀疑钟闻是不是偷偷洗澡了，但也不愿意下去敲门问。

靠在自己熟悉的床头，沐浴着夜晚柔和的灯光，身上的湿冷被干燥的衣服一扫而光，整晚的疲惫和血液里的酒精残留不期然地产生了化学反应。钟闻换了一身干净衣服试探性地走上楼来，看到她上半身歪倒在床上，腿还垂在床下，就这样睡着了。

其实钟闻也不觉得自己有多慢，他上了个卫生间，冲了冲腿上的盐分，换了衣服，理了理发型，然后用手机找了找附近的旅馆。也许是玩手机占用的时间长了点，但他确实不是故意的。他看着已经恢复了黑发的陈觅双，她的长发披散在白色的床单上，像是某种奇妙的图案。钟闻小心翼翼地把她的腿放到床上，头扶正放到枕头上，盖好了被子，就这样蹲在床边托着腮，呆呆地看了一会儿。

如果他现在走了，还要拿钥匙锁门，之后还要来还钥匙。如果不锁门的话，他又放不下心。钟闻喜滋滋地给自己找了个冠冕堂皇的理由留下来。

他下楼去，从里面锁上了门，又从自己的行李箱里搜出一条薄毯子，回到了楼上。窗边放着一张两人坐的小沙发，坐垫是分开的，底下有四个支脚，不是适合睡觉的那种。钟闻躺上去，整个人蜷成一团，不过从他躺的角度能看到陈觅双的睡脸，他心满意足。

这一夜，钟闻睡得很疲惫，外面天蒙蒙亮时，他就坐了起来，看了眼表，刚过六点。他觉得时间还早，下楼冲了个澡，把自己收拾利索，然后打开陈觅双家的冰箱，想着怎样能做出一顿爱心早餐。

没想到陈觅双手机里设有六点半的闹铃，没过多久她也起来了。只是陈觅双醒后，并没有往常的轻松之感，只有震惊和无措。她不记得自己是什么时候睡着的，再回想起昨晚发生的事，模糊掉细节，只剩下那些疯狂的碎片，她摸着自己的头，心想，我到底干了什么啊。

当她注意到沙发上多出来的毯子，听到楼下的动静后，震惊全部转化成了羞耻。她翻身下床，冲进浴室，将自己锁了起来。

钟闻怎么会留在了这里，她怎么会在屋里有人的情况下睡着了，她怎么会连妆都没有卸，任由自己这样凌乱地迎接新的一天……她双手压着洗手台的边缘，看着镜子里眼线晕开的自己，感觉像看见了另外一个人。

她不是没有失态过，但从来没在别人面前失态过，尤其对方还是一个男人。

只是楼下的钟闻不知道浴室里的一切挣扎，他只听到些动静，知道陈觅双起来了。于是他手忙脚乱，加快动作。问题是他压根不会做饭，只是把切片面包放进了面包机里，这还是他第一次用面包机，弹出来的那刻吓得他一哆嗦。他拿平底锅煎了两个蛋，有点煳了，不过还是努力用铲子切出了一个爱心。

陈觅双在浴室做了许久的心理建设，她回想起父母从小对她的教育，他们要她做一个冷静、自律、完全掌握自己生活的人。要规规矩矩，要有计划，要矜持，要高傲，又不能太出挑，要做一个成功的人，所有的越矩、放纵，甚至是懒惰混乱，都是罪恶。

压力像是皱巴巴的塑料膜，紧紧包裹着陈觅双，她无力挣脱。必须要让钟闻走，再也不要见到他，不能再和他有任何关联，这样她的罪恶感才会减轻一点，她才能将昨晚发生的一切只当作一场梦。陈觅双飞速地卸妆、洗澡、换衣服，将自己打理成白天里干净疏离的模样，她眼中的七情六欲逐渐隐去，只剩一片看不穿的云烟。

就这样，她打开了浴室的门，打算到钟闻面前，什么都不问，直接让他出去。然而一只盘子突然递到她面前，盘子上一块焦了的面包上面放着一只焦了的蛋，钟闻半靠着墙摆着奇怪的造型，莫名带着一种偶像剧的腔调："来吃爱心早餐。"

陈觅双准备好了的话一下就被卡在了喉咙口，无论如何也说不出来。

但她的神色一直是清冷的，也没说什么话。两个人走到厨房里，这种老房子从外面看起来挺大，里面的空间却很狭小，所以装修的时候她把料理台的延伸当作餐桌。从来都只有陈觅双一个人坐在这里吃饭，如今对面多出一个人，用着她的盘子，她甚至觉得这不是她自己的家。

"你家没有除了水之外的喝的吗？"钟闻吃得有点噎，眼睛往冰箱瞟，但他知道里面只有瓶装水，连果汁都没有。

"有咖啡，我给你弄。"

陈觅双站起来，走到咖啡机跟前，打开抽屉，里面是码得整整齐齐的咖啡胶囊。她扭头想问钟闻喜欢喝什么口味的，却撞见他托着腮看着她的甜蜜目光，心口突然堵了一下。

面对着这样一张脸，一双纯净的眼睛，任谁也说不出狠话来，况且陈觅双也不是铁石心肠。

"问你也是白问。"她自言自语着，随手拿了两只咖啡胶囊放进咖啡机里。上面的柜橱里除了她自己的杯子，还有很多公用的杯子，她犹豫了一下，还是拿了一只新的。

她这个小细节落在钟闻的眼里，像一颗落进心里的糖。他一点也不介意用公用杯子，还很高兴自己在这个家里有了专属物品。

钟闻不是看不出陈觅双态度上的变化，可他一点都不介意，反而觉得这种隐隐的别扭很可爱。

那个人无论变成什么样子，他都觉得很可爱。在那个人身边，无论做什么都很开心。这是喜欢，没错了吧？

陈觅双回到座位，把一杯咖啡推给钟闻，低头把盘子里剩下的面包吃完，虽然有点焦了，但也不是不能下咽。她借着喝咖啡整理了一下心情，终于开了口："你怎么没走？"

"你终于想起问我了！"天知道钟闻等这句话等多久了，他兴冲冲地解释着，"我到了机场，突然决定不走了，反正我的签证还有些时间才到期，我要多待一阵再走。"

"为什么？"

"因为你啊！"

陈觅双的眼睛微微睁大了。

"我刚认识你，都还没来得及说几句话呢，感觉有点可惜，所以想多待一阵。"钟闻选择了一个相对委婉，但其实没什么变化的说法，"对了，昨天下午送你回来的那个男的是谁啊？"

他的话题转得太快，陈觅双一时都没反应过来，回忆了一下才意识到他说的是谁，顺口答道："是我的一个朋友，律师，我找他咨询点事情。"

钟闻虽然不了解国外的行情，但看电视剧也知道能在国外开律所的人都超有钱，怪不得看起来多金又傲慢。钟闻蹭了蹭鼻尖，咕哝着："就只是……朋友？"

到了这会儿，陈觅双才明白他的意图，忍不住笑了一下："这跟你有什么关系啊？"

真奇妙，白天的陈觅双看起来和夜里完全不一样，笑起来轻轻浅浅，甚至说话的尾音也很轻很轻。或许她自己以为这是淡漠，可在钟闻看来，是温柔。

"当然有关系。"钟闻粲然一笑，"因为我要借住在这里，既然是朋友，就没必要打招呼啦！"

这次陈觅双的表情真可谓目瞪口呆了。

"我的钱不够一直住旅馆，你总不忍心让我睡大街上吧。不过我也不白住，我可以给你打工啊，你总需要人帮忙送个花之类的吧，出去谈事情时我也可以当你的助理呀！我什么都能干，洗衣、做饭、擦马桶，都行！"

"做饭？"陈觅双低头看了看盘子，"你确定？"

"呃……"钟闻挠了挠头，不好意思地笑了。

陈觅双的脑袋里有两个声音在说话，一个音量非常大，里面混着她爸爸妈妈的声音，还有她的理智，它在咆哮着不能让钟闻留下来，那样会毁掉她的生活。可还有一个声音藏在这喧嚣的声音之下，那么微弱、安静，一字一句却又十分清晰，像是另一条截然不同的音轨，没有被掩盖，反而更突出了。

那是她自己的声音，陈觅双听得出来，那个声音所说的总结起来其实只有四个字：未尝不可。

她会当着钟闻的面睡着，是因为她潜意识里相信他，她觉得自己是安全的。而且只要想到钟闻那么高高瘦瘦的一个人，窝在那样小的沙发上一夜，她的心居然是软的。

虽然钟闻的目的已经不能再清楚了，但陈觅双总觉得那不过是一种幻觉，地中海周边的景色太容易勾起人心底对于浪漫的向往，他们的相识又确实巧合了些，对钟闻这样的男孩来说，有一点胡思乱想也不是不能理解。只是放弃回国，还有昨夜的事，多少有点超过她的接受能力。

但说到底，爱慕终归不是一件错事。

陈觅双没有意识到自己想那么多只是在说服自己接受钟闻，她缓缓叹了口气，朝钟闻摊了摊手："把你的护照拿来。"

钟闻明白有戏，忙不迭地跑去翻行李箱，还平地绊了一下，张牙舞爪，险些摔倒。陈觅双"哎"了一声，见他停都没停，稳住身体就继续跑，忍不住笑了笑。

护照交到陈觅双手里，她翻开看了看签证，还有十九天。但十九天对一个没什么积蓄的年轻人来说，需要的食宿花销确实不少。她合上护照推回去，终于下定了决心，抬头直视着钟闻的眼睛，非常严肃地说："在签证到期前，你可以住在这里。你不要胡思乱想，我只是觉得毕竟相识一场，不想让你真去睡公园。我不求你帮我做什么，只要别给我捣乱就行，所以，我要给你讲讲规矩……"

"我都答应，都听你的。"还没说完，钟闻已经抢答了。

陈觅双丝毫不为所动，继续说："不经过我的允许，不许擅自到我楼上的私人区域。那个沙发太小了，你可以睡在这层的沙发上，宽敞一点。但这是我的工作区，我每周要在这里上插花课、接待客人等，所以在我开店之前你必须起床，并且把沙发整理好。"

钟闻猛点头。

"注意卫生，浴室用完要自己收拾干净，东西不要乱放。电器不会用记得问我，不要自己乱用。最重要的是，我工作的时候你要保持安静，不要和我的客人随意搭话，更不要说奇怪的话。"

"什么叫奇怪的话？"

"明知故问。"陈觅双白了他一眼。

"好了好了，我绝对服从，你说往东，我绝不往西！"钟闻敬了个礼，"唯房东大人马首是瞻！"

"你这个人真是……"

陈觅双站起来收拾盘子，无奈地摇了摇头。

她没说出口，是因为突然想不到合适的说法。真是什么？奇怪、与众不同，还是……可爱？总之她的生活里从来没有这种精力旺盛、小动作不断的人，说他是脑子灵活吧，可举手投足又总是透着股傻气。

陈觅双打开店门，开始修剪养护那些隔夜的鲜花，外面灿烂的阳光照进来，令她感到一丝异样。可她望出去，却搞不清楚哪里有变化。

后来，当钟闻在楼上喊她，问有什么能帮忙时，她突然意识到自己在哼歌。她一个人度过了无数个风平浪静的早上，这是第一次在平静之中包含着轻快与喜悦。

同样，这也是她笑得最多的一个早上。

可是她越矩了，她做了错的选择。这个选择或许Amber会做，可陈觅双不应该，她亲自打破了在浴室里陈觅双的承诺，反而模糊了与Amber之间的界限。

都是因为钟闻。

一个凭空出现的男孩，居然改变了她。陈觅双打了个寒战，突然无法说服自己相信钟闻只是个莽撞少年，这一切都只是一场幻觉。

因为她发现自己也在幻觉之中。

Chapter4
夏木之梦

在陈觅双家的日子，其实和钟闻之前的设想不一样。

他原本以为陈觅双主要就是开店卖花，偶尔上上课，大多数时间待在家里，他们有的是时间相处。结果陈觅双忙得令他瞠目结舌，每天都有既定日程，今天去看场地，明天去这个花市进货，后天去那个花市进货。即便是在家，也是电话、邮件处理个不停，要么就是接待咨询，能和他说话的时间很少很少。

不过他也不是毫无作用，陈觅双出门的时候，他可以看家，如果有游客只是一时兴起想买几枝花，他还可以卖一卖。有复杂的咨询，他会试着留下联络方式，再约时间。只是花的种类太多，即便陈觅双肯耐着性子教他，他也记不住。单从外观上看，钟闻连玫瑰和月季都很难分清楚，不过倒是可以凭借味道辨认，不同品种、不同颜色的花朵轻微的气味差异，对钟闻而言都很明确，他凭借气味和自己取的外号，居然能在陈觅双偶尔需要他传递一下的时候，做到百分百正确。

陈觅双有时候会对他的嗅觉表现出赞叹，因为她本身不是个嗅觉特别灵敏的人，大部分时间又很朴素，她从不用香水，连洗发水、沐浴露都是味道清淡的，吃得也很清淡，生活里的香气只有花香。她做花艺时对配色和造型的关注要远远大于气味，所以对嗅觉的关注其实不多。她觉得既然有天赋就不要浪费，可一时也想不出什么行当对嗅觉很有要求。

早上五点，陈觅双就收拾妥当要出门了。去花市采购就是要这么早，毕竟整个尼斯的花店数不胜数，去晚了自己想要的花材可能就没了。

她下楼时钟闻还在睡，被子蒙着头，像是一团填充物。陈觅双在桌子上写字条，想跟钟闻说一声自己去了花市，可能会比平时开店的时间晚一些回来，他可以把门打开，也可以完全不用管。结果她从笔筒里拿笔时不小心带出了另一支笔，摔在桌上"啪嗒"一声。

声音倒也不算太大，但陈觅双还是打了个激灵，下意识看向沙发，果不其然，钟闻翻了个身，脑袋从被子下面露了出来。

"几点了……"钟闻扭头看见她，愣了愣，还没有彻底清醒，却已经在摸枕头下面的手机了。

"才五点，你继续睡，我出去一下。"

"你去哪儿啊？"

钟闻这下倒是困意没了大半，一蹬腿坐起来，头发翘得乱七八糟的，配上懵懂的眼神和身上穿着的卡通大T恤，看起来像是只有十七八岁。

"花市。"

"你等我十分钟，好不好？"说着，钟闻已经要往卫生间跑，"我也想去。"

"你去干什么啊……"

不等陈觅双拒绝，卫生间的门就"啪"的一声拍上了，从里面传来声嘶力竭的保证："就十分钟！"

陈觅双叹了口气，走到沙发旁，把他的被子叠好，又用吸尘器吸了吸周围，连同枕头一起拿回了楼上。

还真的差不多十分钟，钟闻就出来了，陈觅双一看到他就愣住了，之所以这么快。是因为他大概只是刷牙、洗脸，把头发理顺了，其余的丝毫没有改变。

"我们走吧！"他的精神倒是恢复了。

"你不换个衣服？"

陈觅双看着他的T恤和到膝盖的宽松短裤，露出了一言难尽的表情。

"我这衣服可以出门的啊，平时我都是这样上街的，走吧。"钟闻完全没有领会她的意思，容光焕发得好像这身衣服是他特意搭配的似的。

两个人就这样出了门。陈觅双但凡出门就会精心装扮，虽然她的衣服款式都是以素雅为主，但看得出是用了心的，也有自己的风格。而钟闻这样一副打扮跟在她后面，很像老师带着问题生，或者大姐头带着脑子不太好的小跟班。

陈觅双有一辆小型商务车，平时放在车库里，后备厢的空间很能放东西，有时候做场地布置时也会借出去，好歹能减少些预算。钟闻看着她轻车熟路地开车，思考自己什么时候才能过上这样的日子。当然，如果他想买车，父母估计会出钱，但那不一样。

他想和陈觅双相配，重点根本不是一套房子或是一辆车，他至少要做个有用的人。

"为什么你要自己去啊，让他们给你送来不就好了？"钟闻问。

"有一些常备的花可以让他们送，但我刚接了一个婚礼布置，新娘对手捧花有自己的要求，想要特别一点的，所以我要做几个给她看一下。而且今天下午也要上课，所以就自己来买一些。"

"可是好辛苦啊，你睡得也很晚……"

"生活总是免不了辛苦的，你在工作上不辛苦，也会在其他地方辛苦。所以做一份自己喜欢的工作，还是值得的。"借着拐弯，陈觅双瞄了钟闻一眼，"你回去以后也好好想想自己究竟喜欢什么样的工作吧。"

钟闻知道陈觅双所说的回去是回国的意思，他暗暗计算时间，神色沉寂了下去。

"我不知道啊，我之前的工作是家里安排的，他们让我考证，让我去上班，我就去了。到那里才发现其实也用不上我的专业，每天就是在车间里溜达溜达，弄弄报表。"钟闻将脸扭向窗外，一栋恢宏的巴洛克风格的建筑从眼前滑过，提醒着他此刻是在离家很远很远的地方，"大学同学还都挺羡慕我的，厂子效益好，是铁饭碗，根本不用担心以后。在他们看来，稳定、清闲、有熟人罩着，就是最好的工作了。"

"是很好啊……"

钟闻被陈觅双的接话搞得一愣，突然也恍惚起来，他挠着后脑勺琢磨，说起来确实是很好啊，再找新工作也未必有这么好的，"咦，那我为什么辞职啊？"

陈觅双笑了一声："可能是你对自己的人生还是有想法和期待的，所以多去尝试尝试，也许会找到你自己喜欢的。"

"可是我年纪也不小了，再浪费时间会不会一辈子一事无成啊？你大学毕业的时候是不是就把以后的事情都想好了？"

他居然在她面前说什么年纪也不小了，这孩子神经是有多大条，陈觅双在心里默默地嘀咕。只是同时她也意识到钟闻是在拿她当比较对象，从而感觉到了压力，她摇摇头说："每个人的情况不一样，没必要比较。我会干这行是因为家庭熏陶，我父亲就是花艺师，我从小就被送去学画画，跟着父亲耳濡目染。所以认真说起来，我也是听家里安排而已，只是我从中找到了乐趣。你只要找到了自己喜欢的、擅长的事情，无论赚多少钱，能踏踏实实地过日子，就是很好的一生了。"

"不够。"钟闻突然冒出一句。

"什么？"

"如果你要找男朋友，肯定还是要找旗鼓相当的吧。起码要有自己的事业，不会拖你后腿的那种……你才会考虑吧。"

陈觅双也不是不清楚钟闻是在给她下套，但真的认真去想这个问题时，答案是一片空白。她的人生才是真正的不由自主，从小到大，她对未来都没有设想，因为父母都给她安排好了。她从来没想过二十岁以前的愿望清单、三十岁以前的愿望清单，因为超出父母的想法就是无用的。她更没设想过亲密关系，从未追过星，上学时也没谈过恋爱，因为父母教育她不要把时间浪费在不值得的人和虚无的事情上，婚姻只要一些条件对等，加上互相尊重，就能稳定持续。

"或许吧……我不清楚。"陈觅双将问题抛回去，"你觉得呢，恋爱需要所有条件都1∶1吗？"

"我是觉得就算所有条件都1∶1，如果我不喜欢那个人，也没办法和她在一起。如果我喜欢她……"钟闻看着陈觅双，"就算1∶0.5，甚至更悬殊，我也愿意。但我觉得正常情况下，喜欢一个人是会想要为了她，将0.5变成1.5吧。"

从钟闻嘴里说出这种听来很有道理的话，陈觅双有点吃惊。她转了一下头，正撞上钟闻炙热的目光，她居然被烫得心里一缩。

所幸已经到了地方，停好车之后陈觅双马不停蹄地朝花市走去。天还没有彻底亮起，海边的天空泛着一层浅淡的青紫色，视线朦朦胧胧，将一切都衬得很温柔。钟闻突然想，他在临走前，要拉着陈觅双和他去看一次日出。

尼斯的花市虽比不上巴黎的大，但品类也算齐全。在花市里亮出花艺师的证明会有专门的接待员负责，价格也会相对好谈一些。陈觅双在花市里有熟人，一个个子很高的外国女士一见她就热情地打招呼，钟闻原本以为会有拥抱，谁知那位女士却在近前停住了，只是伸手在陈觅双的手臂上拍了拍。

"哇，这次居然带了男朋友一起来？"女士用法文说。

"不是男朋友。"陈觅双也用法文回，"只是……房客而已。"

女士显然不全信，笑得意味深长，却没有再问，而是转回正题，问她今天需要什么。

钟闻伸出食指在陈觅双的背后偷偷戳了两下，小声问："她说什么啊？"

"她说你的T恤好看。"

陈觅双很是顺嘴地诓他，钟闻低头看了看胸前的卡通图案，倒是很认可。

买了非常多的花草，陈觅双是按照脑子里已经有的大概雏形来挑选的，完全可以按照色系划分，有白色系、香槟色系，以及微粉的过渡色系、蓝紫色系，还有各种绿色系。她挑完就递给钟闻，钟闻很快就抱了满怀，快要看不到路了。

花朵鲜有味道刺鼻的，但一大堆混在一起，摆在鼻子下面，还是有点上头，钟闻没忍住打了个大喷嚏。陈觅双回过头，看到他快被花淹没的样子，这才意识到自己让他拿得太多了。

但是他那副傻里傻气的样子，真的很有趣，陈觅双没忍住笑出了声。

真好，钟闻脑子里只有一个非常俗套但又非常准确的形容——她笑得比花都好看。

买好花回去，把店门打开，将日常工作做完，陈觅双就开始在二楼的大桌子前做新娘捧花。婚礼在户外草地上举行，外景需要布置成典雅型的，用金色的框架做出几何空间感，主要用白玫瑰和含苞的白色重瓣毛茛，芯里会有一点粉透出来，再加上很多绿植，在框架上做出自然的藤蔓垂坠感。因此新娘的手捧花颜色要显眼一点，但又不能太跳脱，还是要融入整体风格。新娘不喜欢那些简单的玫瑰花球，想要新鲜一点，因为婚礼上没有丢捧花的环节，所以造型上可以有所突破。

钟闻想起他们还没吃早饭，独自去厨房煎了一点香肠，煮了一点麦片，端出来放在桌上，说："吃一点吧。"

"你先吃，我等一下。"

陈觅双沉浸在手上的工作中，头都没有抬。钟闻坐在她的旁边，安静地喝着麦片，看她非常迅速地将那些他叫不出名字的花和叶子凑在一起，然后呈螺旋状往外围添加。神奇的是，底下的花枝自然而然地盘在了一起，且非常紧密，只要拿胶带或是丝带绑住，再剪掉下面过长的枝，就是一个花捧了。这个花捧是自然风的，少用大朵的花，多用小花和半开的花朵，比如桔梗、罗兰、小飞燕等，搭配大量绿色，比如夕雾草、黑种草、小手球等，看起来像一捧春天。

在钟闻看来，已经很好了，陈觅双还在上上下下调整花束的弧线，剪掉过于分散的绿色，追求精益求精。然后她起身去找了一只漂亮得像水滴一样的浅口盘，放了水，将捧花放了上去，简直就是一个精美的盆景。

他还以为她终于能安稳地吃饭了，结果她停都不停地又去拿了几根柳条的枯枝，眼见着就要进行下一个项目。钟闻忍不住了，拿叉子叉了块香肠，直接递到了她的嘴边："吃！"

陈觅双下意识地向后仰头，躲了一下，但她躲一点，香肠就逼近一点。她扭头看了一眼钟闻，钟闻噘了噘嘴，一脸誓不罢休的坚定。陈觅双内心有所挣扎，但最终还是小心翼翼地不碰到叉子，只将香肠咬了下来。

　　这大概是她能自己吃饭之后，第一次吃别人喂到嘴边的东西。

　　"好了，好了，我吃。"

　　眼见着钟闻还想故技重施，陈觅双只好妥协，主动吃起了东西。钟闻这才满意，托着腮等她吃完再收拾餐具。她一低头，侧面的长发就会向前垂，虽然很长，不会掉进碗里，但会挡住大半张脸，影响钟闻看她。于是钟闻伸出手去，帮她把头发绾到了耳后。

　　他的指尖划过耳郭的刹那，陈觅双脖子上起了一层鸡皮疙瘩，握着勺子的手也僵住了。和别人肢体接触的不适，会在她的身上持续很久。

　　"怎么了？"她的停顿太明显，钟闻看了出来，有些委屈地将手攥成拳头，"你就那么讨厌我吗……"

　　"不是你的问题，我不太习惯肢体接触。"

　　"可是Amber就可以啊！为什么？"

　　白天的陈觅双不是很愿意回忆Amber，对她而言，Amber就像是一个偶尔会在深夜的街上遇见的陌生人，没遇见的时候不会想起来。同时认识她和Amber的人之前是不存在的，至少她还没遇见过，可现在，钟闻就在她身边。

　　"我不知道，也许是喝醉了吧。"

　　"我觉得不是。"钟闻说得斩钉截铁，"我觉得Amber喜欢我，可你不喜欢我。"

　　陈觅双还以为钟闻会有什么像样的发言，结果让人啼笑皆非，她无奈地摇头说："我没有不喜欢你。"

　　钟闻立刻接话："那你就是喜欢我喽？"

　　"我……"

　　绕来绕去，陈觅双发现自己被钟闻套住了，决定不再搭理他。

　　但钟闻心里有点喜气洋洋，至少陈觅双是不讨厌他的，不讨厌到喜欢之间的路途终归会短一些。

　　之后陈觅双又做了一个扇形和一个瀑布形的手捧花，用枝条和自己剪的碎网格拼凑出一个半弧形的框架，再用香柳叶编织打底，然后将颜色优雅的花园玫瑰高高低低地插在上面，再加上尤加利叶和银叶菊之类的配草。也尝试着干脆用灿烂的颜色，让花朵从新娘的手上向前倾斜下去，底部逐渐变小，视觉上就像是有花朵要从新娘的婚纱上流下来一样。

　　她工作的时候非常专注，眼睛灼灼放光，会有比平时更多的微表情，有时会因为摆对了一朵花的位置而兀自笑起来。钟闻喜欢看她工作时的样子，也许从个性上讲，钟闻和Amber更合得来，Amber能给他更多接近她的机会，可他此时确定自己更喜欢的是面前这个拥有更多时间的陈觅双。

　　准确地说，他喜欢全部的陈觅双。哪怕Amber再不出现，哪怕陈觅双一直抵触与人亲近，那也没关系，在他眼里，这些不完美都是完美的。

　　等他们吃完午饭，学插花的人陆续到了。陈觅双的插花课比较系统，每周都有不同的主题，这次的主题是中式盆插。早上她特意买了一些梅花、兰花、莲花，以及非常多的枝条花材。但她并不强制用什么花，因为这些学插花的人，很少是要从事这个行业的，大多只是为了陶冶性情，添点生活趣味，开发他们的创造力才是最重要的。

　　她先做了一个标准示范，在素净的白色浅口盆的一端插上剑山，从伞形绣球中截取一段枝条，是一个开口非常大的"V"字，长的那一边朝空白的那一侧伸去，另一侧只留很小的一块用来平衡视觉，然后修剪掉多余的花朵、叶片和枝丫。然后她又挑选了一枝三头的嘉兰，直直地插在"V"字的中心，其中那朵最高的嘉兰开得也最妖娆。但中间看上去还是太空，她又试着拿更多嘉兰比了比，但嘉兰是百合科的植物，花瓣反卷就显得更细，自带空间感，放多了会显得零碎，于是陈觅双拿了几朵和嘉兰同色系的多头玫瑰插了进去，立刻填补了空白，核心显得非常扎实。整体上高、中、低错落有致，加上延展的宽度，构图很协调。最后陈觅双又拿了几片鹤望兰的叶子铺在所有花材的下面，作为过渡和烘托。

　　"中式盆插的基础一般来说是三主枝，第一条就是延伸出去的这条。"陈觅双指了指伞形绣球，"要选择有力度、有韧性、能够作为主题的。第二条和第三条高矮要留意，它们集中在这一侧，主要是为了构图的协调和作品的丰满，注意不要太旁逸斜出。枝条也可以用花来替代，想象力最重要。"

　　她讲课是用英语，遇见英语不太好的学生，会再用法语解释一下。她站在长桌的一侧，阳光从她背后的窗子洒进来，将她勾勒出一圈毛边。钟闻坐在离桌子很远的椅子上，但是在她的正对面，这期间她的眼神从未在他身上停过，他觉得此时此刻的陈觅双，看上去遥远得好像天使一样。

　　陈觅双和他生活在完全不同的世界，可他固执地卡在了她的门口不肯走，离签证到期没几天了，他还能找到什么理由呢？

等到学生们开始自由创作，地上就陆陆续续掉落了叶子、花朵，还有一段段枝条。钟闻蹲在地上，慢慢地移到了桌子下面，原是想稍稍收拾一下，结果一根非常柔韧的带有一点花苞的枝条吸引了他的注意，不知不觉间他就玩了起来。

陈觅双围着桌子转圈，看每个学生的作品，解答他们的问题，余光瞥见钟闻隔一会儿就钻到桌子底下捡点什么，又闪到一边鼓捣，行为和仓鼠有一拼。她还挺想看看他在干什么的，结果刚要过去，就有学生叫她。

一直到把学生都送出去，陈觅双回到楼上打算收拾，钟闻突然从她背后闪现，将他做的乱七八糟的花环戴在了她的头上。

陈觅双吓了一跳，下意识伸手去摸，结果摸到了他的手背，又仓促地放下了手。

钟闻完全没在意，绕到陈觅双的前面看，笑得捂肚子。他的花环戴起来不像公主，反倒像是和吉普赛人沾点亲戚。

"你刚才就在干这个啊？"陈觅双想摘下来看看什么样子。

"等一下！"钟闻举起手机，"我要拍一张。"

"不要。"

"给我拍一张做纪念嘛！"

纪念这个词总是有点分量的，足以将她的手压下去。她站在那里，有点不情不愿，也没做什么表情，但凝视镜头的时间已经足够钟闻按下快门了。

"回去我要给他们看，这就是我喜欢的人。"钟闻喜滋滋地看着照片。

这不是他第一次说喜欢，却是陈觅双第一次听了进去。她越想越觉得不对劲，问："你不觉得拿这张照片给人看很奇怪吗？"

"有什么可奇怪的，这只能代表我喜欢的人随便拍拍都漂亮！"

钟闻的嘴，骗人的鬼。明知道这点，陈觅双还是笑出了声。

趁着钟闻没注意，陈觅双把花环拿到了楼上，挂在了卫生间门外的挂钩上。睡前她开着一盏夜灯，靠在床头，一直看着它。

距离钟闻签证到期还有几天，她算得清楚，但也许他在那之前就会离开。到那天，她应该会觉得松一口气，应该会庆祝生活回到正轨吧。

可是，她会吗？

为什么现在她会觉得钟闻的离开是一种变数，而他的存在才是理所应当的呢？

离最后时限还有十天的时候，钟闻已经买好了机票。他没和陈觅双说，不知道怎么开口，也不知道她是否在乎。

签证逾期滞留不是小事，再说如今他身上也没有多少钱了，走是必须的。但走了是否还能回来，钟闻说不好，毕竟法国还是很远的。

在异国他乡的短暂旅途中遇见喜欢的人，真是件浪漫而又悲伤的事。没有感情不害怕时间和距离，异国恋的成功率总归还是低的，即使成功了也要经历很多艰辛，承受很多心酸。这些钟闻都懂，可他怎么还是让自己走到了今天这个地步呢？

如果当初他没有从机场折返，现在是否已经释怀了呢？

不行——钟闻了解自己，他是那种想买一样东西，即便当时没钱没买到，在多少年后也一定要得到的那种人，他会钻牛角尖，他不会放弃。

可是陈觅双是人，不是某样可以用价值衡量的物件，不是给他时间他就能得到的。钟闻不知道自己还能为"不放弃"做出怎样的努力。

"钟闻，你能帮我个忙吗？"放下一通电话，陈觅双突然喊了他一声。

"好啊！"

钟闻本来对着手机上的航班时刻表发呆，闻声立刻抖擞精神跑过去。

"有位太太让送几枝紫色的海芋过去，离得非常近，你去送一趟吧。"

"没问题。"

海芋的形态比较单调，需要用一些配草丰富一下，陈觅双将花配好，底部都斜着剪了一刀，先用绳子绑了一下，外面包上纸再拿丝带缠好。她把花交给钟闻，又在他手机上发了导航，细细叮嘱："打电话来的是个上年纪的女士，但无论年纪多大，你都要叫Mrs。这位女士叫作Mrs. Moran，不要叫错。"

"好，我知道了。"钟闻小心翼翼地抱着花，就要出门。

"还有。"陈觅双又叫住他，"最好不要进门，在门口把花给人家就好。如果人家邀请你进门，让你帮忙放进花瓶里，你就把外面的纸打开，将花束原封不动地放进花瓶里，下面的绳子我留出来很长的一段，你可以放进去再解开。"

"好。"

"噢，对了，带上零钱和刷卡机。"陈觅双又数了足够的零钱，把机器检查好，交到他手上，"要是嫌走路累的话，可以去隔壁借单车……"

"好了！"钟闻哭笑不得，心想再这样下去，他出不了门了，"你就相信我一下嘛，这种小事我是没问题的！"

陈觅双也觉得自己啰唆，一般她不这样的，突然醒悟过来有点难为情。她叹了口气，强迫自己放松，摆了摆手说："那快去吧。"

"等我回来！"

钟闻抬手盖在陈觅双的头顶，表面轻松自然，心里其实是壮了二百分的胆子。陈觅双眼皮刚一抬，他就立刻收回了手，叫着"走了走了"，撒腿就跑。

"慢点，当心花！"

话音未落，人就已经没影了，陈觅双无奈地摇了摇头。

被人触碰，尤其是头发和脸，那种刺刺的感觉并没有存在太久，甚至还来不及捕捉就消失了，这让陈觅双自己都有一点惊奇。

其实送花这种事，她有专门的接洽，根本不用让钟闻去。但一是离得很近，比较省时间；二是她看得出来，随着离开的时间越来越近，钟闻的情绪越来越低落，话也没有从前多了，她想让他出去吹吹风。

离别是必然的，陈觅双明白，只是她不愿意多想。因为钟闻终归还是改变了她的生活，至少有他在的这段日子，Amber再没有出现过。

其实只是多了一个人而已，空白时间怎么就被填满了呢？她并不会和钟闻谈太多私事，探讨有关情绪的话题，基本上她都是在用没什么营养的话，来应付钟闻没什么营养的话。

可竟不觉得无聊，反而像是给时间上了加速器。

可惜加速器失效后，她终归还是要回到原先的生活。

送花的地址很好找，虽然位置比较僻静，但不是一栋房屋的某一间，而是很大的独栋，大门旁就挂着街名和门牌。这房子外观很古老，有不少破角和裂痕，墙上爬满粗壮的藤蔓。钟闻知道这种房子要么是祖传下来的，要么就很贵。

他在门前检查了一下花，还整了整衣服，才按了门铃，边按边用英文喊："Mrs. Moran，你订的花。"

等了好一会儿，里面才传出声音："门没关，进来吧。"

人家让进，他也没办法，钟闻有些小心地推了个门缝，往里张望。门推开后是一条很深的走廊，他看到一个老奶奶坐在轮椅上，在几步开外正对着他。外国人的年纪不好估计，但钟闻觉得这个老奶奶怎么都得七十岁往上了，虽然气质非常好，但脸上的褶皱多得有点吓人。

"你订的花。"钟闻往里走了两步，再次停住。

"跟我来。"老奶奶掉转轮椅，拐了弯就进了客厅，钟闻只能跟着，见她指着壁炉上一个细长条的玻璃花瓶说，"你帮我放进去吧。"

钟闻在花瓶里装上水，按陈觅双说的，小心地拢着花束底部放进去，确认散得不厉害，才拽掉陈觅双系的绳子。

"好了……"他回过头，打算告辞，却发现老奶奶从冰箱里取了一瓶类似橙汁的饮料，给他倒了一杯。

法国这边水质不好，家里就算装过滤器，也还是逃不过喝瓶装水，而且他们喜欢喝冰水，冰箱里大半空间都堆满了水和饮料。钟闻下意识说了"谢谢"，却不知该不该喝，他没有这方面的经验，印象里的快递员好像并没有什么机会喝收件人家里的水。

就在他犹豫的片刻，突然的一声猫叫吓得他一激灵，一下蹿出老远。他这才看见沙发上趴着一只纯黑色的猫，和沙发上的黑丝绒毯子颜色一致，刚才他完全没注意。

猫跳下沙发，跳上老奶奶的膝头，老奶奶笑着抚摸它，对钟闻说："Cassie不太喜欢男士，不要介意。"

"没、没事……"钟闻抽了抽嘴角，努力保持镇定。

"坐下喝口水吧，我知道店在哪里，只是我身体不好，走不了那么远。这一路走来，也有点累吧。"老奶奶举了举自己的那一杯，"就当陪一陪我这个可怜的终年找不到人说话的老人吧。"

"你还年轻着呢，Mrs. Moran。"

钟闻还是在沙发上坐了下来，反正他也口渴，冰镇饮料不喝白不喝。

这饮料之前钟闻也买过，热带水果的气味很重，闻上去是红西柚、番石榴和菠萝那种刺刺的味道，他不是很喜欢。不过他还是端起了杯子，只抿了一小口，就察觉到不对劲。

倒不是尝起来不对劲，而是越闻越不对劲。可是具体哪里有问题，钟闻也说不上来，他之前只喝过一次，只是觉得在水果的甜腻中隐藏着一丝不应该属于饮料的气息。

"Mrs. Moran，我能看一下你的冰箱吗？"钟闻试着开口。

"完全可以。"

于是他站起来走向冰箱，看到侧面码着各种瓶子，这种饮料有两大瓶，一瓶没开封，另一瓶还有一多半，显然他这杯和Mrs. Moran自己那杯，是从还有一多半的这瓶里倒出来的。钟闻拧开闻了闻，容量多的情况下他闻起来更清楚，这瓶饮料里有一种奇怪的苦味，说草药味有点严重，但至少是青草的涩味。他又拧开另一瓶未开封的，发现那瓶并没有这个问题。

他的第一反应是看赏味期限，结果发现还有很长时间才到期。

"奇怪……"他嘟囔着回过头，正好看到Mrs. Moran在喝那杯饮料，于是脱口而出，"等一下！先别喝！"

Mrs. Moran做出被他惊吓到的夸张表情，把杯子举得高高的。

"是这样的，我觉得你的这瓶饮料有问题，但我不确定你会不会理解我在说什么。"钟闻觉得凭自己的语言能力说不明白，他掏出手机用软件翻译，虽然也不太准确，但至少能翻译出一些意思相近的语句，"我的嗅觉比普通人要好一点，我觉得这瓶饮料气味不对，你是从哪里买的，让他们联系一下厂家，看看是不是有什么问题。在确认以前，你还是别喝这瓶了吧。"

认真说起来，钟闻没有任何证据，不相信的人肯定会以为他是小题大做，但Mrs. Moran只是略显迟疑，紧接着就对他说："既然如此，你把我冰箱里所有的液体都打开闻一下吧。"

"你确定？"钟闻有点诧异。

"当然。"

钟闻只好再次打开冰箱，把里面的所有瓶子都拿出来，一个个拧开闻。在他记住了刚刚那种异样的味道之后，再闻到时他一下就能辨认出来。更奇怪的事情发生了，钟闻在几种不同的饮品里都闻到了这种味道，有的饮料本身味道淡一点，它就浓一点，倒是不难闻，是很自然的药草香，不知道的还以为是饮料自带的味道。但这种味道丝毫尝不出来，过度的甜会遮盖掉一切，大概也是因为这样，所有的瓶装饮用水里都干干净净，一点异味都没有。

事已至此，钟闻不得不往复杂又可怕的方向去想了。如果只有某一瓶，哪怕是某一个种类有问题，他都会觉得是偶然事件，或是产品批次的区别。可是从不同品牌、不同类型、不同味道的饮料中，都能闻到同一种异味，并且分布得很平均，差不多是两三瓶中就有一瓶，这明显是人为所致了。

"我闻着这几瓶都不太对劲，但我的鼻子不是精密仪器，我也不能保证，而且我不知道里面究竟是什么……"钟闻一脸为难，"Mrs. Moran，这些都是在哪里买的呀？"

"你能再帮我个忙吗？"Mrs. Moran没有回答，而是操作着轮椅从一个抽屉里拿出几张大钞，推到了钟闻面前，"你帮我把这些都拿出去扔了，不管是你闻出来的，还是没闻出来的，然后去超市里买一模一样的填进冰箱。这些钱应该足够了，剩下的就当是感谢你的。"

这不过是举手之劳，钟闻肯定是会帮忙的，只是他越琢磨越觉得不安，一再问："真的没问题吗？"

Mrs. Moran摇了摇头，笑得讳莫如深，却又有些凄凉。

无可奈何之下钟闻只得照办，他先去超市买了新的饮料和水，填进了Mrs. Moran的冰箱，然后拿袋子将之前的那些装好，准备提出去扔掉。就在这时，Mrs. Moran再度叫住了他："孩子，我是第一次见你，却很喜欢你。如今像你一样愿意去管别人事情的年轻人越来越少了，我相信你说的话，虽然我什么都闻不出来，但你没有骗我的理由。只是今天的事除了你和我，就不要再让其他人知道了。"

钟闻有一种强烈的感觉，Mrs. Moran知道真相是什么，但她选择不声张。作为外人，钟闻没有发言权，他只能点头，脸上却还是现出担忧的神色。

"你不用担心我。"Mrs. Moran笑起来，能让人想象到她年轻时的美丽，"我本也没有多少年可活了，但你今天帮了我，我是个懂得感恩的人，所以我要照顾下你的生意。我这屋子里死气沉沉的，你们店来帮我做一下整体花艺的设计吧，包括我后面的院子。之后你有空就来帮我打理一下花，陪我说说话，帮我填补一下冰箱，我会付小费的，如何？"

听到自己帮陈觅双揽了生意，钟闻立刻乐开了花，头点得异常干脆，竖起大拇指说："没问题！"

从Mrs. Moran家出来，钟闻提着两大袋子的液体，坚持了没多久，手就勒得受不了了。他只好一瓶瓶倒进下水道，但以防万一，空瓶子没敢乱丢，想着回去再用清水涮涮。

手里的最后一瓶，正好是他喝过的那瓶，钟闻心里一动，突然停了手。

走到陈觅双的店门口时，刚好撞见她向外张望，钟闻咧嘴笑："想我了吧！"

"怎么这么慢？"陈觅双脸上写着"懒得理你"，转身往楼上走。其实刚刚她一直在门口徘徊，强忍着给钟闻打电话的冲动。

她觉得自己该相信钟闻，送花这点小事应该不会出问题，而且就算有什么问题，她打电话催促也只会火上浇油。但时间确实长了点，她突然意识到原来等待也会让时间变得有意义。

关键在于，不是等待一个迟到的生意伙伴，而是等待一个心里记挂的，希望能再见到的人。

"我跟你说，今天我遇见了一件很奇怪的事。"

进屋连喝了两杯水，钟闻就忙不迭地和陈觅双讲起刚才发生的事情。他说得眉飞色舞，就像在讲一个精彩绝伦的故事，可陈觅双听着忍不住皱起了眉头。

钟闻做的是对的事，却可能搅入麻烦。如果是陈觅双，她将花放好，就会立刻离开，无论如何她都不会坐下。这样她能避免很多麻烦，却也会错失很多缘分。

"你不要那么担心嘛，结果是好的啊。"钟闻伸出食指想去戳陈觅双的眉心，而这一次陈觅双反应了过来，先一步向后躲了一下，钟闻的食指和拇指圈起来，在空气里弹了一下，"先解决工作，把钱赚到嘛！"

"让你总去陪她，你不嫌烦吗？"

"她只是个孤单的老人，腿脚不方便，我偶尔去帮她采购些东西，不麻烦的。而且……"钟闻从袋子里把那半瓶饮料拿出来，放在桌子上，托着腮问陈觅双，"这个你是怎么想的？"

陈觅双拧开瓶盖闻了闻，也闻不出异样，她微蹙着眉问："你确定真的有什么吗？"

"反正……不太对劲。"

"你清楚地知道自己现在在怀疑什么吗？"自从听钟闻说完，陈觅双始终面色凝重，"如果照你的猜测，这可能是一起刑事案件。"

钟闻拿手指蹭了蹭鼻尖，却带着一点笑意："你看，你很了解我嘛！"

"别闹，说正经事呢。"

"啊呀！"

钟闻突然一拍桌子站了起来，一脸惊恐。陈觅双被他吓得耸肩，紧张地问："怎么了？"

"我答应过Mrs. Moran要保密的！"

陈觅双捂着额头，哭笑不得："你都已经说这么久了，才想起这个？"

"算了。"钟闻重新坐下来，"反正她说的是不能告诉其他人，你不算其他人。"

陈觅双有点想问"那我算什么人"，但她能猜到钟闻会怎么回答，真要给他机会说出口了，她又会不知所措。最终她还是转移话题："如果你真的心存怀疑，那就拿去检验一下，看看里面究竟有什么。"

"你认识这样的机构吗？"

"我不认识，不过有人应该认识。"

说着，陈觅双已经拿起了手机，在她给邝盛拨出电话的前一秒，钟闻突然明白了她要做什么，猛地抓住了她握着手机的那只手。

"你要打电话给那个律师，对不对？"

"对啊。"陈觅双无法忽略手上的力度，想保持镇定，眼神却止不住往下飘，"他是律师，肯定认识这样的机构，这样比较方便。"

钟闻仍旧扣着她的手机，头向前伸，紧盯着她的眼睛，脸上出现各种微表情，好像要从她脸上看出什么一样。陈觅双从来没见过能直视别人眼睛那么久的人，或许是她做不到，所以也很少观察别人。

她真的很少能单纯地和一个人进行直接又毫无意义的眼神交流这么久。

其他人的微表情也这么多吗？陈觅双忍不住想。

"就只是朋友？"钟闻终于开了口。

陈觅双愣了愣才反应过来，他应该是指她和邝盛。她转动着手腕，无奈地说："只是朋友，可以放开了吧？"

钟闻缓缓移开了手，却仍然保持着警惕的状态，就像一只第一次独自猎食的小豹子。在情敌问题上，他的直觉同样是灵敏的，钟闻只见过邝盛一次，就确定邝盛一定对陈觅双有意思。不过他姑且相信陈觅双，所以更要严防死守。

"就是这样，不麻烦吧？那好，回头我给你送过去。"陈觅双当着钟闻的面给邝盛打电话，简单地说了下情况，只说是一个认识的人觉得饮料喝起来不太对劲，所以想验一下。做律师的自然认为是准备索赔，丝毫没怀疑就答应下来，结果邝盛又突然说："我晚上去接你吃饭，到时候你顺便给我就行。"

陈觅双下意识看向钟闻，只觉得有一束强劲的目光向她砸来，她喉咙一紧，莫名有种心虚感，赶紧和邝盛说："我最近真的有点忙，改天吧。回头我让人把东西送到你的律所去，谢谢。"

邝盛不是个被拒绝了还会一再勉强的人，通话就这样结束了，一句多余的寒暄都没有。见陈觅双放下手机，钟闻反倒有些意外："这就完了？"

"不然呢？"

"这个男的好无聊啊！"

"你以为谁都像你一样话多？"陈觅双白了他一眼，飞快地在便笺纸上写下了邝盛律所的地址，"行了，你拿去交给前台，说是我要送的。"

"我去？"

陈觅双作势就要收回便笺："那我去吧。"

"我去我去！"

钟闻赶紧抢回便笺，抱着瓶子，飞也似的往外跑，好像生怕陈觅双后悔。

"等下！给你车钥匙，开车去啊！"陈觅双追出去丢给他车钥匙，目送着他将车开走，才算踏实。

房间里陡然安静下来，陈觅双这才意识到钟闻在时有多吵。明明只多了一个人，他的存在感却像是某种可捕捉的频率，辐射范围巨大，带来持续的躁动。他一离开，唰地一下，一切都消失了，一点痕迹都不留。

　　陈觅双竟然有点不习惯，有钟闻在和没钟闻在的反差如此之大，在她心里掀起了难以平息的波澜。

WHAT MAKES YOU BEAUTIFUL

Chapter5

燃烧的城市

第二天一早陈觅双就让钟闻和Mrs. Moran联系，确认是否可以上门看一下具体环境。Mrs. Moran在电话里说："噢，你们的电话来得真是时候，再晚一点我就要出去跑马拉松了。"

放下电话，钟闻笑得抖肩膀，连声说："Mrs. Moran真是个好玩的奶奶。"

陈觅双现在知道他俩为什么会这么有缘了。

到了Mrs. Moran家，陈觅双查看房间和院子的布局，在随身携带的速写本上简单地画一画，心里初步想了几个方案。其间钟闻只是在和Mrs. Moran闲聊或是逗猫，Mrs. Moran歪头看着陈觅双的背影，对钟闻说："你的老板非常漂亮。"

"是吧，是吧！"钟闻兴奋得好像夸他一样。

"你在追她？"

钟闻凑近了问："以你的人生经验看，你觉得有希望吗？"

Mrs. Moran保持微笑，没有说话。刚好陈觅双考察完毕，到她面前坐下来，想表现得亲切，却还是因为习惯性的职业感而显得疏离。陈觅双认真询问了Mrs. Moran对花的品种、颜色、气味之类的喜恶，花园是否接受植物土培，能不能按时照料，需不需要有人定期帮忙照料，还有整体预算。

陈觅双发现Mrs. Moran的品位很好，对美的要求很高，提了非常多的细节，甚至拿笔给她作画展示自己的想法。相对地，她对于预算毫不设限，只要做得好，钱不是问题。

大概谈完之后，陈觅双要回去完善细节和订立合同，迅速起身告辞。Mrs. Moran看了看钟闻，对她说："能不能借你的员工用一下，会还回去的。"

"其实他不算我的员工，他有他的自由，私事无须经过我的同意。下次见。"

她独自走出门去，轻轻将门带上，余光还能瞥见钟闻歪着上半身，从墙后探出头来和她拜拜。她无可奈何，透过门缝跟他摆了摆手。

"她和我年轻时真像，腰杆总是挺得笔直，下巴和眼神总是在刚刚好的角度，不爱笑，用傲慢来伪装自己，好像随时都在和谁比赛，一松懈就会输。"陈觅双一走，Mrs. Moran就对钟闻说，"其实她是缺少什么，一个脆弱的人才会装成满不在乎。"

"我只想知道我到底能不能追到她……"钟闻似懂非懂地挠着头。

"我又不是巫婆，怎么说得准！"Mrs. Moran毫不客气地嘲笑他，"我只知道，你的喜欢已经传达到了，她是知道的，也感受到了。那么之后的一切都不由你说了算，你做好你自己就行了。"

从Mrs. Moran家出来，钟闻一直在思考这句话。也许这真的算是人生经验，与其花时间反复和对方说喜欢，不如先做好自己。

那之后每天钟闻都会去陪Mrs. Moran待一会儿，帮她跑跑腿，自动加入了种植花园的队伍。布置房间和院子的活儿还没完工，Mrs. Moran又给了陈觅双一张名片，和她说："我的一个朋友，新开了一家咖啡店，需要每周订花，你可以给她打一个电话。"

"谢谢你，我会打的。"

尼斯的花店多不胜数，陈觅双很清楚Mrs. Moran如此殷勤地帮忙介绍，是因为感激钟闻。然而陈觅双却担心起来，毕竟钟闻只剩三天就要走了，她怕他忘记和人家说。付出了情感，突然迎接失落，对一个老人来说是很残忍的。

"啊，还真是！"被陈觅双一提醒，钟闻才想起这件事很重要，必须得提前打招呼。可是他走了以后，谁帮Mrs. Moran补充冰箱呢？还是应该建议她找个保姆吧。

钟闻认真地担忧了起来："对了，上次那瓶饮料的检验结果出来了吗？"

"他还没给我打电话，我问一下吧。"

陈觅双给邝盛打了电话，但被助理接了起来，说是邝盛现在不方便接电话。她留下了自己的问题，就挂掉了电话。

当天晚上陈觅双上床休息时，才收到邝盛发来的信息，是一份检验报告的照片，还附有邝盛的简单解释："这里面含有一种不属于饮料成分的有机化合物，那东西本身有治疗作用，并不能单纯算作毒，只有浓度够高才会要人命。但有心血管病的人绝对不能沾这种东西，它会高度刺激心肌，诱发心衰。不过这瓶里的含量很少，应该不至于致命。"

那如果长期少量服用，对象是一个可能原本就有心血管病的老人呢？陈觅双心里想着，却只回了一句："好的，我知道了，谢谢你。"

"抱歉，最近有案子要开庭，其实结果早就出来了，忘了告诉你。"

"没事，晚安。"

陈觅双主动结束了对话，双腿垂下床，踩上拖鞋，小跑着下了楼。

楼下关了灯，但钟闻还在打游戏，只能看见他手机屏幕上的一小块光。因为插着耳机，陈觅双走到了面前他才发现，明明脸被屏幕照得很吓人的是他，他反倒吓得大叫着弹跳起来。

钟闻坐在还一颤一颤的沙发上，瞪大眼睛看着面前一脸淡定的陈觅双，手机屏幕很快就暗了。四周陡然黑下去的那一瞬间，他们明明还能看清对方，却不约而同感到了一丝微妙的窒息。

那是黑夜自带的暧昧感，碰上杂乱的被子可能会有加成。

陈觅双先一步反应过来，飞快用遥控点亮了一部分灯，钟闻用手挡着眼睛，听到她说："检验报告出来了。"

他赶紧放下手，眯着眼睛问："怎样？"

陈觅双怕自己说不明白，把手机解锁后递给钟闻，直接就是邝盛发来消息的页面。在陈觅双看来，他们的对话已经结束了，手机又调成了静音，所以她没注意到后面邝盛又发来了一条信息。结果钟闻先看到了，邝盛说："真要感谢我，就陪我吃晚餐吧。"

钟闻的嘴角立刻向下撇。

不过他还是先看了上面的正事，钟闻对化学相对熟悉，他看了看检验报告就大概明白是什么了，脸色是陈觅双从没见过的难看。

"好过分啊……谁会这么对待一个已经快八十岁的老人？"

"我想Mrs. Moran应该知道是谁，但她选择了息事宁人。"陈觅双想安慰钟闻，可不知道该怎么做，她的后背仿佛竖着一块笔直的钢板，让她放不下姿态，"所以你还是不要特意告诉她了，但要想想怎么避免以后再发生这种事。"

"会不会是之前的保姆？"钟闻突然抬头，满脸困惑。

"我觉得……也许是比保姆更亲近的人吧。"

"那就更坏了！她一直忍着，早晚还是要中招的！"

别说是困意了，钟闻连玩游戏的心情都没有了，在沙发上坐不住，光着脚站起来，抓着头发在面前的一亩三分地转圈，看似在想办法，实则只是烦躁而已。

他是真的在担心，陈觅双看得出来，这让她的心突如其来地柔软了一下，就像一根手指轻轻地按下去，没有很快弹回来。一个人会对刚刚认识的人抱以真实的关切，会为了对方的事情烦恼，这种体验其实陈觅双是没有的。

她当然也会被这件事震惊，也会担忧，但那更多的是出于本能，出于道德层面。她的心里会有一种划分，将自己与其他人彻底隔开，至今，没有任何一个人和她待在同一个阵营。

起初，当钟闻缠上她，陈觅双是完全不以为意的。在她眼里，钟闻就是个贪图新鲜的年轻人，这所谓的爱恋不过是旅行的副作用。她不能理解这种激情，在她看来，钟闻嘴里的一见钟情是带着一点轻浮意味的。可是这段日子相处下来，陈觅双终于相信，钟闻是认真的。

他就是这样一个人，他与他人之间没有壁垒，他是完全敞开心扉，随时准备接受任何人的。他的情绪会被别人调动起来，他也不惧怕别人的窥探。

陈觅双也想问，这样不累吗，不觉得消耗过大吗，不害怕被伤害吗？但转念一想，如果有所考虑，那么钟闻就不会在明知结局注定的情况下，还是选择从机场折返回来。

他看似随性不羁的背后，是超越许多人的勇敢和善良。也许老天爷是公平的，会让这样的人少受一点伤。

"别转了，睡觉吧。"陈觅双抓起自己的手机，转身要上楼去，这才看见邝盛发来的新消息，她下意识回头看了钟闻一眼。

钟闻察觉到她的动作，颓唐地在沙发边上坐下，闷闷地说："你就等我走了以后再和他吃饭嘛，反正到时候我也看不见。"

等他走了，一切都会归零。他无法阻止时间的流逝，无法阻止陈觅双正常社交，更无法阻止其他人对她的追求。他除了回忆，什么都留不下。

想到这里，钟闻彻底缩成了一团。

上楼梯的声音并没有如期传来，但钟闻也没有留意，直到他抬起头，发现陈觅双又坐回了刚刚的椅子上，脸上带着一丝无奈地看着他。

"我和邝盛认识得很早，我当初开店需要法律帮助，找到了他的律所，虽然最后不是他接的，但他还是帮了我很多。"陈觅双自顾自说了起来，"邝盛和我不同，他出生在法国，我们的思维模式、童年经历差别非常大，所以我们在一起时并没有什么可以说的。加之他的工作很忙，我们的交往仅限于偶尔一起吃个饭，而且次数很少。"

钟闻听着陈觅双的话，嘴角缓缓上扬，倒不是因为她说的内容，而是在于她为什么要说这段话。

"你为什么要对我解释你和他的关系啊？"钟闻眨了眨眼，"你怕我吃醋？"

"我只是不愿意被误会。"

陈觅双果断起身，头也不回地往楼上走，脚步比平时铿锵一些。

"才不是呢！换作以前，你才不在乎我怎么想，你就是故意解释给我听的！"钟闻朝着她的背影喊，笑容好半天都无法收起。

应该不是他的错觉，陈觅双多少有点在意他了。

可他就要走了。

一夜都翻来覆去没有睡好，第二天钟闻起得很早，没有像往常一样被陈觅双叫起来。他出去跑了步，买了早餐，回来和陈觅双吃完，就匆匆出去了。陈觅双知道他还在记挂Mrs. Moran的事，也就没有多说什么。

钟闻走后，陈觅双出发去Mrs. Moran介绍的咖啡店，下午还要赶回来上课，时间安排得很满。原本她以为只是订花，视频就可以说清楚，结果对方听说是Mrs. Moran介绍的，非常热情，一定要见一面。

她到了咖啡店，还没有正式开业，但屋内已经装修完毕了，只是还有些刚装修后的味道。店主亲手冲了咖啡给她，和她说自己很喜欢日式庭院的角落，想在咖啡店也弄一面流水植物墙，底下是一方小小的池塘，安一个竹子的添水。

这又是半个体力活了，因为已经扩大到园艺的范畴，格局、承重、采光什么的通通都要考虑，还要和装修队合作。陈觅双其实想要推掉，她是个谨慎的人，会在自己可控范围里做事，不会因为赚钱而将自己的时间彻底挤没，那样一旦事情有一点不可控，她就会焦虑。现在她有固定的订花客源和学插花的学员，还有之前和酒店签的四季花艺的供应与装潢变更，偶尔再接一些婚礼和宴会，就足够忙了。而且她学习的主要是西式花艺，偏中式的她了解，但活儿做得很少。

可是咖啡店的老板实在热情得过分，拉着她一直说东说西，咖啡倒了一杯又一杯，感觉是根本不在意成品效果如何，只是认准了让她来做。言语之间陈觅双感觉得到面前这个目测四十岁左右的女士对Mrs. Moran非常敬重，她很担心对方会问及她是怎样和Mrs. Moran相识的，她没法解释。好在对方并没有问，而是从桌下翻出一本旧时尚杂志，翻开其中一页指给她看，感慨道："Mrs. Moran真的是我见过的最有风度的女士。"

陈觅双的思维停滞了一秒，才突然反应过来，杂志上占据一整面铜版纸，姿势仿佛在展示手上名贵珠宝的风姿卓然的女士，是Mrs. Moran——准确地说，是中年时的Mrs. Moran。

陈觅双是一个擅于隐藏情绪的人，她没有流露出太多惊讶，而是迅速扫过旁边的印刷字，企图整理出Mrs. Moran的身份。她不是一个关注时尚品牌的人，不习惯戴首饰，买衣服也就认准一两个牌子而已，所以不经人提醒根本不可能知道，那个老人居然是一个时尚品牌的创始人。

后来咖啡店老板还给陈觅双讲了自己和Mrs. Moran相识的故事。她二十岁出头的时候开咖啡店赔得一塌糊涂，只好去门店当店员，Mrs. Moran来到门店视察，她是没有资格上前接待的，只是亲手冲了一杯咖啡递过去。没想到Mrs. Moran临走时特意绕到她的面前，对她说："你的咖啡不错，是自己调的吗？"

她诚惶诚恐，说她喜欢把几种咖啡粉末按比例混在一起。Mrs. Moran笑着鼓励她，说她应该自己开一家店。于是十几年后，她还是开了一家自己的咖啡店，在选址和前期筹备方面，Mrs. Moran给了她很多建议和帮助，即使那时她们已经很久很久没有见过面，即使那时Mrs. Moran早已因为车祸而必须终日依靠轮椅。

从咖啡店离开，陈觅双开车到半路，才彻底意识到自己最后也没推托掉，非但放弃了推托的想法，还在不知不觉中下定了要好好做的决心。她内心有一种奇异的感觉，一时找不到合适的形容词，说冲动，说较劲，似乎都不够贴切。

但是她的心跳确实加快了，一口气提了起来。后来陈觅双才想到，或许有个词是合适的，只是她说不出口。

她热血起来了。

想为某个人做好一件事，原来是这种感觉，陈觅双好像真的是第一次体验。

而这种体验，是钟闻带给她的。

然而同一时间，钟闻因为拿吃的逗猫又不给猫吃，胳膊上被挠了一爪子，Mrs. Moran在一旁开怀大笑。他跟她说了自己马上就要离开尼斯，也不知什么时候还能回来，让他没想到的是，Mrs. Moran很淡定，只是表示知道了。

反倒是钟闻丧气地说："我走了，谁帮你跑腿啊？"

"我现在到门口掏出钱来，立刻就会有人帮忙。"

"喂，要不要这么无情啊！"

钟闻气鼓鼓的，又被猫挠了，觉得自己简直就是悲剧男主角，正好还有场无望的爱情。

"我这个年纪的人，对自己有情就可以了。"Mrs. Moran看着他垂头丧气的小脸，觉得很有趣，"倒是你，放弃爱情了？"

"精神永不放弃！但……我总得回去一趟，我爸妈还在家等着跟我算账呢。可是我不知道自己能以什么理由回来，总不能一辈子赖在她那里打杂，那样她不会喜欢我的……"

"我倒觉得她喜不喜欢你，和你是否替她打工关系不大。不过，我还真想到一件事，没准很适合你做。"

"什么？"

"你喜欢香水吗？你的鼻子很好用，是调香师的基础。"

"香水……"钟闻想起了格拉斯，想起了香水工厂，想起了自己人生中亲手调配的第一瓶香水。冥冥之中，他感觉到了一种微妙的牵引感，仿佛前方的黑暗里出现了一束光。

只是钟闻不确定那是不是海市蜃楼，这毕竟是一个他根本没有想过的领域："我对香水完全没有了解。"

"不会就去学，人生下来都只会吃饭和睡觉。格拉斯有很多香水学院，专门培养调香师，我认识其中一所学校的负责人，可以推荐你过去面试，但之后能不能被录取，就看你自己的本事了。"Mrs. Moran耸了耸肩，"如果你被拒绝，我也很丢脸的。不过如果他愿意留下你，你就可以大大方方地留下追你的梦中情人了。"

距离钟闻要离开尼斯只有几十个小时了，一个选择突然出现在他的面前，他并没有立刻觉得豁然开朗，只是蒙了。

他从前的生活是很简单的，只要他想，就不用去探索未知的领域，不用去思考来或去、合适与不合适这类问题。除了学校考试之外，他的人生也再没经历过什么考验。

然而现在好多问题他都必须自己想明白，钟闻只觉得自己站在一个中心点，周围全是分岔路口，只要迈一步就能走向不同的人生。他必须得静下心来思考，还必须得做出决定。

其实他只要愿意放弃，愿意回到从前的生活，就能过浑浑噩噩却也不赖的人生。可钟闻深知自己回不去了，因为他的选择不是现在才开始做的。

在他选择接受自己喜欢陈觅双时，就已经走向了人生的分岔路口。回头路成了错综复杂的迷宫，他不可能原封不动地回到没选择之前了。

钟闻也不想回去了，他只想陪着陈觅双往前走。

回到花店时正碰上一个顾客在买花，钟闻满肚子的话憋得难受，在陈觅双背后晃来晃去。顾客前脚踏出店门，钟闻后脚就双手抓住陈觅双的胳膊，猴急地问："你知道香水学院是什么样的吗？"

陈觅双被他突如其来的接触吓了一跳，下意识抖了下肩膀，但没有后退。倒是钟闻意识到自己又越矩了，赶紧收回了手，还在头顶做了个双手投降的姿势，脸上的表情却在催促她快点回答。

"香水学院……"陈觅双努力跟上他跳跃的思绪，"我只知道法国有很多，巴黎、格拉斯都有，但具体是做什么的，我不清楚。它们应该不是普通学校的模式，是专门为品牌输送人才的吧，好像不公开招生。"

"那你觉得我做调香师怎么样？"

陈觅双意识到不对劲，还想再仔细问，钟闻却已经像打了鸡血一样几步蹿上了楼。她想追上去，但有几个游客进了店，绊住了她的脚步。

她暗暗琢磨，调香师？钟闻不会不打算走了吧？

等到把一小拨游客送出店，陈觅双把门外的牌子翻了个面，走上楼去，看到钟闻跷着脚躺在沙发上，姿态非常随意地刷着手机。虽然已经相处了一阵子，但陈觅双心里还是会堵一下，心想自己当初怎么会允许这个人在家里住下来啊。

"我查过了！"钟闻翻身坐起来，一双眼睛简直发着贼光，亮得不可思议，"这种学校好难念啊，有时候一年都不收人，收的话也是个位数。进去之后要念好几年，而且要先上几个月，过了初试才算正式录取。"

这些陈觅双也是第一次听说，她微微点了点头："所以呢？"

"所以你觉得我会被录取吗？"

"你？"陈觅双少见地提高了嗓门，在那一瞬间，钟闻仿佛在她身上看见了Amber的影子，"你怎么突然想到这个？"

"Mrs. Moran说，她可以给我写推荐信，让我去面试。但面试是否合格，要看我自己的表现。我琢磨着，如果面试通过，我就能留下来了！"

果然，陈觅双早该知道钟闻不会那么乖地离开，但她实在想不到钟闻会找这样一个理由。陈觅双又在天人交战，就像当初决定让钟闻留下来一样，如今理智上她也希望钟闻赶紧走，因为她确定只要钟闻离开，一切就都结束了。她生活上和内心里的混乱都会消退，所有的火苗她都能掐灭，无论那些火苗是因为不舍得，还是别的什么。

可是……钟闻的嗅觉确实是超乎常人的，也许他真的适合这个行业，也许这就是他人生的机遇。当感性已经凌驾在理性之上时，习惯理性的人会为自己的感性找冠冕堂皇的理由，如今陈觅双就在为自己的心软找理由。

"首先，你要知道调香师是做什么的。我虽然不懂，但想来也是跟化学有关，而且还要每天和气味做伴，你能坚持吗？你喜欢吗？如果你只是为了留下来而去尝试，结果半途而废，那就又浪费钱又浪费时间了。"陈觅双认真地替他考虑。

钟闻沉默了，双肘撑在膝盖上，抱着自己的头，手掌把两颊的肉挤在一起，看上去像在故意做鬼脸。陈觅双也是第一次见到有人沉思时是这种状态，她微微叹了口气："等下上课的人就来了，要不你去上面好好冷静一下？"

自从把窝搭在沙发上后，钟闻还真就没再上过三楼。明明之前也上去过，还睡过一觉，但如今他还是有点被允许进入私人空间的感觉。他确实需要安静地好好想想，于是上楼将自己重新丢在了那张小沙发上。

头刚一沾到扶手，钟闻就看见了卫生间门上挂着的花环。早就已经干了，好在当时他本就是拿边角料做的，枝条用得比较多，叶子和花没多少，所以干了以后还是可以挂着。但会有干枯的小叶片和枯枝掉在地上，现在就有一片，想来之前也有。陈觅双是个极度爱干净的人，一根头发都会特意弯腰捡起来，她不应该任由这个花环存在这么久。

钟闻缓缓勾起了嘴角，突然觉得什么思考都是多余的，一个鲤鱼打挺跳起来，蹲在楼梯上对底下正布置桌子的陈觅双喊："我决定了！我要去面试！喜不喜欢，得试过才知道！"

陈觅双被他这一嗓子吓得打了个激灵，回头看见他蹲在楼梯最上面，姿态特别像只欢天喜地要扑下来的大型犬。距离他打算深思熟虑连五分钟都没有，看起来这孩子确实是不擅长思考。陈觅双无奈地摇了摇头，没好气地说："随你吧，反正面试也不一定能被看上，就算通过了面试，也不一定能通过初试，不是吗？"

"那是别人！换作我这么天赋异禀，肯定会被录取！"

自尊心受了打击，钟闻反倒更坚定了决心，他三步并作两步从楼梯上跳下来，"咚"的一声，陈觅双庆幸楼下没住别人。他冲到陈觅双旁边，双手撑着桌子，上半身微向后仰，歪得像很红的一组表情包，还非要正对着她的脸，挑了挑一侧的眉毛说："你要是不信，咱俩打个赌呗？"

"赌什么？"因为脸的距离太近，陈觅双只能一直垂着眼，无意识地将手上的方巾折了又折。

"如果我被香水学院录取了——我说的是通过初试，实实在在地被录取，你就答应做我女朋友，怎么样？"

"不怎么样，这种事情怎么能拿来打赌。"

陈觅双转过身背对着他，走开了两步。

"你不和我赌，可Amber会和我赌。"钟闻也跟着往前蹭了蹭，贴在陈觅双的背后说话，"实在不行，我就想办法把你灌醉，之前Amber就和我赌过一次。"

"你敢！"

钟闻的呼吸扑在陈觅双耳后，让她汗毛都立了起来，耳郭已经不由自主地红了，所幸被头发盖着。陈觅双终于忍无可忍，回头警告他，颇有些咬牙切齿的味道。

没想到钟闻却笑得眼睛都弯起来，更加讨打地说："我就是敢。问题是，你敢不敢呢？"

小浑蛋！陈觅双看他那得意的样子，很想在他脸蛋上狠狠掐一把。Amber在她的身体里翻腾着快要苏醒，然而现在外面还天光大亮。

"既然Amber能和我赌，就证明Amber是喜欢我的，那么也就说明，你心里有一部分也是喜欢我的。"偏偏钟闻还在火上浇油。

"你……"

正当陈觅双想还嘴时，楼下传来了打招呼的声音，插花课的学员来了。对陈觅双来说，这如同一盆冷水浇下来，"吱啦"一声，一缕灵魂从身体里飞了出去。

她白了钟闻一眼，打算下楼迎人，擦身而过时，钟闻伸出手，虚虚地握住了她的手腕，又问了一次："赌不赌？"

这一次，陈觅双在钟闻的眼睛里看到了认真。

"好！"也是为了让他闭嘴，也是为了争一口气，显得自己不那么弱势，陈觅双深吸了一口气，终于点了头，"赌就赌，反正今天答应，明天就可以分手。"

说罢，她转动手腕，挣脱钟闻的手，迅速回归了平日里只有一丝丝礼貌笑容的淡然姿态。

而钟闻丝毫没被"分手"两个字噎着，满脑子想的都是自己终于有努力的方向了，他弯着腰，紧握拳头，振臂三次，大叫："Yes（好）！Yes！Yes！"

陈觅双的学员被他吓了一跳，紧跟着笑起来，夸他"so cute（好可爱）"。陈觅双嘟囔着"也不知哪里可爱了"，余光瞥见钟闻不好意思挠头的样子，又偷偷将笑容藏在了长发后面。

钟闻回国的航班是上午的，很早就要出发，本来陈觅双建议他去机场附近找旅馆睡一晚，第二天不至于赶时间，但他死活不乐意，就是要最后一晚也耗在这儿。

直到他突如其来地开口问"现在这个季节几点日出啊"，陈觅双才明白他打的什么小算盘。

"七点多，你要是拖着行李去看，然后直奔机场，应该来得及。"

"那行啊！"钟闻蹲在自己大敞着的行李箱前装模作样地烦恼，"那我还是得去租辆车啊，停在机场他们能自己去收吗？"

装，看你能装到什么时候，陈觅双点点头："没问题的，他们直接从你信用卡里扣钱。"

"啊……好麻烦啊，要是有人送我就好了。"钟闻拉长声音叹气，眼神不住往陈觅双身上飞。

"我去睡觉了，你动静小点。"

陈觅双站起来，转身就往楼上走，动作一气呵成，丝毫没有犹豫，耳朵里却听到背后叮当作响，脚步声携着风直扑过来，她扶着扶手半转过身，钟闻一个紧急刹车停在了她面前，然而并没有站住。为了不扑到她身上，他的两只手做螺旋桨状抗拒惯性，最后一屁股坐在了楼梯上，幸好没溜下去。

陈觅双没忍住笑出声来。

"这位漂亮姐姐，可以陪我去看日出吗？"

钟闻站起来，揉着摔疼的屁股，可怜巴巴地说。

"服了你了。"

陈觅双一副"懒得理你"的表情，钟闻知道她这就是答应了。其实他一早就知道陈觅双会答应，可他就是要闹一闹，多留下点印象在她的记忆里，在这间屋子里。

这样他走了之后，陈觅双就会多想起他一些。

用了很久才睡着，没睡多久又要起来，陈觅双收拾妥当下楼时想着，如果钟闻还没起，她就立刻说不去了。结果她一眼就看见空荡荡的沙发，被子都已经叠好了。她刚有些诧异，就听见钟闻嚷嚷："来吃早饭喽！"

循声走进厨房，陈觅双看见了和钟闻在这里住下的第一天时一模一样的，有点焦的面包和煎过火的煎蛋，同样是心形的。一瞬间时光倒转，这些日子发生的事情在陈觅双脑海里闪现，像现在窗外仍然清晰可见的星星。

于是她又像那天一样去冲了两杯咖啡，她没想到自己能感慨成这个样子。

"我昨天把Mrs. Moran的冰箱塞满了，日用品也买了不少。不过你要是有空，还是去看看她，她其实就是想找人说说话。"钟闻吃着早餐和陈觅双说。

"我知道，毕竟还有些工作上的事，我总得去的。"

"你这个人好奇怪啊。"钟闻皱着眉看她，"生怕别人觉得你心眼好，非要找个别的理由，显得你是为了公事。这是不是就叫傲骄啊？"

"吃还堵不上你的嘴。"

"你这句话让我想起我妈了！"

陈觅双抓起桌上的餐巾丢在了钟闻的脸上。

出发的时候天色已经有点变了，钟闻提着行李箱回头恋恋不舍，嘴里嘟囔着"我很快就回来"。陈觅双急着去取车，毫不客气地接话："最好别再回来了。"

"那可不行，咱俩可是有赌约在的！"

提到赌约，陈觅双就头疼，她肯定是被烦晕了才会答应，她现在只能寄希望于那个香水学院真的很难通过。但越是难通过，含金量就越高，她应该越希望钟闻通过才对。

说到底，她还是希望钟闻好的。

想在一个海岛上看日出无须特意选地方，驱车到一个可以俯瞰海岸线的高处等着就是了。钟闻和陈觅双坐在一条长椅上，等着天空的颜色一点点过渡，泛蓝、泛青，变得透明，云里却偷偷酝酿出紫色、橙红，甚至玫红，那些碎云涂抹在天上，像是一幅看不懂却很贵的画作。

太阳一点点从海天之间露出头，耀眼的霞光开始霸道地统治天空和海面。海风是冷的，朝霞却异样鲜红，如果不是亲眼所见，会让人觉得这其实是落日。它没让钟闻感受到希望，他心中反而多了一丝悲怆。他扭头看笼在霞光里的陈觅双，她的五官比平日显得更为深邃，更为沉静，却也更为遥远。

"喂，你……"

陈觅双专心望着面前染色的地中海，她不是第一次看海上日出，这里的日出时间比较晚，有时候她去花市采购回来会正好赶上。她只是没有这样充满仪式感地看过，没有聚精会神地观察过云和光的关系、光与水的关系，从来不知道有这么美，她看呆了。直到钟闻突然倾身抱住了她，她猛地僵住，手下意识在他的袖子上抓了一下，又犹豫着松开。

"我会回来的，我一定会回来的。"钟闻抱得很轻很轻，胳膊没有用力，又因为身高差需要缩起来，上半身也与她隔着距离，可是他的下巴放在陈觅双的肩膀上，说话的时候胸腔震动，落在陈觅双的耳朵里仿佛有回音，"你不要忘了我。"

想要忘记，哪有那么容易啊。陈觅双在心里叹了口气，僵硬的神色柔和了下来，她任由钟闻抱了十几秒，直到意识到他是在故意拖时间，才出声警告："再不放开，我就揍你了。"

钟闻这才嬉笑着跳开，仿佛刚刚那个哀哀戚戚的人根本不是他。此时天空的红霞已经从极盛开始退去，太阳转眼间已经挂得很高。

"好了！我走了！"钟闻努力振奋，"我打车走，不用送了，我讨厌告别！"

话是这样说，他还是跟着陈觅双一起走回了车子旁，陈觅双看着他从后备厢里提出行李，才似笑非笑地说："我还是送你吧，反正已经出来了。"

"也行！"

轮子还没落地的行李箱，又躺回了后备厢，钟闻忙不迭地坐回副驾驶座，系上了安全带。

人家讨价还价都要来回好几轮，他永远是见坡就下。神奇的是陈觅双现在居然已经能明显察觉他的意图，并且以拆穿或是配合他为乐趣了。

发动车子的时候，陈觅双是在笑的。

"如果日出有味道，你觉得会是什么味道的？"路上钟闻突发奇想，问陈觅双。

陈觅双很少想这么抽象的问题，她沉吟了很久，说："可能像荷包蛋吧。"

"而且是那种外缘焦焦的，中间却还是溏心的蛋，再撒一点盐和黑胡椒，有那么点焦煳的味道，又有点咸腥和辛辣，还有一点甜。我刚刚在海边，闻见的就是这种味道。"钟闻双手向后抱着头枕，随意地说，"不过闻到你身上的味道后，就都忘记了。"

陈觅双至今也搞不清楚自己身上究竟有什么味道，虽然之前打碎过那瓶香水精油，但那味道太浓烈了。她有时候会觉得钟闻是胡编的，是在骗她，毕竟天天把"身上的香味"挂在嘴边还挺让人难为情的。

可是有一些时刻，就像刚刚，她还是会相信钟闻说的都是真心话，她相信钟闻没有骗过她。

到了机场，时间已经不充裕，进去就要马不停蹄地办手续。到了这会儿，钟闻反而坚持要自己一个人了，他不想被陈觅双当作小孩。所以陈觅双并没有下车，钟闻取了行李走到车窗前，弯腰摆了摆手说："我走了。"

"一路平安。"

"我到家会给你发消息的，你要回我啊。"

陈觅双微微颔首。

此处车子不能停太久，钟闻也没想拖拉，他心里打定了主意，肯定是要回来的。只是总要先回去一趟，签证问题、钱的问题、父母的问题……很多很多问题都需要时间处理。他只希望能快一点，越快越好。

"陈觅双！"看着钟闻踏入机场大厅，陈觅双已经发动了车子，却又听见他叫她的名字，她微微抬头看出去，他在门内朝她笑着摆手，"我一定会回来的！"

不等她做出反应，钟闻转身大踏步地走出了她的视线。到了此刻，陈觅双反而觉得太快了，声音还没散去，人就已经不见了。

她缓缓将车驶出机场范围，回去的路上阳光始终灿烂地挂在眼角，她恍恍惚惚地想，钟闻真的会回来吗？

万一他的父母不同意呢？万一他有了更好的工作、学习机会呢？万一他回去住一阵，习惯了国内舒适的生活，不愿意再回来了呢？

那么多的可能性，概率似乎都比他回来会更高。

回到住处，陈觅双打算收拾收拾再开店，虽然她的情绪像是被冰封在暗处，有一种奇怪的抽离感，但仅凭着习惯，她也能按部就班地生活。

她将钟闻留下的被子、枕头拿到楼上，打算晚上空下来洗掉，一个东西从被子里面掉了出来。她弯腰捡起，发现是一个装饰性的运动手环，她记得钟闻之前好像一直戴着。

是橡胶的，有拉伸力，对男生的手来说，摘或戴应该是需要撑开的，所以肯定不会是手环自己掉下来的，还掉进了叠好的被子里。陈觅双看着它，突然笑了一声。

他是会回来的吧。

她突然坚信起来。

Chapter6
恒河约定

回国之后，钟闻经受了来自父母、爷爷奶奶、外公外婆、七大姑八大姨的轮番灵魂洗礼，几乎没有安静的时候，晚上躺到床上，耳朵里还有嗡嗡嗡的声音。

反反复复都是一个样，怎么能出国玩都不和家里打个招呼？怎么能不和大家一起回来？怎么能一个人在国外待那么久？怎么能不听父母的话？怎么能……怎么能……钟闻听烦了，也想反问为什么不能，或者说已经过去的事情反复质问有什么用。但他只是忍着，因为他知道自己之后要做的事情会更令父母无法接受，必须先把这轮责怪承受下来，先让父母消消气，而不是火上浇油。

实在在家里待不住，钟闻就跑出去见朋友。好在知道他回来以后，很多人都想见见他，听他讲讲之后的见闻，其中自然也包括纪小雨。纪小雨比钟闻低一届，也已经毕业了，只是还没找工作，在准备考研，所以两个人就约在学校见。纪小雨特意用微信将钟闻引到一条和过去有关的长椅那里，可他到了以后毫无反应。

纪小雨笑自己自作多情，对她而言两个人之间的重要节点，对钟闻来说都只是过眼烟云罢了。

"来，给我讲讲，抱得美人归了吗？"于是纪小雨摆出大大咧咧的模样，主动打听起来。

钟闻就等着别人问他，他一股脑事无巨细地讲了出来。可纪小雨根本想不起来陈觅双的样子，她记得那个花店老板很漂亮，却也只有"很漂亮"这个感觉而已。其实那天钟闻把花送给花店老板时，她以为钟闻是故意在气她，并没有把那个漂亮姑娘当作威胁，因为潜意识里她觉得陈觅双和他们不是一类人。打个比方，就像是工作了两年的人，看刚进大学的人，明明年纪上差不了几岁，却觉得好像处在两个世界。

如今钟闻确实喜欢上了另一个世界的人，甚至要奔跑着追过去了。纪小雨想，曾经他们离得那么近，却永远都隔着一段距离，她从来走不进钟闻的心里，如今，她更是追不上了。

她只能尝试挽留："留法？这太冒险了吧。学费多少你知道吗，法国那边吃住多贵啊！而且这种学校算是职业培训吧，你以后真想干这行吗？"

"这所学校呢，最难的是被录取，它不对外招人，属于专业对口输出。所以只要能被录取，学费很少的，就是要坚持读几年。"钟闻耐心给纪小雨讲着自己的打算，"如果能被录取，对我而言是好事，反正我现在也没什么目标。最愁的是吃住的费用，但我就一个人，住得差一点也没关系，到时候看看有没有便宜点的公寓，我琢磨着打工贴补一下应该问题不大。"

"你都已经猜到你爸妈不会同意了，是吧？"

"我管不了这么多了，只能做最坏的打算。无论如何我都是要回去的，我答应过她。"

钟闻眼睛里的光那么耀眼，他以前不会有这样的眼神与情绪。以前的他都是轻轻松松的，浑身上下写满了无所谓。纪小雨不止一次幻想过他认真起来的样子，却没想到这一天到来的时候，自己会那么难过。

因为钟闻认真的对象，不是她。

"也许，她根本没在等你。你不是也说她还没答应你吗？"

"可是我感觉得出来，她在一点点接受我，至少我在的这段日子她笑得越来越多了。"钟闻望着学校的人工湖，仿佛在望着湛蓝的地中海，"你不知道，她是我见过的对自己最苛刻的人，明明已经很厉害了，在我看来她的生活完全没有烦恼，可她仍旧不快乐。她不快乐的根源在于她自己，她好像觉得放纵、贪图快乐是有罪的，所以她连喝杯酒、蹦个迪都要假装成另外一个人。最初，我可能是因为她漂亮、气质特别，因为种种巧合而喜欢她，但这段时间我和她朝夕相处，没有更复杂的想法，就是想让她快乐一点。就算最后我们没能在一起，我也觉得自己做的是对的事。"

"我可真是羡慕她……"纪小雨苦笑着，说话如同叹气。

"这有什么可羡慕的，你早晚也会遇到对的人。"

正说着，钟闻的电话响了，妈妈打电话问他想不想吃清蒸鱼，他琢磨着爸妈的气差不多消了，也是时候提正事了。

"我先回去了，你考研加油。"

钟闻站起来，绕过椅子，朝前走了两步。而纪小雨一动没动，只是转身趴在椅背上，开口叫了他一声。钟闻回过头，纪小雨问："我一直想问你，之前为什么愿意借钱给我？"

"没有为什么啊，你找我借，我手头正好有富余，就借了啊。"钟闻一脸不以为意，仿佛这不应该算作问题。不过他倒是想到了另外一件事，今天来之前他一直提醒自己这句话不能忘，结果还是差点忘了，幸好纪小雨叫住了他。

他蹭了蹭鼻尖，有些不好意思地说："之前在花店那次……我应该向你道歉。"

纪小雨突然笑了，甩了甩手说："有什么好道歉的，是我误会了嘛。忘了吧，忘了吧。"

"那我走了，拜。"

这次钟闻头也不回地离开了。纪小雨将身体转正，突然卸下了所有的气力，任由自己瘫坐在椅子上。

是她误会了——这句话还真是合适。

纪小雨是钟闻的学妹，同系不同专业，两人原本没有多熟，只是在很多次聚会上见过几面。那个时候不是没人追纪小雨，他们系里本来女生就少，女生还是很吃香的。但纪小雨每次见到钟闻，眼睛就忍不住跟着跑，自己也不知道为什么。

但是大学初期，她在情感方面似乎还没开窍，可能因为刚过了高中，总算不用穿校服了，终于有了一丝自由，她就像被毒鸡汤洗脑了似的，认为大学的自己需要焕然一新。于是她发疯似的买衣服鞋包，买新的电子用品，将自己打扮得非常入时。偏偏她的室友家庭条件都不错，一直以来的消费档次比她要高得多，她打肿脸充胖子，表面是很光鲜，但其实每到月中就已经弹尽粮绝。

被喂大的购物欲和虚荣心，对纪小雨而言就是骑上就下不来的猛虎，不知不觉间她开始透支信用卡、小额借贷，拆了东墙补西墙。虽然她也努力在还，比如偷偷摸摸在网上卖衣服和包，可时间长了总有那么一两笔贷款会忘了还款的日子。

奇怪的人打来电话时纪小雨吓坏了，对方口音很重，上来就骂骂咧咧，全是威胁的话。她吓得关了机，却又害怕对方打给她父母。最恐怖的是她没拖延几天，利息居然已经加了不少，可她富余的钱已经提前还了另一笔，实在拿不出钱来。

无可奈何，纪小雨只能拉下脸去找人借钱，说多不多说少也不少的一笔钱，周围人想尽办法推托，没有一个人借给她，包括之前总是对她献殷勤的男生。就在纪小雨快将通讯录列表拉到底时，她看到了钟闻的名字。可钟闻并不是她熟悉的人，起码不是能开口借钱的交情，她真的是鼓起了全部的勇气，才给他发了消息，约他在人工湖的长椅前见。

当她臊得满脸通红，磕磕巴巴把腹稿对钟闻说出来时，没想到钟闻眼都不眨地说："行啊，我借你。"当即就掏出手机给她转账。

反倒是纪小雨傻住了，她不明白为什么，可是患难会让人记住真情。后来她真的努力控制花销，以最快的速度把钱还给了钟闻，两个人也就此熟了起来。钟闻对纪小雨来说，就成了整个学校最特别，也最重要的人。人工湖边的那条长椅，也成了她每次经过都会心跳加速的地方。

她的心窍为钟闻开了，可她搞不清楚钟闻在想什么。有时候纪小雨觉得他俩好得就差捅破窗户纸，有时候却觉得钟闻很烦她。但钟闻身边一天没有女朋友，她就有盼头，可如今她不得不逼自己面对，盼头真的没了。一切都是她的误会，一直以来都是她的误会，不是谁的错，只是误会。

这实在太令人沮丧了。

想到这或许是钟闻最后一次和她坐在这条长椅上，而此时她的身旁只剩空荡荡的风，她低下头，从抽噎到放声大哭。

回到家里，钟闻看到妈妈在厨房里忙活，做了梅菜扣肉、蒸鱼和炒绿叶菜，很丰盛的一桌菜。一般来说，当妈妈开始愿意做饭，代表警报已经解除。

钟闻大口吃饭，他能预想到，等他把想说的话说完，可能就没饭吃了。吃到打饱嗝之后，钟闻观察了一下，发现爸妈情绪平稳，似乎没有翻旧账的打算，他才在桌子下面握着拳头给自己打气，终于开了口："我要宣布一件事情。"

爸妈都把注意力从电视转到了他的身上。

"是这样，我之前在法国逗留是有原因的，我在那边找到了适合自己的发展方向。"钟闻紧张得咽口水，"所以我决定去留学。"

"什么？！"爸妈异口同声。

其实钟闻很清楚他们不是没听清，但还是小声重复了一遍："去留学。"

"高中的时候我们问过你想不想出国，你当时说不想，怎么毕业一年多了，又想留学了？"留学毕竟是好事，爸爸的埋怨还算温和，"想留学也行，找个近一些、华人多一些的国家嘛，法国太远了。"

"我怎么觉得这么不靠谱呢？你先听听他怎么说。"

知子莫若母，钟闻的妈妈一眼就看穿了他后面还有话，给了他一个"有话快说"的眼神。

于是钟闻麻利地把关于香水学院的事情说了，三分真七分假，为了绕开陈觅双，只能编造香水公司的人说他天赋异禀，不过这听起来实在像是遇到了骗子。

果不其然，爸妈认为他在胡闹，直截了当地说："别指望我们会同意啊，你要是想留学，可以，我们去咨询后选一所合适的、学历被认可的学校。你都多大了，能不能不要想一出是一出啊！"

"我是认真的！这是只有极少的有天赋的人才能做的职业，是有的人想求都求不来的机会啊！"

"认真？我还不知道你，干什么都三分钟热度！香水？你以前用过香水吗？女孩子的玩意儿，你凑什么热闹？学成了能去干什么，不也就是化妆品公司吗，和你之前的工作有什么区别？"

钟闻严肃起来："首先，香水不只是女孩子的东西，拿破仑时期男人就开始用古龙水了，其次……"

"没空听你说这些，总之就是不同意。"妈妈站起来收拾碗筷，爸爸也将头转向一边，一副根本不想听他说下去的样子。

本想掰开了揉碎解释的钟闻，硬生生把后面想说的话咽回去，也赌起气来，干脆直接说了结果："其次，我不是在征求你们的同意，只是通知你们一下。我早就成年了，我能为自己做的选择负责。"

空气仿佛有一瞬间的凝滞，父母的动作和表情都在钟闻眼里微妙地定格了一下，但马上爸爸带嘲讽的哼笑就打破了宁静："行，你要是真的自己有本事能去，那你就去。"

"谢谢爸。"

钟闻起身回房，背后传来妈妈埋怨爸爸的声音，爸爸安慰她说："没事，咱还不知道他有几个钱啊，我一分钱不给他，看他怎么去。"

入夜，钟闻躺在床上辗转反侧，钱啊，钱可怎么办啊，大话说出去了，该怎么落实却毫无头绪。就算他要到法国洗碗送餐，哪怕街头卖艺，也总要有个初始资金啊，可他现在的存款连凑个路费都勉强。

实在睡不着，钟闻又翻身坐起来，环顾自己的房间。讲真心话，值钱的东西还不少，一直以来他的电子产品都是最新最好的，耳机也是动辄几千块，其实他也听不出什么区别，他这个人除了鼻子灵，其他感官都挺糙的。只是家里条件确实还可以，父母也愿意让他打扮得光鲜些，所以自然而然会挑好的买。他开始查询二手网站的价格，打算把东西都挂上去，然后换些便宜的用。

不过二手的价格总是大打折扣，他又翻找起别的，球鞋还有两双没穿过的，联名T恤也有没拆标签的，大概可以原价卖出去。只是这都是小钱，钟闻抬起头，视线停留在他的手办柜上。

钢铁侠、蜘蛛侠、美国队长……各种日漫角色，大大小小，都是他这些年存的。有很多不容易买到的，他都花了不少心思，所以也清楚它们现在价值几何。他打开柜子，拿出一个钢铁侠1∶1的头盔抚摸，不住地叹气——只幻想了一下把它卖掉，就肉疼得不得了。

可是他想到陈觅双，想到尼斯海岸的阳光，想到那些娇美得不可思议的花，想到他拥抱陈觅双时她虽然僵硬却没有推开他，想到那若有似无的香气。

更想到了自己的承诺。

钟闻深深呼吸，在三更半夜打开灯，开始给屋里的东西拍照。

就这样折腾了半宿，然后一觉睡到了中午，醒来后他发现父母都不在家，冰箱里什么都没有，就点了外卖，窝在沙发里，一下午都在上传照片和做详情描述。晚上父母陆续回来，三个人都没再提昨晚的话题，只不过爸妈明显还在试图窥探他的想法，他却像是完全放下了，每天能吃能睡，看起来心情很好。

他这样反而把父母弄蒙了，他们完全搞不清他是放弃了，还是憋着什么坏水呢，反而更加不安。直到快递员开始频频登门，不是送件，而是每次都从钟闻手里拿走些什么，他们才意识到不对劲。

"等一下，你这是要干什么？要送人，还是卖给别人？"有些东西套着盒子看不出是什么，但钟闻的妈妈看他搬出了一个挺大的手办，终于忍不住开了口。

虽然钟闻的父母对手办这种东西一直很不屑，都是叫"塑料小人"，但他要买，他们也没拦着。她之所以对这个大手办有印象，是因为这是钟闻高二那年期中考试考进全班前三名的奖励，当时她听到他说的价格吓了一跳，她不能理解这玩意儿值那么多钱。好在钟闻是真的喜欢，买回来自己把细节一点点拼装好，总是看着它傻笑。后来越买越多，干脆做了个柜子，钟闻一直说以后就算结婚，也要搬到自己的家里去。

"卖了。"等到钟闻的妈妈走到门口，快递员已经收货走人了。钟闻轻巧地回答完，转身就回了自己屋。

那么喜欢的东西，如今怎么就舍得卖给别人了呢？钟闻的妈妈看着自己儿子的背影，心里突然不舒服起来。

只是家长的面子总得撑一撑，她想着钟闻是不是在装可怜，所以一时也没有动作。然而钟闻并没有给自己留后路，他挂在二手网站上的价格比别人都低一点，所以脱手得非常快。

奇怪的是，一开始是有一点心疼的感觉，次数多了反而释然了。钟闻突然明白自己以前放不下的无非是身外之物，永远有人要、有人丢，永远在市场上流通，只要他想要，以后终归能买回来。可是机会买不回来，信任买不回来，爱人买不回来，为了那些买不回来的东西，付出多少身外之物都是值得的。

他想开了，就不再苦恼了，原本也做好了不求父母帮忙的准备。再说这些东西虽说一大部分是用他自己的零用钱买的，但终归他的零用钱也来自父母，所以他根本没有赌气。可父母不这样想，接连几天老两口都在一起嘀嘀咕咕，不知道该怎么解决这件事。钟闻是在溺爱里长大的孩子，一直顺风顺水，不知愁滋味，也不懂得示弱。可他并不是一个执拗的人，或者说之前还从没有一件事能让他上心到这种程度，他如今不顾一切的坚持，实在超出了父母的想象。

终于，在又送走了一个快递员之后，妈妈主动敲开了钟闻房间的门。一进门就看见柜子里空了一小半，地上、床上都乱糟糟地堆着东西，像要搬家似的。

她克制着要收拾的冲动，问钟闻："都卖了，不心疼啊？"

"需要攒点钱嘛。我这才发现，要是之前有存钱的意识，我还真挺有钱的。"

"我就不明白了，法国就那么好，砸锅卖铁也要去？"

"我说过了，我这次是认真的，无论如何都要去。你们难道忘了，我一直以来成绩都很好，为什么你们就认定了我只能做个碌碌无为的人呢？"

"我们当然希望你能干大事，可是，可是……太突然了啊，一点准备都不给我们。我们也不明白你说的那是个什么学校，不知道具体情况是怎么样的，你让我们怎么放心！"

"我已经是个大人了，可以独自面对这个世界的。"

"我明白，就是……"钟闻的妈妈没说出来，只是叹气摇头，从口袋里摸出一张银行卡，放在了他的床上，"这张卡里有点钱，不多，大部分存了定期，暂时取不出来。你先拿着吧，要是钱花光了，发现在那边待不下去，就赶紧回来，别逞强。"

说完，钟闻的妈妈站起来朝门外走，钟闻看着她有些弯了的背，突然心酸起来。他从未有过这种感觉，以前一直觉得父母的爱是理所应当的，习惯了父母为他安排一切，又嫌弃父母安排的生活总是死气沉沉。他没有想过感谢，就连父母本人也没想过要他感谢，因为父母还没有自己的孩子已经长大的感觉，似乎永远都没到期待回报的时候。就在刚刚，钟闻知道妈妈没说完的话是，他长大得太快了。虽然这才是正常的，但会让父母觉得怅然若失。

"妈。"钟闻起身追上妈妈，把银行卡塞回了她的口袋里，拍了拍，"我本来就没打算让你们出钱，如果我都没办法靠自己生活下去，那就证明我还是个没用的人。这次我就想逼自己一下，想看看自己能不能做到。"

"这又是何苦……真是鬼迷心窍了。"

钟闻的妈妈摇了摇头，突然想到了什么，猛地抬头问："你不会是在法国看上了个洋妞吧？"

"不是洋妞。"钟闻脱口而出，却立马就后悔了，他紧张地咬着嘴唇内侧，生怕妈妈听出漏洞。

还好妈妈只是突发奇想，就当他是否认了，终是放任他爱怎样怎样，最后还故意吓唬他，说是他现在不要，以后再想要也不给了。钟闻知道，爸妈的终极目标还是想让他别去。正因如此，他才更要表明自己的决心。

初始资金攒得差不多之后，钟闻终于给陈觅双发了消息，让她去Mrs. Moran那里要一下香水学院的面试邀请。他临走的时候和Mrs. Moran说过自己会回去，那时Mrs. Moran应该已经帮他打过推荐电话了，只差一封邮件而已。因为这次过去还要经过面试，如果通过后还要先学习两三个月，才能确定是否被录取，所以他的签证仍然只能是临时的，如果有面试邀请，也许签证时间可以批得长一些。

他发信息的时候是北京时间凌晨两点，他算着尼斯是晚上八点，陈觅双应该会很快看到。他已经很困了，却还是固执地等着，虽然陈觅双很可能只回他一个"好"，可他还是想第一时间在"好"的后面回一个亲亲的表情。

看到钟闻的消息时，陈觅双刚和邝盛从餐厅走出来，要走过一条长长的下坡路才能取到车。

从温度上来看，尼斯的冬天和国内北方城市的深秋差不多，可习惯了沙滩阳光的人还是觉得有些难挨，街上的人也少了很多。

陈觅双穿着一件米色的长款大衣，长发用珍珠发卡别到一侧，席间邝盛一直在夸赞她的优雅得体，却令她有些心神不宁。她只希望这条路能变得短一些，这样她就不需要没话找话地应付人情了。

说来也奇怪，从任何层面讲，邝盛都是一个非常优质的男人，有事业，有地位，有钱，有良好的家庭背景，为人也很周全，举手投足无一不体现出绅士气度。无论是做朋友，还是做男朋友，都是没的挑的人选，从认识以来，陈觅双挑不出邝盛一丁点的错处。可她却不是很想和邝盛见面，面对邝盛意图明显的邀约，也总是想方设法地推托。面对邝盛，陈觅双总是觉得有哪里不对劲，虽然她面对其他异性也浑身发僵，但在邝盛这里会更明显一些。

她不知道为什么，但既然邝盛没做错什么，那么问题肯定在她。陈觅双只能和自己较劲，努力控制，不露出意兴阑珊的模样，所以会有一些疲惫。

但是和钟闻相处时，她不会有这种感觉，想到钟闻走了很久了，她在心里叹了口气。

就在这时，邝盛的电话响了，他原想按掉，但看到手机屏幕上显示的来电人姓名，表情严肃了起来。他对陈觅双说："抱歉，是工作上的事，我要接一下。"

"没关系。"

于是邝盛接起电话，转身走开几步，走到了陈觅双听不到的范围。

陈觅双靠边站住，也掏出手机，刚好看到了钟闻的消息。她的"好"字打出来，还没等发送，一个视频邀请突然跳了出来。她吓了一跳，看到是爸爸打来的，赶紧接了起来，手忙脚乱地插上耳机线。

"爸，这个时间了，你怎么还没睡啊？"

"人上了年纪，觉少了，饭后睡了一会儿，这会儿睡不着了，就起来看了会儿书。想到你那边时间正好，就给你打个电话。"爸爸的脸充斥着整个屏幕，陈觅双不自觉把手机拿远。

"你这是在哪儿啊？"

"我和朋友刚吃完饭，要回去了。"

"男的女的？"

陈觅双喉咙一紧："男……"

"哪儿呢？叫过来让我看看。"

"爸……"

"我跟你说，你别想着唬我，要是有情况就赶紧说，也省得我和你妈替你操心。要是没有，就最近抽空回来一趟，你妈医院的同事帮你介绍了个不错的男孩，体制内的工作，人长得也周正，你回来跟人家见一面，如果合适就赶紧定下。"

又是相亲，这两年父母隔着这么远还总不忘给她安排相亲，每每都要求她搭上机票和时间回去跟对方见面。父母的想法陈觅双无法理解，她不懂为什么父母会觉得结婚并不影响她在法国的事业。她的父母真心实意地觉得，结婚就是两个家庭的强强联合，只要经济基础稳固，能给孩子一个好的条件，就是一桩好的姻缘，爱情根本不重要，那是小孩子才当真的东西。

可如果不为了爱情，她又为什么要结婚呢？她一个人不是也能把自己照顾得很好吗？她从小在父母的强压下长大，几乎被剥夺了所有玩乐的时间，要考好的大学，要学绘画、学器乐，要争第一。她自然觉得那是因为父母想让她拥有灿烂的人生，成为独当一面的人。可是她刚刚对自己的生活有那么一丁点满意，也才离开校园几年，父母居然又告诉她结婚才是头等要紧的事，她一个人怎么都办不到。

陈觅双陷在这种人生悖论里很久了，无论如何也想不通里面的逻辑，只是觉得这是不对的，却又没办法说服任何人。

至少……至少要让她自己选一个喜欢的人吧。

"爸，我最近真的很忙，临时买机票又很贵，等我闲下来再回去吧。"

"你每次都是这套说辞，今天你必须给我个准确的日子。"

即使正在打着视频电话，陈觅双对于其他人的靠近也很敏感，当她的余光感觉有阴影停驻时，就知道是邝盛回来了，她立刻和爸爸说："爸，我朋友来了，回头再给你打。"

不料爸爸以为她在敷衍，突然来了火气，大吼了一声："陈觅双！"

陈觅双的耳朵被震得生疼，身体猛地抖了一下，下意识耸起了肩膀，想将自己缩成一团。她的眼神里露出了怯，一瞬间变成了挨骂的小孩子。

然而就在这时，邝盛从旁边伸手过来，径自拿起了垂在下面的另一只耳机，微微弯腰将耳机插进了耳朵里，同时也将自己的一部分脸放进了摄像头的范围内。

耳机里陈觅双的父亲还在骂她"不懂事"，邝盛突然开口："叔叔，您何必生那么大的气，多伤身体啊。"

陈觅双父亲的脸色立马就变了，生硬地堆出了笑容："真有朋友啊。你好，你好。"

或许邝盛是想替她解围，可是她感觉到的是自己被夹在了中间，动弹不得。她愣在那里，居然觉得眼前的一切滑稽到和自己脱离了关系。

"叔叔您好，我叫邝盛。"

"你和我家双儿认识多久了？是做什么工作的啊？"

"我是律师，自己开律所的，我们认识有一段日子了。"邝盛低头看了陈觅双一眼，她却没有用眼神回应他，"只是我才开始追求她，所以她可能想晚一些再告诉您。"

陈觅双猛地抬头，不可思议地看着邝盛。

"这个孩子就是这样，做事磨磨叽叽，让我着急。小邝啊，我就这么叫你吧，我跟你说，我家这个女儿没什么优点，就长得还行，为人处世真是一点都不灵光。要不是我和她妈妈拼了老命地教育，她哪能有今天，不机灵，做家务也不行，上学时也没什么朋友。你多包涵，多包涵……"

究竟是什么时候挂掉视频的，陈觅双不记得，从爸爸又开始在外人面前将她形容得一无是处时，她的感官就关闭了。无论她多么努力，有多少成就，被多少人夸赞，在父母眼里她永远是不够好的。她不懂为什么，她从小到大做的一切都是为了得到父母的认可，可到头来好不容易累积起来的自尊还是会被父母一次次打掉。

就像鱼鳞一片片被拔掉的鱼一样，没有了盔甲，搁浅在岸边，很疼，快要无法呼吸。反应过来时，陈觅双已经大步流星地将邝盛甩在后面，耳机线险些将她绊倒，她恶狠狠拔掉耳机丢在了地上，紧接着几乎小跑起来。

邝盛在背后喊了她一声，也只有一声，他不习惯在外面大喊大叫，很快陈觅双的背影就消失在夜色里。

但邝盛不以为意，他知道陈觅双不过是被伤了自尊而已，在他看来这反而是件好事。一直以来，陈觅双在他面前总是端着架子，仿佛身上有一层无形的盔甲，阻止他靠近。如今他知道了陈觅双的弱点，见识过她狼狈的样子，以后她在他面前就没了骄傲的资本。

虽然这样也许会丧失一些趣味，不过邝盛从来都不愿意在追求女人这件事上浪费时间，跳过一些步骤让他觉得正合适。邝盛决定让陈觅双冷静几天，等下次见面的时候，他就直接拿陈觅双当女友对待，一定会水到渠成。

而陈觅双奔跑着拦到出租车，坐上后座，眼泪开始往下淌，她的手肘撑在车窗边缘，半掩着嘴，努力不发出声响。但是司机还是不停透过后视镜看她，棕色皮肤的小哥用含糊的法文对她说一切都会过去。

不会过去的——陈觅双很清楚，父母带给她的挫败感已经融进她的血液里，即便她逃到了法国也无法摆脱。而且今天她还在别人面前失控了，她更加难以原谅自己，回到住处之后，她缩进鞋柜和墙壁之间的夹缝里，环抱着自己放声痛哭。

也许她真的该顺从父母的决定，去找个合适的人结婚，也许这辈子就这样顺顺利利、无知无觉地过去了。她为什么还要挣扎，到底还在期待什么？

剧烈的情绪像海浪一样翻了个跟头缓缓退去，只余下满身的疲惫，陈觅双无力地站起来，摸出手机看了一眼，发现想给钟闻发的那个"好"被自动存储成了草稿，反而变得明显起来。

电光石火间，陈觅双突然想给钟闻打个电话，她的指尖在屏幕上停留了一会儿，终于按下了语音通话。一、二、三……就在陈觅双想挂掉时，钟闻迷迷糊糊地说了声："喂？"

陈觅双无声地深呼吸，不知怎的，明明已经没有想哭的情绪，眼里却忽地又潮热了一下。

"说话啊。"窸窸窣窣的声音传来，钟闻应该是坐起来了，声音也清醒了些，后知后觉地染上了兴奋，"你怎么会打过来啊，出什么事了吗？"

"没什么，看文字怕理解有问题，想想还是打个电话比较好。"

"噢，难道不是想我了吗？"

"好好说话。"陈觅双笑了一下，却因此吸了吸鼻子。

钟闻敏感地察觉到："你是感冒了吗，还是……哭了？"

"都没有。"

"才怪。你一定是心情不好，才会打电话给我的。"

"为什么我就不能是心情好，多喝了两杯，不小心打错了？"

"因为你是陈觅双，不是Amber。"

"你怎么能确定？"

钟闻理直气壮道："我就是认得出来。无论你变成什么样子，我还是认得出每一个你。"

"我和你说过我出生的时候还有个双胞胎妹妹吗？"

"没有！"

听钟闻胡说八道了几句，陈觅双突然清醒了很多，才发现自己从外面进来还没脱大衣。她站起来换着手拿手机，将大衣脱下来挂在了挂钩上，断断续续地说："我还有个双胞胎妹妹，只是出生不到一百天就去世了，有先天的心脏畸形。我妈因为这个事情挺受打击的，原本她是想叫我俩陈寻和陈觅的，我应该是陈寻，但后来她让我叫陈觅，还在后面加了个双字。从那时起，我就像是承担了两个人的人生。"

"他们对你很严厉吗？"

到了楼上，陈觅双在之前钟闻睡过觉的沙发上坐下来，将腿盘上去，抱着靠垫，舒适感一点点回归了身体。

"严厉并不算什么，如果只是定一个高标准让我去做，我不觉得有任何问题。可是他们的标准永远不固定，无论我是否做到了，在他们眼里都是应该的，都还可以更好。我得不到他们的一丁点夸奖，在别人夸我时他们只会对别人说我的错处。如果我真的做错了、退步了、居于人后了，之前取得的所有成绩都会被抹杀掉，他们会开始哀叹做父母的辛苦是如何不值得。我小时候不止一次觉得他们希望当初死的那个是我，有时候也会想，没准当初死的那个是我反而比较轻松。"

她从未对任何人说过这些话，所以时常感觉痛苦没有出路，在身体里积压。陈觅双知道自己如今的一切都要拜父母的高要求所赐，也是父母为她打下的经济基础让她能走到今天，可是不知从何时起，她面对父母的时候恐惧压倒了其他所有的情感。当一个人无法对从小到大给自己食物的人亲近，她还能对这世界上的谁亲近呢？

陈觅双知道自己与他人的亲密感缺失根源在于此，可她找不到医治的药。

陈觅双说话时，钟闻一直都没插嘴，只有微弱的呼吸声证明他一直都在。而在陈觅双的最后一个字说完之后，他无缝接过了话，接得那么顺畅，没有容许一丁点尴尬的沉默出现，也没有堵住她的话。

"我跟你说啊，我小时候是放养的，一天提高班都没上过，琴棋书画一样不会。"他并没有顺着陈觅双的低沉情绪，而是用轻快的语气说着话，"因为我爸妈从没望子成龙过，也不知道为什么，他们就是觉得我不会有什么出息，能活着就很好了。我念书那会儿成绩偶尔不好，我妈就说实在不行就给自己家打工呗，那不就是'家里蹲'的意思吗？"

"怪不得你活得那么随性。"陈觅双干脆在沙发上躺下来，屋里没开灯，外面的光从不大的窗子照进来，洒在地板上，像个静谧的山洞。

很奇怪，在说完那么多话之后，陈觅双居然不难过了。她很感激钟闻没有如她预料的那般说什么父母都是这个样子，那些无用的安慰的话，会让她又开始检讨自己的做法。

钟闻仿佛有一种魔力，能将乌云拨去。一方池塘看起来清得见底，但多沉重的东西扔下去都没什么动静，只是泛起一丝涟漪。

"你是想说随便吧。"

对啊，他看上去就是个很随便的人，却又好像可以包容一切，像是在说"来吧，把一切都交给我吧"。

果然是在轻松环境下长大的孩子呢。

"不过你这样长大，居然没有学坏，也不容易，看来你确实挺有自尊心的。"

"你也一样啊，换作别人面对那么严格的父母，也许早就叛逆到不行，要跟全世界作对了呢！你不也还是变成了一个很好的人吗？"

"我也不知道，如果变成那样，会不会更快乐一点……"

"不会。"钟闻斩钉截铁道。

陈觅双倒有点意外："为什么？"

"因为那样你就不会遇到我了啊。"

陈觅双忍不住笑了一声，刚想说"还以为你要说什么"，钟闻却抢先一步接着说："你也不会到法国去，不会看见那么美的海湾，不会有自己的店，不会认识那么多的花，不会见到你接触过的所有好人。你一路走来的那些美好的片段，假如它们都不存在了，你也会不舍得，对不对？所以啊，活下来真是太好了，对不对？"

绕来绕去，原来安慰藏在了这里。钟闻不是立马给她掉落结痂的伤口贴个难看的创可贴，而是等她的伤口自己凝血后，铺一层软软的垫子，对她说可以休息了。陈觅双将所有的思绪都散在了这张垫子上，感觉自己变成了沙发上的一条毛毯。

她真的困了，甚至懒得到床上去。换作以前，她遇见今天这种事，肯定会出去买醉，把自己藏在假发和浓重的眼影下面，才敢当众疯疯癫癫地泄个火。可现在只一通电话，她居然安稳了，甚至找回了安全感。

"好了，再和我说一遍你需要什么东西吧，我明天去看Mrs. Moran。"

就这样聊到两个人收了电话，钟闻那边已经五点了，他爸妈都快起床了。他也彻底精神了，戴上耳机，打开音乐，在床上躺着蹦起了迪。

而陈觅双翻了个身，真的在沙发上睡了一会儿，直到被冻醒才上楼去。再度睡着前的迷糊里，陈觅双脑中不停回放着刚刚和钟闻的电话内容，她是保持着嘴角上扬的动作陷入睡眠的。

等到钟闻把七七八八的手续准备好，终于动身前往尼斯时，国内还很寒冷，但尼斯已经开始回暖了。这期间还经历了一个春节，钟闻承受了前所未有的压力，一只手都数不过来的人骂他胡闹，他必须时刻拿出坚决的态度来堵别人的嘴。一直到签证都下来了，他的爸妈才算死了心，开始帮着他收拾东西。

结果钟闻搬着两个最大号的行李箱，轱辘还不太好使，动不动就绊一下，他叹了口气，这可真是甜蜜的负担。

他在机场的卫生间换衣服，把厚外套强行塞进箱子里，换上了轻薄的衣服，对着镜子整理头发，喷了点香水。他尝试去分辨香水的成分，最近在家里做了不少功课，但前调还是很冲，他只闻出了柑橘和薄荷味，还有一股辛辣的味道，不知道是什么。出了机场，钟闻马不停蹄地赶往陈觅双家。他没有提前说自己到了，就是为了突然出现给她一个惊喜。

也可能是惊吓，谁知道呢，他期盼着看到陈觅双更多一点的表情。然而直到闪着光的海面出现在视线中时，钟闻心中"我回来了"的兴奋才真正开始迸发，与此同时，香水前调的味道散去，开始散发出清凉又温和的木头的味道，令他感觉惬意。

香水真有魔法，那么调香师也许可以被称作魔法师，这种定位，钟闻很喜欢。果然人生还是要多尝试，才会获得更多的快乐。

出租车开到了陈觅双的房子背面的路上，钟闻不想让司机绕道了，就下车自己穿过房子间的小路。等他推着箱子磕磕绊绊地绕到了前面，刚好看见陈觅双背对着他站在店门外，一辆有点眼熟的车子停在那里，那个律师精英男在和她说话。

从钟闻的角度能听得很清楚，那个男的想和陈觅双一起去吃午饭，但她明显不太想去，一直推托着。但男人不肯罢休，非常强势地邀请，先是说"我记得你上次说喜欢吃中式烹饪的龙虾，我特意找了一家店"，再是"座位已经订好了"，然后又是"我等下也有工作，只有这一点空当"……总之就这样一句一句，看似真诚，实则每一句都是在施压。

就在陈觅双无奈地答应下来，转身想要将店门关上时，钟闻觉得自己该上场了。这简直是老天爷给他的机会，他必须有个帅气的出场，好宣示主权。

但是他的行李箱和坑洼不平的地面显然不是那么想配合他，他慌里慌张地朝陈觅双冲过去，还来不及打招呼，脚尖就踢到了箱子的轱辘，整个人被绊得向前飞了出去。

陈觅双的余光瞥见旁边有人影在靠近，她只当是路人，完全没留意，直到她感觉到一团黑影急速朝她逼近，略带惊慌地微微转身时，钟闻已经挂到了她的肩膀上。

就像离开的那天一样，这还真是有始有终。

陈觅双其实并没有看清楚他的脸，但被他抱住的那一刻，她几乎立刻就意识到是他，所以原本应该有的诧异或是惊慌的剧烈情绪，并没有提起来，反而轻飘飘地落了下去。

"我回来了。"钟闻开始还有点怕怕的，因为他这次抱得很扎实，毕竟有惯性，"说出来你可能不信，我是不小心摔过来的……"

但他发现陈觅双没反应，就故意拖延起时间来。

"你再不站好，我就当你是成心了。"陈觅双看穿了他，强忍着笑意警告他。

钟闻不情不愿地站直，抬手蹭了蹭鼻尖，笑了起来。到了这会儿，他才想起回头去看邝盛。邝盛站在车旁，脸上没有一点惊讶，反而显得很假。钟闻比他更假，装模作样地问陈觅双："这位是……"

陈觅双还是没忍住，低头笑了一声。

邝盛反而因为她这个笑容挑了下眉，似乎没有想到，他这个微妙的反应没有逃过钟闻的眼睛。

"这就是之前帮你查过资料的律师，邝盛。这是……"陈觅双轻描淡写地做了介绍，反过来却不知道该怎么讲和钟闻的关系了。她刚略一迟疑，钟闻就自我介绍起来："你好，那件事麻烦你了。我叫钟闻，之前住在这里。"

喂！别说这种容易产生歧义的话！陈觅双在钟闻的背后，偷偷拿手机顶了他一下。

钟闻反手捂着后背，看了看邝盛，又看了看陈觅双，精神抖擞地说："我饿了，不如我们一起去吃饭吧。"

"吃个……"陈觅双把骂他的话硬生生地咽了回去，眼神一转，再看向邝盛时又变得很冷，客气地说，"不好意思啊，突发情况，今天可能真的不太方便。"

钟闻抿着嘴在一旁，仿佛很满意自己是个"突发情况"。

"好吧，我知道了，那改天你要补给我。"

这一次邝盛没再勉强，而是迅速上了车，只和陈觅双点了点头，就立刻升起了车窗。

看着他的车子很快消失于拐角，陈觅双居然感到如释重负。在那次邝盛不由分说地和她父亲撒谎之后，陈觅双每每见到他就感觉压力更大，她知道他是好意替她解围，也察觉到他有一部分是认真的，可她还是觉得不对劲。在那之后陈觅双很想疏远邝盛，但邝盛反而加倍殷勤，总是不提前打招呼就来找她，仿佛他俩去约会是理所应当的。

哪里来的理所应当？虽然陈觅双想过，邝盛确实是个很好的结婚人选，这是一个她拿到绿卡的绝佳机会，但这个想法不过转瞬即逝，她的感情不允许。即使她认为自己的理性层面已经占有极大的优势，却没想到在这种问题上，那一点感性有绝对的力量。

"家里有没有吃的啊，我真的好饿，飞机餐不好吃。"钟闻已经拿过自己的行李箱，轻车熟路地要进屋了。

"只有意大利面。"

"可以啊。"

煮了面条，只有罐装的肉酱，钟闻也吃得狼吞虎咽，嘴边很快糊了一圈。陈觅双在桌边看着他，觉得自然得不像话，明明他走了很长一段日子，再度出现竟像从未离开似的。

"怎么？"钟闻抬眼看她，"想我就明说嘛。"

陈觅双白了他一眼，问："怎么招呼都不打一声？"

"这才叫惊喜嘛！"

"你家人居然真的同意你这样胡来啊？"

"起初是不同意的，但我坚持嘛。我把我的限量版球鞋、收藏的手办都卖了，这次我可是带着自己的全部身家来的。"钟闻朝陈觅双眨巴眼，"我们的赌约，我一定要赢。"

到底该说他有勇气呢，还是过度自信呢，还是缺心眼呢？一直到今天，陈觅双才真的敢相信，钟闻确实是为了一件八字还没一撇的事在倾尽全力。明明应该笑他傻，可不知为何，陈觅双居然有些羡慕。

于是她难得拿出了正经对待大人的语气，问："所以你的计划呢？"

钟闻嘿嘿笑起来，语气和神态介乎于不好意思和不要脸之间，说："我是这样想的……等面试通过了，我就在格拉斯租个房子，但在那之前，我还是得在你这儿借住。"

陈觅双没说话。

"不过我不白住，有什么活你就吩咐我去做，我拿工资抵房租。反正我还得去做点别的工作，总不能坐吃山空。哦，对了，周末我也会回来的。"

"为什么要回来？一直待在格拉斯不是更省事？"

"那怎么行！"钟闻瞪大眼睛，"我想见你啊！"

陈觅双的心不期然地软了一下。她无奈地摇了摇头，仍然觉得钟闻的一举一动是跳跃的，不靠谱的，可她相信他的真心。

"这样吧，我给你一份兼职合同，你在我这里做的一切工作，我都按最低时薪给你。至于住，就当是朋友帮忙，我也没那么不近人情。"

"好呀，好呀！"钟闻毫不客气就答应了下来。

"还有。"陈觅双不想让他得意忘形，不忘再泼盆冷水，"如果人家不收你，你就赶紧回去。到时候如果还想赖在这儿，就别怪我赶你出去。"

"噢……"

钟闻虽然不情不愿，但还是应了下来。他现在其实有一半是在死撑，早已不是真的盲目自信，他在家里时查了很多关于调香师的资料，越看心里越没底。一个世界上极少的人才能做的工作，平庸如他，真的能做到吗？

如果换作以前，他就算动了心思，想想实在太麻烦，也就放弃了。改变的根源在于陈觅双，是遇见了陈觅双，让他不甘过平庸的一生。

"想什么呢？"陈觅双看他说着说着就开始发呆，并且露出"猥琐"的笑容，拍了拍手让他回魂。

"没什么。"钟闻回过神来，笑得更开心，突然想到了一件很重要的事，对陈觅双说，"我要对你做件事，你别紧张，好不好？"

对你做件事——这话听起来很容易让人多想，陈觅双反倒紧张起来。

但钟闻说话的同时就已经动手了，他伸长胳膊，将陈觅双随意放在台面上的手抓了起来，带到了自己的嘴边。陈觅双的心跳漏了不止半拍，下意识屏住了呼吸。

然而她马上发现钟闻只是在嗅着什么，尽管非常非常近，以至于呼吸扑在手背上痒痒的。钟闻将她的手正反翻了好几次，仔仔细细闻着上面的香味，中途还嫌刚才装意大利面的盘子味道太大，把它推到了远处。

被人这样闻手也挺奇怪的，陈觅双强忍着抽回手的冲动，浑身却已经爬满鸡皮疙瘩。

终于，钟闻抬起了头，手微微松了松，却没有完全放开，他明知故问："咦，你的手怎么突然这么凉啊？"

陈觅双作势就要收手，谁知钟闻再一次握紧了她的指尖，拉向了自己："刚才你是不是以为我要这样？"

说着，他在陈觅双手背上轻轻落下一个吻。

一瞬间，好像有人在空气中画下了长长的破折号，一切都停止了，声音、表情、动作全都定格了，凝结成了轮廓分明的褪色胶片。陈觅双后知后觉，停掉的不是现实，而是她的心跳。她全身的汗毛都竖了起来，转瞬又恢复了平静，这样的大起大落留给她的只有通红的脸。

她想发作却又不知如何发作的样子，居然有种小孩子的气恼。钟闻忍不住贪看，却又知道等她反应过来就不好了，他叫着"我去看看Mrs. Moran"就一溜烟跑走了。

"喂……"

陈觅双张了张嘴，钟闻已经跑没影了。她叹了口气，心想着刚下飞机就乱跑，也不嫌累得慌，再看自己仍然蜷缩着的手，眼神突然温柔起来。

不过她马上就看见被钟闻丢在一旁的脏盘子，埋怨着"又不记得刷"，起身去刷盘子，水流冲过手背时，她忍不住将手掌开开合合。

好像有什么不一样了，她想。

由于约好的面试时间非常赶，而钟闻有自己的盘算，所以自打回到尼斯，他就没闲着。他先去看了Mrs. Moran，还正好和Mrs. Moran的儿子擦肩而过。儿子似乎给她请了个保姆，但又被她辞退了，钟闻到门外时听到两人似乎在争吵，就等了等，不久儿子就气冲冲地推门出来，还撞他一下。但是Mrs. Moran没有提，他就没有问，而是专注地说自己回国之后的事情。

Mrs. Moran说陈觅双是个外冷内热的人，这段日子常常来，还请了人给房屋做清洁，只是她每次都要用工作当理由。后院移栽的花几乎都活了，藤蔓也沿着做过造型的架子爬了上去，陈觅双还避开了所有对猫有害的植物，所有花盆、花架、雕塑都固定得很牢。

末了Mrs. Moran说："你要是不花点力气，还真追不到她。"

钟闻当然知道，所以才绞尽脑汁。虽然第一天时差并没有完全倒过来，陈觅双让他熬一熬夜，最终他也没熬过去，睡太早导致大半夜就醒了，但他还是决定天一亮就跑一趟格拉斯。

之前给陈觅双做的那瓶香水精油摔碎了，可那是他第一次也是唯一一次正式接触调香，他想拿去面试用。钟闻想起当时香水工厂一个工作人员留了底，他想去碰碰运气，顺便又仔细闻了陈觅双手上的香味，想试一试是不是可以通过改良再接近一些。

"你和我一起去吗？"钟闻临走前问陈觅双。

本来如果没什么要紧事，陈觅双是可以和他去一趟的，就当散心，但偏偏到了定好的给酒店更新应季花材的日子，很快花材和布置团队都会到，大概要忙一整天。

钟闻也不失落，当他自己也有了明确的目标，而不只是闲逛之后，他开始理解工作更重要。吃早饭时，陈觅双拿了一捧由三种新鲜花园玫瑰和绿叶交缠而成的花束放在餐台上，引起了他的注意。花束看起来是柱形的，只要搭配一个合适的花瓶，底部就可以泡在水里，看起来美好又娇艳。

"这个……是要用的吗？"钟闻指了指花束，问。

"是。不过我是特意做了一束放在这儿的。"

"这个是要放在酒店哪里的？"

"咖啡座，也卖酒，所以要温馨雅致一点，不宜过大，最多一个月就要换的。"

橙黄、奶油、淡粉三色渐变，温馨雅致都有，只是……钟闻摸着下巴欲言又止，陈觅双一眼就能看出来，催促道："有话直说。"

"我是觉得……太香了。"

花园玫瑰的香气太浓了，本身玫瑰的甜味就很冲，再加上品种自带的茶香和果香，就像有人喷了玫瑰主调的香水在桌子上一样。钟闻可以预料到等花朵开始枯萎，这股香气非但不会减弱，反而会因为变化而更加强烈，熟烂的玫瑰有发酵的酒香，是会令一些人头晕的。

"如果是餐厅或者单纯的休息室倒没什么，咖啡厅的话，如果桌子上的花太香，是不是会影响咖啡或者茶本身的香气？而且酒店的咖啡和酒也不便宜，无论是卖的人还是喝的人，都会希望品味时的感受可以更直观一些吧。"陈觅双没什么表情，钟闻也不知道自己是不是说多了，挠了挠头又补充一句，"不过，我的鼻子比普通人灵一点，也许其他人不会有这种感觉。"

"我对各种花的香味已经习惯了，不那么敏感。"陈觅双在花束面前坐了一会儿，认真思索了一下钟闻刚刚说的话，"不过，我觉得你说得有道理。私人定制只要顾及一个人的喜恶就好，可这是面向所有人的，它作为背景出现在那里，多考虑一些终归没坏处。"

只要将其中味道最重的一种玫瑰改成其他切花，比如花毛茛或者洋桔梗，就会将味道中和很多，但随之而来的是改变各种调配，还要与负责人沟通。想好之后，陈觅双丢下吃了一半的早饭，马不停蹄地去打电话了。

"喂……"钟闻很高兴自己随口说的意见被陈觅双采纳，却还故作不满，要求奖励，"这就完了啊，对我这个提意见的人，你就没什么想法？"

陈觅双正打着电话，捂着话筒小声对他说："等你晚上回来，我请你出去吃饭。"

"好啊，不许反悔！"

等到钟闻收拾妥当要去赶车时，送货的人和陈觅双的帮手都到了，屋里挤满了人，大家都在忙活。陈觅双指挥着他们搬东西，用图纸告诉他们待会儿要怎么做，她虽然不习惯和人亲密接触，但工作中与人沟通时自信满满，散发着令人信服的气场。

"我先走了。"钟闻不想打扰她，从她身边经过时只是摆了摆手，用嘴型说话。

原以为陈觅双没注意到，结果他下了楼梯，听到背后传来一声："注意安全啊。"

他欢天喜地地回头大喊："知道啦！"

到了格拉斯，钟闻径直去了香水工厂。今天的游客比较多，他到处张望，想找到之前那个工作人员，却始终没看到。没有办法，他又回到调香台前，拿着小瓶尝试重新去配陈觅双的味道，这一次他精细了很多，试着斟酌顺序以及用量，可惜虽然有一点变化，但还是差点什么。

钟闻正在郁闷，不经意地一抬头，就看见疑似他要找的那位女士在人群间一闪而过。他赶紧把小瓶子盖上，快步追了过去。

"你，你好……"钟闻拦住那位女士，犹犹豫豫地打招呼，"你还记得我吗？我之前来过，你还留了我的联络方式，虽然时间有点久了……"

"我记得你！"谁知那位女士居然无比肯定地点头，露出了惊喜的神情。

"真的？"

反倒是钟闻不太敢相信，毕竟每天有那么多参观的人。

"当然。我还保留着你的配方，你等我一下。"

说完，女士快步往楼上的非公开区域走去，没一会儿就拿回来了当时留下的样本和他的联络方式，调笑道："这次相信了吧。"

钟闻只觉得老天保佑，他遇见的都是靠谱的人。

原本钟闻只是想要一个存档，顺便对比一下两次的差别在哪儿。但女士闻了他新调的精油后，对他的想法十分好奇，非要他详细讲一讲。钟闻只好用翻译软件将自己的话翻译出来，从陈觅双身上的香味，到他的猜测和尝试。

翻译得颠三倒四，但好歹对方看懂了，她朝他招了招手："跟我来。"

钟闻不明所以地跟她一路往上，渐渐离开了游客区，走到了寂静的办公区。

空气里有淡淡的香味，但钟闻一下子就感觉出这里是实验室。他停住了脚步，犹豫着问："我可以进吗？"

"可以，来。"女士引着他走进了其中一间实验室，有几个穿着白大褂的男女各自在忙，看见他进来也只是投以礼貌的注视。女士在架子上满满当当的透明小瓶中挑出两个，拧开盖子，从一旁插在试管里的细长闻香条中抽出了两根，每瓶蘸了一下，在半空中甩了甩，把尾部捏在一起，蘸有精油的地方以"V"字分开递给他："你闻一下这两个的区别。"

"这是什么？"钟闻将闻香条接过来。

"你闻完我再告诉你。"

钟闻把闻香条在鼻子前面扫了一下，立刻辨认出来是茉莉的香味。可是交替着闻两根闻香条，虽然基调都是茉莉，但又有很明显的不同。他将两根闻香条分到一手一根，距离和时间间隔大一些地去闻，缓缓地说："一个就是普通的茉莉，那种白色小朵的花，很香，但是清清冷冷的，我们中国人喜欢拿它泡茶喝。另一个有点不一样，它的味道要强烈得多，而且是有热量的香味。非要形容的话，普通的茉莉是一缕晴天的风，而这种是快要下雨时带着一丝湿气的风。"

"哇，你说得非常好。"女士将闻香条收回，指着其中一根，"这个就是你说的普通的茉莉，它是小朵的，产自印度，中国也广泛种植，是比较东方的香调。而这个是格拉斯茉莉，它的花朵要大得多，花瓣细长，如果你有机会可以去庄园看一看。它是嫁接出来的品种，虽然其他地方也有种植，但相对较少，它里面有吲哚的成分，更贴合人类汗腺和皮脂的味道。"

钟闻连连点头，露出惊奇的表情。

"这种精油太过名贵，将近十万朵花才能提炼出一公斤精油，所以没有放到下面给大家试用。如果你调配的精油里面的普通茉莉换成这种，只需要一点点，就会好很多。"

这真是太有趣了。同一属性不同种类、不同产地的花都会有味道差异，这种或大或小的味道差异放进香水里又会产生其他变化，而变化的可能性是无限的。钟闻感觉面前有一扇巨大的门，之前它隐隐约约藏在迷雾里，只是开了一条细小的缝，如今突然扬起一阵风，迷雾散去，大门轰然打开了。

"不知道你对这些感不感兴趣。"女士似乎觉得自己说得太多了，有点抱歉，"只是你有很好的天赋，嗅觉也很灵敏，如果你对调香感兴趣，也许有一天我们会有机会一起工作。"

"不瞒你说，我正要去香水学院面试。"

"真的？"

"真的，这也是我这次过来的原因之一。"

听钟闻说了他要去面试的学校和他的打算，女士显得非常高兴，连连鼓励他："加油，我希望你能成功。调香师的人才一直缺乏，香水市场的竞争很激烈，新鲜血液是很重要的。我期待再见到你时，你已经是我的同行了。"

"十分感谢你。"

认真道过谢之后，钟闻走出香水工厂，微风扑在脸上，突然令他神清气爽。他很肯定自己走在一条充满希望的路上，这是他向往的生活，所以他因坚定而快乐。不像从前，他虽然没有任何愁事，却总是麻麻木木的，对什么都抱着随便的态度。

回车站的路上，钟闻经过一家工艺品店，被橱窗里的东西吸引了目光。多层展示台的最顶端放着几个香水瓶吊坠的饰品，其中一个只有一截指肚大小，玻璃内胆外面包着古铜色金属，和链子同一颜色，瓶身和瓶盖上都是古典又繁复的镂空，看起来非常精致。

他推门走进店里，虽然价格比他想象的高一些，但他最终还是买了下来。

钟闻回到花店的时候，陈觅双也刚回来不久，店门都没开。钟闻从后门进去，喊了一声"我回来了"。陈觅双正在楼上洗澡，是否有回应他也不确定。他看时机正好，赶紧把项链从礼盒里面掏出来，将在香水工厂里已经拿酒精稀释好的精油倒了一点，放到吊坠的小瓶子里，虽然静置时间还不够，但意思到了就好。刚做完，楼上就传来了脚步声，钟闻手忙脚乱地把项链放回礼盒，强塞进了口袋。

"回来了，顺利吗？"陈觅双从楼上下来，头发吹成半干，全部披散下来，身上穿着看起来很舒适的纯棉长裙。她真的是肤白胜雪，湿的头发显得更黑，衬得她像纸片人一样，反倒美得有种不真实的凌厉。

"顺，顺利。"

钟闻下意识咽了咽口水，居然有点不敢看。

"顺利就好。"其实每次出外作业都特别累，虽然大部分工作不需要她亲自上手，可她得全方位地盯着，随时调整细节，还要和甲方的负责人对接，一直都坐不下来，只是陈觅双记得自己答应过他，所以也没想抵赖："晚上你想吃什么？"

"什么都行吗？"

"怎么，你还想讹我啊？"

"那我可说了啊，我想吃麦当劳。"

陈觅双有一瞬间的怔忡，随后却忍不住笑了。

于是两个人真的去吃麦当劳，法国的麦当劳和国内的差别很大，但至少还是能买到巨无霸大小的汉堡和薯条。钟闻大口吃着，觉得这时才有满足感，而陈觅双要了沙拉和气泡水，摆在一张桌子上的两份餐，仿佛在用相差的热量诉说着食用者生活习惯的天差地别。

不过钟闻不在意，指了指自己的薯条："你也吃啊。"

陈觅双没动，只是问他："你刚从国内过来，在那边还没吃够啊？有那么好吃吗？"

"好吃又便宜，多好。"

"垃圾食品吃得太多，再过十年当心发胖。"

"哇！"钟闻咬着汉堡嘟嘟囔囔地说，"你都开始关心起我的十年后了！"

陈觅双无可奈何地叹了口气，她何苦说这么一句。

吃完东西走出麦当劳，位置正处于市中心，周围很热闹，到处都点着灯，看上去闪亮亮、暖融融的。钟闻提出走一走消消食，陈觅双没反对，就沿着面前一条遍布小店的商业街走了下去。钟闻一直在口袋里抠着礼物盒，不知道什么时候拿出来合适。

"对了，你知道格拉斯茉莉吗？"钟闻分享起白天在香水工厂的事情。

"之前去周围看花田的时候，在格拉斯那边见过一片，据说是专门为Chanel（香奈儿）家种的。不过茉莉一般不太适合做切花，所以我平时接触得不多。"

"那个味道，和普通茉莉差别好大。而且香水真是贵有贵的道理，原来那么多花才能提取一点点……人力物力的耗费也太大了……"

他兴致勃勃地说着那些刚刚接触的事情，陈觅双只是自然地给予回应。他说话时光彩熠熠的眼睛和略显兴奋的肢体动作，无不证明着他喜欢自己接收到的这些信息。

也许他真的适合这个行业，陈觅双有些欣慰地想。

有欢快的管弦乐声从不远处飘来，他们转过街角，视野突然开阔。一小块方形的空地上，几个穿着西服的老年绅士在演奏，有人拿手风琴，有人吹萨克斯风，有人拉提琴，路人们自发地跳起了双人舞，一派快乐的氛围。

钟闻马上意识到这是绝佳的机会，立刻跳到陈觅双的对面，朝她伸出手，说："走啊，跳舞。"

陈觅双赶紧摇头，浑身写满了拒绝。

"来嘛，你看叔叔阿姨们都在跳，来——"钟闻一把抓过她的手，强行把她拽进了"舞池"中央。音乐一下变得像是从四面八方将他们包围，陈觅双因为紧张而踉跄，定下神来时已经和钟闻变成了贴身的距离。钟闻将她的一只手放在了自己的肩头，另一只却还垂在身侧握着拳头。

"你会跳舞吗？"为了缓解紧张，陈觅双问了一句。

"不会啊。不过会不会不是重点，重点是我和你，这就够了。"钟闻瞄了瞄陈觅双垂着的那只手，使了个眼色，"来嘛，配合一点，你不想搂我就抓衣服嘛。"

周围各个年龄段、各个国籍、各个肤色的人都在前前后后地旋转，还有路人围着拍手，陈觅双觉得自己一动不动反而更显眼，无可奈何地说了句"人来疯"，还是轻轻抬手，抓住了钟闻腰侧的衣服。

她没看到钟闻强忍着却仍然泄露了笑意的酒窝。

跳舞看起来简单，实际操作起来却没想象的那么容易，两人只是原地转圈都会互相踩个不停。一开始陈觅双还觉得尴尬，可反复了几次之后反倒习惯了，钟闻踩她，她就踩回去，两个人一直在笑。

一曲到了尾声，钟闻拉高她的手，引导她转了一圈。就在陈觅双转回来，再度面向钟闻时，一条项链垂在了她的眼前。

"送你。"

光影斑驳里，钟闻带着最温柔的笑容对她说。

以至于陈觅双第一时间甚至都没看清那是什么，心跳就已经加速了。

如此寻常的日子里，她开始感受到活着最简单的快乐。

是因为钟闻在这里。

面试过程和钟闻想象的差别巨大，他以为会像电视里演的那样，长长的桌子后面坐一排考官，他还提前看了很多面试攻略。结果学校里类似于校长的负责人亲自接待了他，直接就把他引到了实验室内部的办公室里，这一下打乱了他的计划，他准备好的自我介绍似乎过于尴尬了。

无可奈何之下，钟闻只好先将自己人生中调试的第一瓶香水递了上去，对方只是用闻香条蘸了一点在离鼻子很远的地方甩了甩，就放到了一旁，脸上并没有什么特别的表情。可能是之前的心理预设太高，钟闻难免有些失落。

对方是一个目测四五十岁的男人，个子很高，骨架很大，穿着剪裁合身的西服，发白的黄发精心打理过，整个人都透着一种认真严谨的气质，加之不苟言笑，无形之中就给了钟闻很大的压力。钟闻听说他是行业内很有名的调香师，但现在主要是负责培养人才，是各国拍摄纪录片都会采访的人。钟闻忍不住想，自己这种试验品肯定入不了人家的眼，没准还会适得其反。

"一瓶香水里要有几十甚至上百种香料进行复杂的调和，但我们不会都写出来。你这个组成太过简单基础，在我看来就像是小孩子拿不同种类的香水混在一起一样，是不能当作作品来看待的。"果然，负责人毫不客气地说，钟闻刚想叹气，就听到了轻描淡写的后半句，"不过我喜欢你的品位。"

虽然对方并没有要夸他的神情，但钟闻一向给点阳光就灿烂，所以顿时像插上充电器一样亮了起来。

"关于你的一些情况，我已经知道了，我知道你的嗅觉很好，但这并不够，敢来这里的人嗅觉都很好。我想问你，你究竟是为什么想要学习调香？"

关于这个问题，钟闻来之前打过腹稿，他能说出一堆冠冕堂皇的理由，向往啊、梦想啊之类的词怎么说都是没有错的。可他突然犹豫起来，对方是一针见血的人，本身又很忙，抽出时间见他，真的想听这种套话吗？

"我……和我喜欢的女孩打赌，如果能被录取，她就要答应和我交往。"钟闻蹭了蹭鼻子，不好意思地笑了笑，"不过，还有一个原因，我想要找寻自己人生的方向。"

让钟闻意外的是，听到他的回答，对方第一次露出了笑容，甚至有点如释重负地说："我很怕你会说是因为看了那部叫《香水》的电影，我听过太多次这个回答了。"

"哦，看那个电影时我的关注点都在凶杀案上了，那个时候我是拿香水当魔幻背景看的……"

"那你平时喜欢什么类型的电影？"

话题突然转到了电影上，钟闻措手不及，却也接了下来。他还是耍了点花招的，没有说他看得最多的其实是超英电影，而是搜肠刮肚找了几部口碑稍微好些的说。

他们从电影聊到音乐，聊到感情观，就是没有回到香水上。面试就这样结束了，一直到走出香水学院的大门，钟闻才反应过来，他甚至连什么时候会通知他都忘了问。

回尼斯的路上，钟闻越想越没底，是不是对方对录取他毫无兴趣，才故意将话题拐到别处的？还是他的回答让对方觉得轻浮了，觉得他不够诚心？可是没有第二次机会，无论如何，他紧张了那么久的面试已经完成了，剩下的只能听天由命。

他这样劝着自己。回去之后陈觅双问怎么样，他也是很淡然地说不知道，等消息吧，像是很看得开的样子，实际上心慌意乱。以前他看手机都是在看朋友的消息，看好玩的东西，现在看手机却觉得一切推送都很烦，只想等来陌生电话或者信息。钟闻当然会紧张，如果没被录取，那就没有理由继续耗下去，到时候怎么收场都不知道。他试着给自己找后路，法国有不少培训类学校，也可以学调香，但都学费高昂，不是他能应付得来的。最重要的是，他不想在陈觅双面前丢脸，他开始后悔之前把话说得太满了，是什么给了他如此这般的勇气？

噢，是爱情。

"钟闻，钟闻！"陈觅双喊了他好几声，他都没反应，她终于忍不住拍了拍手，"想什么呢？"

"爱情……不，没事……"他摇了摇头让自己定下神，"怎么了？"

"你能去帮我买点东西吗？"

"没问题，买什么？"

钟闻从陈觅双手里接过清单，发现是一些硬纸板、塑料板材之类的东西，还有些小工具，"你这是要做手工吗？"

"差不多吧，可能要多跑几家店，你开车去吧。"

对于陈觅双的吩咐，钟闻是从来不说二话的，接过钥匙就出了门。

钟闻出门后二十分钟左右，家具店就来送货了，陈觅双指挥着他们把新沙发搬到了二楼，把旧沙发暂时移到了另一边的角落。

新沙发在钟闻回到尼斯后不久她就订了，还是很简约的款式，从外形来看和旧的没什么区别，只是下层能抽出来当床用。陈觅双订的时候很自然，反倒是订完之后越来越心慌。她为什么要这么做呢？简单说来就是，钟闻睡沙发虽然不会滚下来，但腿是伸不直的，一直这样睡也不是办法。可这么想的前提，她已经认定钟闻会一直待下去了。

然而钟闻面试回来后总是心不在焉，突然提醒了她，这个认定实在是太早了。他们之前明明还在打赌，她是站在赌他不成功的一方的，她明明打听过被这所学校录取的难度，觉得希望不大的。到底是什么给了她勇气，让她早早把沙发就买好了呢？

唉……自从知道今天要来送沙发，陈觅双就一直发愁，她都能想到钟闻撞见送沙发会怎么得了便宜还卖乖，所以她只能先把他骗出去。可这不过是拖延时间罢了，陈觅双坐在新沙发上，把旧沙发的图片发到二手买卖平台，一脸无奈却又认命的表情。

虽然陈觅双可以劝自己说就当作一时兴起，可她心底知道并不是，如果钟闻没有通过面试……这个沙发就会变成一个遗憾的记号，留在她的生活里。

想到这儿，陈觅双又叹了口气。

她这口气还没放下，房间里突然传来了手机铃声，她下意识查看自己的手机，却很快反应过来并不是自己手机的铃音。陈觅双疑惑地站起来，探头往楼下看了看，并没有其他人，于是竖着耳朵在房间里走动，寻找声音的出处。结果她诧异地发现，声音来自被推到墙角的旧沙发。

陈觅双把手伸进坐垫下面摸了摸，摸出了钟闻的手机，但铃声在她掏到手机的那刻断了。她瞄了一眼来电地区，是格拉斯。

她心里咯噔一下。

从来没面对过这种状况，陈觅双有点慌。她猜想这通电话对钟闻很重要，可她的习惯和观念阻止她操作别人的手机，而且她也不清楚回拨回去究竟好不好。心里挣扎了几秒，陈觅双再想回拨，发现她根本解不开锁屏密码。

她握着钟闻的手机在房间里转圈，控制不住地焦虑与担忧，以至于当相同的号码再度打来时，她都没来得及想就立刻接了起来。

"喂，我是格拉斯香水学院的Ellen，请问这是Mr. Chung的电话吗？"对面是一个女声。

"是的，但他现在暂时不方便接电话，有什么事情我可以代为转达。"

"如果他还对调香感兴趣，愿意来学习，这个周五可以来办一下手续。"

陈觅双没意识到自己已经面带微笑，连声音都变得兴奋起来："好的，我一定会通知他的，他会很高兴得到这次机会。"

撂下电话，陈觅双替别人接电话的不适感完全被兴奋所取代，就像通过面试的是她一样。偏巧这时候有人上门买花，她下去给人家包装，热爱聊天的非洲顾客问她是不是发生了什么好事，她愣了愣才明白自己喜形于色了。

过了好一会儿，钟闻才回来，他真的转了好几处才买齐陈觅双要的东西，板材都很大，他摞在一起搬上来，揉了揉发酸的手肘内侧，说："搞定了！"

"你明明在等电话，出门怎么不带手机？"陈觅双看了一眼放在桌面上的手机，冷着脸说。

"我知道忘了，但发现时车已经开出去好远，我就没回来。"钟闻一脸茫然，"怎么，你打我电话了？"

"没带也就算了，还塞到沙发下面去了。幸好还有铃声，要是振动都听不见，错过要紧的电话怎么办？"

其实钟闻自己都不知道手机落在哪儿了，仔细回忆了一下，隐约想起他是受不了自己没事就看手机，还一直失望，所以干脆把手机扔在了沙发上，还拿靠垫盖了起来。想到这里，他看向沙发，这才发现沙发不一样了。

出去一会儿居然有了这么大的变化，这让钟闻有点反应不过来，不过当下最重要的是："你生气了？"

"我没生气。"只是有点后怕，陈觅双在心里检讨了一下自己是不是太严肃了，尽可能让表情放松了些，"我刚才替你接了个电话，学校那边通知你周五过去办手续。"

钟闻呆住了，每个字他都懂，但或许是陈觅双说得过于轻描淡写，他的兴奋条施压不够，不上不下的。

陈觅双没想到他会是这个反应，略带疑惑地问："不高兴？"

学校……办手续……钟闻暗自咀嚼了一下这句话，眼睛突然亮了起来："学校！办手续！我通过了？"

"你这个反射弧也太长了吧？"陈觅双哭笑不得。

"我通过了！我通过了！"

慢是慢了点，但延迟的兴奋一点都不弱，钟闻扑过去就要抱陈觅双。陈觅双料到了他这一出，从刚才起就坐在桌前，不给他空间，果断用手机抵住他的胸口："少来，你身上脏死了。"

钟闻低头看了看自己的衣服，蹭的都是板材上面的灰，他举起双手站直身体表示作罢，但仍旧一脸惊喜地求表扬："我厉害吧！"

"厉害，厉害……你到底跟人家说了什么？"

"我说我跟未来的女朋友打赌来着。"

陈觅双有心问真的假的，不等问出口，自己就已经想明白，肯定是真的，这就是钟闻能干得出的事。结果钟闻还挺骄傲，倒退着坐在新沙发上，兴高采烈道："所以说，真情最能说服人！"

"我看是脸皮厚吧。"

钟闻发现了沙发的折叠原理，一脸发现新大陆似的站起来把沙发弄成了床，一副恍然大悟的样子，看着陈觅双说："我知道了，这是庆祝我通过面试的礼物，对吧？"

他想事情的逻辑也太简单了……不过陈觅双突然觉得他这样认为比较不尴尬，所以干脆顺着说："你觉得是就是吧。"

"我有床了！"

他心满意足地感叹着，呈"大"字躺下去，浑身泛着一种无欲无求要立地成佛的光。

"家具店刚搬来的，下面这层你好歹清理一下再躺。"

说着，陈觅双拿来手持吸尘器，将钟闻从床上轰起来，从缝隙开始吸。在吸尘器不大不小的轰响里，钟闻的脑子渐渐清楚起来，他站在陈觅双身后，看着她散下来的头发，忽然说："不对呀，时间来不及吧？"

"什么？"

"买沙发的时间。今天我把车开走了，你没法出去，就算在网上订，也不可能马上送吧。"

陈觅双冷汗都要下来了，却又觉得好笑，这孩子的反射弧怎么会这么长。她突然回身，把吸尘器按在钟闻身上，硬邦邦地说："自己的活自己干！"

她这样生硬地转移话题，就代表他猜对了。钟闻意识到这沙发是在不确定他能不能留下来时就订好的，比兴奋更早浮现在他心中的居然是温暖。在陈觅双擦身而过的瞬间，他手里还拿着吸尘器，却仍然伸出手臂从背后轻轻拥住了她，小声说："谢谢你。"

"肉麻。"陈觅双起了一身鸡皮疙瘩，却不是因为难受，也忘了嫌弃钟闻身上都是土。

很温暖，很自然，原来接受起来也没有那么难。

晚饭后陈觅双把店门关了，开始鼓捣那些板材，她把自己在纸张上画的图拓上去，然后开始切割成不同大小、形状的模块，或是在上面掏出小洞，切割出的零件可以拼接成她想要的特殊形状的骨架，便于插花。

"你帮我扶一下。"

缺口不够合适，要用锉子磨，陈觅双一只手使不上力，要钟闻帮她扶住下面。钟闻整个人趴在桌上，两只手死死固定，磨下来的白色粉末缓缓飘落，他歪着头问陈觅双："为什么还要做这些啊？"

"没办法，很多时候想做出合适的造型就需要合适的部件帮忙，这些都买不到，只能自己做。学东西就是这样的，原本只想学一样，但只要深入学下去，就会发现不知不觉间也学会了很多其他的东西。"

"我学调香也会这样吗？"

"只要你是真的想学，肯定会这样的。"陈觅双不着痕迹地问，"你是真的想学吗？"

"当然是啊。"

"不是因为想留在这里？"

"起初是这个原因，但现在我是真的想好好试一试。这世上有的人在很小的时候就知道自己的方向，可有的人需要摸索。"钟闻当然知道陈觅双在担心什么，可他自己已经想好了，"就像小孩子去学乐器，起初大部分都是家长逼的，但渐渐地，很多人会放弃，那些坚持下来的都是自己爱上的。无论如何，尝试总归是好的事情吧。"

可那毕竟是小孩子，是不由自主去尝试的，放弃也没什么损失。一个成年人选择去尝试一个陌生的领域，付出让生活天翻地覆的代价，是需要很大的勇气的。

人面对未知就会害怕，她很羡慕钟闻的无畏。

"租房子时里里外外都要看仔细，尤其是合同，必须得看懂再签。如果实在看不懂就发给我看一下，别闭眼乱签。"

"我知道。"

"有空还是要多学些法语，在这里有时候英语不太好用。"

钟闻侧脸贴在自己手臂上，从下往上看着陈觅双的脸，懒洋洋地说："你教我啊。"

陈觅双低头瞥他一眼："我没什么耐心，你要是太笨，我可就不教了。"

"我一点都不笨，我要是笨的话，现在就不会在这里了。"

你啊……陈觅双心中一片摇摇晃晃的温柔，她对钟闻这种撒娇已经很习惯，习惯到不再觉得别扭，只有一种近乎浪漫的无可奈何。就好像她是岸边一颗干燥的石头，原本不喜欢被海水覆盖，可在无数的潮起潮落后也变得只会不情不愿地说一句"又来了"，却暗自欢喜着自己被冲刷得亮晶晶起来。

直到陈觅双被钟闻突然放光的眼睛吓到，她才意识到，自己刚刚好像无比自然地摸了他的头发。

她略显错愕地握了握拳头，不明白自己是怎么伸出手去的，内心却超乎寻常地平静。

"这是你第一次主动碰我啊！"

如果钟闻不说话就好了……

"我是想说，你该洗头了。我去洗手了。"陈觅双站起来，飞快地往洗手间走，只不过她虽然背过身去，但因为一侧的头发绾在耳后，暴露了红得异常的耳郭。

钟闻托着腮笑得嘴角都快咧到耳朵根了。

此时此刻钟闻敢确定，他埋下的种子已经在陈觅双心里开花了，他闻得到爱情开始绽放的味道。

正式在香水学院上课之后，钟闻才真的理解了陈觅双说的学一样东西的同时，其实是学了很多样。他要学的并不是把现成的香料混在一起，而是气味本身。

而气味是从哪里来的？是整个世界。

他要认识气味，分辨气味，知道气味从哪里来，哪些气味可以用，哪些气味可以转化。于是他要知道花开在哪里，需要什么土壤、气候，在不同地区是否会产生气味的变化，每年产量多少；他要知道动物的哪些部位可以用来制香，获取方法是什么；他还要知道所有香料的化学组成，熟记上千种天然香料和合成香料的分子式，知道如何组合更改会产生怎样的变化。

最后他还要在一堆香料混在一起时闻得出每一种味道，准确说出它们的名字和化学名称。

在这些都做到之后，再说调香也不迟。

"作为调香师，你们最重要的工具是鼻子，所以一定要好好保护你们的鼻子，鼻炎会毁掉你们的职业生涯。尽可能不要感冒，不要让你们的鼻黏膜处于脆弱的状态。尽可能回避浓重的消毒水、漂白剂、强酸之类刺鼻的味道，也少吃油腻、甜腻的食物，保持身心洁净。"

钟闻有些好笑地想，自己居然要和陈觅双比节制了。

这一批包括他在内，只有三个学生，国籍和年纪都不相同，比起来，他不是底子最差的，其中有个人一点化学基础都没有。但很快钟闻就发现他那点化学基础在调香上并没有什么用处，最多是让他看到那些复杂的化学名称和分子式时没有一瞬间的恐慌罢了，可一切都是新的，他还是得摸着石头过河。

理论课并不多，讲一讲人类使用香的起源、历史上有名香水的起源、香精提取的方法、合成香料的基础以及头香、修饰剂和基香的定义，更深的暂时用不到，因为他们初始的任务只是辨香，所以大部分时间都在实验室里，每天不停地闻香、分类。

在正式决定是否录取他们之前有三个月的时间，每个月都会有一次大考，第一个月要分辨出二百种天然和合成的香料，第二个月上升到五百种，第三个月超过一千种。也就是说，整个学校提供给他们用的香料，无论如何混在一起，都要能一样样分辨出来。

外行听起来或许会觉得是可以完成的任务，毕竟花果的味道都很别致，谁都分得清梨子和苹果，茉莉和玫瑰。可是用在香水里就没那么简单了，天然花果的香味也会因为产地和品种的微妙差异产生变化，这些都要分别记录。合成起来就更难了，比如香水配方上写的茉莉，都是用头香、修饰剂和基香调和而成的，而且每一种里都有几种甚至十几种化学香精可选，不同的选择会产生不同的效果，方案随便列列都有几十种。

一开始新人会有点手足无措，那些香精都很贵，让人有点束手束脚。前辈和新人在同一个实验室里，新人看着前辈熟练地操作，却又不知道人家在干什么，心理压力反而更大。不过钟闻一向秉持的观点在此刻同样适用，那就是厚脸皮一点会活得比较容易，他深知想达到目的，最重要的两点是亲身实践和勤于请教。

而努力已经变成必然，不需要刻意提起了，辨香不能像赶暑假作业似的临时抱佛脚，要循序渐进，温故而知新。前辈说会有密集的抽考，不给任何准备时间，递过闻香条就要说出东西来。钟闻却觉得这样很有意思，他一向没什么企图心，第一次用在了追陈觅双上，第二次出现在了这里，他不想输。

"你这是搬回来了什么？"钟闻自打在格拉斯开始上课后，周末回来准会背着大包，一开始还算正常，就是借阅的书、文献、笔记什么的，还有一些精油瓶子，陈觅双也没说什么。直到她看见钟闻搬进来一个长宽都有一米的纸箱子，不好的预感迫使她开了口。

"一些实验工具，我住的地方有一套，我想着还是在这里也备一套，比较方便。"钟闻打开纸箱，里面是一大堆锥形瓶、酒精灯之类的东西。

陈觅双抽了抽嘴角说："其实你可以选择不回来。"

"那哪行啊，还是你这里方便！"

"方便什么？"

"有现成的花啊。"

当陈觅双意识到钟闻在打她的花的主意时，一切都已经来不及了。钟闻在她的厨房里，借助燃气炉直接搞起了一个简易蒸馏装置，居然还拿了她的一口锅去改造。搭好之后首先遭殃的是几枝玫瑰，之后店里所有的花无一幸免。

要提取出肉眼可见的精油可不是一朵花就能搞定的，这些无疑也在增加陈觅双的营业成本。最关键的是她是个爱花的人，看到钟闻粗暴地把花瓣全揪掉，不免有点心疼。

"你糟蹋的这些花，要从你的工资里扣钱。"陈觅双看着那一地光秃秃的花枝叹气。

"没问题，不给工资都行。不过，这怎么能叫糟蹋呢！来，你闻闻。"说着，钟闻跑到外面拿进来一只手指粗细的小棕瓶，里面是蒸馏液，但这种程度还不能说是精油。

他打开放在陈觅双鼻子底下晃晃："很好闻，对不对？"

一点液体的味道比一捧花来得清晰，因为陈觅双很清楚之前那些花是什么样子的，反而更觉得神奇，她忍不住问："香水里面用的那些就是这么来的吗？"

"还差得远呢，这只是初始，还要沉淀萃取，而且只有一部分能用这种方法，还有压榨法、溶液浸提法等。"

"等一下！"陈觅双好像听懂了不得了的事，不得不赶快叫停，"你不会都要试一下吧？"

钟闻一脸天真地说："是啊！"

"为什么？学校里不是有现成的吗，你做出来的肯定不如人家的成品。"

"我就是要尽可能地试试，然后再反向研究，知道自己的和人家的差在哪儿，多折腾几次，就都记住了。这就好比玩游戏，你要是一直让大佬带你飞，就永远都不会玩。你得自己去琢磨，多失败几次，也就会玩了。"

陈觅双对于钟闻打的比方似懂非懂，不过放在桌子上的他的笔记说明了一切。笔记上显示，他对学校里的每一次闻香都做了认真的记录，还将闻香条贴在了上面，在家里的实验结果也都记了下来。笔记花花绿绿的，看起来和女孩子的手账本似的，开学没多久，厚厚的本子竟记了有三分之二。

他是用了心的，所以陈觅双的"适可而止"卡在了喉咙口，竟无论如何也说不出来。

"记得给我收拾干净。我们说好的，你住在这里不能打扰我的生活。"

"这些枝叶我也要的，回头我想试试它们提炼出来是什么味道。"说着，钟闻手忙脚乱地捡起随手丢得桌上桌下都是的花枝和叶子，突然耸了耸鼻子问，"你闻见煳味了吗？"

"哪有……"陈觅双确实没闻见，但下意识就看向了炉子上的锅，但上面连着一堆乱七八糟的东西，她也不太敢碰，瞪着眼睛指了指，"里面有水吗？"

"没……"钟闻在陈觅双脸色的变化前，飞快地关了燃气，扣上了酒精灯的盖子，露出八颗牙的假笑，"你听我解释，我以为……"

陈觅双二话不说地举起锅看了一眼锅底，已经黑了，要不得了，此时她也闻出了煳味。她将锅放下，咬牙切齿地开口："钟闻……"

"我错了！"

钟闻在灶台后面蹲下去，只留脑袋在外面，双手合十抵在鼻子前面，可怜巴巴地讨饶："我之前是往锅底放了水的，这次我想试试能不能做到水汽蒸馏，就没放……看来简易设备是不行的，得工厂里的大锅炉才行。我错了，真的错了，我买个锅赔你。"

"你知道万一惊动了报警器，会有多麻烦吗？"

"你别生气，生气会长皱纹的。"钟闻维持着半蹲的姿势挪到冰箱前，拿了瓶橙汁又移回来，推给陈觅双，"请你喝橙汁。"

"橙汁也是我买的！"陈觅双握着冰凉的瓶子，说话还是气鼓鼓的，心里的气却已经消了大半。

"我说真的，我明天就去给你买个一模一样的。"

"你说的啊，有一点不一样都不行。"

"那就买两个吧，我再拿个旧的来用。"

说完，钟闻站起来，转身又在柜橱里找，陈觅双眼睁睁看他拿出一个昂贵的陶瓷锅，几步冲上去一巴掌打在他手上，干脆地叫："放下！"

钟闻撇着嘴，乖乖把锅放下。

"你知道它多贵吗？我做饭都舍不得用。"陈觅双白他一眼，翻出一只用了很多年的不锈钢小锅递给他，"拿这个用！"

接过锅，钟闻傻兮兮地看着陈觅双笑个不停，陈觅双没好气地问："笑什么？"

"没什么。"

钟闻摇了摇头，没敢说出来。是他有错在先，他害怕再让陈觅双难为情，她会真的生气了。

但是刚刚的陈觅双也太可爱了，生龙活虎地浑着刺，浑身散发着热度，平白小了好几岁，就是个会闹脾气的小孩子。最关键的是她自己还没察觉，就像没发现自己可能是这世界上最嘴硬心软的人。

在钟闻眼里，这样的陈觅双就是闪闪发光的宝藏，反而让他想藏起来。

这样就好，对别人都冷冰冰的，只有对他又骂又打，气哼哼的又没办法。

这样就好。

Chapter8
一千零一夜

　　钟闻丝毫没有收敛，反而变本加厉起来，一周后，他又背回来了大麻袋装的氯化钠和无水硫酸钠，用来过滤萃取蒸馏出来的乳浊液。之后又搬回了更多的化工产品，为了从精油中提取出他想要的成分，再用那些成分去做新的尝试。

　　陈觅双看着他搬来越来越多的东西，虽说都尽可能堆在角落，用家具挡起来，可生活就是这样一点点被填满的。当她随便一抬眼就能看到属于钟闻的东西，她才意识到，她已经无法把钟闻从生活里完全地剥离出去，钟闻彻底融入了她的生活。

　　她就是有点害怕，怕某天钟闻会搬回那种装化工产品的铁皮桶，那样她真的会疯。

　　不过很快陈觅双就发现钟闻有一百种逼疯她的方法，他没搬来一桶什么酸什么酯，先搬来了一桶猪油。陈觅双看着他往玻璃板上刷猪油，感觉自己在看行为艺术。

　　前几天钟闻突然央求着她去花市顺便买两盆晚香玉，还特意说了要单瓣的。一开始陈觅双是拒绝的，晚香玉本身不便宜，做切花的价格也高昂，而且单瓣也不适合做切花。可她耐不住钟闻一个语音接一个语音，一个表情包接一个表情包地磨，最后还是买了两盆，还自己辛辛苦苦地搬回来，心说就当家里的摆设了。

　　结果，现在她眼看着钟闻把花瓣一片一片码在猪油上，黄白的脂肪将娇嫩的

111

花瓣黏住，就像蜘蛛的黏液黏住小飞虫一样，有点惊悚。但钟闻很是乐此不疲，就这样涂了一层又一层，然后把好几块黏好晚香玉花瓣的玻璃板摞起来，搬到了外面的太阳底下。

"不能放在这儿，别人看见不知道是什么，太奇怪了。"陈觅双跟着他出来，就看见他把那一摞油乎乎的玻璃摆在了她的花架子上，她的太阳穴突突跳了两下，深吸一口气才说出话，"搬到我那层的窗台上去，那边太阳很好。"

"好嘞！"

钟闻立刻搬起来就往屋里走，陈觅双在后面叫："拿东西垫一下再放，不要弄得到处都是！"

她一向不是个啰唆的人，如今却什么都要嘱咐，自己都觉得难为情。可现在的钟闻就像个刚开始上幼儿园的小孩，满脑子都是老师的话，都是学校里的手工课，她就像被迫配合的父母，心情复杂。

"每两天换一次花瓣，我下次回来要验收成品的！"钟闻还给她留了作业。

"我不管。"

谁要摸那黏黏腻腻的脂肪啊，陈觅双想想就难受。

"就知道你会这么说，我都给你准备好了。"钟闻果断地掏出一包一次性手套。

"我是不是还要感谢你的体贴啊？"

钟闻作势就要往陈觅双的肩膀上靠，陈觅双察觉到他的意图，先一步后撤，指着他说："好好说话。"

"你就帮帮忙嘛，我想知道用蒸馏法和吸附法做出来的差别在哪里，他们都说像晚香玉之类名贵的品种用这种方法最好。"钟闻双手合十撒着娇，"回头我送礼物给你。"

说得就好像谁期待他的礼物似的，陈觅双翻了个白眼，有气无力地说："就一个礼拜，多了不管。"

"我下周末跟学校去普罗旺斯参观花田，要下下周才回来。"

"钟闻！"陈觅双忍无可忍，抓起沙发上的靠垫就丢了过去。

"两周，就两周。"钟闻夹着靠垫嘿嘿笑，"不要太想我。"

"你再也别回来才好呢！"

"我怕你忙，没敢都放在这儿，还有几组放在Mrs. Moran那儿呢！"

"喂，你还麻烦人家！"

"她可开心呢，让我有好玩的都带上她！"

"都是怪人。"

陈觅双头疼得不得了，怀疑这就是钟闻的阴谋，她每替他做一件事，就会想起他，这样一来，她的记忆区域就会被他持久占领。即便钟闻不在，她也丝毫没有机会忘却。

等她回过神来，发现最初跟钟闻的约法三章早就没有效力。他俩的生活区隔已经没有了，甚至连她的心理区隔都已经被打破了。

她已经不再提醒自己，钟闻只是强赖在这里的麻烦，而是自然而然地将他当作共同生活的人看待，会张口就说出"回家"这种词。

可是共同生活的人总要有些关系，如果超出了单纯的室友关系，那他们到底是什么关系呢？

忙完一场婚礼布置，回来趁着太阳没下山，陈觅双要帮钟闻换那些花瓣，比想象的要困难得多，黏得到处都是，她移开一层却又不知道该往哪儿放，手忙脚乱到自己都觉得好笑。

真是的，为什么要这么听他的话啊！陈觅双愤愤地想。

思绪顺着一拐，她突然怔忡，让她那么无可奈何却又能全盘接受，钟闻如今在她心里究竟是怎样的存在呢？

就在钟闻跟着学校去普罗旺斯看薰衣草田的那一周，邝盛突然不请自来了。

陈觅双送走了一个买花的游客，跟着一起走出了店门，外面阳光甚好，她抬起头深呼吸了一下，想着普罗旺斯一定很美。

"天气很好，是吧？"邝盛突然出声，吓了陈觅双一跳。她定睛一看，邝盛正从马路对面走过来，难得地没穿西装，也没有开车。

但是无论穿什么衣服，邝盛身上总是像有一副支架撑着，姿态和神情完全没有变。他在努力表现自己时是很轻松的，可错就错在努力上了，陈觅双一眼就能看出来他是在假装轻松。

他也是个习惯了假装轻松的人啊，陈觅双忍不住在心里感慨，这一点他们倒是很像。可还是有区别的，陈觅双假装轻松却会感觉到疲惫，但很显然邝盛是在享受这种感觉。他大概认为这是精英的人生应该背负的辛苦吧，能彰显他与普通人的差别。

"你怎么有空来？"陈觅双微笑。

"我今天好不容易给自己放了一天的假，突然想到你好像从来没有邀请我上去坐坐，所以我就自己来了，你不会拒绝我吧？"

"屋里有点乱，别介意。"

人家都到了家门口，也不好真的闭门不让进，再说本身又是营业场所，陈觅双只好引着邝盛到了二楼，客客气气给他倒了一杯水，说："再上面是我的私人区域，就不带你参观了。"

邝盛耸了耸肩，在沙发上坐下来，一眼就看见了沙发靠背上放着的掌上游戏机，那显然不是陈觅双的东西。他眯了眯眼睛，不动声色。

"之前约你，你总是找理由不见，我只好来了。"两个人默默喝了几口水，气氛无比尴尬，邝盛选择主动开口打破僵局，"我在想我们之间是不是有什么误会。"

"邝先生，你无须多虑，我们之间没有任何误会。"陈觅双淡定地说。

"之前擅自和你父亲通话的事情……"

"我知道你是好心，想帮我解围，我不会多心的。"

陈觅双回答得异常果断，像是急于和他撇清关系，这令邝盛在惊讶之余还有一些气恼。他原本还有试探的心思，现在突然一下没了心情，语气也变得咄咄逼人起来："哦？那或许是我表达得还不够清楚，我就是希望你多心的。"

终究还是到了这一步，虽然一直有意回避，但陈觅双其实了解邝盛是个在意胜负的人，逃避在他这里是不管用的。

也好，既然如此，就趁机说清楚好了。陈觅双双手在腿上用力绞在一起，却被桌子挡住，脸上仍然平静，对邝盛说："自从我们认识以来，你帮了我很多，我都记在心上。但是我只是拿你当朋友，我也不想这样糊里糊涂地处理情感问题。"

"情感问题并没有那么复杂，我们两个外貌般配，都能实现个人的财务自由，个性都沉着冷静，不会在外人面前失态。"

陈觅双心里冷笑一声，心想你是真的不了解我，想说"感情不能这样一条条对照"，没想到嘴巴刚张开，邝盛就冷着脸说："请不要打断我。"

于是陈觅双只好闭嘴，却已经没什么心情听下去了。

"我很喜欢你，你是我心中完美太太的模样，而我也能够给你很多帮助，就像解决你父母的催婚问题。最关键的是，我能给你绿卡，你知道的，你一个人无论在这里奋斗多久，也只能是长久居住。你用理性想一想，这难道不是互惠互利的事情吗？"

"你说得没错，这确实很实惠。我之前也想过，如果这辈子真的没办法一个人生活，那么不如找个对自己有实际帮助的人，用不着多喜欢对方，能保持礼貌就可以了。"确认邝盛说完了,陈觅双才懒洋洋地开口,笑得十分从容,仿佛在说一件无关紧要的事,"但是后来我意识到这世界是等价交换的,你对别人有所图,别人就对你有所图。当你给不了对方想要的东西时,就会产生矛盾,想一直相敬如宾是不可能的。就比如说,我并不是你理想中的完美太太,因为你从未了解我,一旦你了解了真实的我,就会发现我并不合适。"

"只要你愿意,我们可以……"

"请不要打断我。"陈觅双突然冷冷地抬眼。

邝盛心里一惊,他突然意识到陈觅双不是个软弱的人。

"说到底,这世上哪里有什么绝对合适的人,想稳定只能靠包容。人的包容是有限的,有爱才能持续得更久一些。当然,我从以前到现在都觉得爱是很幼稚的一种说法,可是最近我突然明白,能够幼稚是件幸福的事,反倒是我们这种没有幼稚过的人更可怜一点。"

"我尊重你的想法,但我不这样认为。我从小就觉得同龄人幼稚得不能忍受,我很喜欢现在的自己。"邝盛起身,习惯性地整理衣着,做出即将告辞的样子,"但是我愿意给你时间,我相信你会想明白的。"

陈觅双未置可否,起身送邝盛出去。

"哦,还有。"邝盛在门口好似突然想起来一样随意地开口,"之前遇见的那个人现在还在你家借住吗?我知道你是好心帮助同胞,但是不知根知底的人住进家里终归是不太好,又不像养只猫猫狗狗。"

顷刻间,陈觅双的脸色就阴沉了下去,明明刚刚还能刻意维持住的冷静一下子就破了功,她铿锵有力地说:"我从来不会拿人当猫猫狗狗。他是个很好的孩子,虽然年轻,生活经验少,有些坏毛病,但是真诚善良。他也不是什么奇怪的人,现在在香水学院读书。"

"哦?"

邝盛挑了挑眉毛。然而陈觅双看得出他是在故作惊讶,实则并不感兴趣。

好在此时有电话打来,陈觅双掏出手机,对邝盛点了点头,就接起电话转身回了店里。

被晾在了这里,邝盛倒没有恼火,只是觉得陈觅双变得很陌生,超出了他之前的认识。他从前觉得陈觅双就是个漂亮的空壳,但他恰恰喜欢这具空壳,于是觉得刚刚好。可如今他突然觉得有点性格也未必是坏事,只要懂事理就好,所以他决定再多给陈觅双一些时间,也方便自己观察。

最主要的是他发现自己有了情敌,一个非常没有竞争力,根本不用放在眼里的情敌，可是这情敌已经在他没注意的时候开始下手了。邝盛的好胜心被激发了起来，这不会是个艰难的案子，他如此坚信着。

然而陈觅双不知道也不在乎邝盛怎么想，打完了一通工作上的电话，发现照进屋里的阳光已经转了方向。排除赌气的成分，她开始思忖自己刚刚说的话，她居然开始谈及爱情，这简直不可思议。换作从前，她或许不会觉得邝盛的话有多么冒犯，现在却觉得难以接受，倒不是她被冒犯，而是她觉得爱情被冒犯。

她开始相信爱情的存在了，她人生观中很重要的一环被改变了，而这个改变是最近才发生的。最近她接触了什么人，什么人能做到这一点，其实一目了然。陈觅双低下头，看到桌子上摆放的花朵被阳光投射到地板上的影子扭曲而生动，她叹了口气，却又像在微笑。

手机响了一声，弹出一条消息，紧接着又响了好几声，陈觅双抬眼看过去，发现钟闻断断续续发来好几条信息。他聊天就是这样，一句话要分成好几条说。

"薰衣草还没到全盛期，只开了一点，不过真的是好大的一片，人站在里面感觉四周特别空旷。

"等全盛期的时候，我们一起再来一趟吧。

"我们其实也没有上什么课，老师就是在花田里给我们讲了讲薰衣草的基础知识，化学成分啊、用法啊之类的，然后就让我们自己去感受。他说调香师不能是只待在实验室里的冷冰冰的化学机器，要是个活在自然里的真实的人，否则在我们调香时脑子里不会有画面。调香师脑子里如果没有画面，又怎么能指望用香水的人感悟到什么呢？

"我从来没上过这种课，以前读书就是应付考试，背化学公式，背实验反应，只是背而已，考完就赶紧抛到脑后。谁会管你有什么感受啊，记住最重要。

"原来我是这么适合做这行，刚刚发现，我应该早点来的。之前我一直以为自己再也不想碰化学了，可现在我每天都很开心。说真的，虽然我是为了你才努力到今天的，但真的很庆幸自己此刻在这里。

"只是如果能更多一点时间和你在一起就好了，我随时随地都会想你。

"有的时候也会害怕，这条路太漫长了，等我变成一个能对未来许诺的人，你不会已经和别人走了吧。

"算了算了，我胡乱说说，你当没看到就好。"

哪有这样的人，信息明明发出去了，还让人装没看到，当她是树洞吗！可是陈觅双心里暖暖的，回过去："知道是胡说八道还发！"

"这不就是想骗你个回复吗。"

倒是承认得很快，陈觅双双手握着手机笑了笑，一个念头突然蹿了出来，还没等细想，已经问了出去："你是直接回来，还是要回学校？"

"先回学校，可能要抽考。"后面接着一个捂脸哭的表情。

"哦，那就算了，我本来想着如果没什么事，可以去看看你的学校，你要是考试，我就不影响你了。"

"不影响啊，抽考一小会儿就结束了！你来嘛，可以在我那里住一晚，然后我们一起回家，之后我正好有几天假期。"

陈觅双认真琢磨了一下，她最近没有急活儿，出去一趟也无妨，于是犹豫着答应了下来："好吧，那具体的到时候再说。"

"我可以早一天看见你了！"

一连串雀跃的表情包发过来，看得陈觅双眼花缭乱。

只早一天有什么值得高兴的，真傻。可是陈觅双反过来想，就早一天，她为什么会突发奇地想要去呢？

傻气是会传染的吧。她默默将那些表情包保存下来，明明也没什么地方可发，却像是收集礼物一样心情愉悦。

这所学校的考试和其他大学都不一样，因为学生少，加之每个人的进度不同，所以都是一对一考核。也不会大张旗鼓地准备，就是老师随时走进实验室，坐到一个人桌前就开始了。

"Chung，考试。"

老师坐在钟闻的桌前，手里拿了五根闻香条，拧开不同的瓶子蘸一下递给他。目前阶段，钟闻的学习还是以原料为主，首先要分门别类将天然香料辨认清楚。但这并不容易，比如木香，本身分很多种，在这些种类下面又有细分，都标着数字号码，以便取用。精油的标号有几百个，差一个数都是天壤之别。

"岩兰草油34，依兰油02……"钟闻谨慎地将闻香条在距鼻子有一段距离的位置缓缓扫过，再对照笔记上自己对每个气味写下的感觉描述，还算坚定地给出答案，"众香子油67，香紫苏油109，葛缕子油14。"

都回答完，钟闻才抬头看老师的表情，发现老师已经抽出了新的闻香条，并且起身去寻找合适的瓶子，说着："很好。我知道你已经在分析成分，尝试接触合成了，我考你一点简单的，你能闻出多少就答多少。"

合成香料的辨香要难得多，更何况没有提示，钟闻也不知道里面究竟有多少种香精加修饰剂，只能硬着头皮上。不过他心中倒是隐隐有种兴奋，平时自己加的课这时候就用上了，证明他的学习节奏已经加快了。

"乙酸苄酯111，香柠檬油56……乙基肉桂醛，甲基异丁香酚114……水杨酸异丁酯……还有，吲哚。"

"非常好，虽然少了两种，里面有一点鸢尾的味道，没闻出来吗？"

钟闻又试了试，仍然不是很确定："甲基紫罗兰酮？"

"很好，不急，你现在能做到这个程度就已经很好了。还有，这个吲哚是甲基吲哚，它俩的分子式不同。"

老师靠过来在他的本子上写下了两个分子式，又详细和他讲其中的细微差异，这节小小的加课持续了半个多小时。之后老师给所有人分别留了一些奇奇怪怪的作业，比如想一下穿久了的大衣的味道应该怎样调配，阳光的味道应该怎样调配，想一想自己的童年是什么香味之类的。到钟闻这里，老师让他想象一种味道，能够闻起来就想起自己身在异国他乡的境况。其实简单来说，就是让他关注生活的气味。

紧接着一个一周多的假期就开始了，钟闻迅速收拾东西跑出去，一眼就看见大门外应该已经等了很久的陈觅双。

他把背包甩在肩上，大步流星地跑过去，直接抱住了陈觅双的肩膀。陈觅双正在看手机，感觉到风扑过来的同时，眼前就已经一黑。

"哎……"她被冲得向后退了半步，靠到了后面的围墙。

"想你了，抱抱。"钟闻在她耳边撒娇。

"好了，好了，起来吧。"陈觅双在他胳膊上拍了拍，心中的一声叹息居然已经成了见怪不怪，只是突然间她闻见了一股奇怪的味道，说香不香，说臭不臭，她皱了皱眉头问，"你身上是什么味啊？"

钟闻直起身子，闻了闻自己的胳膊，干脆地说："屎味。"

陈觅双一脸"你逗我"的表情。

"刚才老师给我详细讲吲哚来着，就是一种化合物，也是花里面有的。但很神奇的是，粪便里面也有这种东西，所以也能合成海狸、灵猫之类的动物香。"钟闻在自己小臂上嗅了嗅，"浓度高的时候是臭臭的，但稀释了之后会有一种茉莉的香气。据说人的粪便有时候也有茉莉的味道，我没什么体会。你再闻一下嘛，还是有花香的！"

说着他又把胳膊往陈觅双面前伸，被她一把打开，她嫌弃地说："你现在像个科学怪人一样。"

"这个评价挺高啊。你再闻一下嘛，这个味道闻习惯了还挺上瘾的。"

他又往陈觅双身上凑，逼得陈觅双笑着往外推他，骂道："你现在就跟个七八岁的小孩似的，招猫逗狗惹人嫌。"

"我不招猫也不逗狗，我就招惹你。"钟闻伸手朝前指了指，"我就住在那儿，不远。"

顺着他手指的方向看过去，高高矮矮一堆房子，哪能知道是哪栋，陈觅双当即就觉得他在忽悠。果不其然，这一走就走了半个多小时，她庆幸自己穿的是平底鞋，却还是忍不住问："你每天都是走着过来吗？"

"对啊，顺便锻炼身体嘛。"

"要不买辆自行车？方便一点。"

"不用，我知道你心疼我。"

陈觅双再度被他的厚脸皮震惊，决定不再接他的话。

面前出现一栋土黄色的楼，不高，从窗户的间隔上能看出来房间都不大。这是栋比较老的学生公寓，看起来不像租房网站展示的那么漂亮，但陈觅双有租房的经验，知道这种反而更靠谱，所以当时帮钟闻敲定了，价格也算合适。

她跟着钟闻上去，看了公用的洗衣房、厨房区和休息区，虽然旧了些，倒也还算洁净。直到钟闻打开房间门，窒息感才扑面而来。

不是人家房子的问题，是住房子的人的问题。

本就不大，只能容下一张单人床、一套组合书桌和一个独立卫生间的小屋子，被钟闻弄得乱七八糟。桌子上、床上、椅子背上，甚至地上，到处都是不知穿没穿过的衣服，还有书、撕下来的纸张、空的或是喝了一半的饮料瓶、吃完的餐盒……虽然陈觅双也知道里面有些东西可能是有用的，但在一个习惯了整洁明亮的人看来，一眼望去只是一堆垃圾。

她深吸了一口气，看向有点不好意思的钟闻，问："你不觉得自己睡在猪窝里吗？"

"我平时也不这样，这周不是忙吗！"钟闻赶紧冲进屋里，将地上、桌椅上的东西随便捡起，"你先坐，你先坐，我慢慢收拾。"

陈觅双勉强在椅子上坐下来，看着钟闻手忙脚乱地把垃圾塞在已经爆满的垃圾桶里，衣服全都团成一团，一副不知该放哪儿的样子。她哭笑不得地提醒："垃圾要分类，衣服也要分开洗。"

"哦……我知道，我就是先放着。"

"你要是不放，每天多扔几趟垃圾，换下来的衣服抽一点时间洗出来，就不会这么麻烦了。"

"知道了……我刚刚开始一个人生活嘛，一不小心就……"

"拿过来，我教你垃圾分类。"

"太脏了，你还是别碰了。"

陈觅双瞪他一眼："我是说我教你，你自己分。"

只不过习惯了做家务的人，让她教比让她做还累。陈觅双在教钟闻怎么做的同时，也逐渐把他的屋子收拾得七七八八。她把深浅色的衣服分好，先拿下去洗了一拨，回来后却发现钟闻靠在椅子上打起了瞌睡。

她没来得及收力，关门的声音大了点，钟闻一个激灵醒了过来，下意识抹了抹嘴，看到陈觅双的第一反应是赶紧解释："我没睡着！"

明明很气，陈觅双却没忍住笑了出来。

"你平时都吃什么？"光泡面和面包的袋子，她就看见了不止一个。

"随便吃点。"说到吃，钟闻突然有了主意，"对了，有一家店挺好吃的，但就是有点贵，我就吃过一次。我去打包回来，我们在家里吃好不好？"

陈觅双本想说为什么不直接去店里吃，转念一想，他大概是累了，懒得再换衣服收拾自己，想有个舒服的环境。她点点头，说："好吧，那我继续帮你收拾，你去买。"

她掏出钱包想给钟闻拿点钱和银行卡，谁知钟闻却按着她的肩膀，强行让她坐下，说："买饭的钱我还是有的，你什么都别干了，好好歇会儿。"

"你那点钱留着交房租吧。"

"我是赚钱的，回来再和你说，走了！"

刚才还困得像磕头虫，这么一会儿又生龙活虎了，看着钟闻跑出去，陈觅双无可奈何地摇了摇头，继续帮他收拾屋子。等到她把卫生间都擦干净了，钟闻还没回来，她有点后悔刚才没问他餐厅在哪儿。闲着没事，陈觅双随手翻了翻钟闻扣在桌上的书，是和香水有关的，但算不上工具书，全英文，很厚的一本。

她知道钟闻的英文基础一般，近来口语倒是长进了不少，日常对话没有太大问题了，可语法还是一团糟，看英文原版书应该很费劲，更何况是这种生僻词很多的文章。但书上的批注之多还是令她非常惊讶，不同颜色的笔在夹缝和边缘写得密密麻麻，有中文翻译、单词音标、词组语法，还有用得着的知识点。就这样，一本书竟看完了大半。

"还挺认真嘛……"

陈觅双将书原封不动地放回去，情不自禁地露出了笑容。如此认真的人是不会失败的，陈觅双一点也不担心他在学校有什么问题，只是担心他这样时间不够用，睡得少，吃东西营养又不均衡，久而久之身体会出问题。

她的手往口袋里摸了摸，本来是想摸出手机看一下后几天的日程表的，结果摸错了口袋，先摸到另一样东西。陈觅双把那条钟闻送的项链拿在手里，犹豫了一会儿，抬手戴在了脖子上。

出门的时候她就想戴的，对着镜子摆弄了好一阵，又拿不准主意。毕竟是人家送的东西，既然收了总要戴一戴，可这样专程戴给钟闻看，她又觉得难为情，于是就放在口袋里一路带了过来，险些忘了。

也许钟闻不会发现呢，陈觅双这样想着，却又不知道自己究竟是希望他发现不了，还是希望他能发现。

钟闻回来时提了好几个袋子，大大小小摆在一起，陈觅双接过来一看，发现他还去了超市，买了罐装啤酒、小零食，还有……蜡烛？陈觅双拿着一包白蜡烛，莫名其妙地看着他。

"生活啊，还是要有点仪式感的。"他拿了张毯子铺在地上，将吃的一样样码好，人也可以坐在毯子边缘，背靠着床沿，就像野餐一样。然后钟闻把蜡烛围了一圈，拿打火机点好，拉上了窗帘，也不开灯，非拉着陈觅双坐到旁边。陈觅双坐下后越看越觉得别扭，她明白钟闻的意思，可实景看起来却不是那么回事。

"你这是要搞什么祭坛吗？"仪式感陈觅双感受到了，但她觉得自己要被献祭了。

经她一提，钟闻才觉出哪里不对，"扑哧"笑了："是挺像的。"

两个人就在这诡异的环境里开始吃饭，天逐渐黑下来，烛火看惯了也有了那么点氛围。钟闻给陈觅双讲，自己到这里后想打份工，但他只能做做上菜、洗碗的活儿，虽然不挑剔，可因为他的时间不固定，所以问了一圈也没人用他。他就养成了个习惯，经过一家店就问一问，恰巧那天这家店要办宴会，缺人手，就留他帮了一天的忙。虽然只是临时的工作，但一天的时薪加小费对他来说也很可观，而且他还吃了一顿很棒的饭。

"你还是自己学着做点饭吧，你嗅觉这么好，不会做得太烂的。"

"我倒也不是怕做饭，一是公用厨房终归不太方便，二是做饭的时间成本太高了，我要先买，买完再做，可能最后五分钟就吃完了，但前期要花五十分钟，不值得。"

"不是这样算的，没有什么比身体更重要。"

"我现在属于上升期，学习和赚钱是最重要的。谁叫我这人晚熟呢，起步晚就得加紧追。放心，我身体好着呢！"钟闻两条胳膊摊在膝盖上，歪头看着陈觅双，"倒是你，现在这么关心我，搞得我有点不习惯呢！"

他的目光往下瞟，在陈觅双身前垂着的吊坠上停了一下，却没有故意提出来，他记得一开始是没有的，只是陈觅双的脸皮一直都薄，戴上它肯定内心纠结，他怕自己一开口，她就忙不迭地摘掉了。

"谁关心你了，我只是看不惯你这种生活方式。"果不其然。

"来，喝酒。"

钟闻打开一个易拉罐，递给陈觅双，却被轻轻挥开："不喝。"

"我明天放假。"

"我明天还有事情，一早就要回去的。"

如今的这个境况对陈觅双来说已经很勉强，她要穿着裙子坐在地上，和别人一起吃外带食物，这都是从前从未有过的。奇怪的是，她并没有感觉到不舒服，正因为没有，才在心里和罪恶感拔河。她想要起身收拾，谁知钟闻又将她拽了回去，她重心不稳，坐回去的同时扑在了他的身侧。

她抬起头，原是想生气，可是骤然对上钟闻靠得很近的脸，烛火在他的眼睛里摇曳，亮得像两盏水晶灯，她忽然什么都说不出来了。

"每天一丝不苟地生活，你也很累吧。至少在我这里，你就放松一点嘛。"

就在陈觅双的心里稍稍升起一丝暖意时，钟闻突然用沾着冰啤酒瓶身上凉水的手猛搓她的头，把她的头发弄得乱成一团，还夹着她的脸颊说："不然你让Amber出来，我要和她喝酒！"

"钟闻！"

一瞬间，陈觅双真的感觉到有一个灵魂想要蹿出头顶，就像漫画一样在她额角标出一个代表生气的"井"字。

"这才对嘛，我就喜欢你每次这么气急败坏地叫我！"之前打开的那罐啤酒钟闻自己喝了，他又拉开一罐新的，用手肘碰了碰头发还有一丝一缕翘着，头顶仿佛冒着火的陈觅双，"喝嘛！"

脸上冰冰凉的感觉还在，陈觅双抓了抓自己的头发，带着少许赌气的成分接过了啤酒罐，喝了一大口。

钟闻看着她，笑得眼睛眯起来，像只奸计得逞的狐狸。

他们聊了很多不走心的话题，比如之前遭遇过的难搞的甲方和学校里的其他科学怪人。陈觅双在酒精和烛火的光影中渐渐放松下来，她从不自己在家喝闷酒，因为那样显得过于自艾自怜，她不想任由自己颓唐下去，所以才会扮成Amber出门。然而仅仅是身边有一个人，在这样狭仄的小屋子里，她居然不觉得压抑，甚至还升起了一丝惬意。

"我们都说一件小时候好玩的事情的吧。"钟闻忽然提议，"或者是有幸福感的事情，都行。"

陈觅双不动声色地喝着酒："你先说。"

"我想想啊……有了。"还没说呢，钟闻自己先笑了起来，"我爸妈没什么文化，但有点技术，早些年规规矩矩地开了个小厂子，好在方向是对的，就一直做到了现在。他们都特别简单，让我好好学习，也不是想着我能光宗耀祖，而是他们吃过太多没文化的亏，希望我别像他们一样。我从初中起开始叛逆，当时我在学校成绩还不错嘛，也有很多朋友，可是我妈每次来给我开家长会都穿着工厂油腻腻的工作服。其他家长都是特意打扮了才来的，虽然也没人说什么，但我就是觉得很丢脸。后来我实在忍不住，就和她大吵了一架，让她再这样就别去给我开家长会了。"

"你居然因为这个跟父母吵架，他们不会骂你吗？"陈觅双觉得不可思议。

"骂倒是会骂，但下一次家长会，我妈还是特意穿了新衣服去参加。但好笑的是，她那裙子可能是买瘦了，要么就是质量不好，她刚一坐下，就听见'刺啦'一声，拉链崩开了。"

钟闻笑得胸口一震一震的，用手肘碰了碰陈觅双："当时真的超级尴尬，我都蒙了。但是也来不及走了，老师都进屋了。那时我们穿的是夏季校服，只有一个T恤，也没衣服给她遮。结果那天她就一直挺直着背坐在椅子上，我就直挺挺地站在她背后挡着，这样坚持到家长会开完，等到人都走得差不多了，我爸来送了衣服，一家人才离开学校。回家的路上，我们仨都笑岔了气。"

"真好……"

被钟闻的笑声感染，陈觅双也跟着笑了几声，只是笑容很快就剩下浅浅的印子，戴在脸上像张薄薄的面具。同样的事情不可能发生在她身上，虽然她的妈妈比谁都在意体面，但假如她真的因为衣着的事情和家里吵架，她都能猜到父母会怎样拿出"狗不嫌家贫"的那套说辞来教育她，会骂她不知感恩。然后会真的不去参加家长会，并且通知老师对她加强思想教育。如果她的妈妈因为她而出丑了，那就更糟了，她想想就觉得无法呼吸。

可是钟闻笑得出来，他能坦然面对自己的叛逆幼稚，坦然面对自己的对与错，能把过去的事情当作谈资来讲，因为他是在宽容的环境中长大的。

多好啊，陈觅双真的很羡慕他。

"该你了。"钟闻又打开一个易拉罐。

"我啊……"用了那么久，陈觅双也没想好自己要说什么，她的童年和青春期充满了紧绷焦虑，以至于现在回想起来仍是这种状态，但她还是尽力地想要回忆起一些美好，就像在说服自己一样，"我妈妈是大医院的外科大夫，头衔一堆的那种，我姥姥、姥爷也都是高级知识分子，所以我妈一直都有自己的骄傲。我爸爸是高中美术老师，会画很好的国画，偶尔还能卖出去呢，还是花艺讲师，有时候也帮人做做设计，但由于身体原因，不太愿意去现场。即便是在学生家境都不错的学校里，我父母的工作也还是很让人羡慕的。但是我没有什么朋友，和每个人的关系都只能算是客气。直到初二那年，老师让我帮合唱队弹钢琴伴奏，结束后一个低我一届的女生主动和我搭话，还让我教她钢琴。我们成了很好很好的朋友，很好很好……"

楼下传来男孩、女孩的嬉笑声，有人吹了响亮的口哨，一派青春正好的氛围。他们从外面应该看不到窗户里的光，不然也许会被吓到。现代人只要紧闭房门就会极大程度地避开麻烦与危险，紧闭心门也是一样，可外面的热闹与漂亮也就再与自己无关了。

"那两年我过得很快乐，有她在，我慢慢觉得自己像个正常人了。"陈觅双头向后仰，脖子刚好抵着床沿，有一种微妙的眩晕感，"我不会骑自行车，小的时候爸妈不给我买，他们觉得这不是必备技能，骑车还不如乘坐公共交通工具安全，更何况家里也有汽车。但是我想学，每每看见路上跟我差不多年纪的人一起骑车，我都很羡慕。她知道了以后主动教我骑自行车，我不想被学校里的人看到，于是每天中午她都骑车载我到很远的地方，在那里教我骑车。我在运动方面其实挺笨的，她一放手我就害怕，千防万防还是摔了跤。回家以后我只能骗爸妈说是自己摔下了楼梯，被妈妈骂了很久，我却第一次没有因为挨骂而难受，反倒有种保有秘密的快乐。

"我常常去她家和她一起做作业，在她家我能很放松地看电视，看杂书。因为她的成绩还不错，所以我爸妈也没有说什么。后来每次我在家里待得喘不过气时都会跑去找她，她什么也不问，只是陪我玩。初三那年我爸妈如临大敌，家里天天跟汽油桶一样随时会炸，如果没有她，我都不知道怎么熬过来。"

"那你们现在还有联系吗？"钟闻问。

陈觅双摇了摇头："她比我低一届，我去念高中了时她还在初三。自从我上了高中，我们的联系就变少了，我给她发信息，她也不是每条都会回。有一天下午学校停电，因为是阴天，看不太清楚黑板上的字，所以早下了一节课。我特意绕去了初中门口等着，想给她一个惊喜。结果放学后我看到她和另一个女生推着

自行车说说笑笑地走出来，就像从前的我们一样。她看见我只是愣了愣，没露出什么高兴的表情，略显尴尬地问我要不要和她们一起去逛街。和她们一起……和她们一起……"

一滴眼泪从陈觅双的眼角淌下来，一路流到了脖子上："我说不了，我就是路过而已。我知道也许是我太敏感了，我应该和她们一起去，这样也许还能多一个朋友。而且与自己身边的人更亲近，也是人之常情。我都懂，可我还是很难过……"

她自嘲地笑了一下，将双手盖在脸上，低下头来，抵着自己的膝盖，瓮声瓮气地说："说好了要说有意思的，你看，我又说不开心的了。"

一条有力的手臂揽过她的肩膀，两个人本来就离得很近，稍稍一带，陈觅双就靠在了钟闻的怀里。她的手都来不及放下，也来不及再竖起抵挡的盔甲，就任由自己软得像一滴泪。

"我永远都是你的朋友，不会走散的，最好的朋友。"钟闻的下巴抵着陈觅双的头发，低声说着，以至于他说每个字，都会引得陈觅双身心震动，"就算以后我们在一起，生一个男孩一个女孩……"

眼泪还没干，陈觅双就已经被气笑了，臭小子，这种时候还不忘占她的便宜。陈觅双伸手在他的腰侧狠狠拧了一把，钟闻"嗷"的一声，腰腹向后躲，但手臂仍然坚若磐石。

"我，我，我……我说真的。"他疼得五官扭曲，却还是坚持要表达清楚，"无论我们将来会变成什么关系，朋友这个基础都永远不会变。我首先是你最好的朋友。"

"你保证？"陈觅双抬头看着他，声音里莫名带了一丝娇嗔。

"我保证。"

在这一瞬间，钟闻看到Amber出现了，虽然没有画眼线，没有染头发，没有穿奇怪的衣服，可她就是毫无预兆地出现在了这样寂静狭小的房间里。钟闻希望她能越来越多地出现在日常生活中，因为她就是陈觅双的心。

第二天，陈觅双在钟闻的床上醒来。

一夜睡得很好，她醒来才隐隐约约想起昨晚钟闻坚持要打地铺，不让都不行。她朝床下看去，钟闻把地上铺的毯子缠在了身上，跟直接睡在地板上没有任何区别，脸上还有一道口水印子。

她看了看时间，坐起来轻轻在钟闻的腿上踢了两下，叫道："起来了，我下午还约了人谈事情，你如果不起来我就不等你了。"

"嗯……" 钟闻翻了个身，"你先去收拾，我五分钟就能出门。"

等到陈觅双进了卫生间洗漱，突然意识到他们的对话日常得像老夫老妻。这个想法一跳出来，她居然对着镜子里的自己笑了起来。

瓷砖有些褪色脱落，并不宽敞的卫浴间里却弥漫着很清新的香味，来自一个空罐头里放着的奇怪固体，陈觅双想，大概是钟闻自己做的。

在这一刻，陈觅双终于了解了香味对于人的意义，那就是无论过去多久，只要她闻到这个味道，就一定会想起这一天的她和钟闻。

想起他们的欢笑与眼泪，想起她的心动。

WHAT MAKES YOU BEAUTIFUL

Chapter9

玻璃纸之夜

　　距离学校最后的考核越来越近，钟闻每次回家都会带给陈觅双源源不断的"惊喜"。

　　早上陈觅双起床洗头发，洗发水倒在手里，她立刻就察觉出了异样。首先是味道不太对，原本她的洗发水几乎是无味的，现在却有一股香味。虽然沾了水不太明显，但她总觉得质感也不太一样，好像表面浮着一层油。

　　她先是有点心里发毛，转念一想肯定是钟闻搞的鬼。她从柜子里拿了瓶新的用，洗好之后出来，拿着那瓶味道不对的洗发水走到楼下，举到已经醒了但还在赖床玩手机的钟闻面前，问："怎么回事？"

　　"啊，你发现了！"钟闻顶着一头鸡窝翻身起来，从陈觅双手里接过洗发水，打开瓶盖闻了闻，反倒皱了皱眉头，"味道好像比之前小了很多呢……"

　　陈觅双瞪了瞪眼睛："我是在问你感想吗？"

　　"放心吧，都是纯天然的，你可以继续用的，我自己的也加了啊。你等着！"钟闻果断冲进卫浴间，把自己的洗发水也拿了出来，举过来给陈觅双闻，"你看，咱俩放的香料是一模一样的，成分、用量分毫不差，可是我的比较香。"

　　"所以？"

　　"所以你的洗发水的基质里面一定有和香精成分起反应的物质，会影响香味，我要研究研究。"

说罢，钟闻拿着两瓶洗发水回了卫浴间，顺便洗漱了起来。陈觅双听着门内的水声，后知后觉自己好像又被忽悠过去了。她跑过去敲了敲门，气鼓鼓地警告钟闻："不许再经过我的允许，就在我吃的、用的里面放奇怪的东西！"

门打开，钟闻刷着牙，电动牙刷"嗡嗡嗡"，他带着一嘴泡沫嘟囔："我还没试过吃的啊……"

陈觅双双手推着门，生生把他拍了回去。

生气归生气，她还是把店开了，把一些不太好的花修剪掉，以做切花用，又把家里摆着的花换一换，忙忙碌碌两个多小时就过去了。陈觅双看看时间赶紧拿包往外走，跟埋头整理辨香记录卡的钟闻说："你看着店，我去买东西。"

钟闻猛地抬头，两眼灼灼放光："红烧肉吗？"

陈觅双没搭理他，开车出了门。

但她其实还是去买食材了，特意找了一家华人开的超市，买到了很多国内的调料。她一个人的时候并不做很复杂的餐食，也吃不了太多，所以家里一般没什么备用的。那次从格拉斯回来，陈觅双觉得钟闻在那边一天到晚也不正经吃顿饭，就一时兴起做了一顿丰盛的饭菜，谁知道一整碗红烧肉居然被钟闻吃得一块不剩。自那起，钟闻每个周末回来，做饭好像就成了惯例。好在做饭对她来说并不困难，只是之前很少有人吃她做的饭罢了。陈觅双从前也想不到，原来有人吃自己做的饭，居然是件有幸福感的事。

买了新鲜的肉、菜、调料回来，陈觅双马不停蹄地做饭，感觉自己时间紧任务重。她一边切着肉一边跟钟闻说："我今天有点忙，下午上完课，还有一个来咨询活动布置报价的客户，可能没办法送你去车站了。"

"没事啊，我不用送，吃完饭我就走，顺便去Mrs. Moran那儿待会儿，看她有没有什么需要我干的。"

"行，她那儿要是缺什么，你时间不够就先别管，发给我，我回头送过去。"陈觅双一偏头就看见钟闻在一旁什么都要摸一把，无论是八角、桂皮、香茅，还是豆瓣酱、辣酱……一个个都要抓起来闻闻，她反手握住筷子，毫不客气地敲他的手背，"你烦死了，洗没洗手啊？"

钟闻捂着手背笑，认错态度良好，问："有什么我能帮得上忙的吗？"

"出去待着，别在我眼前乱晃。"

"好好好……"钟闻作势要出厨房，又突然折返回来，伸长手臂靠近陈觅双，"先来个爱的抱抱。"

陈觅双不等他的胳膊伸过来，就二话不说抄起了桌上的菜刀，钟闻立刻大叫着"我错了"，冲出了厨房。

"幼稚死了。"

撂下菜刀，陈觅双在锅子冒出的热气中无可奈何地摇了摇头，脸上始终带着笑意。钟闻是一直这样幼稚，好笑的是现在连她也跟着变幼稚了。

钟闻刚离开厨房，就听见楼下有动静，他径直跑了下去，嘴里只来得及说一句"你好"，脸上的表情就变得严肃起来。进门的不是顾客，而是邝盛。

"你来干什么？"钟闻堵在楼梯口，问。

邝盛的视线在他的破洞裤上扫了一圈，嫌恶似的蹙了蹙眉，紧接着拉了拉自己的西装领子，从他身旁挤过，二话不说上了楼。

他那副态度就好像钟闻没资格和他说话似的，钟闻着实气不过，转身追上他，在后面"喂喂喂"地叫着，急于宣示主权。

"好香啊。"邝盛一到楼上就闻到了饭菜的味道，跑到厨房门口和陈觅双打招呼，"介意添双筷子吗？我还真没有吃过纯正的中餐。"

看见他突然出现，陈觅双的盔甲一下子就穿上了，又下意识地挺了挺背，即使她从不驼背。她没想到邝盛会这样出现，在她看来，上次他们见面已经可以说是不愉快了。不过转念一想，也许在律师眼里，那种程度的不愉快根本不算什么。

"你也没提前打个招呼，不知道做得够不够吃。"陈觅双露出疏离至极的笑容，"你先在外面坐坐吧。钟闻，给客人倒水。"

"为什么要给蹭饭的人倒水啊……"钟闻嘟囔着。

陈觅双瞪了他一眼，他住了嘴，心不甘情不愿地鼓着腮，给邝盛倒了一杯水，重重地放在了桌子上。

"这种工作态度的员工应该开掉了。"邝盛故意扬声对陈觅双说，语气介乎于认真和开玩笑之间。

"我……"

钟闻刚想说话，就听见陈觅双喊："钟闻！"

他恶狠狠地叹了口气，转身进了厨房。

"进门就是客人，你别和人家闹。他可是律师，没人比他更懂法律了。国外的法律可和国内不一样，你现在是在留学，老实一点。"陈觅双小声跟钟闻说着，让他把菜端到外面去，总不好让邝盛也在厨房里吃，"再说你们也没什么过节，人家之前还帮过你呢。"

"他追你啊，这过节不共戴天吧！"

"别乱用成语！快点端出去！"

陈觅双在钟闻后背上推了一把。

钟闻拖沓着脚步，走到厨房门口，突然扭头，眼珠一转，脸上开始放光："你的意思，他是客人，我不是，对吧？"

"快——去——"

明明是陈觅双最讨厌处理的状况，钟闻硬是把她的紧张感磨钝了。她洗了洗手，闻了闻自己的袖子，微微皱了皱眉，只希望这顿饭吃快点，她还要再洗个澡，不能带着一身油烟味给别人上插花课。

说真心话，她已经不像自己了，可她竟然也说不清现在的改变是好是坏。虽然多了非常多的麻烦，也有很多新的烦恼，情绪上上下下像坐过山车一样，但她感觉到了前所未有的轻盈，仿佛钟闻在她心里取走了什么东西，她变得单纯了。

或许正因如此，这顿饭虽然尴尬到极点，但陈觅双的烦躁只停留在初始阶段，后来反而觉得好笑。邝盛显然不习惯在这样的环境下吃这样的菜，光看他反复用自己的手帕擦筷子就知道。整桌子香喷喷的菜，他只吃了两口白灼青菜，深色的肉类基本没动。倒是钟闻，就着肉汤都能吃两碗饭。

"你可能吃不惯吧，中餐有一部分讲究浓油赤酱，颜色和味道都比较重。"陈觅双其实已经在努力控制放油和盐了，但邝盛是在法国出生的，这辈子还没去过中国。

"偶尔吃一顿没关系，但总不能一直是这样的饮食结构。"邝盛看着五花肉就泛恶心，对面的钟闻还故意捧着碗发出狼吞虎咽的声音，"油、盐、糖都会超量，久而久之会造成内脏损害。最起码，会发胖脱发。"

"我头发茂密着呢，遗传基因好。"钟闻头都不抬，"倒是你，确实该注意，本身就稀疏，这里的水质又这么差，别再过几年就成'地中海'了。"

陈觅双在桌子下面用手肘碰了碰钟闻，让他闭嘴。

"不劳你费心，我很注意保养，家里的保姆有营养师资格证。我平时坚持锻炼，不会像你一样放纵自己。因为我坚信一个连口腹之欲都无法克制的人，是做不了什么大事的。"

"放肆吃才是对给你做饭的人的最大尊重。"

"我认为，对任何人而言，最大的尊重是坦诚，其中包括提出真实有效的意见。"

"你可以对餐厅的厨师提意见，因为你付了钱。难道你还想闯进别人的家，对别人不收费的菜提意见？"钟闻吃得心满意足，放下碗，专心和邝盛打嘴仗，

"律师也不能这么不讲道理吧。"

"不要随意对一个你不了解的职业做出评论，不然会显得你非常可笑。"邝盛挑了挑眉，"我对今天这顿饭没有任何意见，因为我并没有事先说明我的口味。我们结婚以后，家里有保姆做饭，大多数时间不需要她下厨，偶尔朋友来的时候，她愿意做一些特别的也很好。"

"咳……"

刚喝了一口水的钟闻，在听到邝盛嘴里突如其来的"结婚"两个字时，呛得把水喷了出来。

他咳嗽着把杯子放下，和也有点被惊到的陈觅双对了对眼神，满脸写着：我能揍他吗？

陈觅双忍俊不禁，用眼神告诉他：要冷静。

"好吧，原本是想照顾一下你的心情的，既然如此，就说清楚吧。"钟闻装模作样地挺直了背，拍了下桌子，对邝盛说，"请不要再惦记我的女朋友。"

什么？！陈觅双的眼睛一下子瞪大了。

邝盛捕捉到了陈觅双的这个表情变化，就知道不是那么回事了，他压根没把钟闻的话放在心上，反而放松下来，好像面对一个已经溃不成军的对手，只是笑着"哦"了一声。

"你忘了，你答应过我的呀！"钟闻拽着陈觅双的袖子摇晃，露出可怜巴巴的小动物的眼神，"我马上就要考试了，现在预支一下不行吗？"

"这还能预支？"陈觅双笑了一声。

"能啊，能……吧？"

真是没办法，陈觅双把袖子抽回来，瞥了钟闻一眼，又看了眼对面的邝盛，在心里叹了口气，男人是不是都是自大狂？她偏不想让他俩如意，这可是她家，她为什么要听两个男的在这里吵来吵去。这么想着，陈觅双站起来，开始收拾碗筷，淡淡地说："我等下还有事，时间很紧，你们二位自便吧。"

这算是逐客令，邝盛当然听得出来，他也不想再听到更多，立刻站了起来，说："谢谢你的午餐。礼尚往来，下一次我会邀请你来我家里用餐，请务必赏光。"

陈觅双摇摇头："不必了。"

"我这个人不习惯欠别人人情。"

说罢，邝盛转身离开，自始至终没再看钟闻一眼。

没一会儿，钟闻也出发回格拉斯了，其间陈觅双收拾干净厨房，恰巧又来了一通客户的电话，就没怎么注意到他。等到屋里突然安静下来，陈觅双的心也猝不及防沉了沉，她琢磨着，这小子不会生气了吧。

这个念头很快就被打消了。陈觅双上楼去拿手机充电器，一眼就看到床头放了一个莫名其妙的东西，简单来说是一团纸巾揉在一起，她皱着眉头靠过去，看到最上面歪歪扭扭写着两个字：礼物。

哪有人是拿纸巾包装礼物的？陈觅双真是嫌弃到连打开都勉强。幸好把那些皱巴巴的纸巾扒拉开，里面的东西还算看得过去，是几小块方形的蜡烛，一看就是自己做的，芯插得歪歪扭扭，切割也很粗糙。

最下面压着一张纸，上面洋洋洒洒写了一大页，不知道的还以为是写了封信，陈觅双坐在床边认真看了起来。

"去普罗旺斯前答应你会给你带礼物的，我说到做到，只不过这是我自己做的。你睡得少，睡眠又不好，半夜起来喝水我都知道。我在这里面放了些薰衣草、洋甘菊、橙花……主要是里面的乙酸芳樟醇，它的镇静作用和褪黑素异曲同工。只不过我的用量很少，还调和了一些别的，像香豆素、麝香草酚……我看论文里说它们对咖啡因刺激有干预作用，有时候你晚上见客户免不得要喝咖啡，我想着也许会有用，就算喝了咖啡，也会睡得舒服一点。还有异丁香酚啊之类的，对心情也有安抚作用。总之你别看只有那么一点，我真放了好多东西，调了好久，还刻意把味道压到最轻微。我看你屋里有香薰灯，也没用过，可以睡觉时点上。这样我不在的时候，就像我在陪着你了。"

通篇一堆陈觅双看不懂的化学名词，甚至还有化学链的注解，她心想这是不是职业病，却还是不知不觉扬起了嘴角。

当天晚上，她拿了一块蜡烛，放在了她那只买家具时赠送的落了灰的雕花镂空香薰灯里面，点燃后放在了床头。烛火熹微，她是要开夜灯睡觉的人，所以不会有影响。只有淡淡的花香，没有很冲的香精味道，也没有燃烧的气味，陈觅双闭上眼睛，却感到了一丝落寞。

她明明早已习惯一个人，自懂事起就住在自己的房间，独处的时间漫长，甚至可以说她是喜欢一个人的。她不害怕寂静，不害怕走无人的夜路，潜意识里，她会觉得有人在更让她觉得害怕，所以她从来不会因为独处而感到寂寞。

从来不会，从前不会，可现在会了。

都怪有些人太会巩固自己的存在感，都怪她终究不是铁石心肠。

也不知是不是心理作用，陈觅双这一觉确实睡得很沉，闹铃响了才醒。下楼开冰箱拿水喝时，她突然被瓶子后面出现的异物吸引了注意力。她伸手扒拉了一下，是个有盖子的透明小瓶，里面的液体是浅棕色的，还有好多絮状物，看着脏脏的。她捏着它皱了皱眉，转身放进了水槽里，然后她把冰箱前排的饮用水、酸奶都拿出来，又找到了藏在后面的三个小瓶子，有的液体很清亮，有的看起来也很恶心。

"钟闻！"

陈觅双下意识喊了一声，之后才意识到钟闻没在家。她借着起床气跑回去拿手机，直接给钟闻打了电话。

那头钟闻也刚起床，迷迷糊糊地问："看到我的礼物没有？"

"我看到冰箱里……"

"坏了！我忘了拿出来！"听声音，钟闻应该是一个激灵清醒了，"咦，信号不好？喂，喂……我要收拾去上课了，先挂了！"

陈觅双不可思议地看着通话结束的手机，心想这个小子现在都敢挂她的电话了，屏幕却又接连亮了起来。钟闻给她发了一连串的"滑跪"表情包，其中还夹杂着"美若天仙"和"心地善良"之类的甜言蜜语。

"说人话。"陈觅双猜到他接下去肯定是有所求。

"你可以把那些扔掉，但扔掉前能不能给我拍个照？"

连自己的护肤品都不往冰箱里放，食物都用密封盒放好，始终保持冰箱洁净如新的陈觅双顶着暴躁，把一个个瓶子拍了细节图给钟闻发过去，还反复确认用不到了才丢掉。

"不要生气了嘛，我就是想看看温差会不会造成析出，走之前我想带走的，结果光顾着趁你不注意给你惊喜了，就忘记了……"等陈觅双洗了澡回来，看到钟闻还在絮絮叨叨地发消息，"你就看在我辛辛苦苦熬蜡的分上，原谅我这次吧。"

她看文字都能联想到钟闻说话的样子，耳边就像有声音一样。提到蜡烛，她的心也像融化的蜡一样软了下来。

"一块很快就烧完了。"

"没事，我有售后的，随时补充库存。"

"售后多久啊？"

"一辈子。"

就花言巧语说得利索，陈觅双想说她才不吃这一套，心底的雀跃只有自己知道。

恋爱是这样的心情吗？即使面对的是对方的缺点，即使突然间会被气得七荤八素，可负面的情绪就像一朵烟花，炸开之后总会像星星一样落下来，落在松软的雪地上消弭无踪，一点痕迹都不留下。

时至今日，陈觅双终于敢在一个人的时候，将"恋爱"和"钟闻"放在一起想一想了。

转眼间钟闻的初试阶段就要过去了，成败无非是个结果。他之前一直很有自信，也觉得自己做了十足的准备，日常表现很好，几次抽考也很出色，但随着日子逐渐近了，他居然越来越紧张。

并没有他想象中的终极大考，就是跟平时一样的辨香抽考，只是数量多了些，他也都闻出来了。在他真正有意识地开发自己的嗅觉后，他的鼻子比之前还要灵。可考试过后的等待太折磨人，他天天在实验室里待着，看负责人来来去去，不知道什么时候才会走过来通知他，所以总是提心吊胆。

钟闻知道自己之所以那么紧张，不只是因为陈觅双，还有一层更简单也更直接的原因——这段日子他很快乐，找到了学习的乐趣，并且看到了无限可能，他是真心想留下来继续学习。如果现在告诉他，他不能被录取，他真的会不甘心。

"你说下周会不会给我通知啊……"陈觅双在给餐厅开业准备的花饰做造型，切花和绿叶像编辫子一样缠成藤蔓，垂到了桌子下面，而钟闻歪倒在沙发上唉声叹气。

"过来帮我拿着那头。"

陈觅双抬了抬下巴，钟闻就乖乖蹲在桌子旁边，拽着一头当固定。

"过了几个月的瘾，真的想好要学下去了？"

"我喜欢。"

"既然你是因为喜欢，那咱俩的赌约是不是能作废了？"

"那可不行！"钟闻梗着脖子，"我喜欢调香，也喜欢你。"

大约是真的习惯了他这种没皮没脸的表白，陈觅双居然可以淡定地接话了："可是，万一真的没录取呢？也许人家有自己的考虑，暂时不想收人，那你打算怎么办？"

陈觅双抖了抖手里的花藤，钟闻就默契地松了手，然后她站起来将编好的一束挂在了阳台的栏杆上。

从钟闻的角度逆光看着她，黑色的头发上闪着光，真的像天使一样。

钟闻突然忘记了要回答，而是哼起了熟悉的旋律："Are you going to Scarborough Fair.Parsley, sage, rosemary and thyme.Remember me to one who lives there.She once was a true love of mine（你正要去斯卡布罗集市吗，欧芹、鼠尾草、

迷迭香和百里香，代我向那儿的一位姑娘问好，她曾经是我的爱人）…"

陈觅双回头看了他一眼，发现自己已经习惯了他跳跃的思维。不知怎的，这次她一点都不担心，仿佛比钟闻自己还确信，录取是一定没问题的。

下一周的周五，就在钟闻觉得仍然不会给通知时，当初负责面试他的负责人突然叫了他一声，朝他挥了挥手，让他一起进入办公室。钟闻的雷达立刻嗡嗡作响，感觉头发都要一根根立起来了。

又坐在当初的座位上，钟闻觉得这简直是个轮回。只是那次他没有此刻紧张，如今他坐在椅子上，居然不自觉地在抠扶手了。

负责人的头发和胡子仍是一丝不苟，脸上也没有一丝笑意，似乎是看出钟闻的紧张，反而故意拖延时间。他面对钟闻沉吟了半晌，才开口问："现在房间里的味道你能闻得出来吗？"

钟闻没想到考题会突然出现，他仔细嗅了嗅。房间里只开了一只很小的加湿器，应该是里面加了一点精油，但微弱的吐雾挥发在空气里，普通人应该根本闻不到香味。

即便是钟闻，也觉得那气味在水汽和室温的包裹下几不可闻，只是一丝一缕地飘荡着，需要全力去捕捉。

"佛手柑……甜橙……橡木苔，还有香紫苏醇？"

"还有？"

"还有……"钟闻皱了皱眉头，他隐隐闻出一种烟草和泥土的味道，可除了一丝果香之外，基本都是这种冷淡的香气，被水汽蒸腾之后又微妙地变了感觉，他犹豫着说，"岩兰草？这也太奢侈了吧。"

"既然闻出来了就不要怀疑。你要更相信你自己，一个调香师可以做各种实验，淘汰无数的配方，可一旦确认你想要的，你就必须要坚持，即便所有人都不看好，不然你这一生也不会做出自己的代表作。"负责人双手合十，在嘴上敲了敲，继续说，"你如果坚持在这里学习，要连续读四到六年，其间会被派往香料香水公司的各种岗位实习，并保证一定时间的供职。你要知道，学校在你们身上投资巨大。人才的输送，也是经济契约的一种。你真的做好准备了吗？"

钟闻点头如捣蒜："不然我为什么要千里迢迢到这里啊！"

"你不是为了追女孩才来的吗？"负责人耸了耸肩，终于露出了笑容。

"是啊……那个目标没变，但现在我对调香的热爱也是真的。"

"那如果有一天你的女朋友和你的事业有了冲突，你会如何选择？"

"她不会。"钟闻脱口而出。

"当初我本是想拒绝你的，你家在那么远的地方，又没有留学的经验，虽然Mrs. Moran说你很有天赋，但有天赋却不能坚持才是最令人伤心的。可后来我的一个香料公司的老朋友也给我打电话提起了你，让我有点意外，你倒是很招人喜欢。"

钟闻暗暗琢磨，莫不是之前香水工厂的那个人？不过他没吭声，只是乖巧地听着负责人继续说："最后说服我的还是你自己，调香师一定要是个有趣的人，如果调香师本人没想法，没欲望，那么谁要用他调出来的香水？我很欣赏你对女朋友的追求，会爱是很棒的特质，并非每个人都有，就像你的鼻子一样珍贵。所以，格拉斯香水学院欢迎你。"

当负责人站起来，俯身向桌子对面的他伸出手时，钟闻才反应过来自己真的等到了想要的结果。他慢了半拍，激动却不减分毫，双手握着负责人的手上下摇晃："谢谢！真的谢谢！我一定会珍惜的！"

"好了，你现在可以去给你的女朋友打电话了，又或者，你可以请求她成为你的女朋友了。"

"对对对！"经他提醒，钟闻才想起此刻最重要的事，握着手机就往外冲，在办公室门口又转过头来重复，"相信我，我绝对不会让您失望的！"

关上玻璃门的同时，打给陈觅双的电话已经拨了出去，钟闻走到外面，仰头看着湛蓝的天空，所有的紧张都呼了出去，他神清气爽到像是可以飞。

看到钟闻的号码出现在屏幕上时，陈觅双就有预感了，她接起电话还来不及出声，就听见他中气十足地大叫："我被录取啦！"

即便她有心理准备，还是被震得将手机拿出一尺远。

"说好了的，如果我被录取了，你就是我女朋友了！"

"你怎么还记得这事啊……"陈觅双把手机拿回耳边，因为由衷地为他高兴，所以脸上始终带着笑容。

"那当然，这可是最重要的事！"钟闻神气活现，"不过我暂时也不逼你，反正我就此驻扎下去了，我们来日方长，但是你起码给我一点奖励吧！"

这哪里是来日方长，简直就是在劫难逃。陈觅双掐着眉心，笑着摇了摇头："说吧，你不是都想好了吗？"

"我们一起出去玩儿几天吧，不用走太远，就在周边放松儿天，好不好？"

"就这样？"这要求太简单了，反而让陈觅双有点不敢相信。

"对啊，不然我还能怎样？我又不是流氓！"

陈觅双没忍住笑出了声，这次干脆连工作安排的备忘录也没看，站在门口倚靠着门框，仰头看着湛蓝的天空，说："好吧，你让我安排一下。"

放下电话，陈觅双突然想到自从在这里安家，就从未给自己放过假，即使没什么事情的日子，她也只是安静地坐在屋子里。法国那么多美丽的小镇，她没去过几个，少有的到过的地方也都是因为订单。

她一直觉得自己对旅行没有其他人那么大的期待，认真想来，她对万事万物皆如此。但在答应了钟闻之后，她计算着交订单的时间，修改原定计划，推掉可能会成功签约的预约，内心居然越来越雀跃，以至于晚上躺在床上就忍不住查起了攻略。

他们只有五天时间，打算把阿维尼翁、石头城、红土城、阿尔勒、埃兹小镇、摩纳哥、戛纳都转一遍。虽然有些小镇非常小，半天就能逛完，但陈觅双还是不敢怠慢，将时间安排得仔仔细细，每天的落脚点都订好，这样才放心。

只有一件事她答应了钟闻，原本她是打算一路开车的，但钟闻觉得那样太累了，根本不能放松，所以最后他们决定整个旅程都乘公共交通工具。路线其实可以分成以尼斯为中心的两个方向，好在就算绕远也不是很远。

临走的那周，陈觅双没有再买鲜花，将剩下的花打折卖了七七八八，让钟闻挑了一些好的送到了Mrs. Moran那里，余下不太好的她都扎成一束一束，脱水风干，这样之后还可以当干花和永生花用。

钟闻把花送到Mrs. Moran那里，原想确认一下她有没有需要买的东西或是需要别人帮忙的事，坐会儿就走的，但随意聊了两句，Mrs. Moran一直在咳嗽，让他有点不放心。

"你有哪里不舒服吗？"钟闻问。

"人上了年纪，应该问有哪里舒服。"

"那可不行。"钟闻蹲到她面前，"要不要去趟医院？"

"不用，真的是老毛病。"

"那至少让我给你相熟的医生打个电话，不然我和陈觅双出去玩也不能安心。你知道的，这趟旅行对我来说很重要，你可不能给我拖后腿啊！"

"她那样的女人，会同意和你单独旅行，她就已经是你的女朋友了。祝你早日上本垒。"

"别、别乱说！"平日能把喜欢挂在嘴边的钟闻，这会儿脸却不争气地红了，瞪着眼睛说，"不许转移话题，我要给医生打电话！"

Mrs. Moran笑着咳嗽了两声，随意地耸了耸肩，表示随他去。

跟Mrs. Moran的私人医生打了招呼，钟闻这才放心地走。临走的时候，一向说话不正经的老人突然叫住他，很认真地说："孩子，记住，你的善良会给你带来好运的。"

钟闻愣了愣，但随后就笑着给了Mrs. Moran一个飞吻。

由于去的地方比较多，常常要辗转搭车，所以两个人都没带行李箱，各自背了个双肩包。陈觅双将长发扎成高马尾，难得地穿起了简单的T恤和牛仔裤，和钟闻走在一起特别登对，没人会怀疑他们的情侣关系。陈觅双整个人的状态是很年轻的，皮肤紧致有光泽，身体轻盈，她平时不喜欢化浓妆，并不遮掩真实的皮肤状态。有些女孩过了二十五岁就如临大敌，想尽办法，掩耳盗铃似的想让自己永远十八岁，可陈觅双接受了自己的真实年龄，或许正因如此，反而模糊了年龄的界限。

在和陈觅双相处的过程里，钟闻也觉得她越来越年轻了。最开始认识的时候，他还会有清晰的姐姐的感觉，后来却渐渐没有了。现在坐在他身旁，和他一起去往埃兹小镇的陈觅双，就只是个性格沉稳一点的小女孩。他甚至觉得，再过多少年陈觅双还会是这个样子，只有他会越来越老。

他逐渐不甘于处在被照顾的位置，而是想给予陈觅双更多的依靠和力量，他希望在他身边，她可以做回一个小女孩。

"听歌吗？"从尼斯到埃兹小镇非常近，公交车可以直接开上山，路上的风景也很好，只是稍稍有点摇晃。钟闻把一只耳机插在自己耳朵里，另一只在自己衣服上蹭了蹭，递给了陈觅双。

陈觅双捏起来塞进耳朵，果不其然听到热门唱跳金曲，和此情此景一点都不搭配。但她没有拒绝，就这样让音乐像风一样从身体里穿过，不去想什么意义。

很多时候人只有学会放下，才能真正获得快乐。不去想工作，想明天，想应不应该、合不合适，想各种标尺，就这样脑袋放空，伴着并不在乎的歌，在碧海蓝天下摇摇晃晃地经过。这样的日子，陈觅双居然觉得很美好。

埃兹小镇其实只是悬崖之上的村落，因为是整个蔚蓝海岸的制高点，即使可观光的范围很小，小路蜿蜿蜒蜒，只有划分如迷宫般的古老房子和一个山顶植物园，也还是有不少游客慕名而来，只为了找最好的位置拍几张照片。好在钟闻和陈觅双出发早，赶上了第一班车，到山顶的时候人还不是很多，店面正懒洋洋地开着门，一切都是原始的样子。

之前他们看了太多海景，钟闻对山顶植物园的那些热带植物更感兴趣，巨大的仙人掌、芦荟、龙舌兰，配上红瓦顶的房子，有一种别样的情调。只是钟闻更在意的是那些仙人掌的种类，外观实在是千差万别，他每每都忍不住伸手去摸一摸那些刺。他每次伸手，陈觅双都揪着心，又懒得出声提醒他。直到钟闻要把脸凑过去，陈觅双才忍无可忍地拽着他的脖领把他揪了回来："你是想找个整容的借口吗？"

"我对我的脸挺满意的，动了刀子就没办法自如地做鬼脸了。"说着，钟闻就让自己的五官移了位，丑得陈觅双翻白眼，他才笑着复原，"我就是想试试能不能闻见味道，有不少香水前调和中调都会用到仙人掌。啊，真想每样都掰一块带回去测试一下。"

"你可真是有职业病。"陈觅双觉得自己这一路都得盯住他，防止他手贱碰了什么不能碰的，被警察带走。

"这证明我热爱我的职业。"

"臭屁……"

"哇。"钟闻一惊一乍，"你现在都会说这种词了，有进步，有进步！"

陈觅双脸颊发烫，转身走向另一边的栏杆，心想什么进步啊，这根本就是堕落吧。

"这个地方好，来，拍张照。"钟闻很快追上来，倚靠在她旁边，举起了自拍杆，囊括了后面的屋顶和海景，以及他们两个人。

陈觅双一向讨厌拍照，更不习惯合影，单是控制自己不躲开就已经尽力了，但钟闻不满意，不断怂恿她："你自然点嘛，我们比个心。"

他弯曲大拇指，和其他四根并拢的手指在脸下面比出了半颗心，等着陈觅双补上另一半。陈觅双一脸嫌弃地拒绝："我不要。"

"那我就把整颗心给你。"

说着，钟闻翻转手指，变成了食指和大拇指交错的比心，举到了陈觅双面前。结果他的另一只手不小心碰到了自拍杆上的按钮，照片就这样定格了。

"还挺好的，是吧？"

照片里陈觅双仍然是半是嫌弃半是无可奈何的表情，而钟闻歪着头笑得贱兮兮的。如果不是看照片，陈觅双根本没有意识到他们离得那么近，钟闻的肩膀贴着她的肩膀，如果倾斜得再多一些，就会贴到她的头发。虽然她并没有什么笑容，可两个人之间自然而然的亲昵，让这张照片不像是意外，倒像是刻意为之的情趣。

陈觅双看着照片里的他们，除了亲昵，还想到了一个词——般配。

太阳从云层后面露出来，刹那间将阳光归还于海面，而陈觅双却明白自己闪亮亮的心情不只是因为好天气。

说着钟闻有职业病，陈觅双自己也没好到哪里去，到哪里她都要转花店，留意当地人喜欢的花材、插花的手法，以及花朵在服饰中的作用。埃兹小镇有很多古老的石头房子，有些在久远的战乱或是岁月的更迭中损伤，留下苍白的断面，可植物是艳丽的，不经打磨自然而然成为风景。白墙上的藤蔓层叠茂密，不知是如何翻墙出来的大片玫红色三角梅缀在墙上恰到好处，美而不乱，随处望见的墙根都能钻出几枝蔷薇、几朵月季。因此无论在任何地方举起相机，都会有花入镜，只要镜头跟着花走，就能得到好的构图。

三角梅也可以做切花，但陈觅双很少用，而埃兹小镇的三角梅之多，令她不得不留意。她不断变换着角度拍着那些桃红与玫红的三角梅，它们一簇一簇地垂下来，像瀑布，像云朵，比桃花要艳丽得多。她一直认为最厉害的艺术家是自然，所以认真地向自然取经。

她一直拍花，钟闻就一直拍她。起初她还没有留意，直到突然意识到钟闻没动静，回头找人，刚好撞见他举着手机对着她，被发现了之后还慌里慌张，差点摔了手机。

"给我看看。"陈觅双朝钟闻摊手，"拍了多少？"

"没，没多少……"钟闻手背在后面握着手机，一脸做了坏事被发现的假笑。

"我保证不删，我就看看你拍得好不好看。"

陈觅双只是一时兴起想逗逗他，走到他面前，坚持摊着手。

"人好看，怎么拍都好看。"钟闻不情不愿地把手机解锁放在她手上，"不许删啊！"

原本陈觅双就想随便看看，结果发现这么一会儿钟闻居然拍了几十张她的照片，大多是背影和侧脸，看上去都差不多。

"你拍这么多一样的干什么啊……"陈觅双顺手将相册关上，想还给钟闻，突然发现手机里居然有一个属于她的人物相册，里面有二百多张照片，"这是什么？"

"啊……没什么，没……"

钟闻想拦，已经来不及了。陈觅双点进了相册，照片飞快地加载了出来，于是她看见了自己许许多多的日常照片，她在做饭，她在洗碗，她在插花，她在上课，她在和客户据理力争，她在沙发上小憩……她全然没有察觉钟闻是什么时候拍的这些照片，也从来没想过有人会对她的生活投以如此炽热的关注。

"我就……随便拍拍。我没给其他人看过，真的！"钟闻怕陈觅双生气，赶紧解释。

陈觅双却只觉得照片里的她看起来很陌生，人或许只有在和其他人生活在一起时，才能从对方身上获得关于自身的反馈，从而更加理解自己。可如果没有足够的爱，又有谁愿意在另一个人身上浪费时间与精力呢？单纯的室友只是刺与刺的摩擦罢了，只有爱能让人敞开心扉，让对方直接降落到最柔软的地方去。

她在钟闻心里。

这一刻，看着这些莫名其妙的照片，陈觅双突然踏实了。她感觉自己被温柔地包裹，感觉坚硬的外壳在消融。可她不再觉得害怕，相反，她感到安全。

"要是让我发现你发出去，你就死定了。"最后陈觅双一张照片都没删，故作随意地把手机扔还给钟闻，赶紧背过身去假装拍花。

不知为何，她的鼻子居然有点发酸。

"喂。"钟闻面对这种情况总是鬼灵精，靠到她的背后，弯腰探头去看她的脸，"你是不是有点感动？"

他只顾着揶揄陈觅双，都没意识到此刻的姿势有多暧昧，直到他突然发现陈觅双的耳郭和脸颊都红了，才后知后觉。他咬着嘴唇偷笑，冒着讨打的风险，伸出手臂从背后抱住了陈觅双。

"喂！你……"

陈觅双还是有一个挣扎的应激反应，只是语气弱得要命，钟闻"嘘"了一声，轻声说："别动。"

也不知为什么，陈觅双真就站住不动了。

"这是什么花？"

在他们的面前有一簇翻墙下来的三角梅，钟闻像抱玩具熊一样抱着陈觅双，下巴贴着她太阳穴的位置问。

"三角梅。"

"可为什么没有梅花的味道？"

"因为它的花其实只有这么一点，红色的不是花苞，而是叶子。"陈觅双伸手把一朵花拉到近前，枝叶发出"簌簌"的声音，这点声音居然也会引得她心头颤动。三角梅乍看是很大的花苞包裹着几根花蕊，但近看会发现那几根花蕊才是真正的花，虽然小但有完整的花瓣，所以决定了三角梅美貌的，是颜色艳丽的叶子。

"叶子能有多大味道啊，所以它也叫叶子花。"

"真的，是叶子。这叶子也太喧宾夺主了吧！"钟闻很认真地在观察，陈觅双突然觉得很好笑。在其他人眼里，他们就是在花朵前准备拍照的小情侣，结果他们是在做植物科普。

钟闻突然想到："干脆在我们家里的二楼阳台上也种点这个，让它顺墙爬下去，一定很好看。"

"也行，我回去琢磨一下。"

"原来——"钟闻突然凑近陈觅双的耳朵，拉着长音说，"你在心里早就觉得那是我们的家了啊？"

陈觅双的脸突然爆红，发狠地向后一击肘，趁钟闻捂着肋骨号叫，她大步流星地往山下走，感觉自己头顶"嗡嗡嗡"冒着烧开的水雾。

"等等我嘛！"

揉着肚子追上去时，钟闻脸上带着的是胸有成竹的笑容，Mrs. Moran说得对，这趟旅行本身就可以看作陈觅双给他的回应了。

他们这一路都顺遂且愉快，因为陈觅双的法语完全够用，又把吃住安排得妥妥当当，完全没有任何发愁的空间。他们在摩纳哥的F1赛道蒙特卡洛上散步，用一次性纸杯喝红酒。他们在阿维尼翁的薰衣草和向日葵田上拍照，钟闻非要拍那种网红牵手照，陈觅双也只能由着他。他们在阿尔勒寻访凡·高名画的旧址，在著名的《夜间的露天咖啡座》的原址上喝了咖啡，比谁的照片拍得跟原画更像，钟闻偷偷加了滤镜被陈觅双发现，被取消了评比资格。他们在罗纳河畔看星星，也在安纳西骑自行车环湖，钟闻突然松开两只手，对着远处晴天下清晰的阿尔卑斯雪峰大叫，结果连锁反应导致周围一拨不知哪国的游客也跟着大叫起来，失控的快乐彻底感染了陈觅双，她用力踩着脚踏板，迎着太阳大笑，从来不知道自己身上有这么大的能量。

最后一天，他们到了戛纳，当天有戛纳电影节的闭幕式，票早已买不到，影节宫外人山人海，很多人举着牌子求票，或是想碰运气看一看喜欢的明星。只是来到戛纳，不看场电影总觉得有点亏本，于是他们退而求其次来到了隔壁的"沙滩电影院"，电影节期间会有修复的经典电影免费放映。只是队伍同样排得很长，好在他们不赶时间，排队的时候转身看着沙滩和被各种游船、快艇上的灯点亮的大海，也不觉得无聊。

"以后我们每年都出去玩几天吧，我还想去非洲，去东南亚，去北欧……"钟闻对陈觅双说。

"你说的这几个地方差别也太大了吧。"

"我就是想去不一样的地方嘛。这几天我留意途经这些地方的人用的香水的味道，发现即便只隔了十几分钟的车程，对气味的偏好也会很大，更不要说路过的其他国家的人了。人们对香味的理解真是千差万别。"

　　陈觅双定定地看着他，说："看来你真的很喜欢现在在做的事。"

　　"是啊，之前我一直觉得所谓的嗅觉灵敏一点用都没有，接触了调香之后突然有了归属感。我就应该做这个，终于有了这种感觉。"

　　"这很好。"

　　"都是因为你啊，如果不是认识你，我也不会在这里。这就是命运，对不对？"

　　"是吧……也许是的。"

　　假如命运真的存在，让他们在人来人往的机场免税店拿错了手机，让他们在游客如云的尼斯再度相遇，让钟闻揭开她从未被人认出过的面具，让她的人生开始充满不确定。那么安排了那么多的命运，最终的目的只可能是让他们相爱吧。

　　就连那晚的放映影片都像是命运的安排，是一部1974年的意大利电影，名字叫《我们如此相爱》。

　　故事讲述了特殊时期的几个年轻人之间的情感纠葛，展现了当时整个社会的阶级分化等问题。虽然画面与拍摄手法古老，可无论何时，年轻人寻找自我价值的迷茫和在现实与爱情中的挣扎，都有共同点。虽然故事基调是喜剧，有一些令人发笑的滑稽场面，但关乎爱情的画面与对话，又时常浪漫且伤感。

　　观影中途，钟闻试探性地握上了陈觅双搭在中间扶手上的手，用余光偷偷地瞄，她仍然看着荧幕，好像并未发觉似的，可他能看出来她眨眼的频率都变低了。但是陈觅双没有躲，于是钟闻壮着胆子将手指一根根扣在了她的指缝里，恍惚间他觉得十指相扣并不只是他一个人在用力。

　　电影散场后观众逐渐散去，他俩却坐着没动，周围的人影一直在晃动，他俩的时间却在无限延长。钟闻觉得此刻自己应该说点什么，说一些一锤定音的话。

　　"那个……你觉得他们最后会在一起吗？"结果说出口的却是对电影开放结局的猜测，钟闻暗暗懊恼，他其实根本不在乎这个。

　　陈觅双当然知道他是随口问的，以她对钟闻的了解，他俩的手还牵在一起，他不可能有心情讨论电影。

　　是啊，他们的手还牵在一起，已经自然到让陈觅双觉得理所应当。

　　她终于承认自己已经不抗拒和钟闻接触了，她仍然会因为和人握手感到不舒服，却可以接受和钟闻牵手、拥抱，她会有安定和幸福感。

　　她想，或许是时候了。

"我们之前的那个赌约……"陈觅双边开口边掏出手机，想把静音模式关掉，却在看见上面的一连串消息和未接电话后整个人都僵住了，"坏了，我爸妈来了！"

"啊？来哪儿了？"

钟闻的心思全在那句说了一半的话上，一时跳转不过来。但他已经被吓到了，因为陈觅双的脸一下子变得惨白，手冰凉冰凉的。

"在家里，他们有钥匙。他们已经到很久了，给我打了好多电话，我都没听到。"

陈觅双惊慌失措地跑出电影院，面对着电影院外面的人海，又突然无措起来，双手捂着自己的头原地打转。

"没事，没事。"钟闻从未见过这样的她，他印象里的陈觅双能有条不紊、不急不缓地处理所有事，因为她会预设很多可能。这一次恐怕是真的没想到，也可能是因为关乎她的父母，总之她慌张得不成样子。

而钟闻的脑袋却超乎寻常地清醒，他将陈觅双的手从头上拿下来，握紧，镇定地说："我们现在去火车站，只要能买到票，我们很快就能到家了。"

"对，对，去火车站。"陈觅双近乎感激地回握了钟闻的手。

他们原本会有一个美好的晚上，第二天中午再慢慢回去就好，却只能退掉旅店，心急火燎地去赶当夜的火车回尼斯。火车开动的那一刻，陈觅双望着窗外闪过的灯火，突然有种想掉泪的冲动。

不久之前她感受到的到达顶点的暧昧，那些温热的、黏稠的、令她觉得安全的幸福感，在看到父母的未接电话和质问信息后，瞬间退潮、冷却、干涸。

"你是在担心你爸妈不能接受我吗？"钟闻被陈觅双眼睛里的红血丝吓到，伸手揽过她的肩膀，强行将她的头按在肩膀上，再度感受到她的迟疑和僵硬。

陈觅双闭上眼睛，摇了摇头。

不接受并不是最可怕的，可怕的是面对。她以为自己可以先开始恋爱生活，然后再花时间慢慢做父母的疏通工作，她其实只是在逃避。而如今她的父母只要一进门，就能发现男人生活的痕迹，她没有任何时间隐藏。此时她带着钟闻回去，就是一场腥风血雨。

"不然……"她突然直起身，"不然你回格拉斯吧，我一个人回去就可以。"

"不要。"钟闻斩钉截铁道。

"可是……"

"你爸妈好不容易来一趟，我没有躲着不见的道理。就算我们不是男女朋友，我一直借住在你那里，总要打声招呼吧。"

此时钟闻还不知道要面对的是什么状况，可无论怎样他都不怕。他知道陈觅双的父母或许不太好相处，他能感受到陈觅双的惧怕，正因如此，他才更要迎上去，他想和陈觅双长长久久，总要过这一关。

钟闻只是略感沮丧，刚刚他明明感受到陈觅双的心已经向他敞开了。

就差那么一点，他无论如何也不能再让那扇门关闭。过了今天这关，他一定要让陈觅双承认爱上了他。

WHAT MAKES YOU BEAUTIFUL

Chapter10

雨后当归

当陈觅双和钟闻着急忙慌地赶回家，一进门就察觉到紧张的气氛。

屋子明显被收拾过，其实出门前陈觅双特意收拾了一遍，已经非常整洁了，但还是能看出动过的痕迹。鞋柜里面的鞋子被重新码放，只有钟闻的一双运动鞋摆在了外面。衣架上的衣服也全被摘掉了，桌子上的杂志码得整整齐齐，所有东西都靠一边摆放，地板亮得连水印都没有，处处透着强迫症的味道。

原本钟闻觉得陈觅双已经称得上强迫症了，比起来，姜还是老的辣。

当然，他不敢说出口。

"爸，妈，我回来了。"

陈觅双换了拖鞋就往里走，老两口都在三楼待着，爸爸坐在沙发上看手机，妈妈坐在床边什么也没干，听到声音也没动作，直到她上楼。

"还知道回来啊？"妈妈没好气地说。

"你们来之前应该提前跟我说一声的，我什么都没准备。"

"我们要是提前打了招呼，估计就不知道你生活这么丰富了吧！"

"我就是出去玩几天……"

"还装，你明知道我们说的是什么！"一直没吭声的爸爸突然将手机往沙发上一拍，厉声说，"陈觅双，你行啊，现在你什么都不和我们说了，是吧？反正天高皇帝远，我们这俩老东西很好糊弄，是吧？"

原本他们两个这次来，是为了见邝盛的，想着要是能把事情定下来，他俩心中最大的一块石头也就放下了。他们也是有意不提前打招呼的，自打陈觅双在尼斯定居，他俩就来过一趟，那时候她的生活刚起步，一心扑在事业上，其他的什么都顾不上。一晃几年过去了，他们就是想抽查一下，看看陈觅双在异国他乡是否在按部就班地生活。家长永远觉得孩子的日记本里有秘密，永远觉得孩子在家长出门后就会偷看电视。

但他们没想到居然撞见了这么大的秘密，原本充满花草很是小资的一个店，现在生活气息比之前浓重了很多，在陈觅双的妈妈看来就是一团糟，很多东西都莫名其妙。关店歇业也就罢了，最让他们气愤的是，陈觅双居然瞒着他们在和男人同居。

虽然如今这个年代，又是在国外，同居不算是太出格的事，可作为女儿的父亲，陈觅双的爸爸还是怒不可遏。最关键的是，从那个男人留下的衣物来看，他绝对不是个精英律师。

在陈觅双没回来前，他们两个人把糟糕的情况想了个遍，会不会是吃软饭的小白脸，会不会是被不三不四的人骗了，会不会搅进婚外情里去……越想越担心，越想越觉得陈觅双走了歧途，夫妻两个人甚至互相埋怨起来，觉得当初同意女儿出国就是错的。

因为事先就有了"不是好人"的心理预设，当钟闻乖巧地倒了两杯水端上来叫"叔叔，阿姨"时，陈觅双的爸妈只是对了个眼神，仿佛在说"看吧，果然是个毛头小子"。

"你们听我说，他现在在格拉斯留学，只有周末暂住在我这里，而且是睡楼下的沙发。"父母审视的目光令陈觅双浑身刺痛，她让自己的眼神失焦，不在任何一处停留，尽可能冷静地解释，"他住在这里的时候还会做些送花、采购之类的工作。"

"你的意思是他是打工的，是吧？"陈觅双的妈妈俨然不信，冷笑了一声，故意和钟闻说，"那你把水放下就走吧，我和我女儿有话说，外人不方便在场。"

陈觅双的心猛地一沉，突然有种万念俱灰的疲惫感。

然而钟闻只是把水放下，不急不恼地站回陈觅双身边，偷偷用肩膀碰了碰她，用轻快的语气说："我也不完全是打工的，我住在这儿主要是因为想见她，我喜欢她。"

他语气里的天真就像一朵生命力顽强的花，在一片废墟中同样能绽放。陈觅

147

双歪头看着他，大脑一片空白。

陈觅双的爸爸挑了挑眉，问钟闻："你今年多大？"

"二十四岁。"

"那你知道她多大吗？"他指了指陈觅双。

"知道啊，大四岁也叫大吗？"

"也叫大吗……"陈觅双的爸爸重复着他的话，忍不住笑出声，以一种逗小朋友的语气居高临下地问，"那我问你，你还有几年毕业，毕业之前能赚钱吗？还是说在赚到钱之前，你要一直住在这儿？那你打算什么时候娶她呢，等你毕了业，还是工作稳定了？你想过那时候她多少岁了吗？"

突然抛过来的一连串的问题，让钟闻哑口无言。他不是心虚，只是没想过那么细致，他需要时间想一想，组织好语言。

但表面看起来，很像是他被噎得没话说。

"行了，你先下去。"陈觅双勉强朝他笑了笑，"我和我爸妈有话说。"

钟闻仍旧是一脸在琢磨什么的样子，转身走下了楼梯，但就停在楼梯下面，楼上的动静听得一清二楚。

"陈觅双，你还看不出来吗！"不管钟闻能不能听见，他刚一下去，爸爸就呵斥起陈觅双来，"他就是拿你当跳板，有白吃白住的地方，何乐而不为啊！"

"他真的不是那样的人……"

"哟，你还认真起来了？"妈妈恨铁不成钢地指着她说，"我先不说他以后能不能有出息，就算他以后能有份不错的工作，到时候你都多少岁了？你快三十岁了，你知不知道啊！就算他现在喜欢你，再过五年呢，也许他就去喜欢二十多岁的女孩子了，到时候你才真是赔了夫人又折兵！"

"每个人都可能喜欢上别人的，这跟年纪、职业没有关系。"陈觅双叹了口气。

"所以我们才帮你挑家庭条件和个人条件都好的啊！你爸爸之前和我说你找了个律师，说那小伙子一表人才，一看就是家境好的，我还挺高兴呢。那样就算以后有什么分歧，你至少不吃亏啊。"

又是这样，鸡同鸭讲，一个在说感情，一个在说钱，怎么可能聊得到一起去。陈觅双苦笑着摇了摇头，疲惫到不想再说话。

"双儿，你听爸爸说，在这世上只有父母是不会害你的，我们真心希望你好。你现在要是二十岁出头，想谈谈恋爱，我们绝对不会管你，可你真的不小了。再说了，好的机会不抓住，可能以后就真的遇不到了。上次那个小伙子言之凿凿地说要追你，我看他很有诚意。"爸爸开始实行怀柔政策，"你明天把他约出来，给我们看看。"

"我和他只是普通朋友，没有你想象的那种关系。"

"你拒绝人家了？就因为这个小子？"妈妈突然皱起眉头，"难不成你为了这小子……劈腿了？"

"妈！"

一股热浪猛地涌上眼睛，陈觅双的鼻子堵了，哭腔一下子就出来了："在你眼里，我就这么不堪吗？"

妈妈也意识到自己的话说重了，又不愿意服软，只是把脸扭向一边，嘟囔着："你就是不聪明，随你爸。当初要是逼你学医就好了，现在踏踏实实地工作，也许孩子都生了。唉，要是你妹妹还活着就好了……"

无论什么话题，最后都会转到这里，陈觅双已经听到耳朵起茧子，却仍然会被打击到无法呼吸。可她不想哭了，不想示弱，她转过身，将额头抵在墙壁上，闭起眼睛努力将眼泪憋回去。

"叔叔，阿姨，我有话必须要说！"未见其人，先闻其声，钟闻先喊了这么一句，才冲了上来。陈觅双回过头，只看到他挡在她面前的后背，从未有过的笔直坚定。

陈觅双低下头，掉了一滴眼泪。

"你们刚刚说的话，我都不同意。首先，你们为什么一直说三十岁……三十岁能怎样呢？十八岁到十九岁是一秒钟，二十九岁到三十岁也是一秒钟，三十岁又不是世界末日！难道超过三十岁的女人就不值得被人喜欢了吗？"陈觅双的妈妈想反驳他，嘴巴张了张，没想到说辞，就又被他抢先，"还有，你们一直在假设。人生根本不能假设，如果结婚前就想着离婚，那这世上的人就都不要结婚了。以后我无法保证，可你们也保证不了，为什么你们就一定是对的呢，就因为你们是她的父母？"

"你看看，这说的是什么话！"陈觅双的妈妈气急败坏地说，"和长辈这样说话，根本没有家教！"

钟闻的火气也上来了，他感觉到陈觅双在背后扯他的衣角，可他没管，反倒上前一步，扬起了下巴："是！我爸妈可能没有您二位有文化，但他们至少愿意听我说话，他们也不会强塞给我一个我不喜欢的人！"

"你，你……咳咳咳……"

陈觅双的妈妈突然咳嗽不止，爸爸赶紧上前劝她喝水，转头对陈觅双使了个眼神，着急地说道："你妈之前得了肺炎，输了一个月的水，刚好一点，你想再把她气个好歹吗！"

"啊？那你们怎么没告诉我呢？"一听到妈妈病了，陈觅双的脸色还是变了。她向前走了两步，想要朝妈妈伸出手，半途却又收回来。

妈妈边咳边说："告诉你有什么用，你少气我一点比什么都强！"

"生病也不关她的事啊，怎么又怪到她身上来了……"说到底，钟闻就是看不得陈觅双受委屈，仍想替她分辩。

然而陈觅双怕妈妈真气出个好歹，反手拉了一下钟闻的胳膊，小声说："你少说两句吧。"

"我就再说一句，就一句。"

"别说。"陈觅双朝他皱了皱眉。

钟闻本来想咽回去的，结果陈觅双的妈妈把杯子重重一放，抬头看着他俩喊："让他说！"

"那我可就说了。"钟闻不管不顾地开口，"能不能不要再提那个死去的双胞胎妹妹了！我知道你们很难过，可那又不是陈觅双的错，你们总拿她跟一个死人对比，想没想过她的感受？那个孩子没有长大，你们根本不知道她长大会变成什么样子，凭什么断定她一定比陈觅双好？人难道不应该更珍惜眼下拥有的吗，陈觅双就是你们唯一的女儿啊！"

那个夭折的双胞胎妹妹是陈觅双的噩梦，同样也是她父母的，陈觅双从听到钟闻开口就知道完了，可她阻止不了。她眼见着妈妈的脸色在钟闻的话里变得惨白，而爸爸的脸则涨得通红，简直一副要扑过来打架的样子。

平时无比温馨的小小阁楼里如同充斥着满满的火药，只需一个火星就能爆炸。

"钟闻，你先走吧。"然而在这胶着万分的时刻，陈觅双却沉静了下来。她冷着脸，身上仿佛散发着寒气，对钟闻说话，却不看他的眼睛。

"我哪里说错了……"

"他不用走，我们走。"

妈妈果断站起来，真的要往楼下走。陈觅双上前伸出手臂拦住，突然歇斯底里地对钟闻大喊："你走啊！"

她很少用这么高的音量、这么尖细的声音说话，像是在空气里突兀地冒出一根刺，扎了钟闻一下。

"好！"钟闻也不是没有脾气，他咬着后槽牙，点了点头，"走就走！"

说完，钟闻大步流星地跑下楼，抄起自己的背包，像阵风一样地出了门。陈觅双听到大门拍上的声音，那么干脆决绝，而门内的铜铃却响了很久，像她心中悲伤的余音。

她向后退了一大步，背贴着墙蹲了下去，双手捂着头，手指插在头发里，用的力气足以将头发揪断。

她好累啊，她好想点上钟闻为她做的蜡烛，沉沉地睡一觉。

要是明天醒来一切都没有发生，那该多好。

可是陈觅双知道不可能，就像她知道爸妈根本就是做做样子，连包都没拿，怎么会真的想走。但她还是要拦，还是得赶钟闻走，明知道钟闻的每一句话都是为她说的，明知道谁对谁错。

突然间，陈觅双觉得爸妈是对的，她和钟闻真的不合适。钟闻应该找个比她年轻的简单快乐的女孩，好好谈恋爱，一同成长，一同进步。不该是她，她的人生早已被框死了，钟闻不应该陪她活在这狼狈的牢笼里。

好奇怪，几个小时前她和钟闻还在热闹的戛纳，那个时候她觉得自己是自由的，是轻盈的，她想要和钟闻在一起，想要开始新的人生。

几个小时后，陈觅双却绝望到觉得自己的人生已经结束了。

"喂，你干什么去？"

陈觅双飞快地站起来，往楼下跑，她爸爸以为她要去追钟闻，气得大喊大叫。她却没有停住脚步，也没有回头，用尽最后的力气撂下一句："你们在这儿睡不好，我还是去酒店帮你们开个房间。"

之后爸妈又喊了什么，陈觅双就没听见了。

她只是跑出去，一声不吭地将车子开出很远，却一直都没看到钟闻的身影。她知道即便很晚了，钟闻也还是能找到办法回格拉斯。可她想到了那只旅行背包，居然连打开整理的时间都没有，就又被背走了。

钟闻会不会很难过……

一脚踩下刹车，将停在路边，陈觅双双手死死抠着方向盘，垂下头，再也抑制不住地哭出声来。

夜色仍旧很美，只是星辰究竟是璀璨而浪漫，还是遥远而孤寂，完全取决于看星星的人的心境，取决于有谁陪在身旁。

所以此时此刻陈觅双看到的所有星星，仿佛都是亿万年前已经死去的灵魂，而她和钟闻在罗纳河边看到的星星却会永远耀眼夺目，单单是回忆都能令她心动。

爸妈在尼斯只待了四天，而这四天是陈觅双一年里最难捱的四天，比和那些难缠的甲方斗智斗勇还令她感到压抑。

一方面是父母对她的生活、工作指指点点，仿佛处处都不能令他们满意，另一方面是钟闻自打那晚离开，就再没给她一点消息，这是自打他在这里长住后从未有过的事。

最关键的是邝盛也搅和了进来，陈觅双本来是打算说什么都不联系他的，没想到爸妈来的第二天他居然自己来了。陈觅双怀疑她和钟闻出去的那几天邝盛就来过，吃了闭门羹，所以才又来看看。她本来想赶紧把邝盛糊弄走，可还是被爸爸认出来了。邝盛知道她的父母在，更是殷勤得不得了，毫不夸张地说，陈觅双觉得邝盛对她，都没有对她父母殷勤。

那两天邝盛好像把工作都撒下了，开着他那辆豪华轿车，带着陈觅双的父母到处转，去高档餐厅，买纪念品。陈觅双眼见着爸妈被邝盛哄得眉开眼笑，三个人在她对面有说有笑，好像连婚礼细节都在商量了，一副马上就要把她嫁出去的喜庆劲儿。

恍惚间，陈觅双觉得邝盛才适合做她爸妈的孩子，她算什么，就是个被挑剔的儿媳妇。

可是凭什么？就算她真的糟糕得不行，像她爸妈说的根本过不好自己的生活，那也有人爱着这样的她啊，她凭什么不能选择自己的爱情？这样的咆哮，在陈觅双的脑袋里声音越来越大。

整整四天，陈觅双一丝笑容也没有，她不怎么和父母说话，更不和邝盛有交流。有一次在花店门口邝盛想拥抱她，她迅速后退了半步，点头转身，一气呵成，连眼皮都没有抬。

她想，如果钟闻再也不回来，也许她就真的再也不会笑了。

好不容易挨到送爸妈去机场，过关前爸爸还在劝说她："双儿啊，你好好考虑一下，小邝的条件真的是万里挑一。爸妈怎么会害你呢，我们只是想让你少走些弯路。"

"弯路上也有风景……"

一直垂着视线的陈觅双终于缓缓抬起了头，她眼睛里的清冷与凛冽，让早已习惯了她的唯唯诺诺的父母心头一惊，不自觉对了对眼神。

"我自己的人生，让我自己走走看，不行吗？"

"你这个孩子怎么这么不识……"

妈妈的话被爸爸猛地一挥手截断了，爸爸抓着妈妈的袖子，引着她往里走，对陈觅双摆了摆手："回去吧，回去吧。"

"你们落地后给我发个消息。"

再没有说什么，目送父母过了关，陈觅双转身大步流星地离开了机场。她心里有着明确的计划，先直奔商场男装柜台，算着这两天邝盛花在她爸妈身上的钱，甚至还算上了误工费，买了领带、领带夹、袖口、皮夹……基本上男士用得着的全套都买了，也没怎么花心思挑，就是大品牌随手一拿，打包全部寄送到邝盛的律所。

盒子里留了卡片，上面写着："前两天我爸妈给你添了很多麻烦，我很过意不去。我知道你的咨询费每小时很多钱，耽误你的时间是多少钱都弥补不了的，可我素来不愿意欠人情，所以这些东西请务必收下。"

从男装柜台出来，陈觅双本打算回家，远远看见美妆柜台，鬼使神差地走了过去。一盒新出的彩色眼影盘吸引了她的注意，那绝对不是适合日常的眼影盘，全糖果色，上面布满大片的亮片。她丝毫没犹豫，买下了这盘眼影。

回到家里，天已经黑了，陈觅双打开梳妆台上的灯，开始给自己化新的妆容。眼线画得很粗很长，用阴影将眼睛的轮廓弄得深邃，用双眼皮胶将丹凤眼粘出大外双，再涂上刚买的那盘亮片眼影，简直就像在眼睛上戴上了面具。

自以为了解她的父母，根本不知道她会化妆。上学那会儿，她的爸妈一直教育她不要花太多时间在自己的外表上，腹有诗书气自华，所以在父母面前她连口红都只涂奶茶色的。但她其实超级爱化妆，享受在镜子前面看着自己一点点变样子的感觉。

有一些早晨，陈觅双也很想坐在这里，给自己化一个更个性一点的妆容再打开店门，她想，一定会有人对她发出赞美。

可是她不敢，即便父母不在身边，她也还是不敢。

她只敢在黑夜里，摇身变成另外一个人。化好妆，戴上浅色美瞳，将长发从头顶编成一根根辫子，再系在一起，穿上平日不会穿的露脐装和牛仔上衣、短裤，完全变成了一个酷女孩。她抄起滑板，临出门前点开手机看了看。有时候手机系统反应不灵敏，社交软件上的信息总得打开软件才跳出来，可现在她反复打开软件，也只能看到垃圾消息，没有她在等的对话框跳出来。

变成Amber的陈觅双在便利店买了一瓶威士忌握在手里，在人来人往的林荫大道上来回滑着滑板，偶尔举起酒瓶喝一口。很快海岸周围无所事事的男孩子们就围了上来，想约她一起去玩。

"滚开。"Amber一点心情都没有，以前她只是普通的寂寞，只要有人能陪她打发时间就好。可现在她的寂寞成分不同了，只有那个特定的人才能开解，再多的人靠上来，也只是带来麻烦而已。

从男生的包围里冲出去，有两三级楼梯，Amber想试试带着滑板跳下去。她之前成功过，也不怎么害怕，只是在跳出去的那一刻，她突然想起那次和钟闻一起时他顺着斜坡滚下去的滑稽样子，她的身体突然松懈了。就那么一秒，她险些踩翻了滑板。

好在一个趔趄还是稳住了身形，但手里的威士忌摔碎了，一股甜蜜的酒味在盛夏的热气里蒸发开来。Amber愣愣地看着那些碎片，戚戚然地笑了。

身后的男孩们发出哄笑和口哨声，Amber抓起滑板，头也不回地离开了。

她原想找家店，听听歌，跳跳舞，继续将自己淹没在人群里，可走着走着，心境却越发凄凉。好奇怪啊，以前当她是Amber的时候，可以将属于陈觅双的心境甩到外太空去，现在却做不到了，仿佛有东西紧紧缠绕着她，将她的灵魂拉回地面。

就在Amber在回不回家中挣扎时，她听到了争吵的声音，话语听不清楚，但有女孩很尖厉的哭声。Amber循声而去，在楼间的夹缝里看到两女一男在争吵。

从站位来看，一男一女是一起的，另一个女孩站在他们对面，哭得很是狼狈，她不住地用法语问："为什么，为什么这样对我，为什么……"

男的金发碧眼，长得十分俊俏，看上去却唯唯诺诺，始终一声不吭，倒是另一个女生一直在骂着不堪入耳的话。

Amber无心管别人的情感问题，她转身要走，却见那个哭泣的女生扑上去抓那个男人，却被一把甩开，摔在了垃圾桶旁边。女孩也是倔强，想再一次扑上去，结果被另一个女生狠狠甩了耳光。

"住手！"Amber看不下去了，她举着手机走进去，站在被打的女孩面前，摄像头对着那一男一女，"我都拍下来了，不管你们是什么关系，我只看到你们在殴打这个女孩，我要报警。"

"抢别人的男朋友，活该。"男人旁边的女生丝毫不慌。倒是那个男的眼神闪烁，推着自己身旁的女生，不住地说："走吧，我们走吧。"

"你们别走啊，等警察来了，你们和警察说吧。"Amber作势要报警。

"走走走……"男的几乎是强行推着那个气冲冲的女生从巷子另一侧走了出去，拐了个弯就不见了人影。

Amber并没有真的报警，甚至根本没来得及拍摄。她收了手机，弯下腰想扶那个呆坐在地上的女孩起来，没想到女孩竟一把甩开她的手，反倒把她推了个趔趄。

"不用你管！"

女孩像只受惊的刺猬，努力展开自己的防御，但在其他人看来，仍然弱小得可笑。

"你好歹也说声谢谢吧。"

Amber倒是不至于跟她生气，只是无奈地摇了摇头。

"你没听那人说我是第三者吗？我活该，你管我干什么？！"

女孩是个混血，有非洲基因，皮肤是好看的浅棕色，头发乌黑，五官很小巧，一头脏辫不知多久没洗，感觉已经起了毛。她是个很漂亮的女孩，在年轻男孩子里一定很受欢迎，但看上去年纪很小，不知道有没有二十岁。

"省省吧。"看着她，Amber想到了自己，都是那么傻，恨不得用不堪来伪装自己，好像这样就真的能强大起来，就可以不在乎别人怎么想，"你是自怨自艾也好，自甘堕落也罢，无非想博得别人的注意。可我告诉你，没有人会在意。"

女孩还想反驳，可张了张嘴，什么都说不出来，只是掉了两行泪。最后她恨恨地骂了一句脏话，抬脚踢空气，仿佛那里有个能供她发泄的易拉罐。

Amber见她刚才摔倒时手肘蹭破了皮，旁边就是垃圾桶，怕是不干净，冲她扬了扬下巴："去我家吧，我给你的胳膊消消毒。"

说完她自顾自往外走，原以为女孩还会别扭一下，谁知她二话不说就跟上了她，还在后面嘟囔着："你家有吃的吗……"

一瞬间，Amber想到了钟闻，忍不住笑了一声。

她终究是变了，以前遇见这种事，她可能根本不会管。以前她的家就是一个人固守的堡垒，是一种逃避，可现在她的世界敞开了。

回到家里，Amber就变回了陈觅双，先是帮女孩给伤口消毒上药，又给她找了身自己的干净衣服，催促她去洗澡，还嫌弃地说："把头发也拆开洗了。"

"你不也一样吗……"女孩一边拆着头发，一边还不忘还嘴。

被她这么一提醒，陈觅双才想到自己也编着头发，突然不舒服起来。她趁着女孩去洗澡，自己也迅速去冲洗了一下，把妆卸掉了。拿吹风机的时候发现钟闻的电动牙刷还在柜子里，她突然想，是不是可以拿这个当借口给他发个消息。

可是这个理由并不充分，哪里不能买到一支牙刷呢，他出去玩也没有带，证明不是那么需要。但不充分的理由也终究是理由，能说出口就好了吧。

"喂喂喂！水开了！"陈觅双被女孩大惊小怪的叫声吓了一跳，低头一看，煮面的水已经滚了出来，她赶紧把火关小。

洗过澡，散开头发之后，女孩看起来更加年幼，偏棕的肤色显得健康开朗。这样的女孩想来也不会被一段感情牵绊太久，陈觅双觉得她洗完一个澡，就已经快要忘了刚被人甩过巴掌的事了。她坐在灶台前面，反而八卦起来，问："你想什么呢？你也刚失恋？"

陈觅双没说话，把面挑进盘子里，从冰箱里掏出一堆乱七八糟的酱料，推给她："想吃什么吃什么，我这儿只有这个。"

"谢了。"女孩开始往面条上狂挤番茄酱，看起来有些像黑暗料理，她上下打量陈觅双，啧啧称奇，"哇，你卸了妆和刚才完全是两个人啊，走路上我都不敢认。刚才还一副夜店皇后的样子，转眼怎么就小清新了呢。你是开花店的啊？"

"快吃吧，要黏成一坨了。"

女孩吸溜着面，声音很大，仍然在嘟嘟囔囔："你是亚洲哪个国家的人啊？我爸爸是中国人，我会中文的。"

这倒让陈觅双没想到，刚刚他们一直用法语对话，她看出女孩虽然是混血，但东方特征并不太明显。

"我是中国人。"陈觅双换了中文。

"耶，我猜对了！"女孩吃了一嘴一脸的番茄酱，看着有点好笑，还有点惊悚，忽闪着一双长睫毛下的大眼睛说，"我叫Eartha，中文名叫邝橙。"

等一下！在听到"邝"这个姓氏时，陈觅双条件反射般地心里一紧。虽然她也劝自己这可能只是巧合，可在这一亩三分地遇见这种巧合，总还是要问一句："你家……有没有人做律师啊？"

"我爸、我哥都是。"

邝橙后知后觉，眼睛瞪得溜圆，嘴里还叼着面："你不会认识我哥吧？"

陈觅双重重叹了口气。

"天啊，你不会是我哥的女朋友吧？你不会是故意拐我来的吧？我哥是不是已经在来的路上了？我完了，我完了，我完了……"

放下盘子，邝橙手忙脚乱，在屋子里转了好几个圈，最后抓起自己的包就要跑。陈觅双眼疾手快，一把握住她的包带，说："你跑什么啊？我一个字都没说呢，你自己吓唬自己干什么？"

"你确定没和他告状？"邝橙仍然不踏实，一副随时准备冲刺的姿势。

"你哥叫邝盛，对吗？"陈觅双只是觉得好笑，她一心想和邝盛撇清关系，却又无意间认识了他妹妹，但是她认识邝盛的日子也不短了，居然从来没从他嘴里听说过妹妹，"我不是他女朋友，你放心，他现在肯定不知道你在这里。"

邝橙观察了陈觅双好一阵，才终于松了一口气，坐到了旁边的沙发上，懒洋洋地向后躺："也对，就你刚刚那副打扮，邝盛看见了肯定会皱眉头。他要是能喜欢那样的你，就不至于那么瞧不上我了。"

"你跟你哥关系不好啊？"

"那还用问吗，你看看我，再看看他，我俩像一家人吗？"

"无论像不像，事实就是事实啊。"

"他可不这样想，他觉得有我这个妹妹很丢脸。我俩本来就不是一个妈生的，在家里他就视我和我妈为空气，要是在外面遇见，他都得躲着我走，生怕我叫他。"说到这儿，邝橙反而兴高采烈地一拍大腿，"但我偏要叫他！有一次他好像正跟很重要的人吃饭，我扑过去就喊哥，他当时那个脸色……哈哈哈，难看死了。"

原来邝盛家里的情况那么复杂，从表面上完全看不出来。仔细想来，关于家人的话题，邝盛只提起过父亲，无非是父亲过去的辉煌、父亲对他的严厉、父亲对他的帮助……说到底，陈觅双对于邝盛的了解，只限于他愿意说的光明的一面。这种程度的了解，约等于无，但邝盛居然觉得她了解这么多就够了，就可以谈婚论嫁了。

"我告诉你啊，千万不要被我哥的外表骗了，如果我哥排大男子主义的第二名，那也只有我爸敢排第一。和他在一起，你就真的只能当个像我一样只会吃吃喝喝、被人骗的废人。他就是希望你变成这样，这样他就能一直瞧不起你，一直控制着你。"

到底是怎样的家庭环境，才能让一个妹妹对哥哥说出这样的评语，这让陈觅双有些心惊。她虽对邝盛没有男女之情，也偶尔觉得他有些自大傲慢，可从没想到，邝盛对自己的亲人也这样，甚至变本加厉。

"行了，很晚了，我送你回家吧。"陈觅双想要站起来拿车钥匙，谁知邝橙一把抓住她的胳膊，拼命摇头："我不回家！反正也没人在乎我回不回去，我这个样子回去，他们肯定猜到我被人甩了，又要数落我了。"

"你今年多大？"

"快二十岁了。"

"没上大学？"

"休学。"

"看来你家对你还真是放养啊……"邝橙比邝盛差不多小十岁，看来是后妈生的这个妹妹让邝盛有心结吧，陈觅双琢磨着。可无论如何，小孩子是无辜的，一直在否定中长大，一直在另一个优秀的人的阴影下长大，是很辛苦的，这点陈觅双比谁都清楚。

或许也是缘分吧，明明她和邝橙从任何方面看，都有着天壤之别，可她总是能在邝橙身上看到自己的影子。感同身受是很珍贵的情感，一时间她没法放着邝橙不管。陈觅双为难地点点头："如果你不嫌无聊的话，可以先住下来。反正你成年了，我也不用对你的行为负责。"

"好啊，只要有地方住就行。"邝橙瘫得更厉害了，"我就睡这个沙发。"

"哎，别……"

陈觅双下意识阻拦，却又突然僵住。不睡沙发睡哪儿？可是万一钟闻回来了怎么办？

"喂，你是不是有男人一起住啊？"邝橙看她欲言又止，一下子就明白了，"没事，要是不方便，我就走人！"

"倒也没什么不方便，之前是有个人在这里借住，就睡这个沙发。只是最近他也不会回来，所以……"

"所以你还是失恋了嘛！"邝橙抢答。

"不是！"陈觅双抓了抓头发，烦恼又无奈地说，"你习惯和别人一起睡吗？"

"习惯呀！我最喜欢和别人一起睡了！"

这倒让陈觅双很惊奇，她以为这个年纪的外国小孩不可能喜欢和人一起睡，更何况还是刚认识的同性。但很显然，邝橙是个渴望亲密的女孩，真实的个性和外表的穿着打扮也是不相符的。

可是陈觅双不习惯，她上幼儿园的时候，父母就坚持要她自己睡觉了，她根本不确定身旁有个人能不能睡得着。邝橙回答完，陈觅双就开始后悔，自己这是何必呢，就让邝橙睡沙发不是很好吗？她为什么非要把沙发空出来，只留给钟闻？

因为她希望钟闻能回来，她想尽一切办法，让自己留存着希望。

两个人躺到陈觅双那张并不大的床上，虽然说并不挤，但只要稍一动弹，就能碰到对方。起初陈觅双很不习惯，直挺挺地躺着，暗自琢磨着如果半夜睁眼看到旁边有个人会不会吓到。然而邝橙很快就放松下来，开始给她讲起自己那段糟糕的恋爱。

"我们是在海边认识的，他冲浪很厉害，长得也很帅。那时候我和朋友在海滩上晒太阳，他主动走到我旁边和我搭话。那么帅的男生，我有什么理由拒绝他。"窗帘外偶尔晃过的车的灯光会在天花板上摇动，邝橙定定地看着，觉得明明灭灭的是自己的心，"他是我的初恋，虽然比我大不少，但他真的对我很好，比我真正的爸爸和哥哥还像我的爸爸和哥哥。他说我是他的礼物，说我们是命中注定，还问我喜欢哪个国家，说将来我们一起移居过去。"

"你什么时候知道他有女朋友的？"陈觅双歪了歪头。

"今天，可笑吧？"邝橙笑了一声，一滴眼泪从眼角淌下来，"我收到他的信息，约我见面，我高高兴兴赶过去，那个女生就在那儿了。我和他在一起二百七十一天，我真的完完全全不知道他是有女朋友的，而且他们已经在一起三年多了。我这才明白，我确实是他的礼物，我就是他解闷的玩具。"

"知道了以后，你是怎么想的？"

"还能怎么想，别人的东西我不要，我还觉得恶心呢！可是，可是……我冤啊，我就想问问他为什么要这么对我，为什么能拿别人的感情当甜品，而且毫无悔意。到最后，他选择做一个懦夫，好像看我一眼就会倒霉，把脏水全泼到我身上。为什么？凭什么？"

陈觅双不知道该说什么，她是个冷淡的人，从未有过情感纠纷，被别人追求对她来说都是压力。可她理解邝橙为何容易信任别人，容易深陷，容易被骗，毕竟生命里本应是最亲近的两个男性从未给过她认同，其他男人对她稍好一点，她就会以为找到了真命天子。她们两个只是在逃避家庭的路上选择了两个方向，一个是泯然于众人，一个是寻求更多的依赖。

可是邝橙毕竟还小，这样的欺骗再多一次、两次，难保她不会真的走错路。陈觅双不自觉地叹了口气。

"你不用担心啦，我那个时候就是一时绕不过弯来。"邝橙翻了个身面向陈觅双，像只虾米一样蜷缩起来，"不过我现在已经想开了，我不会再联系他了，我明天就去换个号码，和以前断得干干净净。"

"嗯，那就好。"

"哎，之前住在这儿的男人，是什么样的？"擦干眼泪，邝橙就开始八卦。

"怎么提起他？"

"说说嘛，我都说这么多了，礼尚往来嘛！"

"礼尚往来"不是这么用的好不好！陈觅双哭笑不得，只得缓缓地开口："他是个中国人，比你大几岁，比我小几岁，不过看着很年轻，和你差不多。他最初是来旅游的，中途发生了很多事，现在他已经长住下来，在格拉斯上学。原本只有周末和放假回来，只是最近……"

"你们吵架了？"

这下陈觅双是真的有点吃惊了，略微侧了侧身，看着邝橙问："你怎么知道？"

"女生对这方面是很敏感的好不好！你都快把'男人跑了'写在脑门上了，我还看不出来？"邝橙又自嘲地笑了一下，"不过也是，当局者迷，对别人的事情都挺敏感，到自己身上，就比谁都糊涂了。"

"我和他的事情说来话长，回头慢慢和你说吧。我们也算不上吵架，但比吵架更复杂。好在他并不是我男朋友，他是自由的。"

"可你喜欢他啊。"

陈觅双微微一怔："你怎么这么肯定？"

"你说起他的时候，眼睛都在发光，能骗得了谁啊。"

是吗？原来她只能骗骗自己啊，陈觅双也很想笑自己。

"如果你确定他是喜欢你的，而你也喜欢他，你就得让他知道，不要因为一点无关紧要的事情就碍于面子分开。哦，对了，你得先确定他没有其他女朋友，他只喜欢你一个。"邝橙打了个哈欠，渐渐有了睡意，"毕竟，爱太难得了，有的人可能一生都无法拥有，真的遇到了多好啊……"

说着说着，邝橙就睡着了，留下陈觅双一个人和黑夜对峙了很久。最后她还是蹑手蹑脚地坐起来，从床头柜的抽屉里翻找出仅剩的一块香薰蜡烛，放在灯罩里点了起来。

明明说过售后一辈子的，现在连这个都忘记了吗？臭小子。

凝视烛火太久，陈觅双紧紧闭了闭发酸的眼睛。

从那之后，邝橙就住在了陈觅双家，白日里她时常会出门玩，但是晚上会乖乖回来。陈觅双发现她骨子里是个好女孩，虽然咋咋呼呼不服管束，但也做不出太出格的事。

不过邝橙对花花草草毫无兴趣，甚至谈恋爱时对方送花都不能讨她欢心，所以让她看着陈觅双摆弄花，她真的要闷死了。陈觅双做花艺时还特别不喜欢说话，以前钟闻知道，都会乖乖地趴在旁边看着，可邝橙憋不住，在旁边做各种小动作，把她剪下来的那些枝叶全拾起来，然后像花瓣一样往天上抛，撒得满桌子都是，之后还是觉得无聊，就跑去打游戏，几国话夹杂在一起叽里呱啦地和人开麦。

陈觅双抬头看她一眼，无奈地摇了摇头，一对比才发现，钟闻已经算安静了。

不过认识邝橙以后，陈觅双清晰地认识到她的强迫症好了很多，忍耐度也提

160

升了，现在的她已经习惯生活里有烟火气了。

有邝橙在，陈觅双短暂地觉得日子过得快些。恍惚间她觉得自己真的有了一个妹妹，她真实的双胞胎妹妹只给她带来了无穷的压力，她从来没设设想过假如她们都活着，人生会变成什么样子。那天她顺着钟闻的话想了想，也许爸妈会从她们两个里选一个更出色的偏爱，又或者会给她俩安排两条截然不同的路。也许知道父母还有另外一个指望后，她会变得更叛逆一点，也有可能她的妹妹会比她更勇敢，会先一步选择自己的人生道路。

可现在，当陈觅双面对邝橙，却发现自己只希望她是个简单快乐、无拘无束的女孩，不用背负什么沉重的期望，更不用分担别人的人生。

一天下午，陈觅双在速写本上画设计图，却发现邝橙难得地安静，一直盯着她画画，她随口问："你喜欢画画？"

"嗯。"

"学过吗？"

"很小的时候学过，后来我爸就不让学了。"

"为什么？"

"他觉得爱好这种东西，学到一定程度就可以了，又不能当饭吃。其实主要是那天他输了官司，回家看我支着画板，碍他的眼了，所以就不让我学了。"

邝橙嘴上说得轻巧，眼睛里却仍然流露出受伤的神色。陈觅双放下手里的彩色铅笔，站起来走到阳台，把已经落了灰的画架和画板拿了出来，对她说："画画的东西我这里都齐全，只是我现在也没什么时间画，所以只有简单的水彩颜料。晚点我们可以去画廊一趟，给你买一套新的，这样你也好打发时间。"

"真的？"邝橙不可思议地瞪大眼睛。

"真的啊。"

"谢谢你。"邝橙从椅子上跳下，扑过来抱住了她的脖子，冲劲大到陈觅双后退了半步，"很少有人对我这么好。"

"这没什么的。"陈觅双笑着拍了拍她的头。

现在陈觅双对拥抱已经习惯了很多，至少不会像从前一样起鸡皮疙瘩了。她试着打开心扉，不再只是公式化地和人交流，渐渐也能感受到陌生人的善意与温情。不过只有自己真心喜欢的人的拥抱才会让她觉得温暖，那种温暖会让她为自己在脚踏实地地活着而庆幸。

傍晚送走了一对来订捧花的新人，陈觅双关了店，带着邝橙去画廊买东西，顺便在外面吃饭。邝橙穿的是住在这里之后新买的一身衣服，奇形怪状的，露着半截腰，后面又拖得很长，不过陈觅双也不在乎，穿什么衣服本来就是人的自由。

正因为她从来没有过这种自由，才更明白自由的重要性。她十几岁的时候，也喜欢俏皮、有个性的衣服，可是爸妈根本不许她穿。可爱的、花哨的、卡通的被嫌弃上不了台面，爸爸甚至觉得是视觉污染。过于紧身的，哪怕是稍短一点的短裤，都会被要求换掉，不然不许出门。她所有的衣服都被要求淑女、精致、显高档，可是十几岁的时候穿那种衣服是很显老的，总是被同龄人嘲笑。时至今日，陈觅双的穿衣风格已经刻板化了，她自己也改不了，逛街时有些出挑的衣服她看着喜欢，却觉得不属于自己。给Amber穿过于疯狂的衣服，大概也是因为这个。

只是陈觅双和邝橙都没想到，她们买完颜料走出画廊，会迎面撞上邝盛。邝盛先看到了陈觅双，脸上的笑容刚刚提起，目光落到她身后的邝橙身上，笑容瞬间就消失了。

"你怎么在这儿？"邝盛根本不想隐藏嫌弃的眼神，"你能不能穿件正常的衣服出门，当心进餐厅被人赶出来。"

邝橙翻了个大白眼。

"你要是这么关心你妹妹，她在我那儿住一周多了……"陈觅双挡在邝橙身前，面对邝盛说，"怎么也没见你给她打过电话？"

"她住在你那儿？你们怎么认识的？"邝盛眉头紧锁。

"这你不用管，只要她愿意住，我那里的门永远为她敞开。"

"别告诉我，你这个颜料是给她买的。"邝盛冷笑一声，"你对她好是没意义的。她是不是跟你说她喜欢画画？她十岁之后就没有再学了，半点天赋都没有，还闹个不停，我爸为了让她能念个好的金融专业费了多大心，找了多少厉害的老师给她在家里补课，结果她一声不吭就休学，真是烂泥扶不上墙。"

"你有没有想过，她不想学金融，因为她是一个感性的女孩，那不适合她。"

"哪有什么适不适合，只有肯不肯学。别人能学会，她为什么学不会？"邝盛又看了邝橙一眼，嫌恶地将脸别到一边，往外退了两步，仿佛不愿意和她们一起站在高档画廊里一样，到了外面的街上，邝盛才继续说，"她跟她妈一样，只想努力找个有钱人嫁了，就能过上每天购购物、做做按摩的清闲日子了。"

别说邝橙，连陈觅双也听不下去他的话了。背后传来吸鼻子的声音，邝橙的头顶着她的蝴蝶骨，抑制不住地掉眼泪。

"你妹妹今年二十岁了，她妈妈做你继母也二十年了，就算你对她没有爱，多少也应该有些尊重吧！"陈觅双不自觉提高了音调。

"继母？她妈最早就是我家的保姆，我都不明白我爸怎么就决定娶她了。她妈妈是我见过的最浅薄的女人，脑中空无一物，连做饭都很烂，我爸可能就是喜欢她会唱歌跳舞吧，但那不是种族天赋吗！"

在那一瞬间，陈觅双的手掌在身侧绷着劲儿，险些就要扬起来。她差点扇邝盛一巴掌，想让那张盛气凌人到可怕的脸狠狠受挫。但最终她还是狠狠地揪住了自己的衣摆，拼命让自己冷静下来。

"邝律师。"陈觅双强压着火气，因此说话都有些吸气，"你受的那些高等教育，难道就是教你在一个女孩面前羞辱她的母亲吗？"

听到她的话，邝橙没忍住，哽咽出了声。

大概是陈觅双的脸色真的太冷了，邝盛也意识到自己说多了，略微收了气焰，但也没有道歉的意思，只是想将此事揭过，甚至还提醒陈觅双："你喜欢收养猫猫狗狗，是你的事。但这也是我的家事，别说我们还没在一起，就算以后我们真的结了婚，这些事也与你无关。"

陈觅双突然莞尔一笑，眼波流转开来，扬着头对他说："太好了，你终于承认我们从来没在一起过了。我也请你放心，我绝对不会和你家有一分一毫的关系。"

她回身揽过邝橙的肩膀，说："我们走。"

回到车上，邝橙才放开哭了一阵，陈觅双沉默地开着车，等她自己哭完。陈觅双居然觉得庆幸，她曾经也视邝盛为不错的结婚对象，如果钟闻没出现，没有后来的一系列事情，她就遇不到邝橙，那么以她和邝盛原先的相处模式，两个人都戴着假面，没准真的会为了各取所需，走进婚姻的坟墓。

从前她只是觉得邝盛有一种精英层的傲慢，但今天她发现，他的人格有极大的问题，他已经不是傲慢，而是歧视，是共情能力缺失，是没有爱，也不屑爱。

就算孤独一世，她也不会和这样的人在一起，不会任由这样的人去伤害自己的灵魂。

"他果然喜欢你啊，我是说我哥。"邝橙哭完，抽纸擦鼻涕，"我爸一直想让他娶个中国女孩当妻子，这是我爸的一个情结吧。而我哥对于女友只有两个想法，一是女方的家庭背景或是个人能力强到能对他的事业有帮助，二就是外表。他应该真的很喜欢你的外貌。"

"然后娶了我，很快也会开始瞧不起我。一边嫌弃，一边又在复制，真讽刺。"

"是啊，说到底，他们都只爱自己。"

陈觅双紧张地瞥了邝橙一眼，说："你要是敢把擦过鼻涕的纸扔在我车上，我现在就把你赶下去。"

邝橙闻言立马握紧了刚要朝车底松开的手，瞄着陈觅双的脸色，却"扑哧"笑了出来。

两个人好好吃了一顿饭，就把刚刚的事忘了个干净。邝橙开始大骂她哥，说她哥的不败战绩并不清白，接案子的时候只接钱多和能打赢官司的，真有冤屈的人找上门，他根本不管。想必今天去画廊买东西，也是为了送人的。而陈觅双开始说起钟闻在家里乱七八糟的作为，逗得邝橙哈哈大笑。

"照你说的，他那么喜欢你，怎么可能说不联络就不联络了。那天你赶他走，也是情势所逼啊。"邝橙怂恿着，"你就主动给他打个电话嘛，也许他是有什么特殊情况才没有回来的。"

经邝橙一提醒，陈觅双看了下日历，才意识到居然已经两周多了。陈觅双瞬间感觉因为邝橙而加速的时间停滞了下来，她重新掉进了混沌浓稠的想念的泥沼。

"嗯，回头我给他打一次。"陈觅双敷衍地答应下来，可她自己也不知道什么时候才能鼓起勇气。

不过邝橙算是看懂了陈觅双的个性，就是死撑，放不下身段，让她主动打个电话比登天还难。于是邝橙决定找机会帮她一把，也算是感谢她为自己做了那么多事。

只是这个机会不是那么好找，之后的两天，邝橙一直在陈觅双家里画画，顺便盯着陈觅双的手机，寻找机会。

"你画得还挺好的。"虽然只有简单的基础，但邝橙的色感很好，令陈觅双意外，如果她这些年坚持画画，会长成截然不同的一个人，"少买点衣服包包，把你的零花钱拿去找个老师，再去申请你自己想上的学校。"

"可以吗？"

"当然可以啊，只要你想。"

正说着，陈觅双的手机响了，好像是有什么消息，她微蹙眉头回了几条，就在这时，楼下来了人，她赶紧撂下手机，下楼去接待。她刚把手机放下，邝橙就飞扑了过去，发现聊天界面果然还开着。她趁屏幕还没自动锁定，顺利接管了控制权。

钟闻的名字有备注，一眼就能看到，邝橙紧张留意着楼下的动静，手忙脚乱

164

地敲下文字："我想你最近应该不会回来了，不过以防万一，还是告诉你一声，我这几天在住院，店里都没有人，所以你还是暂时别回来了。"

做完这些，邝橙赶紧把她和钟闻聊天的对话框删掉，把之前的界面调出来，锁上屏幕，狂奔回画板前坐下，慌张之余还踢到了水桶，溅了一裤腿颜料水。

好在陈觅双并没有发觉，邝橙捂着扑通扑通狂跳的心口，偷偷地呼气。

虽然随便动别人的手机是不太好的事，而且钟闻只要回复了，陈觅双立马就会猜到是她搞的鬼，也许会有些生气，但为了陈觅双的幸福，邝橙觉得值得。

不过为了避免陈觅双当着她的面不好意思说实话，邝橙迅速画完手里的画就出去玩了，陈觅双浑然不觉，还像往常一样叮嘱她："晚上要是不回来住，记得和我说一声啊。"

"知道啦。"

邝橙走后，陈觅双收拾了房间，算了算账目，寂静突然笼罩了她，令她不安起来。明明她以前过的就是这样的生活，她也可以很悠闲，现在却觉得缺失了什么。

获得过，才会感到缺失，这是很明显的道理。

要不，还是给他打个电话吧。邝橙上次说的话是道理的，万一钟闻是有什么特殊情况呢？思来想去，陈觅双还是拿起了手机，深吸一口气，对着钟闻的号码按下了拨通键。

"您拨打的用户正忙，请稍后再拨。"

甜美但毫无生气的提示音一下浇熄了陈觅双好不容易鼓起的勇气，她有些气恼地锁上了屏幕，伸长胳膊将手机放到了远一点的地方。

没想到刚一放下，手机就响了起来，反倒吓了她一跳。她探头看去，屏幕上出现的名字令她缓缓勾起了嘴角。

是钟闻打来的电话。

事后清晨

看到陈觅双发来的信息时，钟闻正陪着纪小雨在医院的花园里溜达，本打算送她回病房后就回家的，突然得知陈觅双也住院了，他的第一反应就是担心，也没仔细琢磨语气之类的，直接就回拨了电话。

结果第一通没打通，他立刻又打了第二通。这一次那边终于传来了陈觅双的声音，钟闻急匆匆地问："你怎么了？"

"啊？"陈觅双万万没想到纠结了这么久，一开口会这么莫名其妙，她本还踌躇的情绪一下子就被打散了，"我没事啊。"

钟闻还以为她是避重就轻不想告诉他，故意板起了脸，却忘了隔着电话根本看不见："不许骗我，都住院了，怎么可能没事！"

"住院？"

陈觅双先是感到匪夷所思，脑筋一转，突然想到了急忙忙跑出门的邝橙，瞬间就明白了是怎么一回事。她捏着眉心摇了摇头说："不管你收到了什么，都不是真的，应该是另外一个人冒充我发的。"

"谁？"钟闻第一反应是感受到了威胁。

"一个女孩。"陈觅双也不知道自己为什么要解释，"这段日子发生了一些事情，等你……回头再和你讲吧。"

明明之前百般挣扎，真的打了电话却又发现像是什么都没发生，陈觅双好险就说出"等你回来再和你说",临时又改了口。可钟闻绝不会放过这种细节,蹭了蹭鼻尖,得意地笑了:"别不好意思,实话实说,是不是想我了?"

"你真是……"不见时让人想,见了就招人烦。

"我也想你呀。"钟闻自己抛梗自己接,"不过我暂时回不去,我现在在国内呢。"

"啊?你怎么一声不响就回去了?"

"因为……"到了这会儿,钟闻才想起来纪小雨还在旁边,他回头看了一眼,她坐在花坛边缘的瓷砖上,没有看他,他觉得在这里说下去不太好,就把话咽了回去,"我这边也说来话长,电话费太贵了,等下我用语音发给你。"

"好吧。"

陈觅双的一颗心轻飘飘地落了地,烦扰她多日的东西就像是七彩的泡沫,无声无息地破掉,不留一点痕迹,甚至还演变成了一种浪漫。她不应该把钟闻想得那么小气,钟闻不像她那么敏感焦虑,也比她更勇敢。

忽然间陈觅双想到了一个可能性,冷不丁地问:"你刚刚给我打过电话吗?"

"我打了两通,第一通繁忙。"

在陈觅双明白过来他俩刚才是同一时间在给对方打电话的同时,钟闻也猜到了,他高兴得音调都提高了,反复说着:"你刚刚也在给我打电话对不对,对不对,对不对……"

或许是这巧合过于有戏剧性,让陈觅双不得不承认,她无奈地"嗯"了两声:"好了,不是说电话费贵吗,先挂了吧。"

"总之你没生病就好,刚才看到信息吓我一跳。"钟闻的精神头上来了,一边说着要挂,一边又觉得有说不完的话,"不过现在仔细想想,那还真不像是你发的,你要真的病了,才不会让我知道呢。"

"我可以照顾好自己的。"

"你可以是你可以,我愿意是我愿意。"

他说甜言蜜语时的语气能坚定到像是在说什么大道理,陈觅双明明都已经很习惯了,却还是有点脸颊发热。

电话都挂断了,钟闻还对着屏幕傻傻地笑,像是有什么天大的好事一样。其实他完全没有和陈觅双闹别扭的打算,在他看来,自己只是有事情暂时离开一下罢了。一直没主动联系,确实也是因为有意想不到的事情耽误了,他急匆匆回国,加之时差,会有一点不方便。不过主要原因,还是他不确定陈觅双的心理调节做好了没,他犹豫着是不是等她主动联络会比较好。

然而当他知道陈觅双真的主动联络了他，即便是没打通，最后的结果是他打过去了，他还是兴奋之情溢于言表。他知道陈觅双在想他，只是十天半个月没见面而已，陈觅双对他的思念已经可以促使别人帮忙联络了，最后连她自己也忍不住了。

这代表了什么？这代表他大业将成，当然要兴奋一下。

"挺幸福啊。"纪小雨走到他身旁，想调笑却又有些虚弱，她自己都担心听起来会不会显得心不甘情不愿。

钟闻笑笑没说话。

"明天出结果，不管有事没事，你都赶紧回去吧，也不能请这么久的假吧。"两个人往病房里走去，住院区里灯光昏暗，一股浓重的消毒水味，每次一进去，钟闻就下意识屏气。虽然钟闻尽力遮掩，但他摸鼻子的小动作，纪小雨每次都看得清楚。

病房在走廊的尽头，但纪小雨停在了电梯口，对钟闻甩甩手："你快回家吧，和她好好解释一下，别因为我吃醋。"

"放心吧，她可以理解的。"嘴上这么说，钟闻想的却是，要是陈觅双真的会吃醋，就太好了。

"唉，我都后悔了，我当时就是太害怕了，才会给你电话。其实折腾你回来又有什么用呢，真是给人添麻烦。"

"别这么说嘛，人在这种时候是想找个主心骨的。也不麻烦，我正好在家待几天，我爸妈也想我了。"钟闻按下了下行按键，停在一楼的电梯很快就上来了，他走进电梯，转身伸手在纪小雨的上臂拍了拍，"回去休息吧，别胡思乱想，肯定没事的。明天我一早就过来跟你一起等结果。"

纪小雨轻巧地挥了挥手，转身朝走病房走去。

但是只走出了电梯门前的范围，纪小雨就停住了脚步，她闭了闭眼睛，再回过头，电梯门早已关上，电梯已在一层层地往下走。

让他走，他还真的走得这么利索啊……纪小雨先是苦笑了一下，后来竟实打实地笑话起自己来。到这种时候了，还幻想什么啊，刚刚钟闻看到一条信息紧张到变了脸色的样子，她明明看得那么清楚。

所以她是真的后悔了，她不该打那通电话，不想让钟闻对她同情更多。

她现在只希望赶紧出结果，好坏都好，然后尽快赶钟闻离开，不给她心中死灰复燃的机会。

而另一边，钟闻在回家的路上已经开始和陈觅双讲前因后果了，那天他气冲冲地离开陈觅双的家，走到一半就有点后悔了，之所以没回去，是因为觉得自己再出现会更尴尬。他连夜赶回格拉斯，因为脑子里乱，一直睡不着，没想到大半夜接到了纪小雨的电话。

自从他在法国扎根，纪小雨从没给他打过电话，他们的沟通基本上就是给对方的朋友圈点个赞，或是评论个照片墙。钟闻算着时间，国内应该是早上，心里就清楚一定是有事。

纪小雨吞吞吐吐了半天才说清楚，她找了份工作，打算一边上班一边考研，结果前两天在上班路上不小心卷进了一场电瓶车和汽车剐蹭的小事故里。她其实没受什么伤，但电瓶车主拿她当挡箭牌，非得拽着她在一个阵营里，于是她莫名其妙地去做了次全身检查。没想到检查之后，医生对她说她胃部有阴影，看上去不太乐观，让她去做活体组织检查。纪小雨一下就害怕了，之前一直胃不舒服，可仗着年轻根本不在意。

她暂时不敢让爸妈知道，如果最后只是虚惊一场，何苦让上年纪的人跟着害怕。她从来不是个让父母骄傲的女儿，爱虚荣爱花钱，考研只是嘴上说说，也不见得能考得上。到这种时候，她愈加觉得对不起父母了。可是身边并没有能依靠到这种程度的朋友，约人逛街是一码事，约人陪着去医院是另一码事，思来想去，她给钟闻打了电话。她做好了钟闻会拒绝她的准备，因为来回折腾，光机票也不便宜，可人在那种时候是从心的，她满心想的都是钟闻能陪着她就好了。

钟闻听她说完，二话不说就答应了，他去学校请假，然后第三天就飞了回去。之后钟闻陪她去医院做了检查，虽然只是微创，但她还是顺便住在了医院里等结果。钟闻并没有时刻在医院陪着她，隔了那么久回来，当然要在家陪陪父母，出去会会朋友，还去商场转了转香水柜台，做了做市场调研，偶尔会来医院里给她送点吃的，顺便陪她说说话。

但他们已经没什么话可说了。钟闻跟纪小雨聊起他认识到的国内香水市场的现状，人们缺乏香水知识，包括导购员在内。品牌效应、宣传效应远大于香调本身，以至于香水的可选择范围太小。但正因如此，国内的香水市场还处于起步阶段，潜力巨大。当人们渐渐懂得如何挑选适合自己的香水，当人们真正习惯了用香水，就会需要更丰富、更专业、甚至更私人化的市场。他说得兴致高昂，可纪小雨根本没听进去。不久之前他还和自己一样无所事事，每天只是聚会打游戏的人，一转眼也开始工作不离嘴了，纪小雨知道自己应该为钟闻变成优秀的大人而感到高兴，可她的内心深处只有陌生感与失落。

“明天就出结果了。”钟闻对陈觅双说。

“一定不会有事的。”

世事难料，知道了事情的始末，陈觅双心中也颇多感慨。她记得那个女孩，恨不得把喜欢钟闻写在脸上。那么年轻，遇到这种事，一定很害怕，想要见自己喜欢的人也是很正常的反应。只是陈觅双清楚，如果自己摊上这种事，反而会将所有人都推开，一个人面对结果。

想到这里，她还有点羡慕纪小雨这种可以放任自己去依赖别人的勇气。

“我觉得也不会有事的，兴许只是溃疡之类的。等出了结果，真的没什么事，我就回去了。”

“结果出来，也许需要治疗，你可以多陪陪她。”

陈觅双还没觉得有什么不对，钟闻反倒先不高兴了：“喂，你怎么一点都不吃醋啊！”

“啊？我为什么要吃醋？”

“我在陪别的女生啊，还是老同学！”

“可是你在做对的事啊，就算你提前告诉我，我也会让你去的。”其实陈觅双明白钟闻的心思，她心里也不是一点感觉都没有，毕竟羡慕和嫉妒只有一线之隔，不过既然钟闻想看她吃醋，她就偏不，“再说了，我们又没有什么关系。”

钟闻暗暗地咬着牙，心想这次回去一定要让陈觅双亲口确认他们的关系，一定要让她一个字一个字地说出“我喜欢你”才行。

第二天一早，钟闻就去了医院，陪纪小雨一起听结果。医生详细看了看报告单，脸色逐渐和缓，对纪小雨说：“还好，现在还是肠化，而且程度还算轻，没有增生，暂时不用手术。”

纪小雨的心一下子就放松了下来，眼睛也模糊了，转头看钟闻，想去握他的手，手伸到半截又收回来，抓紧了自己的裤子。

“不过肠化和癌变也是有一些关联的，绝对不能怠慢。”先说了好消息，医生又开始说严重性，“你还这么年轻，之后得谨遵医嘱好好治疗，日常也要注意调养。”

“不要再因为懒就随便吃东西了。”钟闻叮嘱她，“听医生的话，能养好的，没事。”

纪小雨笑着点了点头，她知道，放了心的钟闻马上就要走了。

那之后，纪小雨办出院手续，取药，又请钟闻吃了一顿饭。钟闻本来让她跟着一起回家吃，以前她也去过钟闻家，可她最终没答应。两个人就找了家看上去卫生条件比较好的粥店，吃了点清淡的。

"你放心回去吧，我肯定会好好照顾自己，我可不想英年早逝。"好几天没怎么吃东西，纪小雨吃得很香，"回头等我有空，我去那边找你玩。"

"好啊，说好了。"

查了最近几天的机票，挑了个时差和价格最合适的航班，钟闻飞回了尼斯。这次走，家里的态度比之前好了很多，父母全然不提之前的不赞成了，给他准备了不少东西，到了机场还一直想给他塞钱。虽然他坚持拒绝，但到了飞机上，他才发现妈妈不知什么时候又把之前那张银行卡塞进了他随身的包里。

飞机滑行前，钟闻原想给陈觅双发条信息，转念一想又放弃了。他想突然出现，看看他不在的时候她是什么状态，顺便杀她个措手不及。

自从知道钟闻去了哪里，一定会回来，陈觅双踏实了下来。之前一段日子，她不愿意接零碎的订单，更不愿意接急活儿，怕自己心态不稳，做不出品质。在和钟闻通完电话的第三天，她接到了合作过的一个酒店经理的电话，说他在巴黎的新店要开业，日子马上就到了，签好的花艺突然出了问题，在指定时间内交不上了，问她能不能救急。

一般这样的订单不好接，一是花材有可能订不全，二是帮忙布置的人手也未必够，三是有之前的设计稿和合同在先，很多东西不好谈。可这是一家很有资历的连锁酒店，能拿到二次合作的机会是好事，而且这对她而言也是挑战。

当她切实地感受到自己对挑战的跃跃欲试时，她知道自己真的变了。从前她总是花大力气回避麻烦，太刁难的客户不接，审美差异太大的客户不接，设计稿修改太多次、压价太狠、合同条款有争议……都能使她退缩。她开店第一年因为这个亏了不少钱，后来只好硬着头皮去接单，稍有不顺就心理压力过大。可现在她居然想要迎接挑战了，想更加享受工作带来的乐趣。

是钟闻教会她的，是钟闻给了她勇气。

陈觅双马不停蹄地赶到巴黎的酒店，二话不说进入正题，有之前的设计稿在，酒店方的意思是在那个基础上做差不多的就行。但陈觅双一眼就看出设计稿里的问题，最近花材价格上涨，如果照这个做，基本是不赚钱的，这可能也是最后没有成的原因之一。而且其中几种花材容易衰败，好看归好看，如果开业前两天就有了枯萎甚至掉落的花，是很扫兴的。于是她干脆推翻重来，只保留了色系基础，又根据酒店布局重新做了设计图和策划，当天晚上她就住在隔壁酒店里，忙到凌晨才睡。

第二天一早，和酒店确定了方案和预算，她就跑到巴黎的花市去敲订单了，但加急的单子和加急的人手总是需要加钱，另外她在巴黎也没什么熟人，很多事情都不好谈。她又联系了尼斯花市里相熟的业务员，在那边补订了一部分，而且来的时候就需要弄成半成品的样子。虽然从巴黎到尼斯，坐飞机只需要一个多小时，可特价票不是那么好买到的，加上从酒店到机场的时间，也很折腾。她又回了尼斯一趟，确定了花材与实物的样子，然后联络了几个和她做过现场的人，但只有两个人有空，可以和她飞到巴黎。

毕竟时间太紧了，一定不能耽误开业，思来想去，她需要一个信任的人帮忙，于是想到了邝橙。虽然她并不太确定小姑娘能不能靠得住，但她想试试。

"我要你去帮我验货，在他们出发前清点数量、样式，都确认好再让他们出发，顺便告诉我一声，可以吗？"

"没问题！都交给我！"邝橙很开心自己能被安排任务，精气神十足。

"一定要谨慎，所有的细节都要照我说的检查，如果他们要滑头，偷工减料，一定要据理力争。但是不要吵架，要先给我打电话，好吗？"

"放心吧，我可以帮你做些事的。"

尼斯那边交给了邝橙，陈觅双就主要驻扎在了巴黎这边，亲自上手帮忙，紧盯进度。终于在开业的前一天，巴黎这边的花材和装饰物都到了，邝橙那边也来消息说出发了。陈觅双先指挥工人把能摆的摆上，比如各个厅和房间里面的小件装饰、桌面上的花瓶等。而大厅中间，吊灯下方，最重要的大型花艺观景，她要完全自己做。两人高的巨大装饰物，完全靠内部框架堆叠，表面看不到太多花瓶。她踩着梯子爬上爬下，鞋子太碍事，后来干脆就光着脚。

除此之外，还有大厅、宴会区、餐厅区，整个走廊上用来划分区域的花艺，也是组合的大件。虽然工人已经按要求组装上，但只是个大概，人家收工后，陈觅双和她找来的员工还要一点点调整。

公共空间里的插花和自己家随便插插完全不一样，在家里插花大多只注重一个位面就可以，因为人潜意识里知道从哪个方向看过去是美的。可在公共空间里，人会从各个方向看过去，所以花艺一定要保证三百六十度无死角。在这方面，陈觅双要求非常严格，带着那两个员工一路拿着工具修修剪剪，说是圆形，就不允许有一厘米的旁逸斜出。

布置上花的酒店，即使还没有接待客人，也显得有生气起来。直到尼斯那边的花到了，陈觅双才意识到自己差不多十个小时没吃东西了。她对帮忙的员工表示抱歉，让他们赶紧去吃饭，她自己先清点数量就好。

结果她到门口接车，邝橙居然从车上下来了，活蹦乱跳地说："惊喜吧！"

"你怎么跟着过来了？"

从尼斯到巴黎走高速也得八九个小时，她一个女孩跟着不认识的人多不安全，陈觅双压根不知情，不然怎么都会阻止她。

"我想着你这边缺帮手，我好歹也能充个数嘛。"邝橙梳了个在头顶的马尾，妆化得稍淡，看着更像是个小孩子了。虽然邝橙的外貌上非洲的基因很明显，但陈觅双总会忽略，在她眼里，邝橙就是个和她一起长大的小妹妹。

"累不累啊？坐那么久的车。"

"不累，我能玩一夜，不知道累。"

既然邝橙来了，陈觅双就想带她先去吃饭，酒店的负责人突然满怀歉意地走过来，非要请她吃饭。她就没再推托，带着邝橙一起去了。

饭桌上，酒店的负责人问陈觅双愿不愿意做酒店的花艺总监，以后负责整个集团高端线路酒店的花艺事务。这是天大的好事，"高端酒店花艺总监"这个名号足以让她在圈子内稳稳站住脚跟，并且整体提升一个水平。但在一瞬间的兴奋后，更驳杂的现实情况占领了思绪，她还是冷静地说："能不能让我考虑一下，我想先把眼前的事情搞定，再去思考其他。"

"当然。"酒店负责人举杯，对她表示感谢。

吃过饭后，陈觅双又带着邝橙回去，和另外两个休息过后的员工继续干。陈觅双做一个样子，他们复制。在镂空墙上穿入典雅的兰花，用边缘的花泥提供营养，用鸟笼相框等将花全部变成装饰品。邝橙学得很快，手脚也麻利，边做边问陈觅双："你刚才为什么不答应？"

"我得仔细想想。"

"有什么可想的，先答应下来，船到……桥头……自来直？"

她的中文学得很不错，只是从小第一语言是法语，难免会有一点口音，听起来反而像某个地区的方言，特别好笑。

"是自然直。"陈觅双笑了一声，"年纪大的人就容易瞻前顾后，所以你这个年纪想做什么，只要确定是对的，就去做，别犹豫。"

"我想去学服装设计。"

"好啊，有目标学校吗？"

邝橙摇了摇头："我想先找老师补补基础，多累积一点作品。"

"挺好的。不过你是不是应该找机会和你爸妈好好谈一谈，万一他们断了你的零花钱和信用卡，你可怎么办。"

"我爸早就放弃我了，我俩说话不超过三句肯定会打起来。"邝橙无所谓似的耸肩，"反正我妈会偷偷给我钱花的，没事。"

为什么原本应该是天底下距离最近的孩子和父母，想要沟通却总是那么难？连听对方说话都不肯，又谈什么互相理解。陈觅双突然想，血亲都如此，那么本是陌生人的夫妻，到底是凭借什么相互宽容、相互体谅的呢？

爱情真的有那么大的力量吗？

不过很快，陈觅双就赶走了这些杂念，又忙了几个小时，赶在最后的死线前交了工。验收完成后，酒店给他们安排了一个很棒的房间休息，东西都是全新的，住得很舒适。

洗完澡躺在床上，陈觅双才意识到自己有多疲惫，小腿肚硬邦邦的，可以预想到第二天会疼得厉害。邝橙说着不累，结果很快就睡着了，陈觅双躺下之后却还在思量花艺总监的事。

她做过不少酒店的花艺，签过年约，也接过巴黎的订单，但那都是比较单一的活儿，要求也没有那么高。她一直比较享受这种自由的感觉，能让她有时间接些有意思但不怎么赚钱的小单。她没有固定的员工，员工们都是兼职，每次需要出外置景时再找人，有些是她在插花课上教的学生。可是如果她接了花艺总监这个工作，就可以找几个固定的员工，少接一些订单，多些时间教课，也许她的生活会更加稳定有保障。

只是这家酒店集团在全世界各地都有连锁店，她就不能像以前一样大部分时间留守在尼斯周边了，可能要跑很远，势必会更加繁忙。那么……那么……陈觅双暗暗叹了口气，说到底，她还是在考虑钟闻。

没有人会去考虑一个单纯的室友与自己的重要工作之间的权重，她不得不承认钟闻在她生活里的重要性了。

第二天醒来，酒店负责人邀请她们留下参加开业，在酒店内的消费都免单，但陈觅双已经订好了回去的机票，就带着邝橙和帮自己的两个员工一起回去了。临走前她保证回去休息一下，最晚三天一定给他们考虑结果。

回去的飞机上，邝橙坐在她旁边，用手肘碰碰她，说："晚上我朋友过生日，开化装舞会，你也一起来吧。"

陈觅双本想拒绝，但邝橙已经先一步央求起来："来嘛，这几天那么累，顺便放松一下。化装舞会，可以装扮得谁都认不出来。"

"也好吧。"

这些日子确实是身心俱疲，需要放松一下。陈觅双羞于启齿的是，她不愿意去是因为紧张，她一个人的时候可以和陌生人插科打诨，可以上台唱歌跳舞，因为她知道没人认得她。唯一一次算是和认识的人一起玩，也就是钟闻。现在让她和邝橙一起去参加什么化装舞会，就真的是和小姐妹一起去玩，性质完全不同了，她反而有些不知所措，因为她是以陈觅双的身份去的，不是Amber。

可她最终还是答应了下来，一是不太放心邝橙一个人去，二是她居然对另外一种生活方式有所期待起来。

回到家里洗完澡休息了一下，陈觅双和邝橙出去采购化装舞会需要的东西，给对方化起了妆。邝橙非要陈觅双穿一件布满亮片、极显身材的长裙，等陈觅双换好裙子，戴上蕾丝的眼部面具，她双手交握在嘴下惊叹："你男朋友要是能看到，没准立马向你求婚！"

"什么男朋友……"陈觅双脸一热，却不忘警告邝橙，"你不许再胡来！"

"知道了，我是说他没眼福。"

开化装舞会的地方离Amber和钟闻初次见面的酒吧不远，看不出到底是自家的房子，还是租来玩的别墅，总之搞得一团乱。有十几个人，都戴着面具，只能分出男女，也看不出大家之前认不认识，见面就碰杯。过生日的女孩站到桌子上，放上震耳欲聋的音乐就开始喷香槟，甩得到处都是，从那一刻起，气氛就彻底失控了，根本没有人真的在听别人说话，大家聚在一起不过是在消遣自己的寂寞。

陈觅双被过高的音量吵得脑仁疼，有点担心隔壁会报警，屋里充满了食物和酒发酵的味道，她不得不躲到阳台上透气。有男生走出来跟她闲聊，她知道这些男孩比钟闻还小，就只是好脾气地敷衍着，他们待一会儿觉得没劲就会回去。

陈觅双万万没想到邝橙的酒量会那么差，她出去透了个气回来，发现邝橙已经醉得走不了直线了。

"走啦，我们回去了。"

陈觅双扶她起来，架着她往外走。

谁知到了外面被风一吹，邝橙反而醉得更厉害了，她推开陈觅双，跌跌撞撞地在巷子里走，大骂一个人："你从来就没正眼看过我！从小到大，只要我和哥哥吵架，你一定会站在他那边！他把你给我买的生日礼物扔了，还说是我因为不喜欢扔的，你也信！我努力学习，努力考一个好的分数，你却连看都不看，只在乎哥哥的成绩和工作，从来都没参加过我学校里的活动！我骨折被送到医院，医生给你打电话，最后还是只有妈妈来，而你呢，你只是去旁听哥哥的开庭了！我就想让你看看我，怎么就那么难啊……"

陈觅双并没有听清楚邝橙一开始喊的名字，但听到后面也猜到她说的是爸爸。陈觅双在后面看她左摇右晃，好几次都撞到墙壁，还是追上去想让她安静下来，结果却发现她手里握着手机，是接通电话的状态。

她在给她爸打电话？陈觅双先是吓了一跳，而后又有点哭笑不得，反而不知道该不该阻止了。俗话说酒壮怂人胆，也许让邝橙借着酒劲埋怨一下也未尝不可。

不过很快那边就挂断了电话，而邝橙并没有察觉，还在对着手机狂喊。路人经过都转头看她们，陈觅双不断和人点头抱歉，庆幸自己脸上有遮掩。

"好了，好了，我们回家了。"陈觅双揽着邝橙的肩膀，在她手臂上上下搓了搓。

"没有家，我没有家……"

"有的，听话……"

就在这时，邝橙手里的手机又响了，陈觅双看名字一时没反应过来是谁，等到邝橙自己接起来，电话那头传来声音，她才想起是邝盛的法国名字。

邝橙此时还以为手机对面是爸爸，大声叫着爸爸的全名，陈觅双想着这样不行，硬是从她手里把手机抢了下来，还不等说话，就听到邝盛气急败坏地说："你告诉我，你现在在哪里，我过去接你，别在外面给我丢人！"

"她今天住在我那里就行，不用担心。"陈觅双说。

"你和她在一起是吧？你告诉你你们在哪里，就在原地别动，她父亲要求她今天必须回家。"

看来是邝橙的爸爸放下电话就差使邝盛来接了，虽然陈觅双不太放心，怕邝橙回去挨训，可毕竟人家是一家人，她也没什么理由拦着。于是她只好告诉邝盛位置，拉着邝橙走到了外面主街上的一条长凳上坐了下来。这时邝橙已经疯累了，靠着她的肩膀昏昏欲睡，脸上还带着一点眼线被泪水冲掉的脏兮兮的泪痕。

要是她的爸爸这次真的能听进去一点就好了，陈觅双忍不住想。

邝盛来得很快，大晚上仍然穿得笔挺，下车快步走过来，毫不温柔地从陈觅双手里把邝橙接过去，塞进后座，并一把扯下了邝橙脸上的面具，丢在了车外的地上。

之后邝盛重新坐进驾驶室，从钱夹里掏出几张纸币递出窗外，对陈觅双说："谢谢，但以后请不要再找她一起玩。"

到了这时，陈觅双才突然明白过来，原来自始至终邝盛都没认出她。即便她眼睛上戴着面具，但刚刚电话里她并没有伪饰声音，自然而然以为邝盛知道是她。可眼下邝盛显然只是拿她当邝橙的狐朋狗友，陈觅双觉得就算自己摘了面具，他也认不出来，因为他根本不屑于认真看。

"不用了。我和她是朋友，要不要一起玩不归别人管。"

说完，陈觅双转头就走，步伐不自觉地摇曳生姿，裙子上的亮片甩动出层层光泽。被邝盛忽视反而令她感到愉悦和自信，她还一直隐隐想笑。

往前走了几步，一抬头就是让她和钟闻的人生真正纠缠起来的那家酒吧。在那之前，陈觅双总是来这里，因为环境好，空间也大，乐队可以随便点歌，楼上还有天台。她在这也认识了一些表面上的朋友，当然是以Amber的身份，只是后来被男人纠缠住，就变得很麻烦。在遇见钟闻后，他们就再也没来过。过了这么久，常来这里的人应该已经忘了她吧，她摘掉面具，悄无声息地走了进去。

在吧台的角落坐下，随便点了杯低度酒，台上的歌手居然唱着蓝草音乐，气氛一派祥和。到了这会儿，陈觅双才想起看手机，这才看到将近一个小时前钟闻发来的信息："你现在在哪儿？"

"你在哪儿？"陈觅双的眉心忽然一跳。

"我回来了，你怎么没在家啊？"

"我这就回去。"

"不急，我过去找你吧。"

本来陈觅双听到他说回来了，都已经麻利地跳下了吧台凳，还没来得及走就看见他的回复。她低头看了看自己身上穿的衣服，突然想起了邝橙在家里时说的话，又坐回凳子上，回复钟闻："行吧，那你就来第一次和我见面的地方，还记得吧？"

"记得，等我。"

其实发完消息以后陈觅双略微担心，因为她的话多少有点歧义，他们第一次见面的地方应该是机场才对。不过转念一想，钟闻也不傻，他应该知道的。

果不其然，等了一会儿，钟闻就进了酒吧，陈觅双一直盯着门口，所以一眼就看见了他。她一声不响地看着，钟闻站在门口环顾，看向这边的一刹那就瞄准了她，笑着朝她跑了过来。

他倒是怎样都不会认错，陈觅双低头笑了笑。

"你怎么又一个人出来玩呀，有什么烦心事吗？"钟闻奔到陈觅双的旁边坐下，给酒保打招呼，只要了一杯无酒精饮料。

"谁说非得有烦心事才能出来玩啊？"

"那看来我不在的这段时间你心情还不错喽？"

钟闻托着腮注视着陈觅双，不知是不是一段时间没见的缘故，今晚的陈觅双看起来尤为光彩照人。陈觅双日常是个朴素的人，因为五官十分标致，加之皮肤细腻，不化妆的时候有一种清冷的干净。他在机场和她交换手机时，就是被那种清冷一击命中的。但正因为如此，陈觅双随便扮一下就会判若两人，所有的五彩斑斓投射到她身上，就能保持百分百的光鲜。

　　陈觅双之前一直疑惑，钟闻怎么总是能无所顾忌地直视别人，总是能用眼神传达情绪，每每被他凝视，她反而不敢抬头看他的眼睛。然而今天，或许是因为有一段日子没见了，或许是因为灯光的昏暗，她终于迎着钟闻的目光看了回去。

　　"也没什么不好的。你好像胖了？"

　　"可不！回家这几天我妈天天变着花样做饭，不吃都不行。"提到父母，钟闻又想起了之前和陈觅双父母吵架的事，突如其来地叹了口气，趴在了吧台上面，"之前的事……对不起，我其实出了门就后悔了。"

　　陈觅双根本没想到他会道歉，他有什么错呢，只是说了她不敢说的话而已。

　　"要道歉也应该是我道歉，是我把你搅进这种麻烦又难堪的事情里来的，这不该是你承受的。"

　　"什么叫搅进啊，是我自愿的！"钟闻瞪着眼睛，"我喜欢你，所以我愿意接受这些。只不过我应该换种方法，不应该那么冲动，也许柔和一点说会更好。"

　　"哪有那么容易……"陈觅双摇了摇头。

　　"其实你爸妈的顾虑，我也不是不能理解，可是我有信心，一定能让他们接受我，信任我。但首先，你要信任我。"

　　"我……"

　　不等陈觅双组织好语言，钟闻喝了一口饮料，突然跳下了吧凳，对她指了指舞台的方向，就转头跑了过去。陈觅双意识到不对，可已经来不及阻止，只能站在原地，眼睁睁看着钟闻两步跨上了舞台。

　　他拿自己的手机和乐队确认着什么，乐队比了个"OK"的手势，显然是会这首曲子。台下的人都还没什么反应，只有陈觅双缓缓靠近了舞台。她有一种感觉，钟闻在策划着什么。

　　果然，乐队准备就绪后，钟闻握着麦架上的话筒，吹了两口气，试了试，对着下面用英文说道："这首歌，送给我一见钟情的女孩。她对我而言非常重要，对她的爱改变了我的人生，而之后的人生，只要她点一点头，无论祸福、贫富，我都会守护在她身边，我发誓。"

音乐缓缓响起，是陈觅双听过的歌，但她从没听过钟闻唱歌。毫无专业性可言的歌声，想压住音乐都勉强，就是普通人对着手机录歌的程度，保持不走调已经耗尽了全力，还能听出背词的磕磕绊绊。可偏偏是那些气声，那些不完美，让这首歌更像是一种诉说。

I swear by the moon and the stars in the sky

And I swear like the shadow that's by your side

I see the questions in your eyes

I know what's weighing on your mind

……

我发誓，当着天上的星星月亮

我发誓，像影子陪在你的身旁

我看见你眼中闪烁着疑问

也听到你心中的忐忑不安

你可以安心，我很清楚自己的心

在往后共度的岁月里

你只会因为喜悦而流泪

即使我偶尔会犯错

也不会让你心碎

我发誓，我愿给你一切我所能给的

用双手为你筑梦

将最美好的回忆挂在墙上

当你的头发变成银色

你不必问我是否还在乎

任时光荏苒，我的爱永不老去

……

在场很多女士都双手交握放在了胸口上，感动又艳羡的样子，不断扭头找另一个主角是谁。而陈觅双注视着舞台上的钟闻，不知不觉模糊了视线。

她以前看电视的时候总觉得那些感动到哭泣的镜头是不真实的，设身处地才发现，原来真的会有那么一刻，好似人生中所有的温暖在心底炸开，流窜到了全身，眼睛只是一个出口罢了。

就在一片水光里，在最后几个跳动的音符里，钟闻跳下舞台牵起她的手，在众目睽睽下，在杂乱的掌声中，跑出了酒吧。

车子就停在不远的地方，直到坐进了副驾驶座，陈觅双狂乱的心跳才有了收敛之势，她偏头看了看开车的钟闻，问："谁许你私自开我的车出来了？"

"别那么小气嘛，我平时也没少开啊。"

"要去哪儿？你到底做了多少打算？"

他特意开车过来，刚刚还小心着没喝一滴酒，现在又在空旷无人的路上坚定不移地朝前开，陈觅双已经确定他心里是有小算盘了。至于目的，她其实很清楚，她现在就是好奇他下一步想干什么。

"其实也没有什么特别的，在任何地方都可以完成。"

让陈觅双万万没想到的是，说话间钟闻已经把车停了下来，她只来得及看清是可以俯瞰到海面的道旁，他就翻身迈到了她这边，膝盖抵在了座椅边角，手撑在了她的头旁边，整个人支在了她的身上。

"喂，你想干什么……"狭小的单人空间里想要叠放两个人似乎很难，钟闻的头顶要撞到车顶，只能略微弓着背。即便如此，他还是遮挡了大部分光线，让陈觅双除了他什么都看不到。开始时，陈觅双还强撑着，以为钟闻又是胡闹，想吓唬她一下，大概等会儿就要解开安全带或者开门，但下一秒她感觉到自己的椅背开始下降，而他的双手撑在她的头两侧，跟着她俯身下来，她彻底慌了："喂，钟闻！我警告你……"

她伸出的手被钟闻反握住，座椅靠背也放到了极限。她整个人被钟闻制住，不是动弹不得，而是不敢动。他们之间的距离，他们之间的氛围，已经仿佛因为一点静电都会擦枪走火。

"警告我什么？"钟闻握着她的手压在旁边，故意低头在极近的地方和她说话，"你以为我要干什么？"

"我……你……"

咚咚、咚咚、咚咚……陈觅双被自己的心跳声弄得惊慌失措，眼睛也不知该看向哪里。

"放心啦！"钟闻被她的样子逗笑了，他一笑，陈觅双的脸更红了，"我就是想有一个你不能逃避的空间，问你几个问题。"

"你让我起来，我保证你问什么，我答什么。"

"不行，这一次我绝对不能给你逃跑的机会。从现在开始，我问，你答。我什么时候放开你，取决于你回答的速度。"钟闻动弹了一下腿，可怜巴巴地说，

"一会儿我撑累了，可能真的要趴在你身上了。"

陈觅双气急败坏地瞪着他："你无赖！"

"第一个问题，你相信我能成为调香师吗？"钟闻问。

"我相信。"

"那……你相信我是个言出必行的人吗？"

"我相信。"

"你相信我喜欢你吗？"

这次陈觅双停顿了一下，却还是回答："我相信。"

"不行。"谁知钟闻还是不满意，为了让她垂下的视线抬起来与自己对视，改成了一侧手肘压在了座椅上，强行托起了陈觅双的脸，这样一来，两个人的上半身几乎是零距离了，"看着我的眼睛再说一次。"

"好好好，我相信，相信！"陈觅双猛地看向钟闻的眼神深处，感觉被搅进了旋涡，快要无法呼吸。

就在这时，她终于听见钟闻问出了那句："既然如此，你喜欢我吗？"

即便早就猜到会有这样一句，可在这样的情况下，陈觅双被迫凝视钟闻的眼睛，感受他的温度和心跳，感受自己全部张开的毛孔，注意力凝聚，心滚烫起来，听到这个问题的刹那，她还是不自觉地颤了一下。

答案已经在心里响了起来，只是没那么顺利说出口。

然而钟闻不催促她，也不给她逃避的机会，就这样狡猾地一次一次不紧不慢地重复："你喜欢我吗？你喜欢我吗？你喜欢我吗？你喜欢……"

这一声声，砸在陈觅双心上，终是将她心里对外部世界的防御敲碎了，或许是早已有了裂缝，只差这最后一击。陈觅双看见光从裂缝里一点点透过来，终于带着不破不立的势头将她笼罩。

明明是在黑夜的车子里，被困在一个人的臂弯下面，陈觅双竟突然感受到了开阔。

"喜欢……"她主动看向钟闻的眼睛，甚至抬了抬下巴，一字一顿地说，"我喜欢你。"

钟闻完全没打算再问，他听得清清楚楚，嘴角立刻向耳朵的方向扯去。就在陈觅双以为他终于能放开自己时，他却突然低头吻了下来。

暂停的时间里，陈觅双仿佛听见了刚刚那首*I Swear*（《我发誓》）的旋律，她紧张到将钟闻的衣服抓成一团的手，一点点放松了下来。

"我们就停在这里等日出吧。"钟闻贴着她的嘴角说。

陈觅双没办法认真思考，只是下意识地问："停一夜？"

"嗯，因为明天早上我要再听你说一次喜欢我。"

顿了顿，陈觅双才醒悟过来，钟闻怕她是借着Amber的嘴说的，明天一早就不承认了。

他这个时候倒是很细致啊！

"你要是把这个脑筋用在正事上，做什么都事半功倍！"陈觅双抬起手发泄似的揉乱了钟闻的头发。

"这也是正事好不好，这是最最重要的事了！"

说着，钟闻又在陈觅双脸颊上亲了一口。

他们真的在车里待了一夜，零零碎碎聊了一些话，断断续续睡了一会儿，原以为漫长的一夜，就这样过去了。早晨六点多的时候，钟闻拉着陈觅双爬上车前盖，依偎着等着太阳升起。

红霞再一次将他们笼罩时，陈觅双想到了上一次，那时她都不能确定自己此生还会不会再见到钟闻。可那个时候她的心就已经被撼动了，只是即便有百分之九十九，她都不敢让自己幻想百分之百。

可现在不一样了，她感受到了百分之百，哪怕她的父母不同意，她此时此刻也不能抑制。

"我喜欢你。"

远处的太阳在视觉上和他们的脸在一个水平线时，他们向对方侧过头，在耀眼的光芒里漫长而温柔地亲吻。日出、大海、海风，以及逐渐醒来的世界，在此时此刻对他们而言都没有身边的这个人更重要。

勇敢爱吧，趁我们还活着。陈觅双在心中对自己说。

Chapter12
致命温柔

　　"我晚一点回去，还在工厂，但我一定会回去的，你要乖乖等我啊。"

　　收到钟闻的消息时陈觅双正在熬汤，屋子里弥漫着淡淡的水汽和香味，合成了名为"家"的烟火气。她拿干净的小勺尝了一口，撂下之后转了小火慢慢煲，回复道："好，给你留饭。"

　　之后陈觅双摘掉围裙，洗干净手，坐回电脑前，连上手机相册，开始做花艺类课件的PPT。她最终还是答应了酒店的邀约，是钟闻鼓励她接受的。钟闻只说了一个理由，那就是爱情不应该成为阻止他们变得更好的东西。

　　接了这份工作之后，陈觅双将自己的名片和简历都翻了新，又开始招收花艺学徒。以前她每年也会招两批，但属于小班教学，那些人大多是为了培养情操来学的，并非想学出什么结果。而现在她希望有从业倾向的人来学，她可以从学员里找实习生，渐渐组成团队，比起直接招员工要稳定得多。

　　把工作重心转移之后，像小店开业、单一宴会布置这种零碎的活儿，陈觅双就开始选择性地接了，只接一些老客户和自己觉得有意思的订单，空出来的时间还能去提升自己，反而更加从容了。

　　她也不知自己心态的变化是否真和谈恋爱有关，但和钟闻在一起的这两个月确实充实又安逸。虽然钟闻也很忙，每周只能回来待一两天，如果赶上她要出去，还要再缩减，但每一次见面，对她而言都像是一次充电。

PPT做到一半，她正在挑选案例照片，电话响了，看了一眼，是邝橙，就直接按了免提："喂？"

"喂，我就跟你说一声，我今明两天不过去了，不影响你们二人世界了。"

"没事，我做了很多菜，过来一起吃饭吧。"

"不了不了，我今天住家里，明天一早还要陪我妈去教堂。"

"那好。不过你明天白天还是过来一趟，之前钟闻不是说要你几张画稿吗？"

"行，那我去之前再和你说。"邝橙嘿嘿笑，"我这不是怕不打招呼过去会不方便吗！"

陈觅双哭笑不得地骂："死孩子，乱说。"

脸上带着笑意放下电话，陈觅双起身去看了看炉子上的锅，去掉了一点鸡汤上层的油，打算继续用最小火熬一会儿。她在鸡汤里面加了点豆浆代替水，是她妈妈喜欢用的煮法。她想着今天晚上不能让钟闻都喝光，要给邝橙留一碗，就不知不觉笑起来。

钟闻回来后和邝橙见过两次，他俩第一次见面就嘀嘀咕咕地在说之前邝橙偷发信息的事，钟闻一副感激涕零的夸张样子，陈觅双看了直翻白眼，不过没过一会儿又开始为了抢吃的而掐架。在陈觅双眼里，他们就是两个前一秒还狼狈为奸，后一秒就互相看不顺眼的小朋友。在钟闻去格拉斯学习的时候，邝橙还是会偶尔来和她一起住，和她说些不能和别人说的话，但只要钟闻回来，邝橙晚上就绝对不过来添乱。

但好在自从那次邝橙喝多了给爸爸打电话抱怨后，她爸爸同意她去学画画了，她自己都觉得不可思议。于是她找了个不错的老师从基础开始补课，还在画室交到了新朋友，不回家的时候大多是住在那些朋友家，比之前的狐朋狗友让陈觅双放心些。

虽然邝橙的父亲还是用嫌弃的语气说懒得再管她，她爱去做什么就去做什么，只要不惹事就行，但陈觅双想，应该还是和邝橙那天的话有关，因为邝橙平时不会直白地说出那些话，她对父亲偏心的抗争只是自暴自弃，那么父亲也许真的意识不到自己错在哪里，反而会觉得她只是不懂事。

自身的痛苦如果不说出口，即使最亲近的人也是接收不到的。虽然说出口不见得会有改变，但总不会更糟了。这么简单的道理，陈觅双却非要透过别人才看得清。

正要回去继续做课件，手机又响了，陈觅双以为还是邝橙，嘟囔着"这孩子又忘了什么"，紧赶了几步拿起手机，却发现是爸爸的电话。她不自觉倒吸了一口凉气，坐下来才接通。

"喂，双儿，最近怎么样？"这是爸爸惯用的开场白。

于是陈觅双就讲了讲工作上的事，在听到她现在是正经的花艺总监时，爸爸连声说"好"，听来很是高兴："那你自己注意身体啊。你别嫌我啰唆，你越来越忙，还是应该找个能互相照应的人。"

在话题拐向老生常谈的下一秒，陈觅双果断地说："爸，我找好了。"

"啊？谁啊？"

"你们上次见过的，住在我家的男孩。"

"哎哟，你怎么这么不听话，那孩子太年轻，不靠谱……哎哟，我怎么和你妈说啊！""我妈在家吗？我和她说。"

"她没在，街道请她讲课。"

陈觅双的妈妈退休后就没闲着，先是去私立医院干了一年，后来不知为什么辞职了，就开始到处给人做些急救知识、体检知识的讲座。爸爸倒是踏实，每天在家画画、种花，还玩起了盆景。

"爸，我不是小孩子了，你们也说了，我已经快三十岁了，不可能一直像小时候一样听你们的安排，你们指东，我不敢往西。"

"我们告诉你的是人生经验，是为了你好。"

"你们的人生经验，不见得适合我的人生！"陈觅双有点不敢相信自己说出来了，她捂着心口，感觉有什么正在向外喷涌，"他靠不靠谱，我离他最近，我比你们有发言权。以后就算不幸被你们说中了，我也只会怪我自己，不会怪你们。至少现在我很幸福，我想好好地享受我的人生，求你们给我一点自由，可以吗？"

电话那边静默了许久，她能听到爸爸略重的呼吸声，陈觅双也沉默着，将手机放回桌上开了免提，让自己的注意力回归电脑桌面，努力不让自己先一步退缩。

"好，好……"预想之中的愤怒和斥责并没有出现，唯有一声重重的叹息，爸爸非常厌烦似的说，"我们是管不了你了，反正你在那么远的地方，有福自己享，有苦自己吃吧。我和你妈把能替你想的都想到了，你非要自己去试，后悔了别再怪我们就行。"

"不会的，我……"

"还有，今年过年你就别回来了，自己在那边好好过吧。"

"爸！"

陈觅双还没说完话，电话就挂断了。她有些惊慌地抓起手机看了一眼，又愤愤地放下了。

这算什么啊，换种方式发脾气？还不许她回家了？陈觅双也怄起气来，不回就不回，反正之前也不都是过年的时候才回去。

晚上八点刚过，钟闻回来了，前门虽然关了店，但还为他开着门，他却偏从后门进来，没什么动静就从三楼下来了，吓了正坐在沙发上通过投影认真检查课件的陈觅双一跳。

"鸡汤的味道啊。"钟闻挤到陈觅双旁边坐下，耸了耸鼻子，"怎么还有豆浆的味道？"

"就你鼻子灵，接着说，还能闻出什么来？"

"那可太多了，糖醋、胡椒、鱼……可我不想闻了。"钟闻的脑袋耷拉在陈觅双肩膀上，"回家就不要再考试了吧。"

陈觅双笑了一声，用肩膀顶了顶他的头："累了？"

"嗯，今天在工厂转了一天，有点头大。对了，周日我就得回去，下午去茉莉花田参观，只对我们开放半天。"

"那你还折腾回来干什么啊，花费在路上的时间多休息休息多好。"

"那可不行！见到你就是我最好的休息，有你在的地方才是家，那间屋子只是临时落脚点而已。"钟闻得寸进尺地伸长双臂圈住陈觅双的肩膀，把头往她脖子上蹭，"啊，好奇怪，我现在连饭的味道都不想闻，只有你的味道那么好闻。"

"哎呀，痒死了……"

也不知是真的被他的头发蹭得浑身发痒，还是被他的话惹得不好意思，陈觅双突然心慌脸红，赶紧把钟闻的头推开，脚步慌张地逃离了沙发："好了，先吃饭。"

对于陈觅双做的饭，钟闻一向是风卷残云。他每天做得最多的事就是闻各种气味，因为嗅觉也会疲惫，所以每隔十分钟就要休息一下，可一天下来还是疲惫不堪。下课之后他什么味道也不想闻，还养成了和陈觅双一样反复洗手的毛病，但他自己的住处很难收拾得像陈觅双这么仔细，别的房间传来的食物味道、垃圾桶的味道、下水道口的潮味……总是有各种各样的味道让他心烦。只有在这里，在陈觅双身边，钟闻才觉得清爽且踏实。陈觅双身上那股只有贴近皮肤才能闻到的香味，此刻变成了他们亲密的证明，成了他在这个世上最想闻到的味道。

吃完饭，两个人用投影放《权力的游戏》看，其实陈觅双对这类片子的兴趣一般，就是随便看看，但钟闻喜欢看，一直在追进度。只不过这个喜欢看的人，看着看着就开始瘫倒，先是往下溜，而后换了几个姿势，最后找到空当，一头栽倒在陈觅双的腿上。

"哎。"陈觅双被他吓了一跳，手也不知该往哪儿放，"你要是困了就好好睡。"

"不要，我想和你多待会儿。"

钟闻仰躺在陈觅双的腿上，从这个死亡角度看陈觅双，居然还是很好看："你怎么一点双下巴也没有呀？"

陈觅双被他突然冒出来的问题弄得哭笑不得，反问他："我应该有吗？"

"你看我。"

说着，钟闻低了低下巴，挤出了多层下巴，从陈觅双的角度看上去，更是丑得好笑。她忍不住笑出了声，伸手在他下巴下面的肉上捏了一把。

刚刚的一点不适应，瞬间荡然无存了。

"哎。"陈觅双突然想到什么，对钟闻说，"我爸刚才给我打电话了，我跟他说了我们的事，我让他给我一点自由。"

"真的？"

"真的。"

钟闻伸手勾住陈觅双的脖子，将她的头往下拉，陈觅双还在说着："你又要干什……"他就支起头在她嘴上"吧唧"亲了一口。

"别闹，说正事呢。"这样说着，陈觅双还是红了脸，"但他还是很生气，过年都不让我回家了。"

虽然陈觅双和父母之间的问题由来已久，但这次毕竟是和他有关，他不能置之不理。只是现在他还拿不出强有力的资本，能让她的爸妈满意，他只能尽自己所能让陈觅双快乐一点。所以钟闻说："今年过年我也不回去，我之前就打好招呼了，我们在这里过年吧。等到狂欢节过后，找个机票便宜点的时候，我们再一起回去，到那时候你爸妈的气也消得差不多了。"

"我倒没事，我上学那会儿也经常一年都不回去一次，他们反而觉得这样比较好，证明我能适应这边的生活。有一次我妈过生日，我买了礼物偷偷回去，想给他们一个惊喜，结果被埋怨了好几天，说我浪费钱，浪费时间。"陈觅双摇了摇头，想摆脱掉那些过去，垂下眼帘看躺在自己腿上的钟闻，"倒是你，你爸妈习惯吗？"

"习惯都需要过程吧，但他们会理解的。"

一集电视剧放完，熟悉的片尾音乐响起，钟闻直直向上伸展双臂，伸了个懒腰，顺势搂住陈觅双的脖子坐了起来，凑近她，紧盯着她的眼睛说：“只要我们幸福，他们总有一天会理解的。”

他稚气又直白的信念总有超乎寻常的力量，陈觅双微笑着点了点头。

“好了，我要去睡了。你也快点睡吧，不要再看手机了。”说着，陈觅双想要起身回楼上，脚刚一沾地又跌坐了回去。

钟闻紧张地问：“怎么了？”

“腿麻了……”陈觅双哭笑不得地揉着腿。

“那你不早说！”

刚刚还懒洋洋的钟闻突然动如脱兔，不等陈觅双反应就已经蹦下了沙发，弯腰一把将她打横抱了起来，很轻松似的往楼上走。

陈觅双有些紧张地紧抓着钟闻肩膀处的衣服，偷偷地抬眼瞄，在如此近的距离看到他脸上生出来的细小胡楂和滚动的喉结，她第一次清晰地认识到，钟闻是一个能保护她的男人，而不仅仅是一个男孩。她的心突然扑通扑通跳得厉害，在她自己听来，好像有回声似的，她紧张兮兮，害怕钟闻也会听到。

“好好睡觉，明天又是能看到我的一天，开心吧？”

钟闻把陈觅双放在床上，还非常顺手地将枕头往上拽了拽，让她靠得舒服。他向前欠身，在陈觅双额头上亲了一下：“晚安。”

“晚安……”

看着钟闻蹦蹦跳跳地要下楼，陈觅双心里一片柔软。确定关系后，他们心照不宣地维持现状，并没有急着更进一步，这反而让她很有安全感。

走到楼梯口，钟闻突然趴在墙上贼头贼脑地转头说：“我以为你会挽留我呢……”

知道他是在胡闹，陈觅双还是配合他，抓起旁边的抱枕使劲朝他砸过去，笑着说：“快滚！”

钟闻稳稳地抓下抱枕，抱在怀里，笑着跑下楼去。

第二天陈觅双起得还是像往常一样早，只是一直蹑手蹑脚地收拾，没打算这么早开店，反正预约都在下午，她想让钟闻多睡一会儿。没想到她刚把楼上收拾干净，下面就已经传来了活动的声音，窗帘也拉开了。

“怎么起这么早？”陈觅双下楼，发现钟闻已经把沙发收拾好了。

“我现在已经习惯早起了。”钟闻看外面阳光很好，把被子拿到阳台上晒一晒，“我等下打算出去买点东西，回来给你烤饼干吃。”

“你确定？”

"你不要小看我，我也是正经学过的！"

钟闻在格拉斯那边的一辆移动甜品车做兼职，那家的饼干、面包都是原味的，没加人造香精和甜味剂，他比较适应这个工作环境，一周就做两到三个晚上，倒是学会了烘焙。

"好好好，那我拭目以待。不过你走之前，先和我一起把花种了吧。"

阳台一角贴着墙壁边缘有一方细长条的花池，是陈觅双新砌的，下面有防水滤水的系统，为了美观，砖的外围还拿木头做成了围栏。扦插的枝条她也选好了，就差种上了。

说过的话她全都没忘，只是之前旅行回来就起了变故，她一度以为已经没有机会了，好在还来得及，说过的约定要一个个兑现才行。

于是吃完早饭，钟闻和陈觅双一起将枝条埋在了土里，明明是再简单不过的动作，却因为两个人过度郑重，而令人感觉像某种重要的仪式。

浇完水之后，钟闻蹲在花池边双手合十："我要许个愿！"

"这又不是许愿池，哪有对着土许愿的？"

"心诚则灵，管它是什么东西。"说着钟闻还真闭起眼睛念念有词起来，"但愿岁岁如今日，年年如今朝。"

陈觅双侧着头看他，一面觉得他神神道道很好笑，一面又觉得他虔诚得不可思议，让她也忍不住相信，或许心诚真的也是一种力量。

她在心里跟着默念了一遍，愈加觉得这是她听过的最温柔却最奢侈的祈愿。

等钟闻把需要的面粉、酵母之类的东西买回来，刚和好面，打好蛋白，邝橙就来了。看到他居然会下厨，她发现新大陆似的叫唤："你居然会做饭！"

"他说他在打工的地方学会了做饼干，正好，你等会儿也尝尝。"陈觅双眼疾手快地在一旁收拾烂摊子，钟闻做了二十多块饼干，把灶台弄得乱七八糟。她小心翼翼收拾着那些粉末，让它们尽量不飘到地上。

在邝橙眼里，他俩就是秀恩爱。

"给你。"邝橙从包里掏出一个速写本，抽出里面夹着的几张画，递给了钟闻，钟闻刚要接，她又往回收，仍是不太敢相信地问，"你不会是要我吧？"

钟闻耸了耸肩："你爱信不信！"

"好了，他会要你，我不会啊。"陈觅双用胳膊撞了钟闻一下，接下了邝橙的画。

都是些服饰类的设计图，这方面陈觅双不太懂，就像她压根不知道Mrs. Moran是谁一样。但邝橙知道，钟闻第一次提起可以拿她的画去给Mrs. Moran看的时候，邝橙真的以为他在吹牛。

"我先跟你说好……"钟闻紧张兮兮地盯着烤箱，简直就跟在产房门口翘首以盼一样，用后脑勺和邝橙说话，"那位女士嘴很毒，她说什么，我就复述什么，不过也有可能她什么都懒得说，到时候你别怪到我头上。"

"我是这么小气的人吗？再说，她挑我毛病，我还开心呢！你是不是跟人家根本不熟，现在说实话还来得及，我这就拿回去，别死撑了！"

"我和她很熟好不好？我等下还要去给她送饼干！"

眼见着两人又斗起嘴来，陈觅双笑着摇头。说来也奇怪，钟闻和年纪小的女孩的相处模式跟和她在一起时完全不一样，有时候她也会想，其实那样对钟闻来说会不会更简单快乐。

"烫烫烫烫烫……"到了时间，钟闻忙不迭戴上手套把烤盘端出来，饼干卖相虽然差一点，但至少没有煳也没有塌，看起来还算可以，他急着想尝一尝，摘了手套就去拿，结果烫得直甩手。

"烫到没有？"陈觅双皱着眉想看他的手。

钟闻却不当回事，一边喊着"烫"，一边换了只手继续捏着饼干边角拎起来，非要让陈觅双咬一口。陈觅双怕他拿久了更烫，只能低头用牙齿咬了一点。

"好吃吗？好吃吗？"钟闻捏着自己的耳垂，期待地问。

"嗯，挺好的。"陈觅双嚼了嚼，由衷地觉得还不错。

"真的假的？"邝橙不太相信，探身就要拿饼干，"你不能这么惯着他，男人都会得寸进尺的。"

钟闻毫不客气地拍掉她的手，把烤盘往旁边挪了几寸，记仇地说："白给你吃，话还这么多，我都留给我老婆吃。"

邝橙只顾着抢饼干和斗嘴，对"老婆"这个词没任何反应，好像就是应该的。倒是陈觅双的心里像是被小锤"当"地敲了一下，满是震惊与惊喜的双重回音，她不自觉地瞪大了眼睛，幸好钟闻没有察觉。

把饼干分出一小包，钟闻给Mrs. Moran送去，顺便带着邝橙的画。谁知道给他开门的是之前见过一面的Mrs. Moran的儿子。钟闻礼貌地和他打招呼，想介绍自己是谁，但男人没听他说完话，就喊了一句"妈，我走了"，没等到回答就扬长而去。而Mrs. Moran也确实没有回答。

不知道为什么，钟闻对Mrs. Moran的这个儿子的感觉总是不太好，但他也不愿意多想，毕竟是人家的家事。

为了他这点粗糙的饼干，Mrs. Moran拿出了很贵的红茶，边吃边对邝橙的画点评，嘴确实是非常毒。简单说来，就是在她看来一无是处，钟闻刚想笑，Mrs.

Moran却又说："不过我不喜欢，不代表不好。当下流行的那些在我看来也是一堆垃圾，包括每年的走秀款。时尚就是这么回事，每个人有每个人的时尚，至少她丑得有想法，没有盲从，这就很好了。"

这句话给了钟闻很大的震动，毕竟香水也是时尚的一部分，所以她给予邝橙的金玉良言，对他也适用。

"外面天气可好了，我推你出去走走吧。要不我们去看场电影？"钟闻说。

"你愿意和我这样的老太婆一起看电影？"

"那有什么？"

"算了，现在的电影也不好看。"Mrs. Moran 抿了一口红茶，她在家里也会涂口红，穿很好的衣服，"等下医生来接我去医院做检查，你回去陪你的女朋友吧。"

"有哪里不舒服吗？"

"没事，就是例行检查而已。"

钟闻点了点头："我不在的时候，你要是有什么事，还是可以给我打电话，给陈觅双打电话也行。"

"年纪轻轻的，怎么这么啰唆。这话你每次来都说一遍，真当我老糊涂了？"Mrs. Moran嗔怪地白了他一眼。

"好好好，我啰唆，你最年轻了，好吧！"

知道医生等下会来，钟闻就没多待，起来活动了一下，顺便检查了屋子里有没有隐患，就打算走了。Mrs. Moran突然对他说："你去你旁边的卫生间，从镜子下面的柜子里拿只垃圾袋出来，要最大的。"

钟闻不明所以，但还是照做了。

他拿着巨大的黑色垃圾袋出来，看到Mrs. Moran已经把冰箱上下全打开了，指挥他把里面一些还不是特别冰的水、包着保鲜膜的肉和袋装罐装的速食品全都拿了出来，丢进了垃圾袋，并且叮嘱他："你替我拿出去丢掉，记得一定要丢掉，不要拿回去自己吃。"

"这都是新的……"钟闻看了看赏味期限，都还有很久，扔了实在是可惜。

"不行，必须扔掉。"Mrs. Moran非常严肃，"而且最好在垃圾车来收之前不久扔。要是你嫌麻烦就放下，回头我自己弄。"

"没说不管。"钟闻又拿了两个袋子，"我分下类就拿去扔，行了吧！"

还是第一次见Mrs. Moran这么严厉的态度，钟闻只能听她的。但在分类的过程中，钟闻越琢磨这件事越觉得不对劲，鲜肉之类的还没有冻实，证明放进去的时间并不长，之前他撞见了Mrs. Moran的儿子，这些应该是她儿子买的。

为什么要把儿子买来的东西扔掉呢？认真说起来，这不是他第一次帮Mrs. Moran扔东西了，他俩就相识于此，但这是数量最大的一次。

一个早就在心底浮现，他却始终不愿意相信的可怕想法再度窜了出来，让他突然觉得这空荡荡的老房子里温度骤降。他提着袋子朝门口走了几步，还是停住了脚步，焦虑得不停咬嘴皮。

"那个……我有件事想问……"他微微回头，Mrs. Moran坐在轮椅上对着他，神情淡然，仿佛清楚他要问什么。

越是这样，他就越是问不出口，静默了几秒，他只是笑了笑："算了，没什么，我走了。"

走出门去立刻浸润在耀眼的阳光里，和房子里的幽暗对比强烈，钟闻抬起头眯着眼睛看天，忍不住叹了口气。Mrs. Moran年轻时也是叱咤风云的女强人，积蓄超过大部分人，上了年纪却这样孤零零地困在大房子里。她坚持自己可以照顾自己，不愿意找保姆，其实不过是逞强而已。她想要更亲密的陪伴关系，可偏偏没有亲近的亲人。钟闻想到了自己的父母，他们总有一天也会老到这个程度，他得快点成长，才能早一点让他们享福。但享福不仅仅需要钱，钟闻知道自己早晚还是要回去的。

可陈觅双想回去吗？钟闻只琢磨了一下，就晃了晃头，主动将烦恼甩开。有什么大不了的，就算是异国恋，他也愿意。

只要是陈觅双，一切他都照单全收。

钟闻知道门口这条街的垃圾车几点来，打算先提回去，等到时间差不多再去丢。就这样回到了店里，门口有人在看花，他随便招呼了一句，还卖了几枝玫瑰，然后他才喊着"我回来了"，往楼上走。

结果他一上楼就发现有别人在，陈觅双对他笑了一下，用眼神示意他有正事。钟闻赶紧说了声"不好意思"，就躲进了厨房里，顺势烧了点热水。

和陈觅双一起坐在桌前的是一个华裔中年女子，微胖，但穿得很时髦，她直接用中文和陈觅双说话，看起来两个人已经很熟悉了。大概是因为本身性格爽朗，虽然她有压低声音的意识，但说话声还是老远都听得到。她问陈觅双："那是谁啊？"

陈觅双往厨房的方向看了一眼，恰好钟闻偷偷摸摸地探头，被她撞见，就吐了吐舌头又缩回去。她笑了一下，说："男朋友。"

"哦哟，什么时候找的啊，去年我来的时候，你不是还单着吗？"

"其实去年就认识了，只是没确定关系。总之……也有一阵子了。"

"好好好！小伙子看着挺年轻的，人也长得精神。我就说嘛，你这么好的条件，怎么会没人追。"大姐念叨着，"我之前不是还打算给你介绍对象吗，幸好你没去见，那人不怎么靠谱，和一个姑娘闪婚又闪离了。"

敢情这岁数的人出了国也爱给人介绍对象啊！钟闻听着好笑，更好笑的是陈觅双费了九牛二虎之力，才把话题引向了正事上。

不过她们之前应该已经谈得差不多了，又说了十来分钟，大姐就走了。钟闻端了两杯咖啡出来，一杯放在陈觅双的手边，坐下后捧着咖啡挑了挑眉："还被介绍过对象呢？"

"不是都说了没去见吗。"陈觅双瞥了他一眼，"这都要吃醋？"

"哪有这么小气啊，只是感叹我运气好而已，晚一步也许就让别人抢先了。"

"你啊……"陈觅双抬手捏住他的脸颊，"就是赢在脸皮够厚。"

"你可真了解我。"

闹了一阵，钟闻才对陈觅双讲起刚刚的事，陈觅双皱着眉头一言不发，但钟闻知道她和自己的想法是一样的。可是在没有证据，Mrs. Moran也不愿开口的情况下，他们毕竟是外人，实在不能做这种怀疑。为了扭转气氛，钟闻突然问："对了，邝橙呢？她的画还在我这儿呢。"

"她看有人来就先走了，反正她还要来的，放在这儿就好了。"

"刚刚那人是来干什么的？"

"哦，订花的，一个华人圈子的圣诞读书会。"

"你接吗？"

"原本是接不接无所谓的，也赚不了多少钱。但这个读书会是从我在这儿开店起每年都来约的，又是华人社区，实在磨不开面子拒绝。"

"读书会啊……"钟闻沉吟着，"读什么？"

"这我怎么知道……好像每次都有一个主题吧，可能是小说类的？"陈觅双突然反应过来，"你怎么对这个感兴趣？"

钟闻的眼珠转了转，他对读书兴趣不大，却想到了另一个层面。

"又想什么坏主意了，说吧。"现在陈觅双能通过钟闻的表情，大概猜到他在琢磨什么。

"不是什么坏主意。"钟闻凑近她，问，"只不过想问问你，能不能夹带一点私货？"

陈觅双出国久了，有些新词一听到还有点不明白。不过钟闻给她详细讲了讲自己的想法，她就懂了。钟闻是听到"读书会"自然联想到了书签，又从书签的形状想到了自己每天在用的闻香条，所以他想做几张带香味的书签，让陈觅双随着花一起送给参加读书会的人。这是件好事，陈觅双当然不会拒绝，只要钟闻在她送花之前把书签做好就行。

这事钟闻记在了心里，在上课的间隙开始琢磨起来。一开始他想用正常的纸质书签，试过之后发现那些纸的味道会影响香味，而且也留不住香，另外精油还会破坏书签原本的图案。后来他直接改用粗条的滤纸，分了六份开始做实验。

目前他已经进入了仿香的阶段。仿香，顾名思义就是通过自己的调配模仿出某种气味。一种是模仿天然，某些天然香料价格昂贵或来源不足，为了大量生产和控制价格，就要用来源较丰富的合成香料仿制出近似的气味替代。比如麝香，现在国际上对麝香的管控严格，哪怕是人工驯养出来的林麝的天然麝香，使用前也需要申报，基本只供药用，价格也很高。香水只是需要麝香的气味作为定香剂，使香精的整体气味更加醇厚绵长，所以仅仅需要天然麝香里面的芳香成分麝香酮而已。但麝香酮在天然麝香中只占1.2%左右，其中还只有R构型致香，仍然很稀缺昂贵，所以需要用一些价廉易得的化合物合成出R构型麝香酮。这方面有许多前人的文献可以参考，对钟闻来说并不难。

相对比较难的是模仿加香产品和成品香精的气味，很多时候即使他完全辨认出里面的成分，混合起来的成品和天然的相比仍然有明显的差别。以花来做例子，不同地区、不同花田种出来的同一种花做理化分析，还是会有轻微差异，而这种差异在混合后很可能会被放大，至少对调香师来说是这样的。普通人也许没那么多讲究，他们觉得有五分像但价格低得多，就很划算，殊不知香水所有的精华都在另外五分里，这也是各大香水公司把配方看作生命的原因。每一个配方的背后都有调香师夜以继日地不断配比，只为了"香"与"美妙"之间的一线之隔。

对一个调香师来说，仿香只是一个学习的过程。在这个过程中，钟闻必须熟记所有合成香料的转化方法，哪种性价比更高，更易取得，更易操作，还要知道哪个地区、哪个工厂出产的香精品级最好，这也是给他日后的工作打基础。但这个过程是漫长又令人疲惫的，他每天待在实验室里，一不小心手上就会沾上奇怪的味道。要知道很多单一的精油并不好闻，更何况是化合物阶段，一旦沾上，洗洁精都洗不掉，还要用甜橙萜彻底清除气味。所以在这样的日常里，能配合陈觅双做几张自由调配味道的书签，对钟闻而言是种消遣。

毕竟调香师的终极目标是创香，而创造总是令人快乐和振奋的事。

他把六张书签分为六个主题，对应着一般小说的主题：爱情、悬疑、幻想、古典、哲学、艺术。香水在滤纸上的留香要比在皮肤上更久，但陈觅双随花送过去有时间差，所以前调估计是闻不到什么了，他主要在中调和尾调上下功夫，尤其是尾调，而中调他打算配合陈觅双的花进行调整。

钟闻做了好几个版本，每周回去都给陈觅双闻一下，让她提提意见。虽说是试验品，但每一次都是头香，修饰剂和定香都配比好的。陈觅双一开始还以为他就是想练练手，没想到他这么认真，忍不住提醒他："你要知道，就算你送给人家，可能也收不到什么反馈。"

"没关系，至少在这过程里我也能累积一点经验嘛。而且，有你给我反馈啊。"钟闻把放了一会儿的闻香条再度递给陈觅双，"你再闻闻。"

"好像……"

其实陈觅双不确定自己能不能帮到钟闻，她自认不是个嗅觉敏锐的人，对香水也毫无研究，甚至从来不用，所以她一闻再闻，特别谨慎道："有一点苦味，好像还有蜂蜜的味道？"

钟闻拍了一下手，兴高采烈地说："对的！有蜂蜜，苦味的话是带着苦橙叶的橙花油。"

"有这一点苦味很好，不然太腻了。"

"嗯，我再加一点绿叶。"已经晚上十点半了，二楼仍旧灯火通明，陈觅双在画圣诞花环的设计稿，计算需要的花材的量，打算明早去花市采购和预订，而钟闻在记录自己的调香配方。两人偶尔交谈，却也不干扰对方做事，陈觅双从来没想过，自己的人生还会有这样的一幕，她会因为有人陪伴而格外满足。钟闻不知道她在想什么，一门心思在确认配方上，忽又抬头问："酒味完全闻不到吗？"

陈觅双停下画笔，又拿起那根闻香条闻了闻："好像闻不到……不过我鼻子不那么灵。"

"不那么灵才能代表普通人啊，我再加多一点。"钟闻在本子上做了个标记，打算去多试几种葡萄酒的味道，突发奇想地对陈觅双说，"明天我们买几瓶红酒回来喝着玩吧。"

"几瓶？"陈觅双瞪大了眼睛，"红酒打开就要喝掉的，你尝一尝就丢给我的话，我一个人怎么喝得完。"

"那我就带一瓶回格拉斯，给同学们分享一下也好嘛，好不好？好不好？"钟闻揪着陈觅双的袖子摇晃。

"好好好！随你！"

第二天一早，钟闻陪陈觅双去花市采购，然后两个人去超市买了些食材，又挑了三瓶酒。钟闻对红酒一窍不通，陈觅双多少知道些，帮他挑的都是味道比较好，口感差异比较明显，但价格相对低廉的。

下午陈觅双还要讲课，中午是肯定不能喝酒的，一直等到晚上关了店，钟闻亲手做了一点甜品，还关掉了大部分的灯，只留了角落里的两盏，两个人才窝进沙发里把已经醒好的三瓶酒都拿了出来。其实酿酒和调香是有异曲同工之处的，不同产区的葡萄混合，细微的浸泡时间差异，橡木桶和贮藏地点、时间的差异，都会造成完全不同的风味。钟闻不懂品酒，只是细细嗅着红酒里面的果香和木香，酸和苦的微妙结合。

"我觉得如果你愿意，也会是个不错的厨师。"钟闻做的坚果饼干搭配红酒，有意想不到的香醇口感，陈觅双发自内心地夸他。

"多谢夸奖。"

钟闻歪了歪酒杯，陈觅双立刻和他碰了杯。

清脆的一声响，伴随着暗红色的液体在昏黄的光线下荡漾的美感，这一刻红酒散发出的香气，被钟闻牢牢记住了。

"哎，你知道我这个香水是在描绘什么吗？"钟闻抱着膝盖，像不倒翁似的碰一碰身旁的陈觅双。

"什么？"

"你猜猜嘛。"

初闻是新鲜的带着水汽的玫瑰味道，很纯正，让人仿佛置身于偌大的玫瑰园中。过了一段时间才能在玫瑰后面闻到一股暖融融的甜，是带着生机的味道，就像冬天抱着家里长毛的宠物，宠物身上散发着洁净的香波味道。所谓的苦是在最后，从青草味里跳脱出来。如果再加上红酒，那么简直就是住在玫瑰园中央温暖的水晶球里。

陈觅双恍然，转头对钟闻说："不就是现在吗？"

"对啊，我也刚刚发现，就是现在。所以它的主题是，爱情。"

说话间，钟闻单手捧起陈觅双的脸，两个人开始浅浅地漫长地亲吻，红酒的味道仿佛在亲吻之间发酵，醉意反而更加明显。因为亲得很慢，中途钟闻还会顿一下看她的眼睛，让陈觅双想到了小鸡啄食，她忍了半天还是笑了出来。

不知钟闻究竟知不知道她笑什么，他也跟着她笑起来。两个人笑成一团，又碰了一下杯，钟闻揽着陈觅双的肩膀，说："假如它是一款香水，你给它取个名字吧。"

因为知道这是不贩售的，所以陈觅双想起名字来也没有压力，她琢磨了一下，说："暖夜光，怎么样？"

"暖，夜，光……"钟闻一字一顿地复述，感觉自己想象中的香味顿时形成了具象，以后他只要听到这个词，就能想起这个味道，"真好，以后名字都由你来取！"

"啊？"陈觅双感觉自己不小心又掉到了钟闻的陷阱里。

"我以后要卖自己的香水，和市面上那些追流行的商业香不一样，但又不能像一些沙龙香过于追求小众，有时候会做出让人难以接受的味道。"虽然钟闻是张着腿，还懒散地倚在她身上幻想未来的伟大事业，但陈觅双不觉得他是在吹牛。

他的愿望和他的眼睛一样纯粹，他没有预想自己能赚多少钱，而是单纯在思考自己想创造出怎样的作品，他的高谈阔论里有稳扎稳打的决心："我要做能让人记住的香水，它首先要让人感受到美好，可那种美好不能只是一时新鲜，就像冲动买下的一件衣服，穿一穿就丢在一边。我希望喜欢它的人会一直记得它，会在听到它的名字、闻见它的味道时，就想起人生中一段值得纪念的时光，就像我们这样。"

"你能做到的，我相信。"

"哼，你之前都不信我能被学院录取！"

陈觅双耸了耸肩膀，想把他顶开，故作嫌弃地说："你还挺记仇啊？"

钟闻立马把另一条胳膊也从陈觅双身前绕了过去，变身树袋熊，摇晃着说："不记，不记，要是没有你，哪有我的今天啊。"

"傻子。"陈觅双拍了拍他的胳膊，微微侧脸，"你会走到今天是凭借自己的天赋和努力，跟我有什么关系啊？"

"是你让我意识到这个世界有多漂亮的。"

这句话落在陈觅双的心里，荡起了涟漪，她轻声应和："我也是。"

是钟闻的出现，让她鼓起勇气重新审视人生，接纳这个世界更广袤的美好。

Chapter13
奢靡之光

距离圣诞节只剩一周的时候，陈觅双把一切都准备好了，圣诞花环用了尤加利叶、槲寄生和外面比较好找的绿油油的厚实叶片，搭上天然的松针、红彤彤的冬青果，抑或是一点绣线菊。不需要颜色太重，因为大多数人买回去都只是挂着当装饰。而读书会其他的花饰都是以素雅温馨为主，稍稍搭一点红色就够，毕竟屋子里还会挂满亮晶晶的灯泡，圣诞主题的装饰非红即绿，太艳丽反而失去了存在感。

她按照以往的经验多做了几个花环放在门口卖，谁知今年卖得特别快，于是她干脆发动上课的学生跟着一起做，卖的钱归他们个人。有了实打实的回馈，大家就会更有动力，陈觅双观察了一阵，已经有了几个做事踏实的人选，之后就要看他们是否有做这个行业的决心了。

她让学生仿她的插花，钟闻在仿别人的香气，有时候想想真是奇妙，他们两个人原本相距甚远的人生轨道竟然交会在一起了。

圣诞放假前钟闻还要上两天课，上次回来，他把已经确定好的香水一个个喷在闻香条上给陈觅双试闻，让她说出纯主观的想象，然后取个名字。这可真让陈觅双头大，她又不是学文学的，即使脑中有画面，转化成语言也不是那么容易。不过她还是尽力而为，比如悬疑主题的，就像孤身走过厚厚的白雪覆盖的老街，两侧巨大的松树被染白了头，凉凉的松香和百年腐朽的地砖木梁的潮味混在一起，独行者敲开了一扇沉重的门，门内暖炉的热气烘着果香扑面而来，却和外面的气味有一种危险的冲突，就在这时，几朵梅花在房檐的雪里绽开了，只是没有人发觉。

陈觅双犹豫了半天，说出一个名字，叫作"一线之隔"。这实在不像是香水的名字，说出口后她就有点后悔，钟闻却突然扑过来在她脑门上亲了一口，嚷嚷着"没有比这个更合适的了"。

等到把名字都确定好，钟闻打算回学校，临走时和陈觅双说："你要去送花时我再把成品书签给你，喷上的时间也很重要。"

"等一下！"陈觅双突然想到一件很重要的事，她还从来没看过钟闻所谓的成品书签是什么样的，"把你那书签给我看看。"

她做好了不会太好看的心理准备，却没想到钟闻拿出了几张连一丁点花纹都没有的白纸片。她这辈子所有目瞪口呆的时刻大概都贡献给了钟闻，她迟疑着问："真是这个？"

"嗯，这个效果最好。"

"可这个怎么拿得出手啊……"

"不行吗？"钟闻歪了歪头，露出了真实的不解。

可陈觅双实在忍受不了自己的花艺要搭配一张白纸片，这实在是挑战她的审美底线。她深吸一口气，从钟闻手里夺下滤纸片，说："你别管了，交给我吧。"

"最好不要用笔画东西，因为无论是铅笔还是中性笔，都有可能和香水里面的物质发生反应，而且还会影响气味。"钟闻大概知道陈觅双想干什么，他其实也不是没想过，但他对味道的要求是最高的，别的都是其次。

"行，没问题，我不画。"

没想到陈觅双答应得干脆，钟闻知道她对于漂亮也有要求，所以还是将书签滤纸交给了她。

等钟闻上完两天课，正式开启了圣诞假期，欢天喜地回了家，就看到陈觅双在设计他的书签。看见他回来，她也没停下手里的刻刀，只是和他解释："我这两天有点忙，昨天去做了现场，刚才又和酒店那边开了视频会议。不过就快好了，还有两张，不会耽误你的事的。"

"没事，反正我也不急。"钟闻赶紧放下包，趴到桌前看陈觅双在干什么。不看不要紧，仔细一看，钟闻惊呆了，陈觅双用刻刀在那平平无奇的滤纸上刻出了惟妙惟肖的镂空花朵纹样，有玫瑰、百合、牡丹……都不重样的，他嘴巴张成"O"形，拉着长音感慨："你还会这个啊？"

"我和你说过，我小时候所有时间都用来学东西了。"

"唉，太可怜了，可是也太厉害了！"

"这没什么。"陈觅双头都不抬，只是头发黏在脸上有些痒，她只是稍稍偏了偏头，钟闻就伸手帮她拨弄了一下，"你放心，我用的是新的刀子，没有锈。我还特意清洁了一下，不会留下金属味的。"

钟闻绕到陈觅双背后，把下巴轻轻搭在她肩膀上，用气声说："但会留下你手上的香味。"

"啊？"陈觅双被吓了一下，立刻扭头。

钟闻作势亲了她一口，笑着说："逗你的。总说我傻，你也是小傻子。"

等到陈觅双把书签美化完，穿上彩色的绳子，时间也差不多。钟闻一个一个将滤纸染上香味，静待了片刻，分别系在她做好的花饰上。他小心区分了花的味道，尽量做到互不干扰。

东西不多，也就没必要找人了，钟闻陪着陈觅双，一起开车去送花。读书会开在高档住宅区中的一栋房子里，车子开到窗外时已经能看见里面的热闹，有几个人在挂彩带。钟闻和陈觅双把花搬进去，按客户指定的位置摆好。有一处陈觅双怎么看怎么别扭，还是提议换了位置。

她在这方面还真是不能将就，钟闻忍不住笑了笑。

有女人注意到了书签，第一反应是感慨"真漂亮"，报以感谢，但稍稍离近之后就闻到了味道。起初她还以为是花的味道，凑近闻了闻才意识到不是，惊奇地呼唤朋友过来闻。

原本钟闻是不想强塞给人家的，如果对方没这么快发觉，他就和陈觅双一起走了。但她们的反应比他想象的要快且强烈，当女人们追问陈觅双这是什么香水时，陈觅双干脆地指向他："他自己调的，他是调香师。"

钟闻还没来得及谦虚，就被女人们包围了。他只得略显慌张地和她们解释这些香水的主要香料和意义，而当他回头去寻找陈觅双的视线时，立马就看到她站在一旁对他微笑，他一下便心安了。

从读书会离开时，天色已经有些暗了，只是还没完全黑下来，天空泛着一种水墨样的青蓝，但街上的灯火已经先一步亮了起来。尼斯有圣诞集市，一模一样的木头小屋售卖着各种圣诞氛围的小物件，还有冰激凌、巧克力等。不远处就有摩天轮和旋转木马，到处都是闪亮亮的。钟闻和陈觅双没有急着回家，而是慢悠悠地闲逛，买了一男一女一对木雕娃娃，钟闻还要买一条大红色的围巾送给陈觅双。

"我不要，我平时不穿戴这种颜色，你又不是不知道。"陈觅双很想按住他乱花钱的手。

"谁说的，Amber就有各种颜色的衣服，你根本不是不喜欢，而是不敢穿。"钟闻硬是将围巾缠在她脖子上，喜上眉梢地说，"你看，你很适合鲜艳的颜色嘛！"

"主要是……"陈觅双偷瞄了一眼店主，小声说，"丑。"

她今天穿了一件纯黑色的剪裁很掐腰的大衣，裹上一条臃肿的红围巾算怎么回事啊！她暗暗决定，一定要好好调整一下钟闻的审美。

"挺好看的，有点气氛嘛，回家当桌布也行。这样吧……"钟闻把围巾的一头系在自己的胳膊上，另一头系在陈觅双的胳膊上，来回甩了甩胳膊，"人多，不怕走丢了。"

"幼稚。"

陈觅双嘴上这样说，却没有把围巾解开。

两个人就这样走了一晚，实在走累了就坐在圣诞树下休息，买一包吉事果蘸冰激凌和巧克力吃。陈觅双刚卷好冰激凌，钟闻就先一步低头将她的吉事果咬掉半根，明明他自己手里还举着一根。

"喂！"陈觅双抬手在他胳膊上敲了一下。

"你的好像比较好吃。"

"乱说。"

"赔你。"

钟闻拿着自己手里那根吉事果，蘸了冰激凌就往陈觅双脸上抹，陈觅双知道他要使坏，赶紧站起来想逃，结果忘了两人胳膊上拴着绳子，又一把被拽了回来，反而一下贴上了钟闻的胸膛。

"你别弄到我衣服上……"陈觅双看着往下滴的冰激凌就心慌。

钟闻噘了噘嘴："你亲我一口，我就马上吃光。"

"别闹……"

"你都不主动亲我，你看看人家！"说着，他指了指距他们两步远的地方正相互亲吻的一对外国情侣。

让陈觅双在外面做这种事真是太为难了，她咬着下唇，憋到脸都红了。钟闻满心欢喜地看着她，看着自己的小女孩，却还止不住逗她，不住嚷嚷着"啊啊啊，化掉了，滴到我手上了"。

突然间，陈觅双踮起脚尖，在他嘴角上亲了一下。很轻很轻，像根羽毛扫过，也不知是不是故意没有对准。可就是这一下，竟像一记猛力的电击，击得钟闻浑身发麻，完全失去了表情控制。

"好了吧。"实在受不了他的痴汉笑，脸也热得不行，陈觅双掉头就走，胳膊使劲拽了拽他，"快点吃掉，弄到衣服上自己手洗啊！"

圣诞夜的灯火璀璨到好像永远不会熄灭，虽然早已过了相信圣诞老人会送礼物的年纪，可行走在这个绝无仅有的圣诞夜，钟闻突然想到了"奇迹"这个词。

真正的圣诞夜的奇迹在一周之后发生了，那时钟闻的假期还没结束。他每天的生活就是给陈觅双打下手，或者在他自己搭在厨房里的"迷你实验室"里，继续蒸馏或浸泡一些方便取得的花瓣，再冷却、澄清、过滤，得到可以用的纯净精油备用。

花店来人的时候，他正在用无水乙醇过滤精油，所以是陈觅双接待的，他没怎么注意听外面的动静。没想到过了一会儿，陈觅双将那人领到了厨房门口，对他说："找你的。"

钟闻意外地抬起头，想起来是参与读书会的一个女士。他仍是不明所以，先是看了看陈觅双，又将视线移回，问："找我什么事？"

"我实在是太喜欢你上次喷在书签上的那个香水了。"说着女士从包里拿出了那张书签，看得出很爱惜，外面还套着一层薄薄的透明袋子。

还没闻，单看图案，钟闻就能知道是哪个配方的，仔细想想，陈觅双做花样的这个想法跟产品包装是一个道理，方便一般人辨认识记。钟闻接过来，在鼻子前面晃了晃，味道已经很淡了，他还能闻到，不知道其他人闻不闻得到。

女士继续说："香水我有一堆，但我一直想要个冷一点，东方调一点，特别一点的。结果试了很多，不是一股甘草味，就是一股锯末味，特别是特别，但不好闻。那天我一闻你这个，天啊，这不就是我一直想要的吗！你给我调一瓶，放心，我大概也知道香水的价格，我肯定给钱。"

钟闻一直没吭声，跟晃神似的，其实脑子在飞快地打转。他想着这个配方，里面有几款精油价值不菲，而且那还只是个样本，如果他要做出能售卖级别的，还要多几种化合物调和才行。他还要找到能卖少量试剂的工厂，并且产品质量也要过得去。

当然这些原料学校里都有，可精油堪比黄金，他做一点尝试还能当作学习，真要涉及售卖，是绝对不能用的。想想就麻烦，放在从前，钟闻肯定二话不说就拒绝了，可眼下他抓耳挠腮的原因居然是，他很想答应。

得到了别人的认可，得到了机会，如果不趁热打铁，岂不是可惜。钟闻一直强撑着没有用妈妈给的那张卡，他想赚钱，同时也想证明自己，向爸妈证明自己，向陈觅双证明自己，向陈觅双的父母证明自己，向自己证明自己，证明他真的不是个一无是处、只会混日子的小鬼，证明他可以为自己的梦想迈出第一步。

"到外面坐下谈，好不好？"就在这时，一直站在旁边的陈觅双突然开了口。

钟闻看向她，感受到她目光中的安抚，脑子突然清明起来。他将手底下的精油都密封好，对面前的女士说："我不是不能答应，只是做香水这件事，比你想象的要复杂。所以你听我和你好好讲一下，再做决定。"

他们到外面落座，钟闻仔细讲解了自己目前还是学生的客观条件，他没有大型设备，所以精油的纯度可能无法达到品牌的那么高。比如说像香奈儿五号里面的茉莉，三十毫克就要用一千朵，即使是工厂里巨大的萃取炉，一百五十公斤的茉莉最后提炼出的能用的精油，可能只是四五百克。而且一些香水公司会有特定的花田，那都是长期合作的，土壤、种植方法、采集时间都有讲究，他是做不到的。他只能尽力去挑味道好的花朵，尽可能做出他目前能达到的最好的成品。

再比如女士想要的这个香味里面的雪松，天然的雪松精油很少，而且分产区，外面便宜的精油基本是工业勾兑，或者纯度很低。而雪松的致香成分雪松醇，品质较好的出自俄罗斯，其他香精公司的，他要试过才知道好不好。实在不行，他还要试着从柏木油里自己提取。所以他需要时间去确认，而且一开始他不想做五十毫升或者一百毫升那么多。

在谈话期间，陈觅双煮了茶端过来，几乎没发出声音，然后就到一楼待着了。直到女士下楼来，和她告别，目送着人走远了，陈觅双才问钟闻："怎么样？"

"可能因为也是华人吧，很好说话。我觉得她可能没太听明白，不过也全盘答应下来了，还说愿意交一点定金。"钟闻长出一口气，"我说我先确定下东西是否能配齐，做出一点小样和她确认一下。"

"你不要压力太大，如果实在觉得为难，拒绝了也无所谓。"

"可是，真正做一瓶香水出来，会很有成就感吧。"钟闻和陈觅双一人倚着一侧门框，有路人经过，会友好地朝他们笑笑，"你是什么时候凭着花艺赚到的第一笔钱？"

陈觅双回忆了一下："准确地说，应该是大一的时候参加了一个比赛，得了一笔奖金。在那之后，就可以零星接到一点小的订单了。"

"你看，我现在还只能靠打零工赚钱，和你差多远啊。"

"我是你的压力吗？"

"你是我的希望。"钟闻突然伸长双臂搭在她的肩膀上，把上半身倾斜成四十五度角，对陈觅双说，"不过，我想我要提前结束我的假期了，因为我不想把你这里搞得一团乱，有一些事情，我还是回到我那里比较能放开手脚。我可能还要去很多地方采买，所以……"

"没关系。"陈觅双笑笑，"不过，要注意休息。"

"遵命！"

钟闻刚要把脸往上凑，门口就有人指着花架上摆放的花问："老板，这是什么花啊？"陈觅双利落地甩掉了钟闻的胳膊去回答，他半是失去平衡半是撒娇地往前扑，整个人趴在了门框上，委屈巴巴地嘟着嘴。

有希望的生活终归是值得珍惜的，回到格拉斯之后，钟闻马不停蹄地去寻找符合他想法的精油和合成香精。即便是市面上被称为浓香型的EDP（Eau de Parfum），其中的香精含量也只占10%到20%，而即使有一些地方愿意卖给他一些单一香精的样品，他也用不了那么多，前期要压不少的钱。

现成的精油很难直接是他想要的味道，要在单调的木香里加一点薄荷和松针，才能有鲜活的感觉。要在梅花的香气里加一点清冷的水汽，才能有雪的感觉。柠檬和柑橘都冲而甜，不如加一点粉红胡椒。果香里透一点辛，要再拿一点清淡的檀香在背后烘托。

虽然之前已经有一个简单的配方，可东西越加越多，想法反而越来越多。那段日子，钟闻像魔怔了一样，经常半夜突然想到一个调整的方案就爬起来记公式。光一个檀香，他就查阅了无数的资料，分析前人的那些合成成果哪一个更适用于自己，分析异构体的气味差别。这些东西他在学校还没有学到，也不知什么时候才会学，他从前上学时是个离了学校绝对不会再翻书的人，现在却大半夜主动看密密麻麻的文字。

苍天饶过谁啊，钟闻揉着干涩的眼睛想。

累了的时候，他就给陈觅双发信息，有几次大半夜也发出去了，发完又有点后悔，害怕她会担心。好在陈觅双一直支持他，绝对不会泼他冷水，还会尽其所能地帮他，比如说帮他找到了一个漂亮的装香水的瓶子。

钟闻人生中第一瓶独立调香的香水，花了他两个月的时间，一整个冬天就这样过去了。好在对方很满意，付的钱与市面上三十毫升装的香水不相上下，但钟闻仍旧是入不敷出的。

这毕竟是第一步，谁敢说自己的第一步就是无懈可击的？第一步的意义在于，只要迈出去，路自然就形成了。

二月底，尼斯一年一度的狂欢节来临，平时悠闲的度假城市一下子疯狂起来。比房子还高的巨大国王花车从钟闻眼前经过，配合着不远处巴洛克建筑的灯光轮廓和周围密密麻麻的人，让他像是有点巨物恐惧症似的，浑身起鸡皮疙瘩。

无数的花朵从花车上被撒下来，每一年这个时候的尼斯，光是鲜花开销就是巨大的，价格也有波动。狂欢节前各处都需要换鲜花装点，陈觅双忙得不可开交。现在倒是只剩下两周无忧无虑的假期了，美食、艺术、摇滚派对、海上游戏应有尽有，街上到处是狂欢游行和打扮得奇形怪状的人。

钟闻摸索着陈觅双的手握紧，问："这不是做梦吧？"

周围太吵了，陈觅双根本没听见他说话，但也反握住了他的手。钟闻暗自笑了笑，当然不是做梦，她从一开始对于他的接触满身抗拒，到如今变得自然而坚定，都是他们一天天一起走过来的。

他突然微屈膝盖，歪了歪身子，在陈觅双耳边大喊了一句："我爱你！"

陈觅双震了震，意识到即使是这么大声，也只有她会听见。想说的话照例在心里打转，但这一次她鼓起勇气说出了口："我也爱你。"

虽然陈觅双的声音很小，但钟闻还是听见了，他略显惊讶地瞪了瞪眼睛，才笑着在她嘴上响亮地"吧唧"了一口。

还不等陈觅双嫌弃他，突然"砰"的一声响，无数的彩色纸屑喷了他俩一头一身。两个人愣愣地回过头，只看到一个穿着玩偶装的小孩举着礼花筒逃之夭夭的背影。

他俩面面相觑，下意识帮对方拿掉脸上亮晶晶的纸，突然相视大笑。

夜风还是有点冷，可握在一起的手是热的，心也是热的。或许再绚烂的夜晚都会结束，可只要黎明之时他们还在一起，就可以期盼和相信下一段旅程会有更美的风景。

只是新的一年，时间仿佛加了速，钟闻和陈觅双的生活重心在不知不觉中发生了偏移，等他们意识到自己的忙碌，其实已经忙了很长时间。

盛夏到来时，陈觅双的小团队差不多确定了，在她教的两拨学生里有三个人愿意留下来试用，两个女孩，一个男孩，都是挺踏实的人，但思维多少有点跳脱。幸好陈觅双在钟闻的"调教"下，和人相处随性了很多，隔阂不是那么重了。她带着他们三个人去给酒店做了两次绿植保养和鲜花更换，米兰那边的新店就要让她过去设计了。这次时间充裕，她也有人手，半个多月的时间她基本待在米兰，实地设计，实地采购，好似在现场搭了一个工作室。有些时候在面对这种大空间的设计时，陈觅双会觉得自己是个导演，在指挥着道具、布景、灯光，将画面拍成她想要的样子。

她不在店里的日子，钟闻还是会回来把店打开，按陈觅双教的给店里的鲜花换水和营养液，处理一下不好的部分，然后继续将他的香水摆到外面的货架上。

他开始卖少量的香水了，但基本是十毫升左右的小样，用一模一样的小瓶子装着，简简单单。他会这么干，一是因为之前的那位女士又帮他推荐来了几个好奇的人，二是因为他弄了很多原料，不用实在可惜。钟闻也只是想着，只要他严格遵守国际化妆品方面的禁用规定，标明是独立调香师的实验作品，能赚一点是一点，也能从顾客嘴里听到一些意见。

陈觅双很支持他，后来把花架空置出一个给他当了小小的展台。铭牌都是他俩自己手写的，名字都是陈觅双取的，"暖夜光""星球灰烬""旧日波光""馈赠"……她还用英文和法文都翻译了一下，标在下面。

起初钟闻怕学校不同意，没敢和学校说，但有时候他对自己的配方拿不定主意，就会忍不住去问老师。后来老师也猜出来了，倒是没什么反应，还让他把成品都拿来看看，给了他意见。那之后老师说他如果需要，可以用学校的实验室，但不要造成原料的混杂和污染，还要他对自己调出的香水负责，不要丢学校的脸。钟闻对学校给予他的一切帮助非常感激，保证只要学校要求他去工厂实习，他就立刻不卖了。

目前他的生意还不错，毕竟一次也就拿出几瓶，很快就会卖光。熟客也在增加，会有买过一瓶的人一周之后特意过来，想看看有没有新的。邝橙还带了自己的同学、朋友来添乱，小女孩们买起香水来像集卡片一样。渐渐地，钟闻身边总是围满了女人，其中不乏年轻的、有风韵的、热情的，虽然他面对那些女人只是面对试验者的心情，但有时要辅助她们试香，喷到她们的手臂上，甚至是耳后，让她们感受。

有几次陈觅双在楼上给团队布置完作业，想下来接替他，让他进去歇一会儿，却看到他带着明亮的笑容，温柔地应付着女人们的问询。每次她都会停住脚步，转身回去。

她不会因此生气，可是，确实有点吃醋了。

不过她一丁点都没有表现出来，因为觉得这简直没道理。这种没道理却又确确实实存在的心情，令她难受得抓耳挠腮。

这个时候去米兰反倒冲淡了她的醋意，她对钟闻单独待在店里的担忧以及想念，占领了高地，以至于酒店方签了字，确定项目结束的当天，她就忙着回尼斯。其他几个人还想在意大利逛逛，陈觅双给他们放了假，还预支了一部分工资，让他们好好玩几天，而她一个人去赶火车。

叫的出租车到了门口，司机下来帮她放行李，陈觅双站在原地给钟闻发了条语音信息："我现在去火车站，晚上到。"

陈觅双刚要上车，就听到有人用中文喊了她一声："陈觅双！"

她诧异地站直，扭头去看，发现一辆出租车紧挨在后面停下，邝盛从车里走了出来。

"好巧啊。"邝盛抢先一步说出了陈觅双心里的台词。

"嗯，是挺巧的。"

"这家酒店昨天第一天开业，我的一个委托方住在这儿，约我来见面。"邝盛看了看腕表，"我还有时间，一起喝个咖啡？"

"不了，我没有时间，还要赶火车。"

邝盛轻笑一声，仿佛对她的这个"借口"很是不以为意："之前我说的话可能不太好听，如果有什么地方让你觉得被冒犯了，我很抱歉。但因为邝橙，我们搞成这个样子，真的不值得。"

"和邝橙有什么关系呢？"陈觅双露出标准假笑，"我们之间的关系，一直是这个样子。"

话已至此，也没什么好说的了，陈觅双对一直帮忙扶门的司机点头致歉，就俯身坐进了车里。然而就在关门之前，她还是听到邝盛说了一句："我是真的很喜欢你，所以对于你做出的选择，我觉得很遗憾。"

陈觅双深吸一口气，发现死活咽不下这口气，还是按下了车窗，回了一句："如果你是在替我遗憾，大可不必费心，和他在一起是我这辈子做过的最棒的决定。"

说完，陈觅双将车窗升起，司机平稳地将车子驶离，从后视镜里可以看到邝盛丝毫没有停留，转身就进了酒店。

但陈觅双心情大好，在火车上还稍稍睡了一下，下车的时候已经晚上十点多了，虽然腰背很酸，但她还是很精神。钟闻今晚在家，明天下午就要回格拉斯了，她紧赶慢赶，就是为了能见面多说几句话。

万万没想到的是，陈觅双从火车站搭出租车回家时，在离家四五百米的地方，正好看到对面的钟闻和一个女孩并肩向相反的方向走。

"不好意思，停一下车！"

陈觅双惊慌失措地喊司机停下，迅速下车回头张望，却只能看到模糊的背影了。不过她看清楚了，那确实是钟闻，而那个女孩她也见过，是钟闻的那个老同学。

那个姑娘又千里迢迢地过来了？陈觅双坐回车里，让司机继续开，失魂落魄地翻开手机，上午钟闻给她回复时，对此事只字未提。

五六百米的距离好似一踩油门就到了，根本来不及梳理心情，陈觅双独自把行李箱扛上二楼，屋里的灯都关了，安安静静的，她心里的火气却蹿了上来。

往常她回到家无论有多累，都会先把箱子里的东西拿出来收拾好，可今天把箱子丢在那里，背着随身的小包就又出了门。

等到钟闻把纪小雨送上车，掉头回来，看到屋里多出来的行李箱，第一反应就是坏了。因为陈觅双如果在家，肯定会开灯，现在一准是把行李箱丢下又走了，他手机上却安安静静的，这哪能是什么好兆头。

他们之间也就十来分钟的时间差，钟闻琢磨着陈觅双大概是看见纪小雨了，只是纪小雨来得突然，他也很意外。这次纪小雨是跟团到意大利玩的，趁着自由活动的一天来看看他，今晚就要回去，也不过是履行之前的约定而已。

纪小雨这次来，钟闻觉得和她生分了不少，她非要请他吃顿饭。饭桌上他问纪小雨身体如何，她说挺好的，然后两个人就没什么可说的了。

从前在学校时他俩能像哥们儿一样斗嘴，现在面对面却无话可讲，只是闷头吃饭。不过这大概才更像是毕业多年，旅游到家门口，心血来潮见一面的大学同学的相处模式吧。

剩下的时间就是钟闻陪着纪小雨耗到回去的飞机到点，他想让她来家里休息休息，但纪小雨听说陈觅双不在，反而觉得不太好，死活不愿意去。钟闻本是打算送她去机场的，所以才一直往前走，但最后纪小雨自己打了辆车，坚持说自己可以。

告别的时候仍然是沉默，纪小雨坐进车里，在关门与不关门之间停顿了两秒，最后只说出一句："我有空会去看叔叔阿姨的，我会告诉他们，你在这里很好。"

直到出租车都开走了，钟闻才想起来，他本来想着要送纪小雨一瓶香水的，在口袋里揣了半天，最后还是忘了。他给纪小雨打电话，想让她停车，但纪小雨最后只是说："算了吧，我们之间总要留点遗憾的。"

然后他就回来了，天晓得怎么就跟陈觅双岔开了。他有点无奈，赶紧下楼，随手拨陈觅双的电话，果不其然，被挂掉了。

到了这会儿，钟闻反倒不着急了，还忍不住想笑，他终于等到陈觅双吃醋的这天了。

开心归开心，哄还是要哄，生气伤身，不好不好。最主要的是钟闻深刻反省了一下，明白陈觅双的这个醋不仅仅是吃纪小雨的。他和纪小雨的关系，他相信陈觅双心里明白，而是这一段时间，他在陈觅双的眼皮子底下和女人们互动太多了。陈觅双本身是习惯了懂事的人，她的理智不允许她因为工作上的事情莫名其妙地吃醋，这次看见纪小雨，情绪上总算有了个爆发点。

钟闻给陈觅双发语音，长篇大论地把纪小雨突然来了的事情讲清楚，然后就开始夺命连环电话，外加语音哄着"坐了好几个小时的火车，累不累啊""给我发个定位，我开车去接你""饿不饿啊，家里有国内的泡面，要不要吃""就算生气，也当着我的面生嘛，一个人生闷气多不值得"……陈觅双嘴硬心软，过了一会儿还是丢了个定位给他。

是一家离家很近的清吧，即便如此，这个时间，陈觅双穿着类似套装的衬衫和长裤坐在那里，也显得有点奇怪。钟闻坐到她旁边，一开口就是调侃："你现在都不需要变装了啊？"

陈觅双撩起眼皮，瞪了他一眼。

"这么晚还喝咖啡，还睡不睡了。"钟闻把陈觅双的咖啡拿过来喝了一口，"剩下的我喝，咱俩都别睡了。"

"她这么快就走了？"

陈觅双向后靠向椅背，姿态随意，一方面是真的腰酸背痛，一方面也是不想拿腔作势了。夜晚泡吧狂欢，是再正常不过的事，就算被人认出来也无所谓，她变装是过不了自己心里的恐惧。但不得不承认的是，她的恐惧几乎被钟闻治愈了。

"走了，就是来打个招呼。"钟闻伸长手臂，"原来你吃醋这么凶啊，来，给个爱的抱抱。"

"少嬉皮笑脸的。"陈觅双把椅子往边上挪，"我才没吃醋呢，就是回去了发现没人，出来坐坐而已。"

"承认吧，你就是吃醋了。"

"我没有！"

"就是有！"

"我没有……"

眼见着两人就要陷入无限循环，钟闻突然凑过去在陈觅双嘴上亲了一下，瞪着眼睛说："你，就，是，吃，醋，了！"

这一次陈觅双没再还嘴，眼神中逐渐现出示弱的神色，甚至有些委屈地噘起了嘴。

"你啊，总说我是小孩，明明你也是小孩。"这次钟闻伸手搭在陈觅双的椅背上，没有被拒绝。

"你会不会觉得我不讲道理……"

"谁都会吃醋，而且吃醋经常是不讲道理的，这有什么，又有谁敢说自己一辈子都讲道理呢？让你吃醋，也有我的不对，你可以对我发脾气，怎么都行。"钟闻在陈觅双鼻子上刮了一下，"不过最后我们总还是要一起回家的。"

怎么会变成这样呢？陈觅双不明白，她觉得自己好像真的退化了，从小到大，她都比同龄人成熟，从来不觉得自己幼稚。自从和钟闻在一起，她却越来越幼稚，到如今，感觉自己变成了一个能不管不顾喜欢上一个人的十几岁的小姑娘。

她变成这样，都是钟闻的错。陈觅双突然想放肆一下，干脆一不做二不休，对钟闻扬了扬下巴，问："你开车了吗？"

"没，我看那么近就没开。"

陈觅双强忍着笑意说："回家可以，但我累了，不想走路了，你能背我回去吗？"

"这都不叫事！"钟闻闻言立刻站了起来，甚至还有点激动。原本陈觅双想的是出了清吧再说，现在外面街上人也不多，没想到他直接就半蹲下来，把两条胳膊往前一拽，不由分说就把她扛了起来。

反倒是提要求的陈觅双不好意思起来，干脆把脸埋在钟闻的肩膀，不敢看周围人的反应。直到出了清吧的门，夏天的风拂过耳郭，感觉凉丝丝的，陈觅双才支起下巴，看着钟闻好看的下颌线，偷偷笑了起来。

"我问你，你到底是因为什么喜欢我？我明白一见钟情，但我们在一起那么久了，总有些其他原因吧。"陈觅双问。

"我说不清楚。"钟闻微微侧了侧头，"理由我能说出一堆，可是感觉没什么意义，因为这世上漂亮的、聪明的、善良的人都没什么稀奇的。我觉得爱情可能就是帮助人们在芸芸众生里找出那个适合陪伴自己的人吧，我只知道我喜欢和你待在一起，哪怕是什么话都不说，看到你在，我就能安心。这个答案满意吗？"

"还算满意吧。"陈觅双笑了一声，又把侧脸贴在了钟闻的颈窝。

不长不短的一段路，好像走了很久，其间陈觅双怕钟闻累，想下来，但他不放，好在过路的人也没对他们投以什么特殊的眼光。白天很热，夜晚有了风倒是有些舒服，只是前胸贴后背久了难免还是会出汗。就算是现在，换作别人这样接触她，她还是会不舒服，夏天是她最不愿意和人接触的季节。但因为是钟闻，她居然只觉得昏昏欲睡。

"话说……"钟闻不想让她睡着，到了家还要卸妆洗澡，容易着凉，于是突然开口，"等我放暑假，我们一起回国一趟吧。"

"嗯，好。"

"我爸妈见到你一定很高兴。"

陈觅双刚想点头，突然一激灵："啊？"

"好不容易回去一趟，总要去我家坐坐嘛。"

理是这么个理，可这个提议太突然了，陈觅双丝毫准备都没有，就好像明天就要回去了一样，顿时紧张起来。钟闻的后背都能感觉到她的僵硬，他扑哧笑了："你那么紧张干什么，我爸妈很好相处，从小到大我的同学都很爱到我家玩。"

"你和你爸妈说过我吗？"

"我上次回去时简单说了说。"

"年纪也说了？"

"说了啊，他们都没反应。我妈就是不太想让我找个外国人，虽然也做好了心理准备，但听说是华人，可高兴呢。"

陈觅双微微松了口气："那我该买点什么东西呢？"

"这些都交给我，不用你操心。"

现在他都能对她说"交给我"了，陈觅双在觉得好笑的同时又有些欣慰，点点头说："好吧，交给你。"

钟闻一路把陈觅双背到了三楼的沙发上才放下，耍帅完了就开始撒娇，顺势坐到她身旁，哀号着趴在了她的腿上。

"不是说不累吗？"陈觅双一边笑话他，一边帮他揉肩膀。

钟闻满满的求生欲："不累，一点都不累！"

"好了，快去洗澡休息一下。"

"可我还想和你说话，你这一走这么多天，回来就吃醋，都没有别的话和我说吗？"钟闻可怜巴巴。

"我们都先去洗澡，等下再说。"

"好，你要等我！"说着，钟闻就蹿了起来，飞速地去洗澡。

陈觅双把头发吹干走出卫生间，发现钟闻侧躺在她的床上，托着头看着她。她原本还想着自己这一头长发每次吹干都要好久，钟闻大概已经睡着了。她坐到床边，打开了床头灯，关掉了大灯，扭头对钟闻说："谁许你上我的床了？"

"我就待一下，一会儿就走。"钟闻拿枕头和靠背垫在两人中间，竖起了一道墙，然后双手垫着下巴趴在"墙上"，"这样放心了吧。"

这有什么值得放心的？事到如今，陈觅双还是经常会在心里嘀咕钟闻奇奇怪怪的举动，但其实她已经见怪不怪了。她躺下来，开始和钟闻说自己这段时间在米兰的琐碎的事情，而钟闻和她说自己学校和家里两边跑遇到的事，还炫耀着香水卖了多少。他俩其实对对方的工作都不感兴趣，钟闻除了做香水用得到的花，其他的花照样认不出来。而陈觅双仍然不习惯用香水，她一向追求花朵最原始的色彩与味道，即使有些花并不是那么香，可那才是真实的，太多花艺师会在作品上喷香水，她讨厌那种做法。但他俩可以顺畅地交流，甚至互相诉苦，丝毫不会觉得尴尬或者郁闷。

或许爱情就应该是这个样子，两个人没必要十分相像，也没必要强行为对方改变什么、放弃什么，关键是能在最大程度保留原本的自己的同时，仍然能和对方组成属于两个人的完美小世界。

只是第二天早上，陈觅双睁开眼睛，乍一看见钟闻在旁边四仰八叉的睡相时，脑袋突然死机了。她第一反应是昨天晚上自己是不是喝多了，仔细想想才回忆起来，应该是说着说着就睡着了。

两人都睡着了？

她小心翼翼地坐起来，下意识看了看衣服，虽然她穿的是夏季的吊带睡裙，但还是好好穿着。不过等到她看手机，才发现已经九点多了，她的闹钟被关掉了。她下意识往旁边看去，正好看到钟闻睁开一只眼睛偷瞄又赶紧闭上。

"别装了，看到了。"陈觅双又好气又好笑。

钟闻乖巧地开始往床边蹭，试探性地问："距离我被踹下去还有几秒？"

"一，二……"

陈觅双的"三"还没数出来，钟闻连滚带爬地下床跑下了楼，拖鞋都跑掉了，她忍不住笑出了声音。

"我真的是不小心睡着了。"过了一会儿，陈觅双背身整理床，钟闻又折返回来扒着楼梯口的墙解释。

"按掉我的闹钟以后，也是不小心睡着的？"

"呃……"

陈觅双假装抓起抱枕要丢，钟闻又"乒乒乒乓"跶拉着拖鞋跑了下去。

简直像逗猫一样，陈觅双无奈地摇了摇头，却始终止不住唇边的笑容。

Chapter14
今夜或不再

距离钟闻的暑假还有不到一个月，他和陈觅双开始商量回国的事。陈觅双之前已经有意识把时间空出来，但在回去前她想先和父母打声招呼。她担心爸妈还在和她怄气，实在不想回家之后只产生情绪消耗。

"打吧，我就在这儿听着。"恰好钟闻在家，坐在她旁边，把一只棕色的小玻璃瓶放在迷你电子秤上，然后用滴管从一排贴着标签的瓶子里依次吸一点，往秤上的瓶子里滴，精确到零点几克，多半滴都不行，陈觅双怀疑他还能不能分神听别的东西。

不过她还是在钟闻身边打了电话，算着国内的时间还不算很晚，她直接打给了妈妈，上一次她的话都是和爸爸说的，她深切怀疑爸爸会不会转达。而且这段日子妈妈都没主动联系她，她猜测也许还是和钟闻上次的话有关。

没想到电话响了半天，接起来的是爸爸，他的声音有点急促，还有点喘，像刚跑完步似的："有什么事？"

"怎么是你接的电话，我妈呢？"

"她……她遛弯去了，没带手机。"

"哦，我是想说，我过一阵打算回去看看。"

"没这个必要。"没想到爸爸的回答斩钉截铁，"你在那边过得好就行了，别来回折腾机票钱。"

"你们之前让我回去相亲时可不是这么说的。"陈觅双回完嘴，自己都一愣，回头一看，钟闻明显在憋笑。

爸爸显然被她噎住了，又开始像从前一样拿出命令的口吻："我说别回就别回，你妈还没消气呢，不想见你，更不想见你那个小男朋友。"

"那你们就一辈子不见我了吗？"

原本只是赌气的一句话，没想到对面就像真的在思考这个问题一样似的沉默了，陈觅双的神色黯淡了下来。

"给我，把电话给我。"就在这时，钟闻拍了拍她，用嘴形告诉她，他想要接管电话。起初陈觅双不想给他，但他一直手舞足蹈，好像不说句话就不行似的。陈觅双干脆什么都不想，把手机丢给了钟闻。

"喂，叔叔，是我。"

钟闻接起电话来，语气很亲切，不知道的还以为是多熟的人，丝毫看不出上次见面时在掐架。但电话那边是什么反应，陈觅双就不得而知了。

"之前我是有点唐突，说话太冲了。"钟闻说着话还走开了点，但没走多远就靠墙停住了，陈觅双不想听都不行，"你和阿姨要是还生气，我可以登门致歉。但是陈觅双是你们的女儿，你们不接受我也就罢了，总不能连她也不接受吧。她虽然很怕你们，但不是不爱你们，你们就不能稍稍给她一点鼓励吗？"

"你小子……"陈觅双的爸爸笑了一声，"谁教你没事就教育长辈的啊。"

"我不是……"

"我告诉你，父母养育孩子，不是图一声感谢，她有权利不爱我们，但我们还是要为她着想。"这句话让钟闻心里一动，他下意识看向了陈觅双。

"小子，如果你真的是为她好，就在那边好好照顾她。她这孩子一向要强，从来不懂得和人诉苦，你要多照顾她的情绪。"

"我知道，可是您还是让她回家看看吧。"

"我跟你没什么好说的了，你把电话给她。"

真是翻脸比翻书还快，明明刚才还说得好好的，怎么一转眼又转了话锋。钟闻无可奈何，把手机递还给了陈觅双。这次陈觅双没说几句，只"嗯"了两声就挂了电话，钟闻追问："怎么样？"

"反正就是不让我回去，说是他们打算跟团出国游，不想让我打扰了他们的计划。"

"哦……"

"你该回家就回家，不用担心我。"

"你不跟我回去了吗？"

"你暑假长，多回去待待，我不能待那么久，还是等过年吧，那个时候上门也比较合适。"

陈觅双说得有道理，钟闻也只能听她的，只是心里隐隐有点遗憾，他要真是整个暑假都待在国内，就要好久见不到她了。不过再不回去，真要被父母念叨死了，他暗暗琢磨着回去多久比较合适。

原本钟闻还觉得事情也许会有转机，能劝陈觅双和他一起回去，没想到她团队里的人提起了马上要在图尔举办的国际花艺大赛。陈觅双参加过很多比赛，对比赛兴致不高，可新人有兴趣，她突然想，也许可以带团队去试试。

于是陈觅双踩着死线递交了作品去申请，拿到了参赛资格。赛程加上前期准备、后期程序，时间很长，她肯定是暂时回不了国了。

知道这件事之后，钟闻反倒不遗憾了，他兴高采烈地问陈觅双决赛日期，决赛的时候他必须要在场。

没有观众的，你怎么在场啊？陈觅双心想，怎么一下就想到决赛去了，审美从来是主观的，比赛的结果谁也不能保证。

"那我就在场馆外面等，你捧着奖杯出来第一个见到的必须是我。"

"傻瓜。"

"那你喜欢这个傻瓜吗？"钟闻凑近陈觅双。

关键时刻，陈觅双闻到他身上飘荡着一股动物味道，忍不住笑着推开他："你又打翻了什么，臭死了！"

钟闻抬起胳膊嗅了嗅："你不觉得这个味道还挺性感的吗？"

陈觅双不可思议地瞪大眼睛："什么？"

"你再闻闻，再闻闻！"

"快去洗干净！"

两人围着桌子追了好几圈。

暑假前的这段日子，陈觅双一直在和团队成员分析各国花艺师的作品，给他们讲自己的比赛经验和大体流程，出设计图，提前想好需要的花材、器皿、配件、装饰等。而钟闻也得到消息，暑假回来后他就要进一家世界著名的香料香水公司实习。

为了赶上回来看陈觅双比赛，暑假第二天钟闻就打算回国，但还是挤出时间想去看一眼Mrs. Moran。没想到到了门口，他看到大门紧闭，门上贴着一张纸，说是她住院了，有事可以联系她的私人医生。钟闻赶紧打了电话，医生和他说之前Mrs. Moran的心脏不太舒服，所以住院休养，但这两天已有好转，大概过不了几天就能出院。

钟闻这才放心，把电话转给Mrs. Moran，问她："我要回国几天，你有没有好奇的中国的东西，我给你带回来呀。"

"我一直很想去你们的张家界，可惜没有机会。"

"那我回去看看有没有明信片或者是挂画，给你买回来，好不好？"

"那你可快点回来，我这把年纪了，最讨厌等人了。"

"好了，知道了，你好好听医生的话。"

怕自己忘了这件事，钟闻记在了备忘录里，打算回去就找。

第二天一大早，陈觅双开车送他到机场。下车前，他将双臂搭在陈觅双肩膀上，盯着她的眼睛说："要考个好分数啊！"

"快下车，这里不让停太久！"

"亲我一口，我就下车。"说着，他把侧脸凑了过去。

陈觅双笑着摇头，在他脸上亲了一口，顺带推开了他那边的门，威胁道："要我把你踢出去吗？"

钟闻忙不迭地下车，去后备厢拿行李，又绕回车门前，弯腰对陈觅双说："你越来越霸道了，不过我喜欢！"

和之前几次磨磨唧唧的分离不同，这次钟闻刚刚进机场，陈觅双就掉头回去了。因为他们心里没有不安，而是实打实地知道很快又会见面，并且在这期间他们都会想着对方。

三天后是国际花艺大赛的初赛日。初赛是封闭主题赛，除了一个大赛主题"花园之城"外，各国参赛者在新娘捧花、餐桌花艺和瓶花之间任选两种，用自己准备好的花材在指定时间、指定空间内完成三样作品。各国组成的评审团从色彩、造型、空间感、新意、花和道具的运用等方面评分，选出进入决赛的花艺师及其团队，淘汰比率大概是50%。

陈觅双放弃了她更擅长的新娘捧花，选择了餐桌和瓶花，一是她认为选择新娘捧花的参赛者会很多，二是虽然她的店在法国，但她的桌子上印的是中国国旗，她是代表中国参赛的，所以还是想尽可能展现中国花艺的技巧。

于是陈觅双找到一块自带木头纹路但很破旧的木板，是坏掉的柜门，她在上面钉上一根钉子，挂上一只自己手编的圆鼓鼓的竹篓，用它作为容器。因为是挂着的，瓶口朝外，所以花枝的走向应该是朝下、朝上、朝外。她用的主要是黄玉兰的枝条，叶片不选新鲜的，要略微枯萎一点的，整体色泽偏古朴沉静。玉兰花只留两朵，一朵在垂下来的枝条前端，一朵在朝上的那根枝条上靠近瓶口的位置。瓶口用带着叶子的白色茉莉填充一下，但叶子要和枝条上的花统一颜色。最关键的就是折枝，这个作品的意味在于影子，光从不同的面打过来，悬浮的枝条会在背后的木板上落下影子，那影子一定要好看才行。

因为这个作品，他们才稳稳地进入了决赛，其他两项的分数基本只在中游，评委说这个花艺生动得像是生来如此。

初赛与决赛之间有一段休息时间，主办方也要花时间准备。因为决赛要现场对决，并且是神秘箱，也就是说，参赛选手完全不知道自己会遇到什么花、什么器具。抽到什么现场就要做出来，而且要完成相同的主题。就连主题是什么都要到现场才知道，所以也无法事先构想，考验的就是临场发挥的实力。

离决赛还有一周的时候，陈觅双和钟闻通语音电话，问他什么时候回来。其实她也不想催，如果钟闻想在家多待一段时间，也挺好的。

"放心，你决赛那天我肯定到。"钟闻回答得倒是斩钉截铁。

"你说万一决赛时我抽到狗尾巴草怎么办？"

"不可能这么狠吧，又不是整蛊节目！"

陈觅双笑笑："也是。"

决赛会场很盛大，有媒体转播，场上摆了十五个桌子，间距都不大，仅仅够摆开物品箱。桌子上印着国家和个人姓名，评委就坐在场边。

决赛主题是——爱让我们在一起。

在题目揭晓的一瞬间，陈觅双想到了钟闻，低头笑了一下，突然觉得胸有成竹。

结果下一秒，当她打开箱子，所有的自信都变成了无奈。

箱子里比较常见的、好用的、品相标致的切花，只有虞美人、新娘花、雄性帝王花、橙红色的雏菊，以及白色的蝴蝶兰，其中虞美人和新娘花的形态、大小又太近似，不太好叠用。剩下的有很多根半臂有余的竹子，还有紫穗狼尾草和七七八八的一些绿叶。

天啊，陈觅双真想让时间倒流，让那天的自己闭嘴。

器皿倒是什么开口的都有，样式也都比较简洁，可陈觅双看着这些粗犷的花材，实在很难搭配这些器皿。她只沉默了几秒钟，在脑海里尝试将这些花材排列组合，时间还在继续，她不能停下来。

"把竹子中间掏空。"她马上下达指令。

助手和她一起将所有的竹子掏成中空，一端全部削平，她要先把花材筛一遍,分成几部分。狼尾草分一堆,挑紫色艳丽的。各种绿叶分一堆,蝴蝶兰也分到一起。雄帝王花和新娘花分一堆,挑几枝雏菊放在一边。把这些分完,陈觅双的思路也清晰了,故事和图形都有了。

她松了一口气,转身想给助理安排工作,手不经意地往边上一撑,结果突然一下子钻心地疼。她忍不住惊叫一声,扭头去看,发现是助理把竹子打成捆立在了那里,参差不齐的尖头冲着上面,其中一根的尖扎进了她的掌心。

助理惊慌失措地喊着"上帝啊""对不起"之类的,陈觅双却冷静下来,忍着疼把手从竹子上拿下来,心里踏实了。虽然创口很大,但并不深,就是掉了块肉而已。

血却流得非常吓人,很快淌了一胳膊,地上也滴得到处都是。她小心翼翼地掐着自己的手腕,远离花材,生怕污染。这时裁判发现了这个意外,赶忙过来问她的情况,她摇了摇头说:"没事,我可以继续,就是可能要稍微处理一下。"

因为花艺要用各种刀具,现场也以防万一配备了医护。和医生走之前,陈觅双不忘给助理做安排:"不要浪费时间,你们把竹子分成三份,然后以阶梯状砍断,三份的高度落差大概是这么多……"

怕他们搞错,陈觅双弯腰用刀划了个印子:"最短的是这么长,然后比它长一点,再长一点,懂吗?我回来时要看到你们弄好。"

嘱咐完,陈觅双才去找医生清创。医生帮她拔掉了里面的两根刺,消毒止血,用纱布包住,不过纱布还是很快就透了,临上场前,她又让医生给换了一次。

她重新回到场上时,评委带头鼓了鼓掌,场上很多关心她情况的人都对她投以鼓励的目光。后来陈觅双才看到媒体在新闻标题里称她为"散发着光芒的美丽的坚强的东方女性",但那个时候,她可顾不得别人在想什么。

好在她回去的时候,助理已经把竹子处理得差不多了,她又修了修,刻意留下了上面自然的缺口和毛边,然后以矮的在最外面,逐渐向内递高的方式拢在一起,变成了一个基座很稳的竹子金字塔。

然后,她想用现成的绿叶和枝条将竹塔固定,但绕这个需要用力,枝条又很容易割手。虽然受伤的是左手,相对好一些,但她一使劲还是痛得忍不住发出声音。

"我来吧。"助理从她手里抢下东西,陈觅双也没勉强,指导他们做。

之前把竹子竖着放在一旁的助理仍然回不过神,不断地重复着:"对不起,我……"

"没关系，你并不是故意的，事情也不是很严重，不必一直自责。但是你要记得，无论什么时候，做怎样的方案，你自己和别人的安全都是最重要的，一定要将这个放在第一位。同样的错误，如果你第二次犯，我可就不会这样轻易放过了。"

　　"我明白了。"助理对陈觅双投以感激的目光，终于定下了神。

　　竹塔弄好之后才正式开始，他们也才明白陈觅双为何不用任何器皿，原来这就是她的器皿，她要整个作品没有一点植物以外的东西。把狼尾草修成高低不同的长度，插在最外层和中间层的竹竿里面，让它们全部朝一个方向倒去，做出参差有致的自然态，就像是河畔的蒿草丛。之后再把白色的蝴蝶兰插在底端，向外延展一些，如同纯净的河流，同时也可以略微修饰一下底座。

　　搞定外围与铺垫，再尽可能挑小朵的雏菊，填在中间的位置，看似埋在紫穗狼尾草里面，但又要故意偶然地支出来一点，像是自顾自开在田间的野花。最后将花瓣带一点红边的雄帝王花和艳红的虞美人相对插在高处，虞美人的花朵要仰着，而帝王花要比它高出约一朵花的距离，花朵微微往下垂，看上去就像是蒿草地里对视而立的两个人。

　　整个作品视觉上是分层次的，两朵主花在一层，雏菊是一层，蒿草和蝴蝶兰是一层，但它们又要混在一起，因此主花不能支得过长，紫穗狼尾草不能太散。大概成型后，陈觅双又自己上手修整了半天，拢不住的地方用草叶微微系一下。

　　裁判开始读秒数的时候，陈觅双放下了手里的剪刀，将肩上所有的压力都沉了下去。她看了看手上的纱布，血已经干了，应该是止住了，她也逐渐习惯了疼痛感。她尽力完成了，结果如何也不重要了。

　　按照作品号码的顺序，由花艺师本人将作品呈上去给评审，并在限时内阐述自己的创作理念。轮到陈觅双的时候，她用英文流畅地讲解："在中国有一个大家耳熟能详的故事，叫作霸王别姬。讲的是楚汉相争时期，霸王项羽被刘邦围困，自知气数已尽，难以突围，在帐中与心爱的虞姬话别。虞姬不愿独自苟活，在一舞之后，先一步自刎于项羽面前。之后项羽杀出重围，一路逃到乌江边，后有追兵，已无处可逃，最后也选择在江边自刎。传说刘邦厚葬了虞姬，后来在她的墓前长出了美丽的花，便是虞美人。我用帝王花代表项羽，让他们的灵魂在乌江边上再度相见。"

　　"你用一个悲剧故事来表现爱？"一个评委好奇地问。

　　"从战争的角度来说，这也许是个悲剧。但从爱的角度来说，我觉得并不是。更何况我认为，结局如何并不影响爱本身。他们壮烈地爱过，并永远停留在那一刻，从艺术效果上来看是美的。"

"好的，感谢你的讲解和你的故事，希望你的手早一点康复。"

"谢谢。"

陈觅双微微鞠躬，便闪到了一边等待最终的结果。

所有的作品展示和阐述结束后，有很长的等待时间，评委需要讨论和最终打分，其间花艺师们都凑成一堆休息，现场有一些饮料和小点心供应，记者们也在追着人采访。陈觅双找医生换了一次纱布，确认血已经止住了，只是揭下黏着的纱布时有点疼，她举着手刚走出来，就被记者堵住了。

是国内的媒体，她随便应付了几句，对方一直在问她预想的名次如何，她哪敢乱说，只能说点大家都很厉害之类的套话。然后助理叫她，她就赶紧趁机跑了。现场要求不能带手机，她喝着咖啡想，钟闻现在在哪儿呢？

昨天说今天肯定到，但只能从巴黎赶到图尔，中间要转机或者转车，时间不好估计。早上她就进会场了，所以也不知道钟闻几点到。要是得不到一个像样的名次，都不值得钟闻特意跑回来，陈觅双默默地想。

宣布名次是从单项奖开始，然后是铜奖、银奖、金奖。陈觅双先是拿到了一个创意类的单项奖，她已经满足了，所以一直念到银奖都没有她，她也没当回事。

大屏幕上打出了金奖亮闪闪的奖杯标志，故弄玄虚地等了几秒，一下跳出了得主的名字——Chen Mishuang team, from China（来自中国的陈觅双团队）。

陈觅双整个人呆了两秒，她鲜少看见自己的中文全名的拼写，所以一时没反应过来。然而会场里已经响起了震耳的掌声，还有相机"咔嚓"的快门声，助理兴奋得不行，一个劲儿围着她转圈。她这才反应过来，赶紧礼貌地朝评委鞠躬，又原地转了一圈，朝四周的人鞠躬致谢。

这不是她第一次得奖，也不是含金量最大的一个奖，可是随着一轮一轮的致谢，随着奖杯和奖状交到他们手里，她的心竟然像块吸饱水的海绵突然被狠狠按了下去，喜悦与感动源源不断地迸发出来。

她以前仿佛是不敢高兴的，得奖最大的意义是让父母满意，然后得到类似戒骄戒躁的警告，更是战战兢兢，生怕表现出高兴就会被指责为骄傲。这次在现场，她的感官终于回到了正常的状态，她让自己承认，她就是高兴啊。

赢了就该高兴，是自己应得的。什么戒骄戒躁，什么继续努力，都不是这个时候该想的。

"我们找家餐厅庆祝一下，我请客。"参加完颁奖仪式，又接受了很多采访，出会场时天都快要黑了，门口还有没进入场内的记者和很多工作人员，乱糟糟的，陈觅双边和团队里的人说话，边努力突围，结果一眼就从人群的间隙里看到了插着口袋站立的钟闻。

她扬起手挥了挥，不自觉加快了脚步。

钟闻看见她就迎了上来，脸上轻快的表情在看到她手上的纱布时瞬间就消失了，一把抓住她的胳膊间："怎么回事？"

"眼神还挺好的。"陈觅双笑着摇摇头，"没事，就是擦破皮而已。"

"真的？"

"真的，你看，都没流血。"

"那也小心点，你总要用手的。"钟闻将信将疑，不过从外表看应该是问题不大，只是他的眉头还是没舒展开，"幸好我回来了。"

"喂，我这又不是下不了床，难不成还需要你照顾呀？"

谁能想到两人许久未见，见面的第一件事居然是说这个。由于他俩是用中文在说，陈觅双身旁的助理们也听不太懂，还以为他俩在争论什么，吓得不敢多待，赶忙主动对她说："今晚你们两个先庆祝一下吧，改天大家再一起庆祝。"

陈觅双嗔怪地瞥了钟闻一眼，对他们点了点头："也好，你们先休息两天，如果有事，我给你们打电话。等到奖金到账，我会给你们转过去。"

就这样，其他人先走了，留下陈觅双和钟闻，她主动伸出了没缠纱布的那只手："我们逛一逛，明天再回家吧。"

"好。"钟闻拉住她的手，摇摇晃晃地往前走，"我老婆真是太厉害了！出手就是金奖！"

"你已经知道了……不对，谁是你老婆！"

"除了你还能有谁啊！我明天就和我爸妈说，看他们儿媳妇多厉害。"

陈觅双脸都红了："哎，你别……这有什么可说的！"

"当然要说，我从小到大连个三好学生都没得过！"

陈觅双忍不住笑出了声。

之后的一段日子，对陈觅双而言忙碌又安逸，喧嚣又沉静。她比赛获奖的消息被稍稍报道，外界虽然不了解，但在圈内还是有用的。她受雇的酒店方很开心，他们的花艺总监出色，对酒店而言也有正面效应，订单明显增多，而且大多是高要求且不怕花钱的人。

不过陈觅双并没有豁出命去接单，只接了几个比较容易出作品的订单，还把时间分配得很好，大多数时间是在培养新人。另外她也要好好养手，纱布拆掉以后，钟闻看到伤口的大小还是有点生气，那之后看她很严，每次洗手都尽可能在一旁盯着。也多亏了他，陈觅双的伤口结痂很快，而且自然脱落后疤也不是很明显。

由于暑假较长，钟闻退了格拉斯那边的公寓，打算开学前再找。他在家门口不远的冰激凌店找了份兼职，每天工作的时间倒是不长，就是身上总是有一股草莓和巧克力的味道，一回家就得洗澡。钟闻的职业病发作，还给老板提了很多关于香精配比的建议，老板试验了两次，发现还不错，有时候下班时会送他一大盒没卖光的冰激凌。然后钟闻和陈觅双就会花一个晚上一边冻得牙疼，一边把冰激凌吃光，有时候实在不想吃了，钟闻就怂恿陈觅双把邝橙叫过来解决。邝橙总是美滋滋地跑过来，把钟闻挤到一边，拿大投影看动画片。钟闻嘴上揶揄她的品位，实际上看得比她还入迷。

陈觅双在角落插花，有意无意地听他们斗嘴，有时候还会传来"斗殴"的动静，她也不管，只是低头笑笑。她从未想过自己的生活会变得这样有生机、有温度、有欢笑，有她喜欢和想要保护的人。

虽然陈觅双从来没说过，但这就是她能够想到的最好的日子了，她很知足。

开学一个半月左右，钟闻开始去一家香料香精公司实习，主要是待在实验室里跟随一位调香师。导师正受雇调制一款以猫为主题的香水，从这里钟闻得知，虽然调香师创造了香水本身，但在商业运作里，调香反而是最后一环。排在前面的是创意部门的头脑风暴，是主题与深层理念的确立，是营销调研，是瓶身和包装的设计。就像这次的"猫"主题，取材于埃及神话中的猫女神，虽然在后来的神话里她已经开始象征家庭的温暖和睦，但在最初她是战斗女神，是只黑色的野猫，有着凌厉的一面，后来慢慢变得温和。钟闻看到了策划方案，元素是黑猫、月亮、东方符号之类的。瓶身的大致风格是神秘优雅，有立体兽首。

试香会据说已经开过两次，第一次基本推翻了设定，第二次好一些，但大家仍是不满意。不满意的点在于没有新鲜感，动物感不够，但如果加太多，又不好闻了。第三次会议，钟闻有幸参加，不过他打定主意坐在一旁不出声，仔细做笔记。这次调香师大胆丢掉了之前的麝香和檀香，不再企图用这些制造动物感，而是用了香草和焚香，在前调里加了一点肉桂和豆蔻。这样一来，效果变得非常奇妙，莫名有一种暖融融的生机感，不像之前一样生冷了。可是新的问题又来了，在场的女士有的觉得这个味道过于甜腻，即使花香用的是相对较淡的茉莉和白茶，但由于茉莉有吲哚的成分，加上豆蔻和香草，从另一个方面来讲又强烈了一些。

会议上大家集思广益，说出自己的想法，调香师会听取，但未见得会采纳。转了一圈，视线落到钟闻身上，导师问他："你的意见呢？"

钟闻没想到自己有资格说意见，但已经被问到了，于是就撞着胆子说："其实只要调一调香草和焚香的比例就会好很多吧，不过，也许可以加点苦味或者是辛香料的味道中和一下？"

"苦味……"调香师用笔杆不断敲着桌面。

"女香的话，我怕再加辛香会更重，接受面会更小……"钟闻见大家没什么反应，还是忍不住把想说的话说完了，"要是有相对单纯的苦味就好了。"

会议开了很久，钟闻坐得腰酸背痛，后来也没什么机会再发言，却凭鼻子偷偷在本子上写下了香水的配方，偷偷摸摸用小字在下面尝试写了几种自己的调配公式。

三天后导师拿来改良过的香水，喷在了他的手臂上让他闻，初闻差别不大，只是比之前的花香更明显。但隔了一段时间，钟闻闻见了一种苦味，是黑咖啡的香味，不加奶不加糖的那种，在它的烘托下，肉桂的味道完全变了样子。

"这样好！"钟闻忍不住兴奋起来。

他还从未拿过咖啡味调香，咖啡味在香水里只是小角色，现如今全世界都在喝咖啡，没人会想让自己身上也有浓重的咖啡味，所以咖啡用在调香里的量是非常少的。而导师使用的这种咖啡香不像是市面上一些咖啡奶糖的味道，而是极单纯的深焙咖啡豆的苦味。这一部分知识，准确来说是食用香精那一块的，钟闻突然意识到自己有知识盲区。

导师给他找了大量的研究资料和数据供他补习，还让他偶尔去食品调香那里转一转，他认真学习，总是自愿加班，只为了在实验室多待一会儿。

开始实习后，偶尔还要去学校，钟闻能回陈觅双那里的时间就更少了，有时候半个月才能回去一次。不过他们有约定，每天晚上都要视频一会儿，两人从来没有忘记过。

钟闻回去的时候会带几瓶香水，放在陈觅双的店里由她代卖。但卖出的钱他也不要，非让陈觅双帮忙存着。最初的那段日子，钟闻住在陈觅双那里，没有多少钱，也什么都没确定下来，虽然看似他也帮了点忙，但吃喝的钱都是陈觅双出的。陈觅双从来不会计较这些，两个人在一起之后，如果摆在明面上提这些也太刻意，可是钟闻还是想尽可能弥补一点，因为在他看来，他帮陈觅双做事情都是应该的。

陈觅双也明白钟闻的心思，所以没有多争辩。原先她是个和别人算得很清的人，一分钱的便宜也不愿意占，从别人那儿得到好处反而会战战兢兢。可现在陈觅双能轻轻松松地觉得自己心里有个数就好，因为她知道他们是一家人。

"我回来啦！我买了泡芙，还热着呢。"钟闻回来的时候，陈觅双刚把上课的人送出门，回来收拾房间，眼看着就要吃晚饭了。

"认识你之后，我吃的甜食比之前十年吃的都多。"

"你又不会胖。"

"你怎么知道我不会胖？"

"因为你在我眼里就是永远都不会变。"钟闻捏起一块泡芙送到陈觅双嘴边，她一咬下去，里面的鲜奶就溢出来，她赶紧捂嘴，钟闻却奸计得逞似的笑起来，"你看，就算这样，我也觉得好看。"

陈觅双抬脚要踢他，钟闻把剩下的泡芙塞进自己嘴里，撒腿就逃。

有警笛声逐渐靠近，他们都没有注意。钟闻原本想要下楼，和正要上楼的警察撞了个正着，才意识到警车已经堵了门。他疑惑地停住脚步，问："有什么事吗？"

"你是钟闻吗？"警察非常别扭地念了他的全名。

平时钟闻都习惯了大家叫他"Chung"或者是"Zhong"，他有一种极度不祥的预感，以至于点头都慢了一拍："我是……"

"有人指控你涉嫌一起命案，请和我们回警局调查。"说着，警察就要给钟闻戴上手铐。

"等一下！"就在这时，陈觅双从楼梯上冲下来，一把将完全呆住的钟闻拉到自己身后，"警官，这其中一定有误会。你们可以把人带走，但我需要知道具体情况，他涉嫌谁的命案，被指控什么罪名，他有请律师的权利。"

事到如今，陈觅双仍然觉得这只是一个误会。她发现警察来了，首先想的是，是不是例行检查之类的，所以还在收拾厨房，并没有那么急。后来听见是找钟闻，她才赶紧出来，但想得还是简单，会不会是乱扔垃圾之类的小问题。没想到警察直接抛出"命案"这个词，这对她来说太魔幻了，反而没有可信度。

"昨日傍晚，一位名叫Patricia Moran的女士被人发现独自死于家中，死者有高额遗产，却只将老宅留给了亲生儿子，其他的全部留给了钟先生。Mrs. Moran的儿子对此深感不解。据邻居和Mrs. Moran的医生回忆，在Mrs. Moran出事前的一段时间，只有钟先生频繁出入她家中，你们又没有任何亲属关系，所以Mrs. Moran的儿子对母亲的死抱有怀疑，请钟先生配合我们调查。当然，你有律师到场再说话的权利。"

在听到Mrs. Moran去世的消息之后，钟闻什么话都没有再听进去，脑袋里回荡着的是"嗞嗞嗞"的电流声。他回来之后去看过Mrs. Moran，那时Mrs. Moran已经出院了，虽然脸色还是不太好，但精神不错，还指挥着他把他带过来的张家界航拍全景的图装裱起来，挂在了墙上。相识后的一幕幕都在钟闻脑中闪回，却像过老的电影，总有一些跳帧。

他突然甩开陈觅双的手，推开面前的警察，打算冲出门去。他没有别的想法，就想去看一眼，就看一眼。

"别动！"警察似乎没想到面前这个看起来很纯良的男孩会突然反抗，其中一个警察下意识举起了枪，另一个也摸到了腰间的电警棒上，"如果你拒绝拘捕，我们有权……"

"钟闻！"

电光石火间，陈觅双什么都来不及想，只是追出去，挡在了警察的枪口前面。而钟闻的魂魄稍稍归位，停下脚步回头，也被眼前的景象吓到了。陈觅双举起双手，微微向下拍了拍，紧张却又格外镇定地解释："他不是那个意思，他只是不明白发生了什么。他会和你们走，他会。"

警察慢慢收起枪，打开了警车后座的门，陈觅双回身看着眼圈血红、眼泪将落未落的钟闻，用力捏了捏他身侧冰冷的手，努力朝他笑了笑："没事，就是个误会。你乖乖和警察走，我马上去找律师。你的法文还是很差，听不懂的话就不要回答，一切都有我，有我。"

钟闻点了点头，一滴眼泪滑出眼眶。

看着钟闻被警车带走，陈觅双的心突然疼到难以呼吸。她无视停下看热闹的路人，在店门口蹲了下去，双手抱住头，紧紧闭了闭眼睛，拼尽全力将身体的颤抖和往上翻涌的崩溃情绪压下去。

她是钟闻在这里唯一的亲人，现在必须撑起来。她当然相信钟闻，也大概能料想到是怎么一回事，之前她和钟闻对Mrs. Moran的儿子就有所猜测，只是当时都不愿意多提。无论如何，陈觅双都要用最短的时间把钟闻从警局里带出来，时间拖得久了，也许警察就会通知到他的父母，国内的媒体也会知道，对他的学习和事业也会有影响。

想到Mrs. Moran的儿子的那一瞬间，陈觅双想起了一件事——她曾经托邝盛做的那份毒检。当时她并没有要真正的检验报告，那个瓶子后来也没收回来，以防万一，她必须得去一趟。而且邝盛是她最熟的律师，虽然之前他们闹得很僵，但是现在她顾不得面子，如果邝盛愿意帮忙，能立刻去见钟闻，是最好的结果。

因为走得太急，陈觅双到了邝盛的律所门口才发现自己还穿着拖鞋。前台秘书的眼神中透着玩味，坚持要她先预约。

"邝盛！邝盛！你在吗？"陈觅双猜测邝盛是在的，干脆朝里面紧闭的门喊了两声。她从来没这样过，从不知道自己被逼急了原来也能不管不顾。

果不其然，邝盛打开了办公室的门，对她上下打量了一圈，皱了皱眉头，说："进来吧。"

陈觅双几步进了邝盛的办公室，邝盛赶忙把门关上，绕回到自己的办公桌前坐下，奇怪地问："你这是怎么了？"

眼前的陈觅双披头散发，穿着拖鞋，脸色也苍白得不像样，最关键的是刚刚还在大喊大叫，邝盛从没想过她还有这样的一面。

"钟闻被警察带走了。"

"哦？"这也是邝盛没想到的，不过他只是挑了挑一侧的眉毛而已，"你是想雇我当他的律师？"

陈觅双简明扼要地和他讲了钟闻和Mrs. Moran相识之后的种种，还重点突出了Mrs. Moran委托他扔东西的细节。邝盛听得倒是仔细，但对案情并不感兴趣，在电脑上敲了敲，搜索了Mrs. Moran住的那个片区老房子的价格，转给陈觅双看，说："从警察转述的语气来看，那位Mrs. Moran留给钟闻的遗产总值，恐怕要超出这个房子的价格很多，所以她儿子才会做出杀人这么大的指控。你真的认为只是隔几天去聊几句天的关系，Mrs. Moran就会把这么一大份遗产交给一个陌生的外国人吗？"

"你的意思是，钟闻真有可能为了遗产而杀了她？"陈觅双冷笑出声，她真是太傻了，就不该来这里浪费时间，"算了，我去找其他律师。但我需要之前帮忙做毒检的那家机构的联系方式，希望你能给我。"

"那家机构在巴黎，你现在过去只是浪费时间。我会让他们把检验报告传真过来，如果之前的证物还留着，我也会让他们寄过来。"

"多谢。"

陈觅双转身就走，手握在办公室门把手上时，邝盛突然叫住了她："如果我说我愿意接这个案子，哪怕最后真的上了庭审，我也能保证打赢官司，但条件是你要离开他，和我结婚，你愿意吗？"

陈觅双咬紧了牙关，缓缓地回头，直视邝盛的眼睛。

"他有了这一大笔遗产，之后可以有璀璨的人生。我会好好对你，婚后你不

226

用再工作，更不用辛苦地出差，只要全心全意当个漂亮的太太就好。这样两全其美的选择，不错吧？"

"邝律师，我想你不是真的想娶我吧，你也并不是真的想接这个案子。你只是想要试探我，想要证明你对于人性和爱的理论是对的。"陈觅双满心怒火，却平淡地开口，"很抱歉，我拒绝。"

"你口口声声说爱他，还不是同样不愿意为了他做牺牲。"

"就算他入狱，我也愿意在外面等他一辈子，而不会嫁给你。更何况，我相信他。"陈觅双高傲地扬起下巴，"不得不说，你真的很可怜。你看似拥有一切，却唯独不懂爱是什么，连个真心相信的人都没有。"

这一次，陈觅双离开邝盛的律所，再也没有回头，甚至没听后面的邝盛仍在说着的话。

时间紧迫，很多律所已经下班，她只得记下电话一个个去问，打了数不清的电话之后，终于找到一位名声还不错，有时间，并且接过华人案件的律师。律师答应她会立刻去见钟闻，顺带对案件情况做收集。陈觅双一直提着的心，这才落地。她坐在可以看到海的长椅上，突然没有力气站起来了。她的身体慢慢往下滑，蹲在地上哭出了声音。

现在钟闻一个人被关在警局里肯定很害怕，他是个连鸡都不会杀的人，却被诬陷杀人。她怕他因为委屈乱讲话，被警察抓住话柄。有律师去引导，陈觅双才安心一点，然后她想到，应该去看看Mrs. Moran。

强撑着回到家里，换了一身黑衣，陈觅双包了一束白色的鸢尾，走到了Mrs. Moran的屋前。房子里黑洞洞的，一盏灯都没亮，不像是设有追悼会的样子，门上也没贴任何讣告。

陈觅双绕到屋后，花园里的花自顾自开着，都是她当初移栽的。真是时移世易啊，她叹了口气，将花放在了门前的台阶上，双手合十，闭上眼睛静默了一会儿。

等她睁开眼睛，转身想要离开，刚好看到一个高高大大的外国男士也穿了一身黑，带着花而来。他们没有见过，相互点了点头便擦身而过。可就在这时，男士的手机响了，陈觅双还没有走远，就听到他义正词严地说："不，这违背了我的职业道德，我绝对不会帮你做伪证。"

陈觅双猛地顿住脚步，回过了头。

"不是钱的问题，先生，也请你早一点让逝者安息。"

男士放下电话，将花放在陈觅双的花旁边，一回头发现她又回来了，有些诧

227

异地问："女士，你有什么事？"

"不好意思，我不是故意偷听你讲电话，但这件事对我来说很重要。我想请问，刚才电话对面的人是过世的Mrs. Moran的儿子吗？"

"你是……"男士谨慎地审视她。

"你听过钟闻这个名字吗？我是他的女朋友，和Mrs. Moran生前见过，我们……"

"钟先生的事情我已经知道了，我很遗憾事情会发展到这个地步。"男士主动对陈觅双伸出手去，"我是Mrs. Moran的遗产律师。"

两个人就近找了家咖啡厅坐下，遗产律师和陈觅双大致说了一下他在得知Mrs. Moran的死讯后宣读遗嘱的过程，那之后Mrs. Moran的儿子就一直想要证明遗嘱的签字是假的，发现没办法后又想找人证明Mrs. Moran是在被挟持或哄骗下签字的。但这一点其实很难证明，除非遗产律师愿意做伪证。

"我警告过他收敛，但他还是走到了这一步。傍晚的时候警察来找过我，我仍然是原先的说辞，遗嘱是Mrs. Moran在神志清醒时立下的，当时钟先生并未在场，我与钟先生甚至素未谋面。"遗产律师无奈地摇了摇头。

"为什么要把遗产留给钟闻？"

"我并不清楚，但这确实是Mrs. Moran本人的意思。Mrs. Moran和前夫离婚后，儿子一直跟随前夫在英国生活，母子之间谈不上有多深的感情。她的前夫去世后，已经二十一岁的儿子才回到她身边，虽然她尽力想要弥补，但已经来不及了。Mrs. Moran的儿子嗜赌成性，只要有钱就会输光，她替儿子还过好几次债，后来狠心将儿子扫地出门了。Mrs. Moran把房子留给儿子，不过就是想给他留一个栖身之所罢了。"

"得到这笔遗产并非钟闻所愿，其实只要对方愿意撤销指控，把遗产还给他也无所谓。"

"这样就正中了他的下怀，他就是想逼你们放弃。可这就背离了我的委托人的愿望，她希望自己的毕生所得能用在对的地方。"

陈觅双沉默了，道理她都明白，可从她的角度考虑，她宁可放弃遗产，也想换钟闻早点出来。

"你也别太担心，现在他拿不出任何证据，警察只是调查而已，也许明天就会放钟先生出来。"遗产律师安慰她，"而且，Mrs. Moran了解她的儿子，并非毫无准备。只是现在还不是拿出来的时候，你少安毋躁。"

和遗产律师聊完，陈觅双踏实了一点，回到家中等消息。晚一点的时候，邝橙来了，大抵是从她哥哥那儿知道了这件事，一进门就大喊："这是怎么一回事啊？"

"我可没有力气再和你讲一遍了，等事情结束了再说吧。"陈觅双实在是笑不出来。

邝橙也知道现在不是闹腾的时候，难得地安静了下来，只是在一旁陪着她。电话响了一声，陈觅双一个激灵接了起来。律师对她说已经见到钟闻了，他看上去有些难过，但精神还可以。现在指控者没有一丁点实际的证据，无非是仗着亲属关系，局面并不复杂，但前提是没有尸检，死者的儿子不愿意尸检。律师开诚布公地问陈觅双："如果他答应尸检，尸检的结果会不会对钟闻不利？你必须和我说实话。"

许许多多的线索在陈觅双脑袋里闪烁，她确定那个人不愿意尸检的原因是他知道自己做过什么，虽然过去了一段时间，但他怕还能验出来，做贼心虚。但如果钟闻始终不愿意妥协，难保那个人会不会铤而走险，反正就算验出什么，他也吃准钟闻没有证据，到时候正好推到钟闻身上。可是如果他都敢吃准没有证据指向他，那同样也不会有证据指向钟闻，陈觅双咬了咬牙，心想谁怕谁，对律师说："您放心，钟闻绝对是冤枉的，对方什么都拿不出来，如果他拿出东西，一定是伪造的。"

"那就好，我也是吃颗定心丸。你放心，如果到明天还在僵持，我会申请先把他保释出来等消息。但如果对方真的要尸检，很可能他就要多待几天了。"

"我现在还是不能见他吗？"陈觅双问。

"还是不行，警方这边不会随便让外人见他的。其实现在警方对案情也有所怀疑，所以并没有启动流程，对钟闻也还算客气。如果真的启动调查流程了，你可能也会被叫去问话，你要有思想准备。"

"我知道了，谢谢您，辛苦您这么晚还在工作，费用我会加倍出的。"

放下电话，陈觅双微微松了口气。对方并不是个聪明的人，只是在胡搅蛮缠，身正不怕影子斜，她倒是不担心结果。可是她不想钟闻在里面待太久，希望能在影响最小的局面下将事情翻篇。

这一夜注定是无法睡了，陈觅双躺在床上，只是睁着眼睛发呆。邝橙留下陪她，似乎是想调节气氛，突然说："其实我第一次见到他时，觉得你俩一点都不般配。"

"嗯？"陈觅双给了一点反应。

"他看上去就像是……我学校里的男生，我不觉得你会喜欢上这个类型的男人。我不是说你老的意思啊……"邝橙赶紧解释，"只是你看上去就很像大人，你明白吗？"

"我懂。"

"可是后来我不这么觉得了。"

"为什么？"

"因为和他在一起，你也会变得不一样。而且，他的眼睛里只有你，你的眼睛里也只有他。我从前谈恋爱的时候也觉得对方对我很好，看到你们才明白，那所谓的好不过是随手施舍而已。"邝橙伸长胳膊，像个小孩一样依偎在陈觅双身旁，"所以啊，一切都会过去的，你们会一直在一起的。"

陈觅双的心平静了些许，只是邝橙睡着了，她仍然毫无睡意。就这样挨到天亮，她不打算开店，推掉了所有预约，只想等消息。她打开冰箱想给邝橙弄点早餐，一眼就看见钟闻买的泡芙还在里面，喉咙又紧了一下。

好在消息来得很快，第一个消息是邝盛的，他发了检验报告的扫描件到她的邮箱，还说当初的那个瓶子还留着，今天就会寄出，检验机构很专业，肯定不会污染。除此之外，邝盛没再说一句废话，陈觅双知道他俩之间的交往到此为止了。第二个消息就律师的，说是一早Mrs. Moran的儿子就去了警局，想和钟闻谈谈，警察没同意。他实在没辙，同意尸检了，想保释钟闻就困难了。

撂下律师的电话，陈觅双立刻给Mrs. Moran的遗产律师打电话，昨天晚上她留了他的联系方式，告诉对方Mrs. Moran的儿子已经答应尸检了。遗产律师沉声应下："我知道了。"

陈觅双还想问究竟有什么办法，又怕耽误时间，只能静观其变。她能做的只有这么多了，纵使想再努力，也没有地方施展。

只是没底的等待实在太焦心，一整天她都坐立不安，动不动就原地打转。幸好邝橙在，想方设法地转移她的注意力，也没有忘了让她吃饭。

钟闻被警察带走一天后，陈觅双接到律师的电话："你现在过来接人吧，我已经在办手续了，等下就能带他出去。"

"没事了？"

"应该是没事了，虽说如果之后有情况还要配合，但估计不会有什么情况了。"

"好，我马上过去！"

陈觅双什么都顾不得了，把邝橙一个人留在家里，抓起车钥匙，就一路往警局开，只在快餐店的窗口停了停。她害怕这二十四小时钟闻在里面没吃什么东西，就给他买了两个汉堡带着。在门口等了好长时间，就在她害怕又有什么变故时，终于看见律师带着钟闻朝外走来。她不自觉地屏住了呼吸，在确定钟闻迈过最后一道门，他们之间再无阻挡后，才终于放下心。

钟闻看见陈觅双后反而停住了脚步，第一次没有主动迎上去。是陈觅双几步冲上前，踮起脚尖抱紧了他。

不在乎律师还在后面，不在乎警局里还有人在看，不在乎一切，陈觅双从未有过这么强烈地想要拥抱一个人的冲动。

"我身上脏……"停顿了两秒，钟闻才将手小心翼翼地放在陈觅双的背上，小声地，甚至有点怯怯地说话。

"没事，没事了。"陈觅双摸了摸他的后脑勺，"我们回家了。"

"可是，可是……"

外面很温暖，警局的审讯室里却冰冷得不可思议，一天一夜过去，钟闻感觉自己的身体已经僵硬了，像一块发霉长毛却还是硬邦邦的木头。是陈觅双的拥抱让他一点点解冻，一点点找回了感觉，同样也找回了悲伤与眼泪。他终于弯下腰，用力抱紧了陈觅双，将头垂在她的肩上，眼泪大颗大颗往下掉："她一个人在房间里犯心脏病，没有人知道，没有人救她……她那个时候得多绝望多害怕啊……要是我早回来一天就好了，要是我，我……"

陈觅双的眼泪也掉了下来，不住地哽咽着，却说不出任何话来，只是不断安抚地拍着他的头，支撑着他这颗纯净善良的心。

即使是自己蒙受了这样大的冤，即使是莫名被关进警局一天一夜，即使是有那么多关于自身的值得担心的事情，此时此刻，钟闻却只是在为Mrs. Moran的死而难过。

这或许就是Mrs. Moran选择他的原因之一，她没有选错。

而这也是陈觅双爱着他的原因之一。

她也没有爱错。

Chapter15
海角心痛

　　遗产风波经过大概一个月才算真的平息下去，而大概三个月后，钟闻和陈觅双才逐渐适应了生活的转变。时间温柔又残酷，无论人本身是否情愿，它还是会让伤口慢慢长成疤痕。

　　Mrs. Moran的墓地是钟闻和陈觅双一起选的，位置很不错，能俯瞰地中海，周围大片绿荫，安静却又不是渺无人烟。钟闻把花放在墓碑上面，说："Cassie已经习惯了新的环境，每天除了吃就是睡。不过它掉毛也太厉害了，我老婆一个洁癖真是够受的。"

　　陈觅双在一旁用手肘碰他，让他不要在这里乱说。

　　"我今天来是想和你汇报一下你的钱都花在了什么地方。"钟闻开始隔空对Mrs. Moran做汇报，"我给动物保护组织，还有一些气候、抵制皮毛制品之类的环保组织捐了些钱，七七八八的，大概捐出去了一半吧。你别嫌我浪费，是你给我的钱太多了，刚开始那几天我都睡不着觉，不知道自己怎么用这笔钱才算有价值，现在这样我心里会好过一些。你的祖宅我不会动，就放在那里吧，如果有一天他还能回来，能真正悔悟，我还会给他的。剩下的钱，我会谨慎地用，会努力不被它操控。"

　　从墓地回家的路上，陈觅双开车，钟闻坐在副驾驶座，两个人一直没有说话，但气氛并不尴尬。感觉到陈觅双的视线，一直看着窗外的钟闻把脸转过来，握了握她的手。

这件事发生后，陈觅双感觉得到钟闻的变化，虽然之前他也非常努力，为了她逐渐变成了一个靠谱的大人，但那种成长是基于爱，是裹着糖霜的，是压力和斗志混在一起的。当钟闻获得了那笔数字大得吓人的遗产后，他感到的只有沉重，甚至没有像其他人一样兴奋一秒钟，就陷入了茫然。

实话实说，有了那笔遗产，只要不有意挥霍，钟闻完全可以游手好闲地度过大半生。可他知道那样对不起Mrs. Moran放在他身上的期许，而且他始终心中有愧，不认为自己在寻常生活里挤出的那点时间值那么多钱。他自认只是个普通人，稍一放松就可能被钱控制，所以要求自己必须更脚踏实地，才能有机会发挥这笔钱的价值。

于是钟闻整个人因着这份沉重的关爱拔节似的长大了，他的一举一动变得更沉着，眼神中也多了些稳重。也许外人看不出来，可陈觅双作为他身边最亲近的人，有时候猛地回想起来，最初那个蹦蹦跳跳缠着她的男孩，和眼前的这个男人，气质上已经是两个人了。

那天在警局，Mrs. Moran的遗产律师只向警方出示了一封Mrs. Moran的亲笔信，并当着Mrs. Moran的儿子和钟闻的面宣读了第二份遗嘱。在意识到自己已经时日无多后，Mrs. Moran就为这一天做好了准备，她在信里感谢钟闻的出现以及这段日子他完全无私的陪伴，并反复申明自己是自愿做这样的财产分配，因为那是她的财产，她有权给任何一个人。原本她并不想把这封信拿出来，特意安排律师先告诉自己的儿子分得多少遗产，三天后再和钟闻移交，一是提防钟闻一时难以接受，一时心软又将遗产还回去，二是担心她儿子不会放过钟闻和陈觅双，所以她做了双保险。

亲笔信和第二份遗嘱的触发点有两个，一个是她的儿子对钟闻和陈觅双的生命构成了威胁，采取了暴力举动；还有一个就是尸检。一旦发生这两件事中的其中一件，律师就可以拿出这封信和第二份遗嘱。Mrs. Moran本人不想尸检，她知道一旦到了尸检这步，就一定是走了刑事程序，那么肯定是她的儿子孤注一掷地想要陷害钟闻他们。如果真的到了这个地步，她就彻底死心了，所以她在信里对警方说了她一直隐瞒的投毒事件，她的儿子在送给她的食物和饮品里加注了慢性毒药，她并不是一点证据没留。

Mrs. Moran的儿子没想到母亲会大义灭亲，他想取消尸检也已经不可能了，事态一下就反转了。钟闻被放出来后，他把之前自己去检验的那份报告和证物也给了警察，虽然他当时没有避讳，瓶身上也有他的指纹，但警方大可以从药物获取之类的途径去查，应该并不困难。

之后警方就没再找过钟闻，遗产彻底移交到他手上后，有很长一段日子，他总是担心Mrs. Moran的儿子会找人来骚扰，总是不断给陈觅双打电话。每次陈觅双都会耐心地安抚他，那个人现在被关在里面，而且他们有法律的保护，不会有事的。时间久了，钟闻才慢慢踏实了下来。

"我陪你去买点东西吧，你肯定吃不惯非洲那边的饭，买点面条之类的带着，在酒店可以煮一煮。"车子快开到家的时候，陈觅双对钟闻说。

"好，我们也好久没出去逛逛了。"钟闻突然想到什么，声音沉了沉，"自从不用再去Mrs. Moran家，我好像好久都没去过超市了。"

"可不是！"陈觅双故作生气地瞥他一眼，"你都不知道帮我填冰箱！"

"我知道错了……"明知陈觅双在逗他，钟闻还是顺坡就下，"等下我们就去买个超大号的冰箱！"

"有钱了不起呀！"

钟闻还是不太习惯这种说辞，忍不住笑出了声："我真的没想过会有人冲我说这句话。"

两人逛了街，逛了超市，买了一大堆吃的用的，放满了后备厢才回家。自从和钟闻认识，陈觅双就不用再在体力活上逞强了，她现在已经习惯把车停好后就先去开家门，钟闻会慢慢搬东西。

不过今天陈觅双急着进门是有原因的，Mrs. Moran对钟闻唯一的要求就是照顾她的猫Cassie，所以钟闻一出来就从宠物店把Cassie接了回来。自从家里有了猫，陈觅双每天就像只受惊的猫，尤其害怕出门久了之后再回去，不知道会面对什么。

Cassie虽说是只成年猫了，不像幼猫那么顽皮，但毕竟是突然换了地方，一开始非常警惕，每天都在乱转，到处蹭来蹭去。陈觅双和钟闻都是从来没养过宠物的人，只能手忙脚乱地把明面上怕摔的、怕被吞掉的小物件都收起来。然而后来他们突然意识到，猫遇到花花草草才是最可怕的，可是作为花店，怎么可能把花收起来。现在Cassie的适应期差不多过了，每天大部分时间都是吃吃睡睡，可猫的行为模式实在不好估测，出门前陈觅双都会把能关的门窗都关上，有些地方拿板子挡住，尽量把它能捣蛋的可能性降到最低。即便如此，每次回家打开门前，陈觅双都还是有点紧张，进门就要先检查一通。

"怎么样，又闯祸没？"钟闻提了一批袋子进来，扬声问。

"还好。"陈觅双在水池边刷着杯子，"就是我忘把杯子收拾起来了，它可能又拿我的水杯喝水了。"

钟闻把袋子先放在地上，转身还要出去，Cassie突然不知从哪个角落一下跳了出来，趴在了他的脚背上。

"你不能出来。"黑猫冷不丁出现还真是会吓人一跳，钟闻把它拎起来，往前一丢，趁它没反应过来赶紧溜出去，关上了门。

以前店门整天开着，根本不用关，现在因为有了它，特意在里面加了一扇带纱网的推拉门，还得是铁纱网。其实钟闻心里很过意不去，他知道陈觅双爱干净，本身又忙，平时家里来的不是学生就是顾客，难保会有怕猫的、对猫毛过敏的，有很多不便。可是他现在租的公寓不让养动物，他又在实习，时间也不够。

把东西都提进来，把怕坏的放进冰箱，钟闻果然又看见陈觅双在用胶带纸粘沙发上的猫毛，他叹了口气说："要不然我给你找个做卫生的人吧，每周来两趟。"

陈觅双直起腰，白了他一眼："有钱就乱花了是吧？"

"不是乱花，我是不想看你这么累。"

"算了吧，家里再多个人我更不习惯。"陈觅双捶了捶自己的腰，不以为意地说，"现在更该担心的是，你要出门，我也要出门，它就算在上厕所方面比狗强一点，我也不放心把它自己留在家里几天，还是得找地方寄养吧。"

"是啊，之前寄养它的那家店应该是靠谱的，不行就还是送那儿去吧。"钟闻挠了挠头，突然反应过来，"你也要出门？"

"你要出差，我这几天也没什么事，下个月就要给酒店换装了，就想借着空当回家一趟。"

钟闻倒是没想到她会这么打算，跑到她身边，拉着她倒在沙发上，搭着她的肩膀说："不是说好年底一起回去的吗？"

"又没说到时候不回，但我思来想去，还是觉得我得提前回去打声招呼。太久没回去了，这个疙瘩我不主动去解，这辈子就没法解开了。到时候我要是突然领你回去，又会搞得很难堪。"

"也好，但是你要答应我，无论发生什么，都不要生气。"钟闻贴着陈觅双的脸说。

"你说得容易，这哪能控制啊。"

"我有办法！"

钟闻突然掏出手机，打开录音机，开始背诵《莫生气》："人生就像一场戏，因为有缘才相聚，相扶到老不容易，是否更该去珍惜，为了小事发脾气……"

陈觅双目瞪口呆地看着他，惊讶于他真的能背诵全文。

录音结束之后，钟闻麻利地把音频文件发给了陈觅双，还特别认真地说："以后要是有人惹你生气，你就听听这个，保证就不气了。"

"你脑袋里怎么这么多乱七八糟的主意啊！"

陈觅双捏着他的两颊，前后动了动，笑得无奈又宠溺。

或许是一年之中发生了一件大事，时间就会走得特别快，狂欢节的记忆还很清晰，一晃竟又到了下半年。他们扦插的三角梅在陈觅双的细心施肥下，肉眼可见地长了一大截，虽然不多但也开了几朵花，她打算回来后就做牵引架，明年可能就能爬出阳台了。

"回头我们把阳台重新装装吧，摆个桌子、挂点灯什么的。"夜晚，钟闻和陈觅双靠在阳台看星星，Cassie不满自己被关在屋里，跳上阳台用闪着光的黄眼睛紧盯着他们，"天气好的时候我们就能在外面吃饭了。"

"这又不是我的房子，涉及装修的话要和房东打招呼的。"

"话说你这房子签了多久啊，从来不见房东来。"

"房东现在不在法国，这是他的空房，他暂时用不上，也不打算回来，所以就图省事，只要我愿意续，到日子和中介续签一下就好。"陈觅双看了看时间，惊呼一声，"都这么晚了，你的行李还没收拾呢，快点！"

这次钟闻出差，是要和他的调香导师以及营销部门的人一起去非洲考察。钟闻进警局的事情，公司和学校是知道的，但好在很快就澄清了，大家都没太在意，还拿他继承遗产的事情开玩笑。钟闻却并没有因为突然有钱而浮躁，还是和以前一样谦逊好学。这次要构思一瓶以非洲市场为主要方向的香水，行程已经定好，导师突然问他愿不愿意跟着一起去。

实地调查是必要的，靠网络上的信息，靠道听途说，靠想象，是不可能真正了解一个遥远的国家的，只会做出带有刻板印象的东西。只有真正感受当地的温度，看到当地人喜欢的花材、水果，闻见当地人身上正在用的味道，才能有灵感的基础。这种机会钟闻怎么可能会放过，而且他还从来没去过非洲呢。

"我没去过那边，不过应该挺热的，我给你带了个小风扇，多带了几包湿巾。"嘴上催着钟闻收拾行李，实际上陈觅双想得比他还仔细，"哦，对了，驱蚊药得多带点，还有治虫咬伤的药膏。"

钟闻蹲在行李箱旁，捡起扔在里面的湿巾看了看，还是没有香味的。他忍不住笑笑，探身到对面，在陈觅双额头上亲了一口，说："要是没有你，我可怎么办啊？"

"没有我，你没准过得更好呢！"陈觅双开玩笑地说。

"才不会呢，我已经不习惯没有你的日子了。"钟闻盘腿坐在地上，问，"你什么时候走？"

"后天吧，我待两天就回来，和你前后脚。其他的事情你就都别管了，Cassie我也会托付好的。"

"我回来要是晒黑了，你不许嫌弃我。"

陈觅双笑："这可说不准。"

结果钟闻一晚上都在闹着让她重新回答这个问题，陈觅双临睡前终于遂了他的愿，说："好好好，无论你变成什么样子，我都会一如既往地喜欢你的——"

钟闻刚想心满意足地点头，陈觅双立刻补了后半句："但该嫌弃还是会嫌弃。晚安。"

"喂，你学坏了！"

或许吧，陈觅双知道自己变了，但不是变坏了——是变得更像她原本该有的模样了。

第二天下午，钟闻先去了公司，和同行的同事们会合。而陈觅双在家收拾了两天，把事情都安排好，才上了回国的飞机。

她是故意不提前打招呼就回家的，不想再听到父母相同的阻止说辞，也不想再给自己退缩的机会。既然迟早要面对，她觉得自己必须比钟闻先面对才行。

而且如果她永远都不能真正在父母面前坚持自我，这对钟闻来说是不公平的。

给妈妈买了套她喜欢用的护肤品，给爸爸买了两本国内买不到的艺术方面的书，陈觅双下了飞机就直奔家里。她在飞机上一向不太睡得着，敲门的时候太阳穴都在跳着疼。

敲了好几下门，明明听到里面有声音，却不见有人来开，家里的钥匙她是单独穿成一串的，她翻了半天才在夹层里找到，刚把钥匙插进锁孔，门就开了，爸爸看见她的表情居然像是见了鬼一样，脱口而出："你，你怎么回来了……"

"这是我家，我为什么不能回来？"陈觅双把钥匙拔下来，随手放回包里，就拉着行李往屋里走。

"等一下！你等一下！"

爸爸拼命拦着她，不让她往里走，可因为有行李箱隔着，陈觅双还是挤了进去。刚一进客厅，就看见妈妈从里面的房间走出来，她顺嘴喊了声："妈。"

妈妈抬头就能看见她，可在那一瞬间，陈觅双突然有种不对劲的感觉，面前的妈妈有点不一样，尤其是眼神，好像并没有聚焦。

　　"你是……"妈妈停在原地没有动，慢悠悠地问，"谁啊？"

　　像是一道惊雷猛击地面，震耳欲聋的巨响回荡不去，裂痕从一点开始向四面八方延伸，碎石与尘埃不断落下，整个世界坍塌得轻盈又迅猛，让她完全无力抵挡。陈觅双直挺挺地站在那里，只觉得天旋地转，时差本就令她难以思考，她甚至觉得眼前的一切都不是真的。

　　"你来我家干什么啊？"然而妈妈已经走到她的面前，近距离之下陈觅双才看清妈妈的头发白了很多。

　　不等她把哽在喉咙口的那声"妈"喊出来，妈妈已经转移注意力到了爸爸身上，突然着急起来："哎呀，老陈，几点了，你怎么还不去接双儿放学啊？"

　　"双儿不就在这儿吗？"事已至此，爸爸再也提不起阻拦的劲头，背也佝偻下去，搀扶着自己的老伴指着陈觅双说，"你好好看看她，她是你闺女啊！"

　　"你说什么呢，我不认识她，我得去接双儿放学了。"

　　说着，妈妈挣开爸爸的手，急匆匆往门口走。陈觅双此时终于从震惊中缓过神来，几步冲过去，指着自己和妈妈说："妈，你怎么了？是我啊，我是陈觅双，是我啊……"

　　"我不管你是谁家的孩子，赶紧回家。我家女儿要放学了，我急着去接孩子，走走走……"

　　妈妈不耐烦地挥开她，虽然并没有用力，但陈觅双不受控地向后踉跄了两步，崩溃地贴在了墙上，眼泪终于惊慌失措地落了下来。

　　"我忘记和你说了，双儿来过电话，她今天晚上住同学家，你就别管了。"爸爸俨然熟练地撒着谎，将妈妈从门口劝了回来，"你去歇着吧，我等会儿做饭。"

　　"哪个同学啊？男同学还是女同学？"妈妈不放心地追问，身体不太协调地颤抖着。

　　"女同学，放心吧。"

　　"这孩子真是……越大越让人操心……"在卧室门口，妈妈不忘指指陈觅双，"那是谁啊？"

　　"邻居，来借点东西。"

　　"哦，钱可不借啊。"

　　"知道，你歇着吧。"

勉强把人劝回了屋，爸爸将卧室门带上，才又折返回来，颓然地坐在了沙发上，双手抹了一把脸，重重叹了口气。

"爸……这到底是怎么回事？"陈觅双背靠着墙蹲下，眼泪就没停下过。

"还能是怎么回事，老年痴呆呗。"爸爸拍了拍自己身旁的沙发，"过来坐。"

陈觅双用力忍住眼泪，缓缓站起来，几步路好像走得特别艰辛。她坐在了沙发边缘，离爸爸尽可能远，开口先是哽咽："什，什么时候的事？"

"其实上次去看你时，她就有点爱忘事，可她没说，我也不知道。上年纪的人嘛，偶尔忘事也正常。但是从你那儿回来之后，突然就严重了，后来她跟我承认，说她从私立医院辞职是因为她差点弄错药。"

"一年……多了？"陈觅双突然全都明白了，就是因为这个，爸爸才死活不让她回家，可是明白之后，她更加不理解，不敢置信地皱着眉问，"为什么？为什么瞒着我？"

谁料爸爸只是轻描淡写地反问她："告诉你又有什么用？"

陈觅双的一腔恼怒与愧疚无处释放，又加倍沉重地弹回心里，烧得她五脏六腑都痛了。她几次张口却说不出来话，好像快要无法呼吸，在窒息的边缘只能把脸埋在双掌之中。

"这是你妈的意思，她一开始只是间歇性不认人，清醒的时候她反复和我说，别告诉你，别让你回来。"爸爸往陈觅双身旁挪了挪，想伸手去摸她的头，只是手稍抬了抬，就又落回了自己膝上，"现在她是完全糊涂了，有时候连我都不认识，一会儿以为你还在上小学，一会儿以为你在上高中。我每天就是换着法子糊弄着她，反正她也会忘的。这病也没得治，只能这样了。我现在还照顾得了，你放心吧。"

"放心？我怎么放心？我是你们的女儿啊！你们真拿我当外人吗？"

陈觅双噌地一下站起来，头发全被泪水黏在脸上，她控制不了自己，表情、音量通通控制不了，第一次在父亲面前大喊大叫："你早就有糖尿病，动不动就低血糖，根本不能劳累，我又不是不知道！老年痴呆这个病二十四小时都不能离开人，你这个身体怎么照顾？从小到大，我都没见你做过饭，你们这一年……这一年是怎么过的啊……"

想到这儿，陈觅双突然冲向厨房，打开了冰箱，里面果然空空如也，剩菜上罩着保鲜膜，让人毫无食欲。她气急败坏地想把菜倒进垃圾桶，手一滑却摔了盘子，她双手扒着处理台的边缘蹲下去，额头抵着冰凉的大理石哭出了声音。

"你这个人怎么还在啊？"然而就在这时，妈妈听到外面的吵嚷声跑了出来，爸爸尽力拦了，可是拦不住，她对着陈觅双指指点点，"还摔我家的盘子，有没有家教啊？出去，快出去！"

"妈……"

陈觅双浑身无力，被妈妈强硬地往外推搡，也不敢挣扎，只是一遍遍叫着："妈，妈……"

眼见着她就要被推出门，爸爸居然推着她的行李到门口，塞给了她，对她说："这样，你先出去找个地方住下，晚点等她睡下了，我们再聊。"

"走吧，走吧。"妈妈朝陈觅双甩了甩手，毫不留恋地转了身，"等会儿双儿回来还要写作业，家里不能留人，太闹了。"

"妈，我就是双儿啊！"

在陈觅双喊出这句话的同时，门被干脆地甩上了，冷风拍在她哭得极其脆弱的鼻尖上，感觉上就像扇了她一记巴掌，她低下头，一滴眼泪垂直滴到地上。

她在家门口随便找了个快捷酒店开了房间，只为了离家近，她许久不住这么脏的房间，此刻却根本顾不上，进门之后把行李箱随手一丢，就扑倒在了床上。

怎么会变成这样……几个小时前在飞机上，她满脑子想的还是如何挺直腰杆和父母做斗争，想的还是自己的生活和爱情。她从来一心只想着自己的不快乐，想着父母的过分严苛，想要自由，所以逃到异国他乡多年，很少回家。可原来她的妈妈已经病到认不出她，她的父母陷入了那么大的困境，而她作为家里的独生女，居然在毫不知情地享受幸福。

她就像只被命运的蛛网突然黏住的飞蛾，所有飞向光明的希望都化成了深深的不解与痛苦。

手机里来自钟闻的消息一条接一条，都在愉快地讲述着非洲的见闻，她一边看一边掉泪，因为眼泪，手机里的字迹变得模糊起来，她突然发现自己一个字也回复不出来。

她没有伪装高兴的力气，却也不想对钟闻倾诉自己的状况。虽然她还难以冷静深入地思考，可潜意识已经让她瞒着钟闻了。

入夜之后，陈觅双和爸爸在小区的长椅上碰面，从这里可以看见自己家的楼门。她此刻已经困到只要闭上眼就能睡着，却又强撑着不能睡，脑袋里像是塞满了易燃易爆的物质，晃一晃就可能会爆炸。

她基本不敢看爸爸的脸，相比于妈妈，爸爸老了更多，之前体形还有点富态，现在胳膊上都能看到青筋了。爸爸仍在安抚她："你别急，急也于事无补。

我和你妈的退休金够用，我都想好了，要是哪天我照顾不了了，我俩就一起去住养老院，更省心。"

"那我该做什么？"陈觅双自嘲地问。

爸爸却根本没听出来，反而说："你该干什么就干什么，回去好好工作，好好过日子。你不是谈恋爱了吗，现在我们也没力气管了，你好好谈吧。"

"你真的认为我知道了这一切，还能在那么远的地方踏踏实实地过日子？"陈觅双气得笑了一声，眼眶又红了，"我在那边，看不见摸不着，你们这儿真有什么事，我赶都赶不回来。在你们眼里，我就是那么指望不上，那么没良心的女儿吗？"

"不是，不是……"爸爸叹着气摇头，无可奈何地解释，"可是你也有你的生活啊，你这些年一个人在外面也不容易，好不容易稳定了下来，又成了那什么……什么总监，多好啊。你妈那么要强的一个人，她不想给你拖后腿啊。"

陈觅双低着头，长发挡着半边脸，用力吸了吸鼻子，瞪大眼睛将眼泪憋回去，冷静地说："我回国。"

"不行！"爸爸一下就跳了起来。

"怎么不行？你们之前不还催着我回来相亲结婚吗，怎么现在又不行了？"下定了决心的陈觅双像是在对自己发脾气。

"我们那时候是想让你赶紧定下来，想有人能照顾你，想趁我俩身体还行，能看见你一家人和和美美的，还能帮你带带孩子……"说到这儿，爸爸突然抹了一把眼睛，"可我们从来没想过要耽误你，我们都和介绍人说好了，你要在国外工作，就算是结了婚，也不能逼你放弃那边。你出国那么多年，我和你妈什么忙也帮不上，一步步都是你自己走出来的。你要是回来，你这些年的努力就全白费了……"

"就算我一直在法国待下去，想拿到绿卡也是很难的，其实早晚都要回来。这些年我也算小有积蓄，回来就算一时没有工作，当个全职护工在家照顾你们，也没什么关系。"

"不行，不行……那样不是害了你吗！你从小做什么都要做到最好，你是个有出息的孩子，怎么能因为我们……"

"可我不想！"陈觅双猛地抬起头来，盯着爸爸的眼睛说，"我不想……我不想做到最好，我不想考第一，我不想像个物件一样被你们推出去，介绍我这次考了多少分，拿了多少奖，我不想给你们的同事弹琴画画……我早就不想当个供你们炫耀的孩子了！"

爸爸愣愣地看着她，嘴唇哆嗦着，却一个字也说不出来。末了，他只是不住地唉声叹气，用拳头敲自己的腿，夜色里苍老的身影写着无能为力。

"那……你那个小男朋友怎么办？他愿意和你一起回来吗？"

提到钟闻，陈觅双整个人突然像一根被风吹灭的蜡烛，她站在那里，感觉自己从脚底开始一寸一寸结起冰壳。

就在这时，陈觅双的余光突然瞥见妈妈从楼门里跑出来，衣服都没有穿好，一只袖子在半空甩着。她这才猛然惊醒，顾不得思量就跑了过去："妈，你干什么去啊？"

"哎哟，她怎么醒了啊！"爸爸也吓了一跳，步履沉重地追过来，气喘吁吁地说，"我锁门了，她从哪儿找来的钥匙？"

"所以你看，就你一个人是看不住她的。就算进了养老院，人家也不可能二十四小时盯着她一个人。"陈觅双小声对爸爸说。

"都这么晚了，双儿还没回家，我得去找她。"妈妈急着想把衣服穿好，却死活伸不进那个袖子，满脸烦躁地问，"你是谁啊？"

"我，我……我是陈觅双的朋友。"

"啊？你是双儿的朋友？"

"对啊，她现在不是在国外留学吗，我是她的同学。"

"国外……留学……双儿在国外……在国外……"妈妈不断重复着，双手在身侧哆嗦。

"对，陈觅双在国外念书。"她耐心地引导，"你好好想想，好好想想……"

妈妈终于缓缓点了点头："对，双儿去国外念书了，你看我，怎么忘了呢！她去国外念书了！"

"对啊，她知道我回国，所以让我顺道过来看看你们。"

"这孩子怎么一点都不懂事，也不知道提前说一声，你看看，我们什么都没准备。"妈妈又着急起来，"这都几点了，天怎么都黑了，我去做饭，留下吃饭啊！"

就这样三个人又一起回了家，明明已经大半夜了，爸爸还得配合演戏，真的做了两盘菜。而陈觅双一直在和妈妈讲着她在国外上学时候的事，只是以第三方的口吻。

一开始都好好的，吃到半截，刚才还能正常对话的妈妈突然痴痴地看着陈觅双问："你是谁啊？"

陈觅双手里的碗"哐当"掉在桌上，碗底转了一圈才定住，她将脸偏到一边，不想眼泪被妈妈看到，余光却瞥见对面爸爸的眼泪往饭碗里掉。

在那一刻，陈觅双终于下定了决心，也终于死了心。她曾经疯狂地想要逃离父母，也确实这样做了，只是绕了一圈，就像做了场梦，她总还是要回来的。

不过这辈子澎湃灿烂过，也值得了。

只是她终究是烟花，此刻要凋谢了，要变成烟雾回归尘埃了。但钟闻是星星，陈觅双不能允许星星随她陨落。

回尼斯的飞机上，陈觅双戴着耳机一直在听钟闻录的那段《莫生气》，那日的阳光和笑声，她闭上眼睛就会清晰地浮现。她的眼泪无声地流，她也完全不想控制，要是见到钟闻之前能流尽就太好了。

回到尼斯的家里，陈觅双马不停蹄地做了几件事，一是给房东发邮件，阐述她要回国了，她会多交一个月的房租，以供房东另外寻觅租客；二是给酒店人事部门发邮件辞职；三是将她团队里的人都叫过来，给每个人都多结了一倍的工资，并给他们推荐了其他花艺师团队。大家虽然对她多有不舍，但在听到她的理由后也只能表示理解，一个一个与她告别。

她累积这一切花费了那么多年，一点一滴，是真真正正在为自己的人生做打算，可原来告别起来那么容易，就像用剪刀剪断她身上连着的一根根线。

可是她别无选择，父母是恩人，她虽然在高压下长大，虽然也心有怨怼，虽然真的很享受父母不在身边的生活，但不能忘记自己今日所有，都是依仗父母。父母在她身上投入得太多了，她曾经也以为只要用钱就可以还，这次却突然明白，父母自始至终就不想要她还什么。

陈觅双还是不明白，搞不懂父母的想法，可她知道已经来不及了，现在她做任何事情都不能再让妈妈好起来了，甚至无法让妈妈认出她。他们上一次见面不欢而散，她却再没有机会与妈妈真正地和解。

这世上真的有有钱也做不到的事，所以身为子女，她没有另外一条路可选。老年痴呆患者到后期可能吞咽困难，可能有各种并发症，没人能预料还有多少年，她只能尽力去陪伴，去弥补，去防止更多的遗憾发生。

可是钟闻没有这个义务，完全不必和她共同承担痛苦，分担时间成本。她回去之后都不知道该怎么重操旧业，她对国内市场生疏至极，而且国内的花艺市场远没有爱花如命的法国成熟。更何况是钟闻的调香职业，回国之后他就算能找到对口的工作，大约也是工厂里粗糙乏味的食品日化加香，和他现在的方向有天壤之别，而且他还没毕业，回去能不能找到对口的工作都是问题。当初他就是为了逃避日复一日的无聊人生才遇到她的，才选择走上这条困难重重的路的，现在不能再因为她回头了。

无论如何，钟闻必须留在法国，继续学业，继续实习。因为法国是香水的天堂，只有这里才能让他的天赋发挥到极致。陈觅双相信只要钟闻留在这里，将来一定会进一家知名公司做调香师，他会有光明灿烂的人生。

现在他手里还有一大笔遗产，完全可以租一间更好的房子，和爱的人过简单惬意的日子。他还很年轻，他的人生才刚起步，没经历过其他选择，才会那么执着。只要给他时间，他一定能从失恋的伤痛中好起来。所以陈觅双心意已决，无论是陪她回国，还是年复一年的异国恋，对钟闻来说都不是最好的选择。

她要钟闻有梦想有自由有远方，无风无雨无悲愁。

然而对钟闻而言，这是一场无妄之灾。

他在非洲的时候内心就惶惶不安，眼皮一个劲儿地跳。他发给陈觅双的信息，一条回复都没收到，他甚至开始怀疑自己的手机是不是出了问题，可别人的信息都可以正常收取。

不过即便如此，钟闻还是坚持不断地给陈觅双发着自己的见闻，所有在法国没见过的花，他都要拍张照片问她叫什么，哪怕店主已经告诉过他。钟闻暗自琢磨，也许她回家后又和父母起了争执，心情不好才不想回复。

所以从非洲回来后，原是应该先回公司开碰头会，集中一下实地考察的信息，但钟闻还是抽时间赶回了尼斯。一进门他就察觉到了异常，对钟闻来说，最明显的是气味的改变，而气味的改变往往代表着整体氛围的改变。原本干爽新鲜的花香变成了一股略带腐败的湿气，桶里的花品良莠不齐，地上的花瓣也没人打扫。

"你是不是也刚回来？"上楼看到陈觅双在，钟闻先是松了口气，紧接着才问，"我发你的信息怎么都不回，打你的电话也不接？"

"没什么，不想回。"陈觅双看着电脑，头都不抬。

钟闻被噎了一下，想坐到陈觅双身边去，谁知她先一步抱起电脑躲开了。他僵在那里，坐也不是，站也不是，满脸的茫然："你到底怎么了啊？"

"没事。"

这哪里是没事的样子，可钟闻连点缓冲都没有，完全摸不到头脑，只得先转移话题，企图缓和气氛："哎，Cassie呢？"

"我让邝橙去接了，她说想玩两天，我就让她带走了。"

"喂！"钟闻这下有点着急了，"猫又不是玩具，她靠不靠谱啊？"

陈觅双一脸厌烦："你靠谱就自己去接，我有一大堆事呢。"

"你以前可不是这么说的！"

"人都是会变的。"

连续碰钉子，又莫名其妙的，让钟闻也赌气起来，他拉起自己刚放下的行李箱，作势就要走："我回公司了，还要开会。"

他其实想让陈觅双拦他一下，他就立马顺坡下。可惜一直到走出门去，陈觅双都未发一言。钟闻气恼地踢了一下地面，脚趾突然磕了一下，疼得要命。

回公司的路上，钟闻给邝橙发消息，让她早点把猫还回来，邝橙反倒委屈起来："又不是我要的，是她说她没空照顾，要我帮忙的！"

钟闻挠了挠头，更是不明就里："她是什么时候回来的？"

"回来两天了。"

"那她有什么不对劲吗？"

"我没感觉啊。"

"你这两天有空就去看看她。"钟闻只得拜托邝橙，"我觉得她不太对劲。"

"你俩吵架了？"

"别八卦。"

虽然坏预感像头顶一朵挥之不去的阴云，但回到公司开始工作后，钟闻还是迅速进入了状态。他喜欢调香这份工作，喜欢到不觉得这是工作。

非洲的香水市场巨大，非洲人喜欢香水，且用得浓。在非洲的几座大城市游走，钟闻光靠鼻子就能搜集到数据，这让同行的导师叹为观止。虽说调香师对鼻子有硬性要求，大家都不差，可钟闻在其中还是出挑的。嗅觉的灵敏度会随着年龄的增长而退化，但钟闻还年轻，如果能在一个大公司站住脚，兴许很快就能做出一瓶令市场记住的香水，在香水界打响自己的名声。

虽然钟闻还不知道，但公司其实已经把他当作重点人才关注了，所以才会让他参与这支香水的整个创意流程，他提出的建议也更有分量了。

"我发现非洲人用东方香调的比率很高，而且都很冲，他们对东方香调的理解大概还是偏印度、印尼那边，带着辛辣感、皮革感、动物感，过于混杂。"钟闻发言时越发自信，"但结合当地的气候条件、居住环境，以及当地人汗腺发达的程度，太淡的香型显然并不实际，可以考虑在保留东方调的同时，让味道的层次更加明显，香气上突出清爽感，但实际的浓度不变。"

工作能让钟闻暂时忘却所有不快，可是看龙涎香的人工合成历史看到睡着又一个激灵醒过来的夜里，钟闻又想起了陈觅双这几天的态度，心里郁郁难平。自打陈觅双从国内回来后，就像变了个人，从不主动联系他，他发信息、打电话也都得不到回应。

她从来没这样过，就算最开始抵触他，也都是很温和地控制距离，而现在她简直是一块钢板。

到底发生了什么？钟闻用力揪着自己的头发，在床上滚来滚去，忍不住出声哀号。

本来钟闻想着等这边定下大致方案，就回去和陈觅双面对面谈，到时候就算她再装作冷漠，他也要死皮赖脸地问出个所以然。因此这几天他特别努力，不是在写新的调香公式，就是在做实验。邝橙打来电话时，他正在实验室，根本不能摸手机，他感觉到振动，但是没搭理。振动断断续续响了好一阵，他还以为是陈觅双，不禁有点着急，但还是调换着不同的头香、修饰剂和基香，得到了二十几种差别细微的馥奇调，供导师比对，然后他才走出实验室，掏出手机。

率先看到的是邝橙的信息，之后才是一连串的未接电话，里面只有一通是陈觅双的。然而邝橙的那条信息最先吸引了他的全部注意："你怎么还不接电话啊？我和你说，我撞见陈觅双偷偷见我哥了，我问她怎么回事，她直接和我说，她想拿绿卡，这样比较快。气死我了，你俩到底怎么回事啊？"

她说的每个字，钟闻都认得，可连在一起根本看不明白。他的眉头一皱再皱，手突然变得冰凉。

即便他意识到陈觅双态度上有变化，却根本没往那边想，他使劲摇了摇头。

"不可能。"

他匆匆回了邝橙一条，马上回拨了陈觅双的号码。这并不是他第一次听见等待音时心跳加速，可这是第一次因为害怕。

"喂，怎么这么久？"陈觅双一接起来就很刻薄。

"刚才在实验室……"

"你这两天有空回来一趟吗？"陈觅双冷冰冰地说，"把你的东西拿走，我要搬家了。"

钟闻忍不住提高了音调："搬去哪儿？"

"你别管。我早就想和你说了，我们分手吧。我已经累了，不想继续下去了。"

陈觅双的话说得飞快而干脆，就像一块砖头一下就把钟闻砸蒙了，他居然真的耳鸣了，透过办公区的落地窗照进来的阳光让他眼冒金星。他心里在疯狂大叫，这不是真的，却一句话都说不出来。

而陈觅双仍旧在说："你明白的，我们本来就不合适，试过那么一段时间，也就够了。往前走吧，你现在也不需要我了。"

"我需要……"钟闻的声音几不可闻，就像只乞怜的小动物。

"我不是在征求你的同意，分手只要单方面提出就可以了。你赶紧回来把东西拿走吧，我等你三天，如果你不回来拿，我就都扔了。"

"为什么啊？"

喉咙和口腔因为过于干涩反而黏糊糊的感觉终于被突破了，钟闻吼出了声音，一时间办公室里的人都向他看过来，可他控制不了，无意识地用拳头敲墙壁："为什么啊，为什么啊……"

陈觅双的语气丝毫未变："没有为什么。"

"我不拿，我不回去拿，那就是我的家，我不搬。"

"总是要无赖，总有不管用的一天的。"

"我就是不拿！有本事你就扔掉！"

"好，再见。"

不等钟闻再说话，陈觅双已经干脆地挂掉了电话。明明看到手机屏幕已经变成桌面，他还是大声"喂"了几声，惊慌与恐惧在身体里流窜，令他无处发泄，濒临失控。

为了让自己镇定下来，钟闻突然转身跑回实验室，开始手忙脚乱地调制陈觅双身上的香味。可是不对，怎么都不对，可能是他的比例出了错，可能是他拿错了香料，无论如何，他都混合不出来那个味道了，到最后他拿着滴管的手都在抖。

他放下滴管，垂下了手，委屈地咬着嘴唇，把眼眶里的泪水拼命往回憋。

他不信。人是会变，可不会变得那么快，他去非洲前一切还好好的。一定是发生了什么事情，一定和陈觅双回家有关。

钟闻用力深呼吸，让自己冷静下来。他决定三天后回去，他不信陈觅双真的会把他的东西扔掉。他想着到时候他就二话不说地紧紧抱住她，就像逼着她表白时一样，一定能让她说实话的。

然而三天后的傍晚，钟闻回到尼斯，房子已经空了。陈觅双走之前打扫得干干净净，装花的水桶摞在一边，架子都竖起挨着墙，露出一块块诡异的空白。

咚，咚，咚——钟闻走上楼去，感觉自己的心跳像脚步声一样空洞。二楼的正中间放着几个纸箱，他所有的东西都在里面，一样都不少。

可是陈觅双的东西全都不见了，一样都不剩。

"房子我退了，你把钥匙放在门口的信箱里就好。Cassie在邝橙那里，你去找她要就好。我的电话号码会换，无须再打，从此各自安好吧，勿念。陈觅双。"

　　钟闻觉得这一切荒诞极了，他用力将手里的纸丢掉，纸片却轻飘飘地在半空中打转，最后又落回他的脚边。他蹲下去，抽动嘴角想笑，鼻子却塞住了。

　　他掉的眼泪，最终还是晕开了陈觅双的名字。

Chapter16
像你的人

纵然陈觅双是下了破釜沉舟的决心回的国，自断了所有后路，甚至给心蒙上了黑布，也查询了很多关于照顾老年痴呆症患者的注意事项，自认做足了心理准备，可没想到回家的第二天，她的时差还没倒过来，就出了事。

晚上她睡得不好，半夜起来喝水，经过爸妈卧室的时候朝里面看了一眼。现在他们家睡觉时都不锁卧室门了，怕如果有什么事耽误时间。结果她发现只有爸爸在睡着，妈妈的被子在地上，人却不见了。

她猛地一激灵，马上往外跑，紧接着就听见客厅里有人发出被呛住的呻吟声。她看到妈妈趴在地上，捂着脖子，鞋柜上的存钱罐倒着，里面的硬币撒得到处都是。

顾不得想太多，她立刻就往妈妈嘴里伸手，想帮她催吐，然而妈妈几乎是无意识地挣扎，一下狠狠咬住她的手。她咬着牙，直到妈妈开始呕吐才收回手，手指上被咬出的伤口看上去触目惊心，血和着口水流下来。

妈妈吐出了一枚硬币，窒息暂时缓解了，她这才松了一口气。这时爸爸也醒了过来，迷迷糊糊跑出来，被眼前的情景吓得面色惨白。

他们大半夜匆匆去挂急诊，因为不确定究竟吞了几枚，只能拍片子。陈觅双给手做了清创，又回来和爸爸坐在一起，等着医生的结果。

"我把能吞的小物件都收起来了，药都锁在箱子里。"爸爸一个劲儿埋怨自己，"可就是忘了那个储蓄罐，怪我，怪我！我怎么睡得那么死啊！"

这种时候想着怪谁还有什么意义，陈觅双无声地摇了摇头，只是愣愣地看着自己包着纱布的手。她隐约地记起上一次手上缠着纱布的时候，钟闻在她身边无微不至地照顾着她，她的泪腺突然失控了。

从决定要和钟闻分手，到一个人回国，陈觅双尽力将时间压缩到最短。她不敢和钟闻有过多的交流，每天靠吃褪黑素和抗过敏药让自己就算醒着脑袋也昏昏沉沉，什么也不能思考，就像盆植物一样安安静静地在角落耗到天黑。

她只做了两件事，其中一件还没做彻底。第一件事是约了邝橙，故意让邝橙撞见她和邝盛见面，她其实只是和邝盛说自己要回国了，可能这辈子都不会再回法国，希望邝盛今后能对邝橙好一点。但邝盛问她究竟出了什么事，她什么都没说。陈觅双知道邝橙的性格，藏不住事，憋不住话。果然，她一出门邝橙就主动来质问她，她顺着邝橙的猜测一路承认，不惜将自己塑造成一个想拿婚姻换绿卡的女人，就是希望邝橙能将这话传递给钟闻，好让钟闻恨她。第二件事就是她真的想把钟闻的东西全扔掉，可是她抱着纸箱子在垃圾箱前站了好久，最后还是放不了手。

整个分手的过程中，陈觅双一次都没哭过，她在电话里说的那些话就像演员背好的台词，她不是个好演员，所以只是平铺直叙地说完，一秒都不敢多停留。一直到今天，她坐在半夜冷冰冰的医院走廊里，突然无法自控地泪如雨下。

压着情绪弹簧的力量卸了，延迟发作的痛苦以及对未来的极度恐慌，撕扯着陈觅双的心，她多用力地哭也无法缓解那种疼痛。

"双儿，不哭，不哭……爸爸知道你心里苦。"爸爸手忙脚乱地顺着她的背，也红了眼圈，"都怪爸没用，我的身体要是能好点，也不用这么拖累你。"

陈觅双不断摇头，只是觉得悲凉，爸爸还是不懂，还是不懂。

X光片显示妈妈的胃里还有两枚硬币，考虑到她是阿尔兹海默症病人，不像健康的普通人适合自然排出，还是胃镜取出比较好。于是她干脆给妈妈办了住院，想再仔细做次身体检查。因为有她在，爸爸偶尔也能回家休息一下。

虽然爸爸嘴上不说，但陈觅双看得出来，爸爸还是很欣慰她能回来的。

她自己也一样，这次的事情后劲太大，她越想越害怕，如果她不在，结果会怎样？而这样危险的情况在她不在的这一年多里，又发生过多少次呢？她根本不敢想。

她不后悔自己做的所有决定，她就是……有点难过。

很多很多的难过。

从那之后，她几乎所有时间都在家里陪着爸妈，但是妈妈始终认不出她，她就像个特约演员，有时候一天要扮演好几个角色，一会儿演来找医生看病的病人，一会儿演陈觅双的同学，一会儿演保姆，一会儿又演医生。

把照顾的活儿一力承担下来之后，陈觅双才更能体会到爸爸之前有多难熬。妈妈吃过饭后又不记得，总是突然闹着要吃东西，还动不动就往外跑，一错神可能就跑丢了，陈觅双连上个厕所都要担惊受怕赶时间。

陈觅双干脆让爸爸去她的屋里睡，自己和妈妈睡，但她在心理上无法接受和妈妈睡同一张床，就打了地铺。好在家里冬天有地暖，并不会太冷。

说来也奇怪，她可以为了父母放弃事业，放弃拥有的一切，可仍然无法和父母亲昵。她可以和邝橙那样一个刚刚认识的女孩同睡一张床，碰到妈妈的皮肤却会浑身发毛。

在离开了钟闻之后，她觉得自己浑身的刺又一根一根长了出来，还没对别人构成威胁，自己就先品尝到了何为千疮百孔。

然而也只有在夜深人静的时候，躺在无论铺多少层被褥都硬邦邦的地上，确认妈妈熟睡后，她才敢放任自己回忆在尼斯的岁月，回忆钟闻。她把那条香水项链放在枕下，偷偷拿出来，旋开盖子闻一闻，里面的液体已经挥发了不少，但味道还在。

可是她身上的味道很快就会不见的，会被药味、油烟味、病人身上特有的陈腐的味道覆盖，她对钟闻而言，再也没有特别之处了。想到这里，她还是会流两滴眼泪。只是她身心俱疲，很快就会陷入睡眠，又很快会惊醒，哭对她而言都太奢侈了。

相对她和爸爸来说，一无所知的妈妈反而活在一个简单的世界里，在那个世界里，她最重要的角色就是陈觅双的妈妈。可即便是糊涂着，她对女儿的关注也从来只是上学放学，考试成绩出了没有，不要和男生走太近等。有的时候，陈觅双会期望从妈妈嘴里听到一些寻常的话语，比如今天过得开心吗，今天想吃什么，但一次都没有过。妈妈总是会把街上路过的穿着校服的小孩子当成她，却独独认不出她来。

她想，妈妈一定对她很不满意吧，妈妈失去思考能力之前，对她最后的印象仍然是个不听话的女儿。

因为妈妈有些吞咽困难，胃也不好，她都是做好喂的东西，米煮得软软烂烂，滋味却不如普通的饭，妈妈动不动就会推开她的手，气冲冲地说："不吃，我不吃这个！"

"不愿意吃就别吃，别管她！"有时候爸爸也会着急，干脆就置之不理。

"再吃一口，就一口。"陈觅双好脾气地举着勺子，"下顿我给你做好吃的。"

"不吃！"

没想到妈妈居然一把抢下她手里的勺子，连带着上面的饭，砸在了她的脸上。

勺子"哐当"掉在地上，陈觅双用手背抹着脸蹲下去捡，动作不自觉放得很慢，好给自己一点时间缓缓，却听到爸爸不住地埋怨："哎呀，都是你惯的，之前她自己吃饭也好好的。"

"呵……"陈觅双拿着勺子站起来，突然笑了一声，"对，都是我的错。"

爸爸一脸错愕地僵住了，先是不解，而后逐渐变成了慌乱，想解释却又组织不好语言。而陈觅双已经端着碗去了厨房，并没有回头看他的反应。

洗了把脸之后，她又蒸了一碗虾仁蛋羹，就像刚刚什么都没发生过一样继续给妈妈喂饭。这次妈妈倒是多吃了两口，还边吃边问："你是谁啊？"

"我是你女儿请来做饭的。"陈觅双无奈地回答。

"我女儿还小，哪有钱啊？"

"她比赛得的奖金。"

随口扯的谎，妈妈倒是认真起来，突然抬头问："第几名啊？"

陈觅双喂饭的手顿了顿，轻声答："第一。"

"第一好！第一好！"妈妈鼓起掌来，手却对不准，看起来像个小孩子，"第一好……"

这对话太熟悉了，熟悉到让陈觅双觉得心酸。就在这时，敲门声突然响起，妈妈立刻来了精神，朝着门口喊："双儿，双儿放学了！"

"不是，不是……可能是邻居。"陈觅双赶紧拽住妈妈，生怕她冲过去吓着别人。

爸爸赶紧颤颤巍巍地去开门，心想能是谁啊，一般没人来。结果一开门就看见外面站着个黑皮肤的外国小姑娘，头发疙疙瘩瘩，发尾有好几个颜色，上半身穿着皮夹克，下半身光着腿。

不伦不类，陈觅双的爸爸立刻皱起了眉头，他最讨厌的就是这种打扮的女生。

他的第一反应是敲错门了，也没摆什么好脸色："你找谁？"

"陈觅双在吗？"

一口外国口音的中文，让屋内的陈觅双瞪大了眼睛，从爸爸身侧的缝隙里望出去，脱口惊叫："邝橙！"

"你在啊，太好了！"邝橙兴高采烈，挤着就进了屋，把背上的大包往地上一丢，伸手就去抱陈觅双的脖子，"我可想死你了！"

陈觅双完全没想到邝橙会出现在这里，一时间，那些蔚蓝海岸的回忆如潮水般朝她扑来，她自打回到家第一次发自内心地笑了，也习惯性地拥抱了邝橙。

然而，她一抬头就撞见了爸爸诧异的眼光，身体立刻僵住了。邝橙却毫无察觉，一个劲儿和她说话："我这可是第一次来中国，找到这儿太不容易了。"

"你怎么会知道我家在哪儿？"

"这个啊……"邝橙点开手机，对陈觅双摆了摆。

陈觅双一下就明白了，哭笑不得地摇了摇头，说："你呀……聪明全用在这种地方了。"

那是个卖二手闲置的网站，陈觅双离开尼斯后陆陆续续在上面挂了些杂物，买家、卖家都是要登记地址的，因为她回国了，所以写的自然是家里的地址。邝橙随便拍个小玩意儿，就能知道她住哪儿了。

意识到这个漏洞之后，陈觅双后知后觉地心慌起来，既然邝橙能这样做，钟闻为什么不行？而且，邝橙为什么会千里迢迢地跑来？

陈觅双再度朝门口看过去，双眼中流露出恐惧和……期待。

"以为他会来？"邝橙一眼看穿她的心思，毫不留情地打击她，"别想了，不可能。"

陈觅双自嘲地笑了一下，将失落用力地向下咽。

"双儿，你回来了！"陈觅双和邝橙光顾着说话，还来不及和爸爸解释，一直安静地待在旁边的妈妈突然靠了上来，一把抓住了邝橙，"今天怎么这么早就放学了。"

"啊？什，什……"

邝橙吓了一跳，上半身不自觉地往后仰，不明所以地看向陈觅双。

"她不是，她不是，你认错了。"

陈觅双想把妈妈的手从邝橙身上拿开，谁知妈妈攥得特别紧，掰都掰不动，根本视她如空气，只是对着邝橙说话："赶紧写作业去吧，晚上还得去画室呢。"

"她不是双儿，你仔细看看，双儿会穿成这样吗？"爸爸也过来劝。

还不等妈妈想明白，邝橙先不乐意了，直接回嘴："我穿这样怎么了，穿什么衣服难道不是个人自由吗？"

陈觅双知道爸爸接受不了这种对话模式，一准得呛起来，赶紧用手肘轻轻碰了邝橙一下，结果邝橙更来劲儿了，直接问陈觅双的妈妈："妈，你说我这样穿好不好看？"

她这句"妈"叫得太顺嘴了，陈觅双和爸爸都愣住了，更令他们惊讶的是，妈妈居然说："好看，好看……"

　　虽然陈觅双明白妈妈此刻或许根本看不出来邝橙穿的是什么，在她那个混沌的世界里，女儿或许只是一个固定的投影，但陈觅双还是有些羡慕。她想起自己高中的时候也试着买过一件吊带衫，即使是外面再套一件开衫，妈妈都不让她出门，还把衣服丢掉了。然而即便她严格按照爸爸的想法穿衣服，也从未听到过一句夸奖，她是一个人到了国外之后，才从别人的话语里意识到自己是漂亮的。

　　邝橙就在家里大大方方地住了下来，陈觅双和爸爸讲了一些邝橙的事，只是忽略了她俩是怎么认识的，而爸爸的第一反应却是："没想到邝盛他家情况这么复杂，又是继母又是妹妹的，当初你没和他在一起，也是对的。"

　　"她没和我哥在一起是因为她有喜欢的人，跟我家有什么关系。"邝橙翻白眼。

　　"喜欢有什么用，我早说过那小子靠不住，这时候他人呢？"

　　"还不是因为你女儿不辞而别！"

　　"什……"

　　爸爸错愕地看陈觅双，陈觅双将脸转到一边，叹着气对邝橙说："你再胡闹就出去住。"

　　"我不要！"邝橙一把挽住陈觅双妈妈的胳膊，撒着娇说，"妈，爸骂我，他再骂我，我就不回家了。"

　　"不许骂孩子！不许骂孩子！"

　　妈妈急得拍桌子，眼见着情绪就要失控，陈觅双一边想办法安抚她，一边对邝橙挤眉弄眼。

　　爸爸却还在出神，只觉得眼前的一切特别荒诞，像出蹩脚的戏剧。他好似突然不认识和自己生活了一辈子的妻子，不认识自己挚爱的女儿，明明是至亲之人，他却从没真正地了解过她们，或许，糊涂的是他。

　　因为邝橙的出现，陈觅双不得不陪着她搬回自己的屋里。爸爸安抚陈觅双，说门开着，有什么动静都听得见。但也正因此，陈觅双一直等到听见爸爸的鼾声，才敢和邝橙说话。

　　"你有什么想问的就问吧，在我这儿还装什么。"邝橙打着哈欠说。

　　"他……还好吗？"

　　"还好吧，我也没怎么见过。他大多数时间都在格拉斯，还是上学、实习。"

　　陈觅双微微点了点头："那就好。"

"就这样？"邝橙觉得不可思议，翻了个身撑着头看着她，"不就是因为你妈妈这个情况吗，你就不能直接告诉他吗？他不会在乎的！"

"可我在乎。我不想让他做无价值的牺牲，也不想让他背负什么压力，只是想让他自由，让他可以毫无负担地去做更好的选择。"

"可万一他因为失恋一蹶不振呢？"

"所以我才希望他恨我啊，恨会令人自强。"陈觅双向上伸出手，在黑暗里看着自己的手掌，"而且他有自己喜欢做的事情，调香会令他快乐，他总会好起来的。"

邝橙颓然地倒回床上，无奈地说："你们想事情真复杂，反正我是搞不明白。不过我不觉得他恨你，他还把你原先的房子租下来了。"

"什么？！"陈觅双一个激灵坐了起来。

"好像是房东让中介过来收房，他就直接找中介签了合同。"

"那房子单纯做住房太大了，他租下来干什么？"

"谁知道，就是放着，反正他现在有钱。"邝橙一脸明知故问地看着陈觅双，"他就是忘不了你吧？"

"会忘的……只是时间还不够长……"陈觅双低头呢喃着。

"那你呢，你会忘吗？"

"我无所谓了，忘或不忘也改变不了什么。我现在就想日子能过得快一点，想我妈明天能少折腾一点。"

邝橙没再说什么，只是反复保证自己只是突发奇想跑过来看看，钟闻完全不知道。然后她们又聊了聊分开这段日子各自身上发生的事，邝橙出了本画集，虽然没什么名气，卖得也一般，就像是学生报告作品，但她偶然发现爸爸会拿她的画集送人，她还挺开心的。而陈觅双虽然想工作，但在国内人生地不熟，以前做的那些高端花艺的经验也没什么地方用，更何况她也不能出远门，所以只是试着拿从前做的插花课件卖网络课，赚钱是次要的，她就是想给自己一点心理安慰，证明自己的专业还能创造价值。

"你心里，也很苦吧……"临睡前，邝橙和陈觅双说了最后一句。

陈觅双闭上眼睛，将酸胀锁在里面。

原本陈觅双和爸爸都以为妈妈只是一时认错人，可没想到自从邝橙住到家里来，妈妈一心当她是陈觅双，并且时间也没有再混乱，而是停留在了陈觅双初中的时候，情绪也因此稳定了。

邝橙毫不在意，一口一个妈叫得亲切，戏精的爱好发挥得淋漓尽致。陈觅双的爸爸实在闹不明白，邝橙的外表、说话的语气、行动举止都和陈觅双相去甚远，她为什么会认错？虽说不要和病人讲道理，可丝毫不纳闷也是不可能的。

只是邝橙确实也在帮忙，陈觅双的爸爸虽不喜欢她，但也不好表现得太过火。陈觅双很清楚邝橙的一举一动都戳中爸爸的怒点，站没站相，坐没坐相，抖腿，走路驼背，吃零食掉渣……她从小就是被这样一路责难过来的，做作业特别焦虑的时候抖两下腿，爸爸就会把书卷成筒使劲敲她的腿。

虽然爸爸明白邝橙不是自己的亲闺女，他也管不着，但有时候还是忍不住。比如还没开饭，邝橙就用手去捏盘子里的肉片，他下意识就用筷子头去敲她的手背，邝橙"哎哟"一声跳开，大叫着："你怎么打人啊！"

"没规矩，还没大没小。"

"岁数大就能随便打人吗，讲不讲道理啊！"邝橙怒目圆睁，"虽然我爸也很讨厌，但他至少没碰过我一根手指头。怪不得你女儿活得那么累，提都不愿意提你们！"

"邝橙！"陈觅双忍不住喊了她一声，让她闭嘴。

爸爸扭头看了陈觅双一眼，突然浑身的劲头都卸了，无力地坐在了椅子上。因为平时都是先给妈妈喂完饭，等她看起了电视或是睡下他们才吃，所以饭桌上只有他们三个人。

为了缓解气氛，陈觅双夹了一筷子爸爸做的只有胡萝卜丝的"鱼香肉丝"到邝橙碗里："赶紧吃饭。"

"你忘了，我不吃胡萝卜。"

"哦，对，我还真忘了。"说着，陈觅双又夹回自己碗里。

邝橙一脸惊讶："你不是也不吃吗？"

"谁说的，双儿从小就爱吃胡萝卜。"陈觅双的爸爸说。

"你不吃的啊。"邝橙无视陈觅双的爸爸，只和陈觅双说话，"那次钟闻买回来胡萝卜味的面包，你都不吃的，他送给我，我也不吃，最后他一个人吃了好几天。"

回忆浮现在眼前，陈觅双不自觉地弯起了嘴角。

"不对，你喜欢吃胡萝卜，你在家从来不挑食。"爸爸无比茫然地看着陈觅双。

"那是因为她在你们面前连不喜欢吃什么都不敢说。"邝橙的口音导致她说话听起来总像是在挑事，"再说了，挑食怎么了，不爱吃就不吃，差的这点维生素，多吃一口喜欢吃的东西照样能补回来。"

"那我吃，我吃……"

陈觅双的爸爸突然把整盘菜端到自己面前，大口大口往嘴里塞。陈觅双想劝他说自己能吃，却又不知道开口会不会火上浇油。她战战兢兢，仿佛又回到了小时候。

然而邝橙在的这段日子，这样的事情几乎每天都会发生，她想到什么就说什么，想干什么就干什么，完全拿这儿当自己家，毫不收敛。可她对陈觅双的妈妈确实好，每天尽职尽责地当个活泼开朗的女儿，动不动就撒娇耍赖。她会在妈妈让她去写作业的时候直接说写完了，或者说周末再写，她也会在妈妈催她去练钢琴、练书法的时候说不想去。

"我不喜欢那些，能不能不天天练了呀？"邝橙和妈妈一板一眼地说话，就好像妈妈真能听懂一样，"我以后又不靠弹琴唱歌赚钱，就当个爱好，得我爱才行啊！"

"你跟她说这些没有用，她其实根本没在听。"陈觅双笑笑。

"她懂的。"邝橙拍了拍手，问妈妈，"你想看见我开心，对不对？"

"妈妈当然想看见你开心啊……"陈觅双的妈妈就像突然明白了什么一样，抚摸着邝橙的脸，莫名开始掉眼泪，"妈妈想让你开心的呀……"

陈觅双呆立当场，心中的强烈震动让她一层一层地起鸡皮疙瘩，想哭的情绪像失控的电流，一会儿蹿上来，一会儿又沉下去。她不知道自己为什么想哭，理智在克制，可理智本身也在崩裂的边缘。

和陈觅双一样变了脸色的还有她背后的爸爸，说他面如死灰也不为过。只是当时陈觅双并没有扭头去看，而爸爸始终盯着她的背影，盯着她不自觉在身侧握紧的拳头。

两天后的夜里，陈觅双起床去卫生间，看到客厅还有光在闪，吓了一跳，跑过去却发现是爸爸还在看电视，只是没开声音。她看了看时间，都凌晨两点多了。

"睡不着啊？"陈觅双抓了抓头发，在距离爸爸较远的沙发上坐下。

"人上了岁数，说睡不着就睡不着，没事。"爸爸坐直了，"倒是你，我看你睡得也不是特别好，一直这样吗？"

"我没事。"

"你总是这样说，没事，没什么，不用担心……从小到大，你说得最多的就是这几句。"

陈觅双不置可否地笑了笑。

"双儿，你跟爸爸说句实话，你恨不恨我和你妈？"

爸爸突如其来的一句话，惊得陈觅双一下抬起了头。

"恨"这个字太严重了，她从来不敢将它和父母联想在一起。更令她不安的是，爸爸为什么会这么问。

　　她突然很害怕，急匆匆地解释："当然没有啊，我为什么要恨你们。再说了，我要是恨你们，还回来干什么。"

　　"你回来是因为你本身是个好孩子，你觉得这是对的，所以不能做。可是，你不快乐，不是吗？回来之后，你唯一一次真心地笑，就是那个丫头来的那天。"爸爸重重叹了口气，电视的光扫在他的脸上，加深了每一道皱纹，陈觅双突然好像不认得他的脸，"我这段日子一直在想你那个小男朋友说过的一句话，他说你很怕我们。那个时候，我不太听得进去他说的话，可这些天那个丫头也总是这么说，我仔细想了想，好像真是。在你眼里，我和你妈真的那么可怕吗？我们是爱你的，你完全没感觉到吗？"

　　陈觅双双手狠狠压着沙发边，身体崩成一根马上要断的弦，她尝试着张嘴，语句却像是从齿缝里往外挤，非常勉强："我知道你们是为我好，我也很感激你们，从小到大，你们在我身上做的投资太高了，没有你们就没有我的今天，我知道的……"

　　"我不是要听到这些！"爸爸不自觉提高了音调，又开始反省自己的态度，生硬地柔和下来，"没有哪个父母想听到孩子只是感谢自己的投资，孩子对父母的爱就只是还钱……这太可悲了，太可悲了。"

　　"爸……"

　　"可能真的是我们错了，我们把自己的人生经验强塞给你，想着能让你少走点弯路，能让你今后顺风顺水。可是我们从来没问过你想要什么，你有什么梦想。"爸爸主动挪到陈觅双身旁，握住了她暗暗用力的手，她下意识躲了一下，爸爸却露出了不出所料的神色，"我都不记得你是从什么时候开始不和我亲近了，好像你从来就没和我亲近过。你总是听话、谦卑，我却总是训斥你，向你下达命令，让你更听话。可我们是父女啊，不是领导和员工，也不是老师和学生，我们不该是这样的……我们怎么就变成这样了呢……"

　　陈觅双用力深呼吸，想将翻涌的情绪憋回去，却没忍住哭出了声音。她讨厌这样的自己，紧紧闭着眼睛不住地摇头。

　　"我刚才坐在这儿想起一件事，是你小学四年级的时候，那时你才十岁出头，你去参加画画比赛，得了个第三名。我和你妈原本挺高兴的，结果你下台之后哭着跑过来了，向我们保证下次一定会拿第一名，让我们原谅你。当时我们居然没觉得有什么不对，我不记得我和你妈是怎么回答你的了……"

"你们说……"陈觅双抽噎着接了话，"还是练得少，还说我笨，没天赋。"

"可我们其实不是那么想的，当时我们在下面明明在为你骄傲，可是怎么一张嘴，就变成了那样……"爸爸无声地掉着眼泪说，"你妈怀孕的时候就知道是双胞胎，我们给孩子准备的东西都是双份的，可后来只有你一个活了下来。你妈妈很受打击，她想把两倍的爱都给你，她想给你更好的。我们都知道我们有天底下最好的女儿，你妈妈和任何人说起你都一脸骄傲，可唯独面对你横挑鼻子竖挑眼。可她心里是想看见你高兴的，我也是想看见你高兴的，结果却变成这样，我们连你喜欢什么、讨厌什么都不知道，你有心里话宁可和陌生人说，都不和我们讲，我们真是……天底下最失败的父母。可是双儿，你是我们的骄傲，你一直是！"

这是陈觅双第一次从父亲嘴里听到肯定，她活了三十年，这真的是第一次。她以为自己早就不盼望了，不在乎了，可这一刻她哭得撕心裂肺，连声音都掩藏不住。

她从未想过自己会有在父母面前情绪失控的一天，从小到大，她一直在对父母演戏，说的每句话都是假的，都是讨好。为了不弹钢琴，她硬生生把自己的手腕练到发炎。如果她不是真的喜欢画画和插花，也一定会用折磨自己的办法让爸妈放弃，因为这是她能想到的唯一不用开口，不用直接和父母交流的办法。

他们的心与心之间不只是高墙，在今天之前，陈觅双觉得那就是通天塔，这辈子都不可能翻越了。可现在爸爸拖着年迈的步伐绕过了塔，来到了她的面前。

"孩子，我要是知道你是硬生生分了手回来的，我死也要拦着你。哭吧，哭吧……憋在心里会憋出病的，哭出来就好受些。"

爸爸伸出手臂抱住了陈觅双，手一下一下生疏地摸着她的头。爸爸身上的味道是陈觅双感到陌生的，曾经甚至是恐惧的，可这一次她没有力气抵抗了，靠在爸爸的肩头哭得像个小孩，感觉到的居然是温暖。

"爸爸老了，很多观念都改变不了，你要是觉得不对，不理就是了。好在我还没变成你妈那样，总还有机会和你说这些。以后啊，你想做什么就去做，谁的话也不用听，就听你自己的，好不好？"

"嗯……"

陈觅双用力点了点头，隐约间觉得自己在爸爸的怀里缩得更小了，像个婴儿。

然而他们都没发觉，邝橙站在几步开外的墙后面。她也不是想偷听，只是迷迷糊糊醒过来，发现陈觅双不在，想出来看看是怎么回事，结果就听见了他们的谈话，不知不觉就站了很久。

她想到了自己，也想到了陈觅双帮助她度过的那些日子。

"她过得很辛苦，没有之前爱说话了，更不爱笑。虽然她不说，可我看得出来，她很想你。你真的不来看看她吗？"

邝橙将信息发给钟闻，几乎是立刻收到回复："我也想，可现在还不是时候。"

"她也是，你也是，你们一个个想事情怎么都这么复杂，相爱的人不就应该在一起吗？"

"对，在一起永远是终极目标，只是选择不同罢了。"不等邝橙回复，又弹出一条，"替我多逗她笑笑，谢谢你。"

等陈觅双哭累了回来睡，邝橙已经又睡着了。第二天醒来仿佛什么都没发生，妈妈仍然只认邝橙当女儿，爸爸仍然和邝橙不对盘，可陈觅双看待这一切的心态好似不一样了。登上回家航班的那一刻被她强行关闭的心灵阀门，似乎松动了一点，浓雾散去，又有一缕阳光照了进来，通往未来的路再度变得若隐若现。

要是钟闻在就好了。不，他不在也没关系，只是如果能有他的一丁点消息就好了。这个念头每次跳出来，陈觅双都会觉得自己很贪心。她唯一允许自己做的奢侈的事，就是把那条香水项链形影不离地戴在了脖子上。

日复一日，年复一年。

将近两年过去，陈觅双的日子过得还算平和。妈妈的病程发展算是快的，但好在是自家照顾，比较上心，一直都没有出现严重的并发症。她还是吞咽困难和行动不协调，不过也不用太担心。

邝橙考上了大学，学自己喜欢的服装设计，穿衣服也更大胆了。她放长假的时候偶尔会过来住一两个星期，陈觅双的妈妈仍然只认她当女儿。见面多了，陈觅双发现爸爸似乎已经接受了邝橙的打扮和个性，两人的斗嘴也不再是充满火药味，而像逗着玩了。甚至是邝橙有一段日子没来，爸爸还会问一句"死丫头多久没来了"。

只是今年冬天流感特别严重，陈觅双的爸爸先感冒了，结果把妈妈传染成了肺炎。老年痴呆患者最怕肺感染，妈妈住院的那段日子，陈觅双每天提心吊胆，盼着药快点起效，病情不要再恶化。爸爸怪自己把感冒带进家里，也急得血压高，检查了才知道，他的糖尿病更严重了。

陈觅双一个人照顾两个病号，有点心力交瘁。在病房的沙发上打瞌睡时，陈觅双做了个噩梦，她梦见在街上走着走着，突然看到钟闻从对面走过来，他一点都没变，还是穿着运动卫衣和破洞牛仔裤，戴着大耳机的大学生模样。她叫钟闻的名字，努力地挥手，可钟闻完全没有认出她，还一脸"这个人有毛病吧"的嫌弃表情。陈觅双惊醒过来，感觉自己像是从溺水中挣脱出来，可眼睛里还是噙满了泪水。

她离开尼斯两年了，没有钟闻的任何音信，也许钟闻真的已经忘记她，开始新的生活了。陈觅双跑到卫生间照了照镜子，想看自己老了没有。她剪短了头发，只有齐肩的长度，大部分时间也都是扎起来，五官没有任何改变，可不知为何，她就是觉得自己和从前判若两人。

妈妈的肺炎控制住了，可身体又差了一大截，吃东西更加困难了，人也瘦得厉害。医生千叮咛万嘱咐，一定要提防，不能让她再患上肺炎。如果实在进食困难，就到医院下胃管。陈觅双当着医生的面把妈妈需要吃的药一个个分进电子药盒，定上时间，生怕自己会忘记。

"您有个好女儿。"医生对陈觅双的爸爸说，"现在独生子女都忙，很少有这么上心的儿女。"

"唉……可她这是委屈了自己啊，这不是我和她妈想见到的。她妈没完全糊涂的时候一个劲儿地让我别告诉她，别影响她，是我不争气。"

人间疾苦，情感抉择，可能没有人比医护工作者见得更多了。医生安慰陈觅双的爸爸："人啊，怎么选都可能会后悔。事业有成，最后发现钱救不了命的，我们见得太多了，现在好就是最好的。"

道理都明白，可陈觅双的爸爸心里还是着急，一天晚上又劝她："双儿，你别嫌爸爸啰唆，有件事爸爸还是想劝劝你。你还是让我俩去住疗养院吧，我们找个条件好些的，周遭有医院的，有二十四小时看护的，这样你也能出去上上班，交交朋友。你还年轻，不能不替自己打算。"

陈觅双明白，爸爸是不想让她从现在起就一直耗在家里，白白浪费光阴，最关键的，还是怕她嫁不出去。其实她也不是抵触疗养院，她知道如果爸爸的身体再差些，或是妈妈到了卧床不起的程度，肯定还是要住疗养院，请看护。可是她总觉得现在还不是时候，毕竟外人再怎么照顾也比不过自己家里人细致，而老年痴呆症患者的寿命还是和看护有关系的，她觉得自己还能再尽力。

"等妈妈这次养好了，我再考虑这件事，好吧？"陈觅双敷衍着。

"好，那我就找疗养院了。"她说考虑，爸爸就当她答应了，"要是有工作的机会，你就去，别在意我们。要是有同学聚会之类的，你也去，多见见人，有好处。"

"我跟同学早就没联络了……"陈觅双无奈地笑笑。

"那你跟法国那边的朋友还有联络吗？"

陈觅双心里沉了沉，默默地摇了头。

爸爸叹了口气，没再说别的。

为了让爸爸放心，陈觅双偶尔会在安排好妈妈之后一个人出去逛逛，偶尔路过装潢很特别的花店，她都会忍不住停下脚步看一看，就只是看一看。他们家很久不买花了，怕妈妈吃掉、扎到，会摔的器皿也不敢放。爸爸那么爱花的人，在妈妈病后把自己精心养的兰花都送人了。有时候陈觅双会手痒，可想到买花回去不仅可能会弄得一团乱，还有可能惹爸爸伤心，就放弃了。

她从前的事业企图心几乎已经没有了，而且国内的花艺市场没有一个相对完整的体系，花店的生存也很困难，她已经目睹了两家花店的消失。更可怕的是，在她看来，一些开业花篮和殡葬花篮的区别，不过只是换了一两种花色而已，甚至只是换了个飘带。

这不是陈觅双想要的事业方向，而且她也无暇创业。她现在只是在一个教育机构的平台上固定地卖插花课件，收入意外地还不错，只是那些课件都是以前做的，类型并不完整，她有心补充一些，却觉得懒怠。

人或许真的不能允许自己放弃，心气一旦松下来，就很难再聚拢了。

就在这样一个平平无奇的日子，妈妈在睡觉，爸爸去菜场买菜，陈觅双忍不住要大扫除，门铃突然响了。她还奇怪爸爸怎么回来得这么快，一开门发现是快递员。

"陈觅双？"快递员努力辨认着快递单上模糊的名字。

"是我。"陈觅双签了下来，可她并没有网购，完全不知道是什么。

盒子虽然不算重，但也有点分量，里面确实有东西。她疑惑地拆开，普通纸箱里面还有一个黑色的礼盒，打开盖子，从一堆防撞缓冲的泡沫和碎纸屑底下翻出一瓶……香水。

简洁的长方形瓶子，玫瑰金的喷头，标签像一幅小小的油画，有些抽象，有些童趣。没有任何标识，不是市面上见得到的香水。

事实上在意识到这是瓶香水的瞬间，陈觅双已经通体冰凉。当她哆嗦着按下喷头，细密的喷雾朝她飘散而来，时光仿佛飞速回转，她穿越了一只只倒流的钟表，又站在了尼斯花店的门口，钟闻站在她的对面，她一个没有抓住，打碎了一小瓶精油。

是那个味道，虽然更精细更完整更悠长，可或许是因为一路颠簸使香水的层次略有混杂，香气最初扩散时确实就是钟闻第一次带她生命里的味道。

这世上应该不会有第二个人能调出这种回忆的味道，正因为知道这一点，陈觅双的眼泪在香味还未散尽前就掉了下来。

她手忙脚乱地将盒子整个扣过来，想找到其他的一些什么，哪怕是只言片语也好。结果硕大的盒子里除了香水，只有一张名片，正面的标识是法文"L'amour"，意思是"爱恋"，背面只有一个网址和一句广告语"你的私人香水实验室"。

一个字母一个字母地把网址键入手机里，中途因为紧张打错了好几次，陈觅双的心跳乱到手都在抖，最后按下回车的瞬间，心提到了嗓子眼。

页面缓缓载入，首页非常简单，有大标识、广告语、香水系列和香水定制的分类栏，她一个个分类点开，很多栏目还没有丰富内容，都写着"敬请期待"。但现有香水目录里的名字，赫然就是从前她随口取的那些。

钟闻说得对，香气是能够承载记忆的，即便是像陈觅双一样的普通人，在看到这些名字的时候，也仍然能想起它们对应的气味，以及那些气味所在的时间、空间。

陈觅双满屏幕搜寻着她想看到的东西，终于在末页的"关于我们"里看到了地址、电话，以及"L'amour香水工作室即将开业，欢迎预约参观"。

地址在上海，当然了，这可能是最好的选择。私人定制香水价格不菲，需要根植在一个经济能力强、接受度强、人口基数大的城市里，更何况钟闻的家就在上海周边。但中国的高铁和飞机实在太方便了，纵使从实际距离上看，陈觅双的家在北方，离上海并不近，可乘坐高铁也不过只要五个小时就能到。

只是，真的是钟闻吗？网站上的电话号码是手机号，但没写名字，也不是钟闻从前的号码。陈觅双将号码录入手机，却下不了决心拨通。她的潜意识已经告诉她，那一定是钟闻，可理智在否认，他为什么要回来，为什么要做这么麻烦、这么冒险的事？

"爸，我想出趟门。"过了一会儿，爸爸买菜回来了，陈觅双下意识抓着衣服里面的香水项链说。

"行啊，晚上回来吃饭吗？"

"不是，我想出趟远门。可能，可能明天才能回来，也可能……"

爸爸愣了愣，看向桌子上乱七八糟的东西，意识到可能发生了什么，虽然想不明白，但立刻点头说："好好好，你去，你去。别担心家里，没事。"

"我尽量早些回来，如果有什么事就打我电话，千万别硬扛。"

"你忙你的，放心。"

那一夜，陈觅双几乎没有睡着，把香水喷在枕头上，沉淀过后的味道更接近于从前，是在海边的阳光下烘干的花香，是身上带着花香的人的拥抱。她闭上眼睛，全宇宙只剩下自己的心跳。

她订了一早的高铁，出发去往上海。她难得地收拾了一下自己，化了一点妆，却发现自己这两年连件新衣服都没有买，翻来翻去，最后居然翻出了她和钟闻在机场第一次碰面时穿的那身。她重新穿上那套衣服，回家后这些职业套装再也没机会穿，现在再穿却发现不再像是自己的衣服，怎么都觉得束缚，最后又脱掉，换上了一身随意的衬衫和裤子。

去往上海的路上，陈觅双无数次想要逃回家，等车时想逃，车子中途停站时想逃，随着距离越来越近，想逃的冲动就越来越强烈。直到她找到工作室的位置，是地标建筑附近的写字楼，她乘上电梯去往十三层，电梯层层升高，她就越发感觉不能呼吸。

更火上浇油的是，她一脚踏出电梯，习惯性往右一看，就看到了半扇开着的门和墙上巨大的"L'amour"招牌。

不行不行不行……她觉得自己做不到，就不该来，怎么能允许自己找到这里呢，她真的觉得羞愧。她匆忙转身，却发现电梯已经下去了，惊慌失措地按着下行键，仿佛这样能让电梯上来得快一些。

并不是上下班的时间，电梯中途没有停，一路升了上来。她仰头看着电梯层数的变化，直到电梯"叮"的一声停在面前，才松了一口气。然而就在这一瞬间，一双手臂突然从背后围拢过来，带着熟悉的温度、熟悉的气息，紧紧将她拥住。

电梯门打开，透过电梯内部明亮的镜子，陈觅双看到了像从前一样眷恋地拥抱着她，将头埋在她肩膀的钟闻。

她闭上眼睛，任由眼泪打湿睫毛，任由电梯门再度关闭，空荡荡地降了下去。

"来都来了，不见我一面就走吗？"钟闻瓮声瓮气地问。

陈觅双说不出话来，觉得自己没有立场说任何话，只是僵硬地站着，双手用力攥着自己的裤子。

"你瘦了好多。"钟闻强行将陈觅双的身体转过来，迫使两个人四目相对，他举起手掌在她面前比了比，"这就叫巴掌脸吧。"

太奇怪了，这一切都脱离了陈觅双的想象。她那么恐惧的重逢时刻，居然被钟闻一个冷笑话就拉回了最初。她的眼泪还挂在脸上，嘴角居然抽动了一下。

而钟闻一滴眼泪都没掉，只是眼圈红红的，但眼里放着兴奋的光。他抓起陈觅双的手，自然而然地说："来，我带你参观一下。"

或许是太久没有牵手了，又或许是没想过有生之年还能再牵手，陈觅双低头看着两个人牵在一起的手，居然像个小女生一样控制不住地脸红了。

钟闻煞有介事地给她介绍着工作室的布局。虽然是两个房间打通的，但也并不大，其中一部分被圈成了透明的实验室，架子上一层一层码满各种液体、固体的精油半成品。外面有一大片摆了长长的桌子，有沙发、投影仪、白板等，是会客和开会用的。另外还有橱窗和一个个独立的展柜，上面放着已有的香水小样和闻香条。

不过陈觅双的大部分注意力都在钟闻身上，也只有在他不看她的时候，她才敢偷偷地观察他的变化。

他换了发型，把从前软乎乎的刘海用发胶弄了上去，露出了额头，整个人的气质一下刚毅了起来。他穿衣服的风格也变了，从纯休闲风格往正装演变，只是细节处还保留了一点花哨，比如衬衫上的刺绣，像是透露着一颗不甘妥协的心。

但真的有点事业精英的样子了。

陈觅双悄悄松了一口气，至少，钟闻好好的，这就好了。

"我还有好多东西没弄好呢，你知道我是幼儿园的美术水平，网站啊、各种海报啊、名帖啊都需要设计。外面找的设计师做出来的东西都千篇一律，你帮我想想啊。"钟闻靠在桌前，拽着陈觅双的手摇晃，落地窗外的阳光洒在他们身上，在这样的时刻营造出一派岁月静好的氛围，"对了，跑宣传的时候我也想你在我身边，因为你知道的，我谈合同的经验比较少。"

现在这算什么，提分手的人耿耿于怀，被分手的人反倒像个没事人。陈觅双有种感觉，她只要当作什么都没发生，之前的两年时间就会化成泡沫。可是她也只敢想一想，却无法那样做，因为那几百天于她而言太难熬，于钟闻而言应该也不是弹指一挥间，她不能这样无耻地带过。

"你为什么回来？"沉默了许久，陈觅双才开口，挣脱了钟闻的手，向后退了一步，背靠着落地窗。

"我毕业了，为什么不能回来？"

"正式毕业了？"

"是啊，学校里的课程都修满了。"钟闻拍拍胸口，"我很努力的好不好，对我有点信心！我实习的两家公司都给我发了录用信，只是我都没答应。"

"为什么，你知不知道创业是很难的？尤其是这种没什么经验可参考，受众层面比较小的生意。你到一个正经公司好好做调香师，简简单单地生活多好！"

陈觅双没忍住，又像以前一样教训起他的胡闹来，直到钟闻忍不住笑起来，她才后知后觉地停住，咬着嘴唇低下了头。

"你看，你还是关心我的。"钟闻歪着身子，非要对着陈觅双的脸，笑着说，"不过，创业这件事我是深思熟虑过的，之前就在打基础了，上学的时候我就想好，毕业后是要回来的。只是我还没来得及和你商量，你就……但没关系，结果是一样的。"

"怎么可能没关系？"

陈觅双猛地抬起了头，浓重的酸楚再度涌了上来："你不要自欺欺人了。"

"我没有自欺欺人，我原谅你了。"钟闻脸上的笑容并没有消失，只是变得更加柔软。

然而他轻描淡写的一句话，却似有千斤重，一下就砸穿了陈觅双所有自以为是的准备与防卫。她目瞪口呆了一秒，像散沙一般在钟闻面前溃散一地。

"不该是这样的……"

"你不会真的相信邝橙没给我通风报信吧？"钟闻双手抹着她脸上的眼泪，反而笑得更欢了，"我都知道了。那件事确实是你错了，你错在不给我选择的权利，你这样做和你爸妈强迫你有什么区别？可是我知道你是为了我好，我知道你爱我，所以我原谅你了。"

"你不难过吗？"

"难过啊，突然间就被甩了，谁不难过啊！"说到这里，钟闻终于撇了下嘴，"不过第二天我就想通了，你肯定有你的原因。可我不敢在毕业前回来找你，我都能猜到你肯定会赶我回去，这样反反复复，反而伤感情。我就加倍努力地学习，争取早一点回来。"

怎么会有心这么大的人啊？这两年间陈觅双不是没偷偷设想过再见面时的情景，可在她的想象里，都是尴尬的、心痛的、物是人非的。谁承想在钟闻眼里，她不过就是先回国了而已，这两年的时光仿佛根本没什么。

"可是，可是……"她想说"我们已经分手了"，可又不想再说那两个字。

"反正我没把分手当回事，但我尊重你单方面提分手的权利。"

钟闻明白陈觅双的意思，眼珠一转，突然在她面前单膝跪地，手里举着不存在的玫瑰花，说："既然如此，陈觅双小姐，你愿意做我的女朋友吗？"

明知不应该，明知是胡闹，陈觅双却还是没忍住，"扑哧"笑出了声。

在她破涕为笑的瞬间，钟闻就从地上弹了起来，像只暖融融的大熊一样抱紧了她。陈觅双缓缓抬起了胳膊，一点一点攀紧了钟闻的背。

Chapter17
爱之圣器

　　一切的转变对陈觅双来说都像一场梦，两年未见，两年的空白，只用了十几分钟就消弭于无形了。他们重新在一起后，时间的齿轮连卡顿一下都没有，只是平稳地继续运行而已。

　　只不过他们并不能常常见面，钟闻是很认真地在创业。他回来前和实习过的世界知名香料香精公司签了合作协议，他这里的香水用的原材料都是有保证的。另外，他还希望能和自己的学校达成中国区的推广协议，甚至想挖两个师兄弟过来帮他，可他也知道，前提是他能做起来。所以他几乎每天都在外面跑，跑合作，跑宣传，这种陌生牌子的香水，要是不做宣传根本没人知道，前期的投入实在太大了。陈觅双总是会替他担心，却还是无条件地相信他，力所能及地帮他，一句质疑的话都没再说过。

　　或许Mrs. Moran早就想到钟闻会走这条路，所以才把那笔遗产留给他。也正因此，钟闻不允许自己失败，他不想辜负逝去之人的期望，也不想有朝一日，陈觅双会因为他这个选择而自责。

　　但五个小时的高铁，总比二十个小时的飞机和几个小时的时差令人有安全感，哪怕他们没有时间见面，也知道他们就在同一片土地上，在想见就能见到的地方。这让陈觅双在家里陪伴突然失控大吵大闹起来的妈妈时，心情都是明媚的，是充满希望的。

哪怕他们一个月只能见一两面，生活也因此完全改变，是心中有了希望，才会这样觉得的。

大事钟闻去忙，陈觅双在家里看护妈妈的同时，会尽力帮他处理一些琐事，比如和网站设计的对接，她会亲手做一些素材给对方；比如钟闻没空收快递的时候，东西全寄到她这里，她先分门别类地规整好。

这样一来，他们复合的事就瞒不住了，陈觅双的爸爸觉得不可思议，他完全想不到当年那个看起来吊儿郎当的小孩子居然会那么坚持。爸爸不得不承认，或许他们看人的眼光也该变一变了，但好在结果是好的，一直为陈觅双的终身大事担忧的他，也终于放了心。

借着来拿东西，钟闻第一次登门了。因为之前的不愉快，因为妈妈的情况，其实陈觅双心里还是紧张的。她已经不担心爸爸会苛刻，也不担心钟闻会抵触，只是害怕让钟闻面对这一切，害怕妈妈的状况让他意识到她这两年是怎么过的。

他们两个人的心仿佛是相通的，正因如此，他们都不希望对方为自己担心，因为看到对方伤心，自己就会更伤心，简直是恶性循环。

"阿姨。"钟闻蹲在陈觅双妈妈的轮椅前面问，"还记得我吗？"

"小浑蛋！小浑蛋！"

没想到陈觅双的妈妈真的激动起来，伸手就要打钟闻，只是身体不听使唤，往前冲了一下就又跌回轮椅里。不过钟闻还是吓了一跳，干脆坐在了地上，尴尬地蹭了蹭鼻尖。

"不许缠着双儿！走，快走！不然我告诉你家长，小浑蛋！"

妈妈持续挥舞着手臂，一副和钟闻誓不罢休的样子。爸爸赶紧把她的轮椅往里推，跟她说："你认错人了，认错人了！"

爸爸安抚了好一阵，又给她放她年轻时最喜欢的电视剧，她才逐渐镇定下来。陈觅双对钟闻伸手，哭笑不得地说："真吓着了？还不起来？"

钟闻得了便宜还卖乖，非要抓着她的手才肯站起来。

"你别介意啊，她糊涂了，只记得以前的事。她是把你当成高中时总缠着双儿，非要送她回家的小男孩了。"爸爸出来之后赶紧对钟闻解释。

"还有这档子事呢！"钟闻的八卦之火和醋劲儿一下就蹿了上来。

陈觅双毫不留情地在他后背拍了一把。

妈妈吃不了太复杂的东西，爸爸也因为糖尿病要注意饮食，家里吃菜比吃肉多，调料也放得少。因为钟闻要来，陈觅双特意做了当年做过的红烧肉，爸爸还买了海鲜，很热闹地摆了一桌子。

钟闻看着陈觅双给妈妈一口一口地喂饭，一小碗喂了足有半个小时，那么爱干净的她，衣服上被甩得都是饭渍。钟闻的心很酸，他在尼斯的两年过得很好，假期还会和朋友一起出去郊游。在陈觅双那么艰辛的时候，他确实一丁点援手都没有伸过。虽然他知道，这就是陈觅双的选择，但他不可能不难过。

但当陈觅双扭头看他时，他只是单纯地笑笑，他知道自己的笑容会给陈觅双力量。

终归一切都还来得及，错过的时光没必要再追悔，最美好的三个字是"来得及"。

"不过这足以表明，阿姨对我的怨念真的很深啊。"只剩三个人坐在饭桌上时，钟闻忍不住开玩笑，只是话尾自己拐了弯，又落寞下去，"可惜我再也没机会和她和解了。"

"其实上次你的话，她也不是一句没听进去。"爸爸安慰他，"回来的飞机上，她和我说，让我以后督促她，不要再在双儿面前提双胞胎了。她是管不住自己，意识不到。可惜回来之后没多久，她就越来越糊涂。"

气氛有一丝沉重，爸爸赶紧缓和："哎呀，看我，说这些干什么，赶快吃饭。"

钟闻应声动筷子，第一筷子先去夹红烧肉，整块塞进嘴里，熟悉又遥远的味道贯穿味蕾，他嚼了两下，眼睛就红了，连自己都猝不及防。

他低头大口吃饭，想掩盖自己突如其来的情绪，但陈觅双还是看见了，在桌下握了握他的手。

饭后，钟闻尝试和陈觅双的爸爸商量一件他来之前犹豫了很久的事情，他还没和她提过，所以有点紧张："叔叔，有件事我想问一下您的意思。如果，我是说如果，我在上海那边稳定下来，您愿不愿意带着阿姨到上海生活？上海那边医疗条件也不错，生活都很方便，而且……"

"只要你们好，我们都愿意。"不等钟闻的话说完，也不等陈觅双发表意见，爸爸就先一步开了口，"我们都这么老了，人生已经没什么大事可打算，只要能和孩子在一起，在哪儿都行。"

爸爸会答应得这么快，陈觅双也没想到。他和妈妈是很少离开家的人，那一辈人的思想就是那个样子，讲究根的重要性，也因为这个，爸妈才一个劲儿地希望她回来结婚。但人的想法终究会随着现实转变，因为人无论经历过怎样的困苦颠簸，都会努力朝着好的结果不断调整方向。

钟闻当天就要拿着东西回上海，爸爸非撺掇着陈觅双帮他一起拿回去，顺带也去看看他的家里人。陈觅双答应了，但有些异于寻常地沉默。两个人拿着东西走在街上，一直没有叫车，并肩走了很长一段路。

直到经过一家肯德基，钟闻停下了脚步，突然说："其实有件事我对你说了谎。"

"什么？"

"我中间回来过一次。"

陈觅双愣了愣。

"差不多一年前的时候，我放假回来，因为温差太大感冒了，鼻塞什么也闻不到，特别不适应。我特别想你，实在忍不住了，就找邝橙问了地址，想着能偷偷看你一眼就好。"钟闻看向肯德基窗边的座位，"我在你家周围徘徊了三天，第三天我坐在这里喝水，看你用轮椅推着阿姨出来。等红灯的时候，阿姨突然站起来往马路对面跑，差点撞到车。你把她拖回来，和刹住车的汽车司机不断道歉。当时我就站在这里，你回过头就能看见我，我真的很想过去拉住你，真的很想。可最后我还是看着你走远了，因为我不知道我在那个时候出现，对你而言算不算另一种打击。我到现在也不知道，我做得到底对不对……"

"那就不要想了。"陈觅双腾出一只手，拍了拍他的头，"我回来的这两年，也特别想去看看你的父母，可我不知道具体地址。我总觉得他们之前一直期待着我去，可我让他们失望，很过意不去。我也一直以为，这个遗憾要留一辈子了。"

"他们根本不知道我们分过手。"

"所以让我们把遗憾都忘掉，好不好？"

"好。"

他们叫车直奔火车站，返回上海，把东西丢到工作室，然后去往钟闻的家。他们快到了才通知家里，一进门爸爸就和钟闻抱怨："你妈从接完你们的电话，已经换了三身衣服。儿媳妇第一次来家里，又不是和她开比美大会的，你说她至于吗！"

原本陈觅双紧张了一路，她跟自己父母的关系都只是刚刚缓和，实在没有面对长辈的经验，没想到一进门就被逗笑了，神经也跟着松了下来。

钟闻家的气氛和陈觅双家截然不同，虽然爸爸有时候也会拿出严父的样子呵斥钟闻，但很显然他并不当回事，再加上他的妈妈很会在两边调和，低气压很难聚集起来。

陈觅双在厨房帮钟闻的妈妈备菜，钟闻的妈妈忍不住说："真没想到你的性子这么安静，我之前一直以为他会给我找个咋咋呼呼的女孩回来。"

270

"其实活泼的也挺好的。"

"好是好，但如果不是你，他就不会有今天。"

"阿姨，您别这么说……"

"我说的是真心话。钟闻这孩子从小干什么都三分钟热度，对什么事都不上心，不较真。出国是他唯一一次坚持的，那时候我和他爸还以为他就是玩疯了。一转眼这么多年过去，他在外面肯定遇到了很多事，虽然他什么都不说，但一个人不经历事情是不会有这么大的变化的。"她用布擦干净手上的水，抓起陈觅双的手拍了拍，"这些年辛苦你照顾他了。回来也好，之后这儿也是你的家，以后叔叔阿姨拿你当亲闺女。"

陈觅双此生再没有机会和母亲和解，也始终难以找到和母亲的亲密感，而刚刚见面的钟闻妈妈握住她的手的那刻，她竟丝毫没有抵触情绪，她感受到的温暖与感动都是真实的。

当天晚上，他们就住在钟闻家，家里没有多余的房间，只有钟闻原本的那间卧室。

开始时，他俩都在工作，安排网站的内容。虽然也卖成品香水，但钟闻主打的是私人定制，而这个定制的价格是超出一线香水品牌的，所以他必须要让定制的人觉得物超所值。

首先定制者在网上或是来工作室交谈，阐述自己为何想定制这瓶香水，想送给谁，还是要自用，想用这瓶香水表达什么或是纪念什么。然后让定制者选择一个基调，比如海洋、木质、花香等，这其中定制者也可以提出个别要求，比如一定要有某一种气味。钟闻会调出几个大致的方向让定制者试闻，再选取中间的两三个样本进行修改，最终确定成品。这个过程大概要半个月，甚至更久，成品的瓶子式样、礼品卡、礼盒等也都有选择面。

选择面越多，代表他们需要准备得越多，钟闻不愁调香，可除了调香之外的一切都在愁。

"我到现在连瓶身的装饰都没想好。"钟闻头痛地扑倒在床上。

"你寄给我的那瓶不是挺好的吗？"

"那是我特意为你做的。我是临时找邝橙，让她画了张小画，印出来贴在上面的。"

"我觉得以后也这样做就好，成品香水做成统一的规格，简洁明了就行。私人定制就让邝橙按照故事专门画，你付她钱就好了。她能赚点钱，在家里也更好过一点。"

钟闻翻了个身，突然伸手搂住陈觅双的胳膊，把她向自己怀里拉来。陈觅双的腿上放着的笔记本电脑差点摔到地上，幸好她手快，迅速合上放到了一边。钟闻侧身抱住她，说话像是满足的猫咪一样带着咕噜声："那你替我和她说，我要她帮忙做点事的话，她要讹死我！"

"你怎么这么小气……人家还替你养猫呢！"陈觅双贴着钟闻的胸口说。

"我是想把它带回来的，纠结了很久，检疫之类的都准备好了。可我实在不舍得托运，这对宠物来说太残忍了。"

"我知道……我的意思是，正好你也需要，就给她一点表现的机会，两全其美嘛。"

"那你呢？"钟闻低下头，嘴唇几乎贴着陈觅双的额头说，"你不需要机会吗？"

"我？"

钟闻轻轻地说："我是这样觉得，你完全放弃花艺太可惜了。当然，我理解你想全心全意照顾爸妈的心情，我也非常愿意养你，这是我的骄傲。可是你的才华不应该浪费，更何况工作的时候，你是开心的。"

"可我不知道该怎么起步，开店又不现实，我暂时找不到方向。"这种话，陈觅双也就只有对着钟闻才能说出口。

"那就先拿我当方向，我那里的花艺，就都靠你了！"

"你呀，就是想使唤我。"

陈觅双无奈地拉着长音，嘴上埋怨着，心里却颇多安慰。她太长时间没有碰花，没有碰自己的工具包，久而久之，对重操旧业居然有些怕了。但现在有一个顺理成章的理由，有一个需要她的地方，她发觉自己其实是期待的。

"还有一件事情，很重要。"钟闻神神秘秘地在陈觅双耳边说。

"什么？"

"今天我不用睡沙发了吧？"

稍稍愣了愣，陈觅双才反应过来他是什么意思，脸一下就燥热起来，作势要坐起来，说："这是你家，你睡沙发当然不合适，我去睡沙发。"

"不行！"钟闻再度把陈觅双搂回怀里，抱得更紧，低声吓唬她，"你信不信，你现在一开门，我妈肯定在外面偷听。"

"啊？不可能吧！"

"可能，绝对可能！"钟闻说得斩钉截铁，"所以啊，今晚我们就这样将就一下吧。"

陈觅双被他搞得糊里糊涂的，也不知道哪句是真，哪句是假。可她此刻在钟闻的怀抱里很舒服，很安心，也不想挣脱，尤其是当钟闻的脸越来越近，近到她不得不闭起眼睛时，尤其当钟闻说着"我太想你了，我想和你在一起"时。

　　她在柔软的亲吻里回想起许许多多美好的记忆碎片，可她不再觉得伤悲，而是清晰地感到那些美好重新回归了身体。

　　他们找回了彼此，也找回了自己。

　　从一开始，"L'amour"的目标客户定位就很明确——有个性，或文艺，或时尚，喜欢新鲜，敢于尝试，且有一定经济能力的年轻人。钟闻这个主理人本身的经历比较有趣，大学毕业之后因为对女友一见钟情，凭着一腔孤勇去学调香。虽然陈觅双不想让他在外人面前胡说，但不得不承认，经过定位合适的线上线下的平台宣传，牌子至少算是立住了。

　　目前，现有香水分四个类别，不是按男女、浓淡分的，而是按香调和香水营造的氛围分的，钟闻希望来他这里买香水的人会越来越懂香水。而私人定制的订单，钟闻会征求客户本人的意见——能不能当作案例放在官网上。

　　比如一个男生定制了一瓶香水送给女生当分手礼物，他和女生是青梅竹马，在一起十多年了，并没有背叛之类难堪的事情发生，只是两人异地太久了，在某一刻都有了分开的念头。他们还喜欢对方，只是爱情好像不见了。男生记得他们上初中时有棵桂花树，非常非常香，他也曾学着电视剧里的情节，做成香包送给女孩。男生还记得大学时满湖的荷花，他们曾一起在夏夜的荷花池边看星星。他和钟闻讲了很多回忆，而钟闻努力将这些回忆装进香水里。

　　在这瓶香水售出的半年后，钟闻收到了一封感谢信，那对男女生结婚了。在收到男生送的香水后，女孩感慨万千，她每次闻见那个香味，就会有一些画面闪现在脑海里。她决定静下心来和男生谈一谈，后来他们都各自挤出时间见面，居然渐渐找回了从前相处的快乐。

　　这个案例成为样本公示后，不知怎的，居然变成了小小的网红，很多想要挽回前任的，想要和暗恋对象告白的，都主动找了过来。虽然这给钟闻造成了一些混乱，但流量一下子就变大了。钟闻不得不雇了两个兼职客服，处理纷乱的留言，过滤信息，提高效率，但涉及专业的问题，他还是要亲力亲为。

　　趁着热度未减，钟闻想要进行他的第二项计划，那就是香水科普。他想邀请学校的老师过来上调香实践课，但前提是他要确保有人参加，并且来参加的人是真正有兴趣的。如果这一次成功了，他的终极目标是租一间有门市的独立小楼当工作室，专辟一个区域来搞课程与活动。这也是过去陈觅双给他的灵感。

"哎，你认不认识搞展览的人啊？"一天下午，陈觅双在给钟闻的工作室换花，突然听到他问。

自从"L'amour"创立起来，陈觅双坚持每周都给钟闻的工作室换花，还会根据季度、节日，以及钟闻新研发的香水做花艺的更改，不止一个人夸这里的氛围让人很舒服。她逐渐找回了手感，也新做了一些符合国内审美的课件卖，但大多数时间还是待在家里，乘高铁两头跑。

"展览……"陈觅双坐在一旁的椅子上，翻着手机，她隐约记得自己认识这方面的人，可脱离原先的圈子太久，有点记不清了，"找到了。有是有，但他也是个第三方，之前一直是接洽国外的展览，我不知道他搞不搞国内的。"

正是中午休息的时间，钟闻在门口挂了休息的牌子，躺在了沙发上，说："帮我问问嘛。"

"问是可以，但你想开什么样的展览？总不好直接拿香水去展吧。"

"花艺展啊，香水算合作品牌。"

"什么？"陈觅双一脸震惊。

"这不是最好的办法吗，你也是有名头的人，你的名片上也能印一长串头衔呢，你忘了？"钟闻翻了个身，侧躺着，双手合十垫在脸下面，对陈觅双抛媚眼，"大佬，带带小弟呗！"

陈觅双横他一眼，还是拨出了这通跨国电话。

她心里是忐忑的，她和那个人只有一次合作，还是她刚去尼斯不久时，也是为了宣传，办过一次小型的免费展览。很长时间不联络了，换作往常，她可能很难开口，可为了钟闻，她义无反顾。而且她一听就明白了，钟闻也想趁此机会，让她正式进入国内的花艺圈子。

好在对方并没有换号码，还和陈觅双聊了好一会儿。不用钟闻说，陈觅双就知道他的要求，地点选在小资和文艺青年的娱乐聚集区，那种地方通常也会有小型展览馆，地方不用很大，但地区客流量要大，这样宣传费用就可以省一些。展览可以完全免费，也可以收一二十块，这些都好商量。重点在于表面是花艺展，但宣传一定要打上香水的品牌标识，并且要自然，不能太像广告。在确定好要求后，对方让陈觅双等一等反馈和报价，再商量之后的细节。

撂下电话，陈觅双想问钟闻怎么连点意见都不补充，一回头却发现他在沙发上蜷缩着睡着了。她从衣架上摘了件外套走过去，轻轻盖在了钟闻身上，然后拿了个靠枕原地坐下来，趴在沙发边缘看着他。

钟闻每天要做很多事，除了做订单里的香水之外，还在设计新配方，不间断地学习化学知识，接触国内的香料厂商……但唯有她在的时候，他会闲下来，只陪着她。

这样也好，就让她当钟闻的海绵，当钟闻的充电宝。

陈觅双就这样看了好一会儿，钟闻突然皱起了眉头，整个人不安起来，不停地颤抖，想抓住些什么。陈觅双跪直身体，轻轻拍了拍他："钟闻，钟闻……"

钟闻猛地睁开了眼睛，眼底噙满的泪水渗出了眼角，还好他第一眼看见的就是陈觅双担忧的眼神。他支起上半身，紧紧抱住了陈觅双，紧到想把她揉进身体里。

"怎么了，做噩梦了？"陈觅双拍了拍他的背，半分也没挣扎。

"嗯，我总做同一个噩梦。回来之后我以为我不会再做了，没想到居然又做了。"

"什么梦？"

"你离开的这段日子，我总是梦见我回来的时候，你告诉我，你已经不爱我了。"回来之后几乎没有哭过的钟闻，此时突然将脸埋在陈觅双的脖子上掉了泪，"我真的好害怕来不及了，你已经不爱我了。"

"我爱你，我从来没想过会不爱你啊。"

陈觅双用力回抱着他，摸着他的头，反复诉说着自己的心意，顾不得不好意思，顾不得考虑其他。因为她知道，他们分开的这段日子，各自都有对方无法分担的心酸与恐惧，所以一定要多说一些爱，一定要更坦率，才能让积雪慢慢消融。

展览要在北京、上海、杭州开三场，都是不售票的，但有的是在景区里，所以人流量很大。为了这三场展览，陈觅双感觉自己半条命都要搭上了，因为场馆是有时效的，这个档期如果错过就不知要再等多久，时间很赶。她负责的事情从设计到采购，到成品，到运输，三天她一共只睡了八个小时。

后来爸爸实在看不下去，主动拿起了剪刀，要帮她打下手，父女两个人配合得无比默契。陈觅双突然想起小时候爸爸教她插花，她已经太久没想起过那些画面了，几乎要忘记了原来他们之间也有过很美好的时刻。

她看着爸爸，情不自禁地微笑起来。

这次去办展览，她回国后第一次离家这么久，很不放心，原是想去医院办个住院，找个护工，这样她才踏实。可爸爸说什么也不同意，说最近妈妈的状态不错，闷在医院里反而不好，让她放心地出去忙。

陈觅双收拾了行李，准备去上海和钟闻会合，推着行李箱经过妈妈身边时，下意识地说了声："我走了。"

"双儿……"妈妈扭头直勾勾地看向了她。

陈觅双顿住脚步，有些不敢置信，这是妈妈得病后第一次认出她。

"注意安全，放学就直接回家，别在外面乱晃。"

"好。"陈觅双鼻子有些酸，连连点头，"我知道了。"

到底是为什么呢？陈觅双闹不明白。或许是她变得年轻了，变得开心了，才更像是妈妈记忆里她应该有的样子吧。

这也给了她更多的勇气，让她能够更坚定，也更专注地去做自己喜欢的事。

原本她和钟闻都打算穿正装的，钟闻还为此定做了两身西服，衣服倒是合身，也好看，只是她帮他打领带的时候总是忍不住想笑。

钟闻被她笑得不自在起来，问："我穿西装有那么好笑吗？"

"别人看可能没什么，我就是不太习惯。"

时间过得好快，缠着她的小男孩已经变成了要穿西装出席正式场合的男人，可她总觉得这样不像钟闻了。

"那这样，我不穿这么正式了，你也不穿这么正式了。"果然，钟闻马上趁机改口，"我们都舒舒服服的，好不好？"

陈觅双点了点头："好！"

于是两个人都换成了相对时装款的衣服。陈觅双是舒适宽松的白衬衫加高腰的阔腿牛仔裤，头发被夹子夹在脑后，整个人显得干净飒爽。而钟闻换上了不算花哨的品牌T恤和简单的牛仔裤。这让他们看起来很像是去度假，而不像是要去出席一场对他们来说都很重要的活动。

可是他们觉得舒服，这就足够了。

展览表面上是花艺展，但每一件花艺的作品下面都有"L'amour"的闻香条。钟闻和陈觅双作为作者也只是在其中闲逛，给路过的人发发卡片，卡片上有一个调查表的二维码，能搜集人们对于调香体验课的兴趣。有人想见作者，他们才会和人交谈。让陈觅双想不到的是，对花艺感兴趣的人很多，从十几岁的小孩子到上了年纪的人都有，最大的问题还是缺乏入门的途径。

这反而让陈觅双觉得，她做网络课件卖虽然是无奈之举，但也不是全无意义。

三天展览过后，钟闻搜集到了自己想要的数据，也给"L'amour"带来了一些生意。他一边忙着调配、发货，一边确定了格拉斯的老师来中国的时间。不仅如此，他还花了一年时间游说学校里一个华裔的学弟，对方终于答应再过半年来帮他。

虽然出货量完全比不了品牌香水，甚至比不了网上那些山寨香水，但这就是钟闻想坚持的小众路线。他不在淘宝或其他平台售卖，只和一些做精品搜罗的网站与实体店合作，互利互惠。因为大批量的制作无法保证质量，说到底，做一个出色的商人并不是钟闻的心愿，他想将"L'amour"这个品牌立住，不看重它有多赚钱，而是想让人们一想到它，就会想到香水。

"我的心愿就快达成了！"在得知自己马上就要有合伙人之后，钟闻特别开心，计划在国内物色两个有天赋的学生，正式把团队组起来，然后定期请人来授课，让更多的人来体验调香，就像他第一次走进香水工厂一样。

从别人那里得到了好处，就要回馈给别人，他的想法就是这么单纯。他像树袋熊一样挂在陈觅双背后，两个人的面前是上海璀璨的夜景："合同到期后，工作室就要搬家了。房子我都找好了，和你当初的一样，三层的，更宽敞些。"

"会不会太贵了？"

"贵就努力多接单吧，但总有一些投资是必需的。以后我还打算去参加一些国际的香水评选，有个舒适点的地方也方便大家工作、休息。"

"你想好了就好。"陈觅双回过头，撞上钟闻眨巴着的亮晶晶的眼睛，突然明白过来，"又需要我帮你装饰房子？"

"这次周围还可以种花。"

陈觅双气鼓鼓地用手指夹了夹他的鼻子。

钟闻皱着脸缠得更紧，贴着陈觅双的耳边说："我还有个心愿。"

"什么？"

"不告诉你！"

"喂……"

"啊啊啊，坏了，有件事我差点忘了。"他突然想起什么，松开陈觅双，在工作室里跑来跑去翻箱倒柜起来，终于从一个抽屉里翻出了一个信封，"给你看，前两天收到的。"

陈觅双打开信封，发现是张结婚请柬，新娘居然是……纪小雨！

"她要结婚了？"

"是啊，居然比我还早……"钟闻嘟囔着，语气里有些不甘示弱。

"怎么，人家找到了结婚对象，你还有点不开心啊？"

"我的好姐姐。"钟闻搂过陈觅双的肩膀，做作地叹气，"人家都要结婚了，这个醋就不要吃了吧。"

"我才没有！"陈觅双瞪大了眼睛。

钟闻低头在她嘴上亲了一下："你有！"

"我没有……"

"就是有。"再亲一下。

"我没……"

亲着亲着，两个人都笑起来。

"你陪我一起去参加婚礼吧。"

"好。"

婚礼在一周后举行，热热闹闹的饭店里，普通规格的婚庆安排，俗气但是喜庆。纪小雨穿着中式的大红礼服，请长辈喝改口茶的时候声音响亮清脆，看得出来是发自内心地快乐，新郎看上去也是好脾气的人。

似乎是到了挨桌敬酒时，纪小雨才发现钟闻和陈觅双也来了。钟闻刚好去了洗手间，只有陈觅双在，她原本还怕纪小雨认不出她，没想到纪小雨会主动开口："我虽然只见过你一次，也没特别留意，但你和我印象中是一样的，都那么好看，那么安静，像另一个世界的人。"

陈觅双笑笑，举起杯子："恭喜你。"

"我老公对我很好，我也很喜欢他。"纪小雨略带羞涩地笑着，"我是那次从法国回来半年后和他在一起的。他是我的同事，一直很照顾我，我当时就想着试着交往看看吧，反正……我和钟闻也不可能了。后来我知道你们分手了，也知道你是为什么离开他，我其实很佩服你。"

"没什么可佩服的，我那也是犯傻。"

"不是的。无论当时你做什么决定，都不一定是对的，不一定是最好的，可你至少没犹豫，这是我永远都比不了的。如果换作我，我根本没办法自己做决定，只会哪边都放不下，最后把选择丢给别人。这样出了问题，我就只能去怪罪别人，原谅自己。说出来你可能不信，反而是听他说你们分手了，但他还不打算放弃的时候，我才真正地放下了。"

"为什么？"

"因为我发现自己其实做不到坚持。我一向是个有挫折就退缩的人，面对爱情也一样。可你和他都是习惯了坚持的人，你们之所以能在一起，不是因为什么运气、命运，而是因为他没放弃追回你，你也没放弃爱他。"

正说着，钟闻回来了，闹腾着要和纪小雨喝酒。纪小雨把杯子往桌上一放，跟他说："我俩喝完了，谁让你不在的，不跟你喝了。"

"哎，都结了婚的人了，怎么还这个脾气啊，看来你老公对你不错。"

"那可不！"

纪小雨扭头就要去其他桌敬酒，和钟闻擦肩而过时的最后一句话是："你也赶紧的，打算耗到什么时候。"

钟闻偷瞄陈觅双，小声嘟囔着："我知道……"

参加完婚礼，陈觅双先回了自己家。爸爸抵抗力差，总是感冒，他一感冒就要离妈妈远远的，唯恐会传染她。陈觅双定期给家里消毒，小心翼翼地把私人物品都分开，尽最大的可能防患于未然。

午后父母都在小憩，陈觅双打开电脑，本想看一看卖课件的平台后台的结算，没想到邮箱里突然弹出了一封邮件。她下意识点开，发现居然是一封录用信。发件人说是看了她的花艺展，又仔细调查了她的履历，对她非常感兴趣，想聘请她做学校花艺课的特聘讲师。

陈觅双查询了这家学校，是很正规的培训学校，在全国四个城市都有分校，上海也有，不仅仅是浮于表面针对消遣爱好的教学，而是较为系统深入地提供开店咨询、职业推介的学校。

她试着和对方接触了一阵，也去学校看过。她很喜欢学校的氛围，里面处处透露着严谨踏实和对细节的追求。最关键的是，前期只需要她每周上两节课，如果有事情还可以协调时间，她比较没有压力。学校时不时会请各国的花艺大师来开讲座，她也方便学习，这可以说是目前最适合她的工作了。果不其然，当陈觅双去问爸爸和钟闻的意见时，他们都干脆利落地回答她一个字："去！"

她也就答应了下来。

仔细想想，这个机会其实是钟闻帮她得到的。不然她想不到要办什么展览，就算自己投简历，被录取的可能性也不会那么高。

陈觅双和学校商量一个月后正式入职，她想先把家里安排好，把钟闻的新工作室装修好。钟闻那边有工作走不开，所以采购、盯着工人这些事，都得陈觅双亲力亲为。虽然钟闻尽可能想替她省事，但她仍然免不得要操心，装修盯得差不多了，原先工作室的东西慢慢搬了过来，钟闻又招了两个全职客服，打算无缝开业。

因为靠马路有门市，又是在寸土寸金的黄浦区，开业总得好好搞一搞。又是屋内的鲜花，又是外面的花篮，陈觅双尽可能想得面面俱到，买好材料就在空房子里整理好，摆在合适的地方。

开业前三天，她本打算回家一趟，都已经到了火车站，突然接到钟闻的电话："我们在阳台养一堆多肉好不好？我看视频里别人家摆了一阳台，好好看！"

"先生，你那是工作场所。"

"那也没关系，纯绿植，又没有味道，对身体好。"

"我去给你买几盆，你先试试能不能养活再说，好不好？"

"好呀，那你现在去买，晚上我们在新店碰头，叫外卖吃吧。"不等陈觅双回话，钟闻就喊着"我这边还有一个预约，晚上见"，挂了电话。

真是习惯了他想一出是一出的个性，陈觅双去花卉市场帮他挑多肉，扛着一个盒子回到新工作室的时候，天都已经黑了。黄浦江畔华灯初上，有一种遥远的热闹。

店里的灯全黑着，钟闻应该还没到，陈觅双把盒子放在地上，拿钥匙开门，摸着黑到了顶楼，走到阳台上，想着该怎么把多肉码放得齐整好看。因为只有外部的光，陈觅双慢了两拍才意识到阳台上有奇怪的东西，是一大块黑布搭在阳台的外沿上，为了防止掉下去，底端还拿砖块压着，外面垂下去不知有多长，她刚刚走进来时也没注意。

虽然她能猜到恐怕是钟闻放在这儿的什么东西，能感觉到黑布下面鼓鼓囊囊的，但没开灯，她一个人在，想掀开黑布还有点害怕。于是她将多肉放在地上，折返出去，先开了屋里的灯。

之后她又走回阳台，弯腰把压着布的石头拿开，没想到布料太滑，竟一下被风吹到了楼下。她伸手想抓没抓住，顿时有点慌张。

然而就在这时，太过显眼的光在对面亮起来，吸引了陈觅双的注意。在他们工作室的对面，有很多亮晶晶的高楼大厦，有几座楼的表面是屏幕，一到晚上就会播放一些广告宣传，有时候也有明星投屏。然而今天她看见了一个小动画，一个小男孩走啊走啊，走了很远的路，又是上天又是入地，最后搭火箭到了外太空遨游。中途他遇见了很多有趣的事情，可爱的朋友们都想让他留下来，想叫他一起回家，但他都拒绝了。直到他登上了一颗孤零零的星球，那里只有一朵玫瑰花。他却为了这朵玫瑰花留了下来，而那颗星球在有了他之后渐渐变成了巨大的花园。

陈觅双一动不动地看着远处的光，心脏跳得厉害。

终于，图画如繁星般散开，金色的光点重新汇聚，在摩天大楼上赫然出现了一行大字，大到方圆几里可能都会看到——陈觅双，我们结婚吧。

就算是早有预感，但在看到预感如此夸张地成真的瞬间，陈觅双还是有点感动。

她之前很不喜欢公开表白，有时候在新闻里看到，总觉得那是种行为艺术。但此时此刻，外面那些驻足的人不知道陈觅双是谁，也看不到她，她与那句表白之间没有任何阻碍，那只是对她一个人的邀请而已。

但真正让她心里的感动化成眼泪的，是她眼下的东西，当她把注意力从对面更耀眼的光亮上收回来，才看清阳台外沿上铺满的是什么。

三角梅。

明明昨天还没有，今天却已经繁茂无比，玫红色的花还开着，它们翻出阳台，如她想象的一般生机勃勃。

她当初没能看见尼斯的房子有这般光景，还以为会是终生之憾，却没想到会在这里失而复得。

"我托人找了很久。"为了不破坏惊喜，特意翻窗进屋，一直像蘑菇一样蹲在墙后黑影里的钟闻终于冒出头来，缓缓走到陈觅双的身后，"最后是从别人家直接挪过来的，连同底下的花池子。喜欢吗？"

他探头去看陈觅双的脸，陈觅双不好意思地擦了擦眼泪，迅速回过了身。谁知钟闻继续向前贴近，她又不想压到后面的花，完全没有动弹的空间，只能任由他搂着她的腰，紧贴着她。

"我还以为你真的在忙。"她伸手在钟闻肩膀上戳了戳，嘟嘟囔囔，"结果都是在耍花样。"

"我恨不得把全世界都搬到你面前，让你随便挑。"

"我没有那么贪心。"

"那你最想要的是什么？"

陈觅双脸涨得通红，咬了咬嘴唇还是说了出来："你。"

"什么？"钟闻没想到她会这么说，眼睛一下变得闪亮。

"我不说第二遍了。"

"反正我听见了。"钟闻美滋滋的，"啊，等下，我忘了戒指！"

他手忙脚乱地找自己的包在哪儿，在里面狂翻戒指盒，陈觅双哭笑不得："好了好了，不急……"

戒指盒被翻出来的同时，包里的一些纸张也跟着飞了出来。陈觅双弯腰捡起，发现都是上海疗养院的资料，不止一家。

她在帮钟闻跑装修，而钟闻在替她爸妈找疗养院，这个错位，仔细想想真是好傻。

"这个对我来说，比戒指珍贵。"

陈觅双摆了摆手里的资料，突然几步扑上去，踮起脚尖，勾住钟闻的脖子，主动送上了亲吻。

或许在爱情里根本没有人会是聪明的，爱让他们长大，也让他们变回小孩。爱让他们忙碌，却也让他们停下来。爱让他们在这个不甚完美的世界，拢住了一点漂亮的光。

像总会盛开的花朵，像铭刻在记忆里的气味，像梦想，像誓言。

【全文完】

图书在版编目（CIP）数据

这世界全部的漂亮 / 默默安然著 . — 南京 : 江苏
凤凰文艺出版社，2020.6
ISBN 978-7-5594-4842-2

Ⅰ . ①这… Ⅱ . ①默… Ⅲ . ①长篇小说 – 中国 – 当代
Ⅳ . ① I247.5

中国版本图书馆 CIP 数据核字 (2020) 第 077701 号

这世界全部的漂亮

默默安然 著

策　　划	北京记忆坊文化	
特约策划	莫桃桃	
特约编辑	莫桃桃	
责任编辑	白　涵	
封面绘图	王点点	
封面设计	80 零·小贾	
版式设计	天　缈	
发行平台	有容书邦	
出版发行	江苏凤凰文艺出版社	
	南京市中央路 165 号，邮编：210009	
网　　址	http://www.jswenyi.com	
印　　刷	三河市国新印装有限公司	
开　　本	670 毫米 ×970 毫米 1/16	
印　　张	18	
字　　数	321 千字	
版　　次	2020 年 6 月第 1 版　2020 年 6 月第 1 次印刷	
书　　号	ISBN 978-7-5594-4842-2	
定　　价	45.00 元	

江苏凤凰文艺版图书凡印刷、装订错误可随时向承印厂调换

MEMORY
HOUSE